Família

Da Autora:

Para Minhas Filhas

Juntos na Solidão

Sombras de Grace

O Lugar de uma Mulher

Três Desejos

A Estrada do Mar

Uma Mulher Traída

O Lago da Paixão

Mais que Amigos

De Repente

Uma Mulher Misteriosa

Pelo Amor de Pete

O Vinhedo

Ousadia de Verão

Paixões Perigosas

A Vizinha

A Felicidade Mora ao Lado

Impressões Digitais

Família

Barbara Delinsky

Família

Tradução
Sibele Menegazzi

Copyright © 2007 by Barbara Delinsky
Título original: *Family Tree*

Capa: Leonardo Carvalho
Foto da Autora: Robert Clark

Editoração: DFL

Texto revisado segundo o novo
Acordo Ortográfico da Língua Portuguesa

2011
Impresso no Brasil
Printed in Brazil

Cip-Brasil. Catalogação na fonte
Sindicato Nacional dos Editores de Livros, RJ

D395f	Delinsky, Barbara, 1960
	Família/Barbara Delinsky; tradução Sibele Menegazzi. – Rio de Janeiro: Bertrand Brasil, 2011.
	350p.
	Tradução de: Family tree
	ISBN 978-85-286-1488-6
	1. Família – Ficção. 2. Romance americano. I. Menegazzi, Sibele. II. Título.
11-0467	CDD – 813
	CDU – 821.111(73)-3

Todos os direitos reservados pela:
EDITORA BERTRAND BRASIL LTDA.
Rua Argentina, 171 – 2º andar – São Cristóvão
20921-380 – Rio de Janeiro – RJ
Tel.: (0xx21) 2585-2070 – Fax: (0xx21) 2585-2087

Não é permitida a reprodução total ou parcial desta obra, por quaisquer meios, sem a prévia autorização por escrito da Editora.

Atendimento e venda direta ao leitor:
mdireto@record.com.br ou (21) 2585-2002

Para Cassandra,
um presente precioso

Um

Algo a despertou no meio de um sonho. Ela não sabia se era o bebê chutando, a brisa marinha soprando pelo peitoril da janela, a arrebentação nas rochas ou a voz de sua mãe, fluindo com as ondas, mas enquanto ficou ali deitada, de olhos abertos no escuro, o sonho continuou vívido. Era um sonho antigo, não menos vergonhoso por já conhecer o roteiro. Ela estava em público, à vista de todo mundo, sem uma peça de roupa fundamental. Desta vez, era a blusa. Saíra de casa sem a blusa e agora estava na escadaria de seu colégio — do *colégio* — só de sutiã, que, ainda por cima, era velho. Não importava que já houvessem passado dezesseis anos desde a formatura e que ela não conhecesse nenhuma das pessoas ali presentes. Estava exposta e profundamente envergonhada. E então — isso era algo inédito — sua *sogra* estava ali, parada a um lado, com um olhar de espanto e segurando — bizarro — sua blusa.

Dana poderia ter rido do absurdo daquilo se, naquele exato instante, outra coisa não houvesse desviado seus pensamentos. Um repentino jorro de líquido entre suas pernas, diferente de tudo que já havia sentido.

Com medo de se mexer, sussurrou o nome do marido. Como ele não respondeu, ela estendeu a mão, sacudiu seu braço e chamou de forma clara: — Hugh?

Ele respondeu com um gutural "Hum?".

— Temos que levantar.

Ela sentiu que ele se virava e espreguiçava.

— Minha bolsa acaba de estourar.

Ele se sentou de um pulo. Inclinando-se sobre ela, com a voz grave mais alta que o normal, perguntou: — Tem certeza?

— Continua escorrendo. Mas ainda faltam duas semanas.

— Não tem problema — ele a tranquilizou —, não tem problema. O bebê já tem mais de três quilos...; está praticamente a termo. Que horas são?

— Uma e dez.

— Não se mexa. Vou pegar umas toalhas. — Ele rolou para longe dela e saiu da cama.

Ela obedeceu, em parte porque Hugh havia estudado tudo que envolvia um parto e sabia o que fazer, e em parte para evitar que a sujeira se espalhasse. Mas, assim que ele voltou, ela segurou a barriga e tomou impulso para se levantar. Piscando diante da repentina luz do abajur, pegou uma das toalhas, colocou entre as pernas e foi caminhando lentamente até o banheiro.

Hugh apareceu segundos depois, pálido e de olhos arregalados sob a luz do banheiro. — O que você está vendo aí? — perguntou.

— Não tem sangue. Mas é definitivamente o bebê, não eu.

— Está sentindo alguma coisa?

— Tipo pavor? — Ela falava mais sério que nunca. Por mais preparados que eles estivessem — tinham lido dezenas de livros, conversado com inúmeros amigos, interrogado a médica *e* os colegas dela *e* a enfermeira-chefe *e* os funcionários do hospital durante a visita pré-internação —, a realidade daquele momento era outra coisa. Com o parto súbita e irreversivelmente prestes a ocorrer, Dana estava apavorada.

— Tipo contrações — respondeu Hugh secamente.

— Não. Só uma sensação estranha. Talvez um leve enrijecimento.

— O que significa "leve"?

— Sutil.

— E isso é uma contração?

— Não sei.

— Vem e vai?

— Não *sei*, Hugh. Sério. Simplesmente acordei e senti um jorro...
— Ela parou, sentindo alguma coisa. — Uma cólica. — Ela prendeu a respiração, depois a soltou e encontrou o olhar dele. — Muito leve.
— Cólica ou contração?
— Contração — decidiu, começando a tremer. Eles haviam esperado muito tempo por aquilo. Estavam tão preparados quanto era possível.
— Você vai ficar bem enquanto eu vou chamar o médico? — perguntou Hugh.

Ela assentiu com a cabeça, sabendo que, se não o fizesse, ele teria trazido o telefone até o banheiro. Mas ela não estava inerte. Por mais que Hugh houvesse cuidado dela ultimamente, ela era, por escolha própria, uma pessoa independente. Sabia o que significava depender totalmente de alguém e, depois, perder essa pessoa. Não havia nada pior.

Portanto, enquanto ele telefonava para o médico, ela vestiu sobre a enorme barriga seu mais novo e amplo moletom, agora forrado com um absorvente do estoque pós-parto, para absorver o líquido amniótico que continuava vazando, e seguiu pelo corredor até o quarto do bebê. Mal acendeu a luz e ele a chamou:
— *Dee?*
— Estou aqui!

Abotoando o jeans, ele surgiu na porta. Seu cabelo escuro estava despenteado e os olhos preocupados. — Se as dores estiverem ocorrendo a intervalos de menos de dez minutos, devemos ir para o hospital. Você está bem?

Ela assentiu. — Só queria dar uma última olhada.
— Está perfeito, amor — disse ele enquanto vestia uma camiseta velha azul-marinho. — Tudo pronto?
— Acho que os intervalos não são inferiores a dez minutos.
— Mas serão quando estivermos na metade do caminho.
— É nosso primeiro bebê — argumentou ela. — Os primeiros demoram mais.
— Essa pode ser a regra, mas toda regra tem exceções. Faça o que estou pedindo, por favor.

Ela pegou a mão dele, beijou a palma e a apertou contra seu pescoço. Precisava só de mais um minuto.

Sentia-se segura ali, protegida e feliz. De todos os quartos de bebê que havia decorado para clientes, este era o melhor — quatro paredes de um campo panorâmico, entremeado de flores, com grama alta e árvores cujas copas eram iluminadas pelo sol. Tudo era branco, laranja-claro e verde, com uma miríade de tons realçados por pinceladas azuis numa flor ou no céu. A sensação era de um mundo perfeito, tranquilo, harmonioso e seguro.

Ela podia ser autossuficiente, mas sempre sonhara com um mundo como aquele, desde o instante em que se atrevera a voltar a sonhar.

Hugh havia crescido em um mundo como aquele. Sua infância fora protegida e sua adolescência, abastada. Sua família viera para a América no *Mayflower* e, desde então, ocupava posição proeminente na sociedade. Quatro séculos de sucesso que haviam gerado grande estabilidade. Hugh podia minimizar suas conexões familiares, mas era um beneficiário direto delas.

— Seus pais queriam balões em tons pastel nas paredes — observou ela, soltando sua mão. — Infelizmente, eu os decepcionei.

— Você não — retrucou ele —, nós; mas esse é um ponto crítico. Este bebê não é dos meus pais. — Ele se dirigiu à porta. — Preciso pôr os sapatos.

Afastando umas agulhas de tricô presas na metade superior de um saco de dormir verde-musgo, Dana sentou-se cuidadosamente na cadeira de balanço. Ela a trouxera do sótão, onde Hugh escondia a maior parte de suas relíquias de família e, apesar de ter resgatado outras peças, que agora se encontravam espalhadas pela casa, essa era sua favorita. Adquirida na década de 1840 pelo tataravô dele, que viria a ser general na Guerra Civil, a cadeira tinha o espaldar composto por finos raios de madeira e um assento curvo de três peças, que era incrivelmente confortável para um móvel tão antigo. Meses atrás, mesmo antes de terem pintado o campo nas paredes, Dana havia lixado a pintura lascada da cadeira, restaurando-a e deixando-a reluzente e perfeita. E Hugh havia deixado que o fizesse. Ele sabia que ela dava mais valor à história da família por haver crescido sem uma.

À parte aquilo, todo o resto era novo; uma história de família que se iniciaria ali. O berço e a cômoda fazendo jogo eram importados, mas o resto — do trocador colocado sobre a cômoda, passando pelo tecido pintado à mão que emoldurava as janelas, até o mural — havia sido feito artesanalmente por seu grupo de amigos. Tal grupo, que contava com excelentes pintores, marceneiros, instaladores de carpetes e cortinas, incluía sua avó e a própria Dana. Havia uma manta aos pés do berço, feita por sua avó, que espelhava as cores das paredes, um coelho de cashmere que Dana tricotara com todos os tons de laranja, um porta-bebê, dois suéteres, vários gorros e uma pilha de cobertores para o carrinho do bebê — e isso sem contar o porta-bebê de lã para o inverno, ainda incompleto, amontoado num cesto de vime aos pés da cadeira, e o saco de dormir que segurava nas mãos. Eles, com certeza, haviam exagerado.

Balançando lentamente na cadeira, ela sorriu ao se lembrar do que tinha visto ali, oito meses antes. Sua gravidez acabara de ser confirmada quando ela chegou em casa do trabalho e encontrou o quarto inteiro forrado de tulipas. Roxas, amarelas, brancas — todas suficientemente frescas para durar dias. Hugh tinha planejado a surpresa com extremo prazer, e Dana acreditava que aquilo determinara o clima do ambiente.

Havia mágica naquele quarto. Havia calor e amor. Havia segurança. Ela sabia que seu bebê seria feliz ali.

Espalmando a mão sobre a barriga, ela acariciou a saliência que estava absurdamente grande, em comparação ao restante do corpo. Não sentia o bebê se mexer — o pobrezinho não tinha espaço para mais do que retorcer um dedo da mão ou do pé —, no entanto Dana sentia o enrijecimento dos músculos que ajudariam a trazer seu bebê ao mundo.

Respire lentamente... relembrou a tranquilizadora voz de barítono de Hugh nas aulas de Lamaze que eles haviam feito. Ainda respirava fundo depois do que fora, definitivamente, outra contração quando o ruído dos chinelos anunciou a volta do marido.

Ela sorriu. — Estou imaginando o bebê neste quarto.

Mas ele era extremamente observador. — Isso foi outra contração, não foi? Você está cronometrando?

— Ainda não. Ainda estão muito espaçadas. Estou tentando me distrair pensando em coisas alegres. Lembra da primeira vez que eu vi a sua casa?

Era a pergunta certa a fazer. Sorrindo, ele se encostou ao batente da porta. — Claro que sim. Você usava uma peça de roupa verde-néon.

— Não era néon, era limão, e você não sabia o que era aquilo.

— Eu sabia o que era. Só não sabia como se chamava.

— Se chamava suéter.

Os olhos dele se fixaram nos dela. — Pode rir, se quiser... você sempre ri mesmo, mas aquele suéter era mais pontudo e assimétrico do que tudo que eu já vi nesta vida.

— Modulado.

— Modulado — ele repetiu, afastando-se do batente. — Tricotado em cashmere e seda, coisa que agora eu me lembro facilmente, mas, naquela época, como eu poderia saber? — Ele apoiou ambas as mãos nos braços da cadeira de balanço e se inclinou. — Eu tinha entrevistado três decoradores. Os outros ficaram para escanteio no minuto em que você passou pela minha porta. Eu não entendia de fibras, não entendia de cores, não sabia se você era alguma espécie de pintora de paredes, só sabia que David havia adorado seu trabalho na casa dele. Mas estamos brincando com fogo, minha querida. David vai me matar se eu não te levar para o hospital a tempo. Tenho certeza de que ele viu as luzes acesas.

David Johnson vivia na casa ao lado. Era cirurgião ortopedista e divorciado. Dana vivia tentando apresentar-lhe mulheres, mas ele sempre reclamava, dizendo que nenhuma delas era *ela*.

— David não vai ver as luzes — afirmou ela. — Ele está dormindo

Colocando a peça de tricô no cesto, Hugh a levantou com gentileza. — Como você está se sentindo?

— Excitada. E você?

— Impaciente. — Ele passou o braço por sua cintura, ou nas proximidades dela, mas, quando percebeu em sua expressão que outra contração havia começado, disse: — Definitivamente menos de dez minutos. Foi, tipo, menos que cinco?

Ela não discutiu, apenas se concentrou em soltar o ar lentamente até a dor passar. — Pronto — disse ela. — O.k... menino ou menina... última chance para adivinhar.

— Qualquer um será ótimo, mas não podemos ficar enrolando aqui, Dee — advertiu ele. — Temos que ir para o hospital. — Ele tentou guiá-la para o corredor.

— Não estou pronta.

— Depois de nove meses?

Temerosa, ela colocou a mão no peito dele. — E se alguma coisa der errado?

Ele sorriu e cobriu sua mão. — Nada vai dar errado. Esta é a minha camiseta da sorte. Eu a usei em todos os Super Bowl que os Patriots ganharam *e* também durante a World Series com os Red Sox.

— Estou falando sério.

— Eu também — disse ele, cheio de confiança. — Nós fizemos os exames. O bebê é saudável. Você é saudável. O bebê está no tamanho perfeito para o parto. Está na posição certa. Temos a melhor obstetra e o melhor hospital...

— Eu quero dizer depois. E se houver algum problema, tipo, quando o bebê tiver três anos? Ou sete? Ou quando for adolescente, sabe, como os problemas que os Miller têm com o filho deles?

— Nós não somos os Miller.

— Estou dizendo de modo *geral*, Hugh. — Ela estava pensando no sonho que tivera logo antes de acordar. Não era mistério nenhum o sonho. Era sobre seu medo de ser considerada inadequada. — E se não formos tão bons pais quanto imaginamos que vamos ser?

— Esse, *sim*, é um ponto crítico. Agora é um pouco tarde para pensar nisso.

— Você faz ideia de onde estamos nos metendo?

— É claro que não — disse ele. — Mas nós queremos este bebê. Vamos, meu doce. Temos que sair.

Dana insistiu em voltar ao banheiro da suíte principal, onde rapidamente lavou o rosto, escovou os dentes e penteou o cabelo. Virando-se de lado para uma última olhada, analisou seu corpo de perfil. Sim, ela preferia ser magra; sim, estava cansada de carregar quinze quilos extras; sim, estava morrendo de vontade de usar jeans e camiseta novamente. Mas estar grávida era algo especial.

— Dana — disse Hugh, impaciente. — Por favor.

Ela deixou que ele a guiasse pelo corredor, passando novamente pelo quarto do bebê e indo até a escada. Nos círculos arquitetônicos, sua casa era classificada como um chalé em estilo Newport, embora o termo "chalé" minimizasse sua grandeza. Construída em U, de frente para o mar, com várias portas-balcão que se abriam para um pátio coberto, uma faixa ampla de grama macia e um canteiro de rosas-rugosas de onde se podiam ver as ondas, a casa era uma fantasia composta por mísulas, colunas, bordas brancas e telhas que o ar salobre havia acinzentado. Em uma ala ficavam a sala de estar, a sala de jantar e uma biblioteca; na outra, a cozinha e a sala de tevê. A suíte principal e o quarto do bebê ficavam no segundo andar de uma das alas e havia dois quartos adicionais na outra. O sótão em forma de mansarda continha um escritório que era complementado por uma sacada. Todos os cômodos da casa, à exceção do lavabo no piso térreo, tinham janelas com vista para o mar.

Era a casa dos sonhos de Dana. Ela havia se apaixonado à primeira vista. Dissera a Hugh, mais de uma vez, que, ainda que ele houvesse virado sapo no primeiro beijo, ela teria se casado com ele só pela casa.

Agora, alcançando a mais próxima das duas escadas que desciam simetricamente até o hall de entrada, ela perguntou: — E se for menina?

— Eu adoraria uma menina.

— Mas lá no fundo você quer um menino, eu sei que quer, Hugh. É o nome da família. Você quer um pequeno Hugh Ames Clarke.

— Eu ficaria igualmente feliz com uma Elizabeth Ames Clarke, desde que não tenha de fazer pessoalmente o parto. Cuidado aqui — recomendou ele quando começaram a descer os degraus; Dana, porém, precisou parar na primeira curva. Dessa vez, a contração foi mais forte.

Ela havia se preparado para as dores, mas o fato em si era outra coisa. — Será que eu sou capaz? — ela perguntou, tremendo perceptivelmente ao aferrar-se ao braço dele.

Ele a segurou com mais força. — Você? Vai tirar *de letra*.

Hugh confiara nela desde o princípio. Isso era uma das coisas que amava nele. Ele não hesitara quando ela sugerira madeira de demolição para o assoalho da cozinha, que era, em todos os outros aspectos, moderna; nem mais tarde, quando insistira para que ele pendurasse seus retratos de família na sala de estar — pinturas a óleo grandes e escuras dos Clarke, com suas testas amplas, queixos quadrados e lábios finos —, embora ele, com prazer, os tivesse deixado embalados no sótão.

Ele não dava muita atenção à sua herança familiar. Não, mais do que isso: rebelava-se contra a obsessão do pai pela tradição, dizia que aquilo o *envergonhava*.

Dana deve tê-lo convencido de que ele era uma figura de sucesso por direito próprio, pois permitiu que ela pendurasse os quadros. As pinturas elevaram a linha de visão da sala e lhe conferiram maior profundidade histórica. Ela espalhara almofadas de texturas exóticas pelos enormes estofados de couro, algo de que Hugh também havia gostado. Ele disse que queria conforto, não conservadorismo. Couro extramacio e uma profusão de seda texturizada e chenile proporcionavam exatamente isso. Ele também dissera que não gostava do canapé que pertencera a seu bisavô, por ser muito austero, mas também deu a ela o poder de decisão sobre aquilo. Ela havia mandado restaurar a madeira de carvalho do canapé, refazer o assento e colocar almofadas e um xale, para suavizar o visual.

Não que, agora, ela fosse capaz de reparar em *qualquer* dessas coisas. Estava concentrada em dar um passo depois do outro, pensando que, se aquelas contrações eram apenas o começo, o parto poderia ser bastante difícil, e que, se houvesse qualquer outra forma de fazer aquele bebê sair, certamente optaria por ela.

Mal haviam chegado aos pés da escada quando ela disse, ofegando: — Esqueci meu travesseiro.

— Há travesseiros lá no hospital.

— Preciso do meu. Por favor, Hugh?

Acomodando-a no degrau, ele correu escadaria acima e voltou com o travesseiro embaixo do braço em menos de um minuto.

— E água — lembrou-lhe Dana.

Ele desapareceu novamente, dessa vez na cozinha, e voltou segundos depois com um par de garrafas. — O que mais?

— Celular? BlackBerry? Aimeudeus, Hugh, eu tinha uma reunião preliminar com os Cunningham hoje.

— Parece que você não vai comparecer.

— É um trabalho importantíssimo.

— Pense nisso como uma licença-maternidade.

— Esse trabalho iria permitir a licença. Eu prometi a eles que esboçaria uns projetos logo que o bebê nascesse.

— Os Cunningham vão entender. Telefonarei para eles do hospital. — Ele apalpou os bolsos. — Celular, BlackBerry, que mais?

— Lista de telefonemas. Câmera fotográfica.

— Estão na sua mala. — Ele tirou a bolsa do armário, olhando com desânimo para os fios de lã que escapavam pela abertura superior. — Dana, você prometeu.

— Não é muito — disse ela rapidamente —, só uma coisinha em que trabalhar, sabe, se as coisas estiverem meio lentas.

— Uma coisinha? — perguntou ele, enfiando a lã para dentro. — O que temos aqui, oito novelos?

— Seis, mas é um fio grosso, o que significa que não rende muito, e eu não quis correr o risco de ficar sem lã. Não seja impaciente, Hugh. Tricotar me tranquiliza.

Ele lançou um olhar de não-me-diga para o armário. Havia sacos de lã na prateleira de cima e junto ao piso. A mesma coisa acontecia na maioria dos armários da casa.

— Meu estoque não é tão grande como o de algumas pessoas — argumentou ela. — Além disso, que mal tem em aproveitar ao máximo meu tempo no hospital? A vó quer este modelo pronto para o outono. E se eu precisar ficar no hospital *depois* que o bebê nascer? Algumas mulheres levam livros ou revistas. Este é o *meu* passatempo.

— Quanto tempo disseram que você ficaria no hospital? — perguntou ele. Ambos sabiam que, salvo alguma complicação, ela voltaria para casa no dia seguinte.

— Você não sabe tricotar. Não conseguiria entender.

— Disso, não tenho dúvida. — Enfiando as garrafas de água na bolsa, ele fechou o zíper, pendurou a alça no ombro e a ajudou a sair pela porta da frente. Atravessaram a varanda até a entrada pavimentada de pedra, onde o carro de Hugh estava estacionado.

Em vez de pensar em como estava tremendo, ou, pior, em quando a dor a iria atingir, Dana pensou nos macacõezinhos de algodão em sua bolsa. Eles haviam sido comprados, mas todo o resto fora feito à mão. Hugh achava que ela havia colocado coisas demais na bolsa, mas como escolher entre aqueles minúsculos gorros e meias de tricô, todos em algodão para o verão de agosto e feitos com tanto primor? Não ocupavam espaço nenhum. Seu bebê merecia ter opções.

Claro, seus sogros não tinham ficado mais animados com aquelas peças do que com a decoração do quarto. Eles haviam providenciado um enxoval da Neiman Marcus e não entendiam por que o bebê não iria usar aquelas roupinhas para vir para casa.

Dana deixou passar. Explicar os teria ofendido. Para ela, peças tricotadas a mão representavam as lembranças de sua mãe, o amor de sua avó e o carinho da família postiça formada pelas amigas da loja de lãs. A família de seu marido jamais entenderia até que ponto as peças tricotadas eram pessoais. Os Clarke conheciam seu lugar na sociedade e, por mais que Dana adorasse ser esposa de Hugh, por mais que admirasse a autoconfiança dos Clarke e sentisse inveja de seu passado, ela não podia se esquecer de quem era.

— Está tudo bem? — perguntou Hugh, ajudando-a a entrar no carro.

— Tudo bem — conseguiu responder.

Ela ajustou o cinto de segurança de forma que o bebê não se machucasse no caso de uma freada brusca, embora houvesse pouca probabilidade de isso acontecer. Para um homem impaciente, Hugh até que dirigia com bastante cuidado; tanto que, conforme o tempo foi passando e as contrações foram ficando mais intensas, ela desejou que ele fosse mais rápido.

Mas ele sabia o que estava fazendo. Hugh sempre sabia o que estava fazendo. Além disso, havia poucos carros na estrada e eles pegaram sinais verdes em todo o caminho.

Por haverem se registrado previamente no hospital, ele mal deu seus nomes quando chegaram. Em frações de segundos, Dana vestia uma camisola do hospital, tinha um monitor fetal preso à sua cintura e era examinada pelo médico plantonista. As contrações estavam vindo a cada três minutos e, logo, a cada dois, literalmente a deixando sem ar.

As horas seguintes passaram rapidamente, embora mais de uma vez, quando o ritmo diminuiu, ela se perguntou se o bebê também estaria tendo arrependimentos de última hora. Ela tricotou por algum tempo, até que foi atravessada pela força das contrações; então, Hugh se tornou sua única fonte de conforto. Ele massageou seu pescoço e suas costas, afastou o cabelo de seu rosto e, o tempo todo, disse a ela como era linda.

Linda? Suas entranhas eram uma massa de dor, sua pele estava molhada, o cabelo, emaranhado. Linda? Ela estava um horror! Mas agarrou-se a seu marido, tentando acreditar em cada palavra que ele dizia.

No geral, o bebê nasceu relativamente rápido. Menos de seis horas depois de a bolsa ter estourado, a enfermeira declarou que ela estava totalmente dilatada e eles a transferiram para a sala de parto. Hugh tirou fotos — Dana achava que se lembrava disso, embora a lembrança pudesse ter sido criada depois, pelas fotos em si. Ela fez força pelo que pareceu uma eternidade, mas que foi consideravelmente pouco tempo, tanto que sua obstetra quase perdeu o nascimento do bebê. A mulher mal havia chegado quando o bebê nasceu.

Hugh cortou o cordão umbilical e, em segundos, colocou o bebê chorando sobre sua barriga — era a menininha mais linda e perfeita que ela já tinha visto. Dana não sabia se ria do choro agudo ou se ofegava de admiração diante dos diminutos dedos dos pés e das mãos. Ela parecia ter cabelo escuro — Dana imediatamente imaginou a cabeça coberta com o cabelo fino e castanho-escuro dos Clarke —, embora fosse difícil ver, com os vestígios de película esbranquiçada sobre o corpinho.

— Com quem ela se parece? — perguntou Dana, incapaz de enxergar através das lágrimas.

— Com ninguém que *eu* conheça — ele observou com uma risada alegre e tirou mais uma série de fotos antes que a enfermeira a levasse embora —, mas ela é linda. — Ele sorriu de forma provocante. — Você queria mesmo uma menina.

— Queria — confessou Dana. — Queria uma menina para receber o nome da minha mãe. — Incrivelmente (e mais tarde ela se lembraria disso com total clareza), ela visualizou sua mãe como a vira pela última vez: viva e cheia de energia, naquela tarde ensolarada na praia. Dana sempre havia imaginado que sua mãe e sua filha se tornariam grandes amigas, caso em que Elizabeth Joseph teria estado ali na sala de parto com elas. Dentre as várias ocasiões na vida de Dana em que sentira imensa falta de sua mãe, aquela era uma das principais. Esse era um dos motivos pelos quais batizar a bebê com seu nome significava tanto.

— É um pouco como se eu a estivesse recebendo de volta.

— Elizabeth.

— Lizzie. Ela tem cara de Lizzie, não tem?

Hugh ainda estava sorrindo, segurando a mão de Dana de encontro aos lábios. — Ainda é difícil dizer. Mas "Elizabeth" é um nome elegante.

— O próximo será um menino — prometeu Dana, virando o pescoço para ver a bebê. — O que estão fazendo com ela?

Hugh se levantou do banco para ver. — Aspirando — informou ele. — Secando. Colocando uma pulseirinha de identificação.

— Seus pais queriam um menino.

— Não é o bebê dos meus pais.

— Ligue para eles, Hugh. Eles ficarão muito emocionados. E ligue para a minha avó. E para os outros.

— Daqui a pouco — disse Hugh. Ele concentrou sua atenção em Dana com tanta intensidade que ela começou a chorar novamente. — Eu te amo — sussurrou ele.

Incapaz de responder, ela apenas passou os braços em volta do seu pescoço e apertou com força.

— Aqui está ela — veio uma voz gentil e, de repente, a bebê estava nos braços de Dana, limpa e embrulhada com suavidade.

Dana sabia que provavelmente estava imaginando — bebês não podiam de fato focalizar —, mas podia jurar que a bebê estava olhando para ela como se soubesse que Dana era sua mãe, que a amaria para sempre, que a protegeria com a própria *vida*.

A bebê tinha o narizinho delicado, a boca cor-de-rosa e o queixo igualmente delicado. Dana espiou por baixo do gorro cor-de-rosa. O cabelo da bebê ainda estava úmido, mas era definitivamente escuro — com cachinhos finos, um *monte* deles, o que era uma surpresa. Tanto ela quanto Hugh tinham cabelo liso.

— De onde ela puxou isso?

— Sei lá — disse Hugh, parecendo subitamente alarmado. — Mas olhe a pele dela.

— É tão macia.

— É tão *escura*. — Ele ergueu um olhar temeroso para a médica. — Ela está bem? Acho que está ficando azulada.

O coração de Dana quase parou de bater. Ela não tinha visto nada de azulado, mas, devido à velocidade com que a bebê fora tirada deles e examinada, ela mesma mal havia respirado até que o pediatra da equipe houvesse feito um exame minucioso, dado uma nota alta no teste de Apgar e anunciado que seu peso era de três saudáveis quilos.

Não, sua pele não estava azulada, concluiu Dana quando Lizzie estava de volta em seus braços. No entanto, tampouco era rosada, como ela havia esperado. Seu rosto tinha um tom acobreado que era tão adorável quanto estarrecedor. Curiosa, ela afastou o cobertorzinho para descobrir o bracinho. A pele ali era do mesmo marrom-claro, ainda mais óbvio em contraste com as unhas brancas nas extremidades dos dedos.

— Com *quem* ela se parece? — murmurou Dana, assombrada.

— Não com os Clarke — respondeu Hugh. — Não com os Joseph. Talvez alguém do lado da família do seu pai?

Dana não tinha como saber. Ela sabia o nome de seu pai, mas nada além disso.

— Ela parece saudável — argumentou.

— Não li nada sobre a pele ser mais escura no nascimento.

— Nem eu. Ela parece bronzeada.

— Mais que bronzeada. Olhe a palma das mãos, Dee. São mais claras, assim como as unhas.

— Ela parece mediterrânea.

— Não. Não mediterrânea.

— Indiana?

— Também não. Dana, ela parece *negra*.

Dois

Hugh esperava que seu tom fosse brincalhão. Ele e Dana eram brancos. Seu bebê não podia ser negro.

Porém, ali parado na sala de parto, observando atentamente a criança nos braços de Dana, ele sentiu um tremor de medo. A pele de Lizzie era muito mais escura do que a de qualquer outro bebê da família Clarke que ele já vira, e ele já tinha visto vários. Os Clarke sentiam orgulho da sua prole, conforme ficava comprovado pela enxurrada de fotos festivas dos parentes, todos os anos. Seu irmão tinha quatro filhos, todos do tipo pálido anglo-saxão, e seus primos-irmãos tinham mais de dezesseis ao todo. Nenhum deles de pele escura.

Hugh era advogado. Passava o dia argumentando sobre fatos e, neste caso, não havia nenhum fato que sugerisse que seu bebê devesse ser outra coisa que não caucasiano. Tinha de ser sua imaginação — ele só podia estar exagerando as coisas. E quem poderia culpá-lo? Ele estava cansado. Fora dormir tarde depois de assistir ao jogo entre os Sox e o time de Oakland e, então, despertara uma hora depois e ficara acordado desde então. Mas, cara, ele não teria perdido nem um minuto sequer daquele parto. Ver a bebê sair, cortar o cordão umbilical... não havia muita coisa melhor do que aquilo. Isso, sim, era emoção!

Agora, no entanto, ele se sentia estranhamente vazio. Aquela era sua filha — sua família, seus genes. Ela deveria parecer familiar.

Ele havia lido sobre tudo pelo que os bebês passavam ao sair do útero e se preparara para ver uma cabeça pontuda, a pele manchada ou até mesmo alguns hematomas. A cabeça desta bebê era redonda e sua pele, perfeita.

Mas ela não tinha o cabelo fino e liso nem o bico de viúva que marcava os bebês da família Clarke; tampouco os cabelos claros de Dana e seus olhos azuis.

Ela parecia uma estranha.

Talvez aquilo fosse um desapontamento natural, depois de meses de expectativa. Talvez fosse o que os livros queriam dizer com nem sempre amar seu bebê à primeira vista. Ela era um indivíduo. Cresceria e desenvolveria as próprias preferências e antipatias, as próprias qualidades, o próprio temperamento, que poderiam ser totalmente diferentes dos seus e de Dana.

Ele a amava. Ela era sua filha. Apenas não parecia.

Dito isso, ela era sua responsabilidade. Então, ele seguiu a enfermeira quando ela levou a bebê para o berçário e observou através do vidro quando os funcionários pingaram colírio em seus olhos e lhe deram um banho de esponja de verdade.

Sua pele ainda parecia acobreada. A bem da verdade, em contraste com o cobertorzinho e o gorro cor-de-rosa, era ainda mais óbvio do que antes.

As enfermeiras pareciam não notar a pele escura. Casamentos birraciais eram comuns. Aquelas mulheres não sabiam que a esposa de Hugh era branca. Além disso, havia crianças muito mais escuras no berçário. Em comparação com algumas, a tez de Elizabeth Ames Clarke era clara.

Aferrando-se àquele pensamento, ele voltou para o quarto de Dana e começou a dar telefonemas. Sua mulher tinha razão sobre o fato de os pais dele quererem um menino — por haverem tido dois meninos, eles eram parciais aos filhos que pudessem perpetuar o nome da família —, mas ficaram emocionados com a notícia, assim como seu irmão; Hugh já estava se sentindo melhor quando, finalmente, telefonou para a avó de Dana.

Eleanor Joseph era uma mulher notável. Depois de perder a filha e o marido em acidentes trágicos, com quatro anos de intervalo, ela havia criado a neta sozinha e, ao mesmo tempo, estabelecera um comércio próspero. O nome oficial era A Malharia, embora ninguém nunca a houvesse chamado de outra coisa além de A Loja da Ellie Jo.

Antes de conhecer Dana, Hugh não sabia praticamente nada a respeito de lãs e linhas, e muito menos sobre as pessoas que as utilizavam. Ele ainda não conseguia se lembrar do que significava SKP, apesar de Dana ter lhe explicado mais de uma vez. Mas apreciava o calor de seu cachecol de alpaca preferido, que ela havia tricotado e que era mais bonito do que qualquer peça que já houvesse visto nas lojas — além disso, também podia sentir a atração exercida pela loja de lãs. Durante aquelas semanas finais da gravidez de Dana, conforme ela foi diminuindo o ritmo de trabalho, passava cada vez mais tempo lá. Ele aparecia com frequência, aparentemente para ver sua esposa grávida, mas também para aproveitar a atmosfera tranquila do lugar. Quando um cliente mentia para ele, um sócio arruinava uma petição ou um juiz decidia contra ele, a loja de lãs era uma pausa revigorante.

Talvez fosse o local. O que poderia ser melhor do que ter vista para um pomar de macieiras? Mas Hugh sentia que o mais provável era que fossem as pessoas. Dana não precisava que seu marido viesse checar como ela estava, quando estava na loja. O lugar era um recanto de mulheres atenciosas. Muitas delas já haviam pessoalmente passado por um parto. E demonstravam seus sentimentos. Ele já surpreendera algumas conversas relacionadas a sexo e percebera que tricotar era só uma desculpa. Aquelas mulheres davam umas às outras coisas que faltavam em sua vida.

E Ellie Jo liderava aquele grupo. Autêntica ao extremo, ela ficou maravilhada quando ele contou que haviam tido uma menina, e começou a chorar quando ele disse o nome. Com Tara Saxe, a melhor amiga de Dana, foi a mesma coisa.

Ele ligou para seus dois sócios na firma de advocacia — o Calli e o Kohn, que integravam o nome "Calli, Kohn e Clarke" — e telefonou para sua secretária, que prometeu transmitir a notícia aos demais colegas. Telefonou para David, o vizinho deles. Telefonou para mais alguns amigos, para seu irmão e os dois primos da família Clarke de quem era mais próximo.

Então, Dana foi levada de cadeira de rodas para o quarto, querendo saber o que a bebê estava fazendo e quando poderia tê-la de volta. Ela quis telefonar pessoalmente para a avó e para Tara, embora ambas já estivessem a caminho do hospital.

Os pais de Hugh chegaram primeiro. Embora não fossem nem nove horas da manhã, estavam vestidos de forma impecável, o pai com um blazer azul-marinho e gravata listrada, e a mãe, de Chanel. Hugh jamais vira nenhum deles despenteado.

Eles trouxeram um vaso grande cheio de hortênsias. — Do nosso jardim — disse a mãe sem necessidade, já que hortênsias eram seu presente para qualquer ocasião entre meados do verão e a primeira geada do inverno. Tagarelando sobre a *sorte* de, este ano, haver mais flores brancas, para uma menina, do que azuis, ela passou o vaso para Hugh e ofereceu-lhe o rosto para um beijo, depois fez o mesmo com Dana. O pai de Hugh deu abraços surpreendentemente vigorosos em ambos, antes de olhar em volta com expectativa.

Com sua mãe ainda admirada com a rapidez do parto e com os muitos avanços nos cuidados obstétricos desde que os *seus* filhos haviam nascido, Hugh os guiou pelo corredor até o berçário. Seu pai identificou de imediato o nome num berço próximo à janela e disse:

— Ali está ela.

Nesse ponto, Hugh esperava ouvir exclamações emocionadas sobre a delicadeza e a beleza de sua filha. Ele queria que seus pais lhe dissessem que ela se parecia com a tia-avó favorita de sua mãe, ou com uma prima de segundo grau de seu pai, ou, simplesmente, que ela era extraordinariamente única.

Mas seus pais ficaram em silêncio, até que seu pai disse, gravemente: — Esta não pode ser ela.

Sua mãe tinha a testa franzida, tentando ler os nomes nos demais berços. — É a única Clarke.

— Este bebê não pode ser de Hugh.

— Eaton, ali diz Menina Clarke.

— Então marcaram errado — argumentou Eaton. Historiador de profissão, atuando como professor e escritor, ele confiava tanto nos fatos quanto Hugh.

— Ela tem uma pulseirinha de identificação — observou Dorothy —, mas nunca se sabe direito. No programa da Oprah já foram alguns pais cujos bebês foram mal identificados. Vá perguntar, Hugh. Esta bebê não parece ser sua filha.

— É ela — disse Hugh, tentando parecer surpreso com a dúvida deles.

Dorothy estava confusa. — Mas ela não se parece nem um pouco com você.

— Eu me pareço com você? — perguntou ele. — Não. Me pareço com o pai. Bem, esta bebê também puxou a Dana.

— Mas ela tampouco se parece com Dana.

Outro casal veio pelo corredor e colocou o rosto na janela.

Eaton baixou a voz: — Eu verificaria isso, Hugh. Confusões acontecem.

Dorothy acrescentou: — O jornal acabou de publicar uma história sobre uma mulher que deu à luz gêmeos de proveta de outra pessoa; e até que dá para a gente entender... como é *possível* que eles consigam manter todas aquelas coisinhas microscópicas separadas?

— Dorothy, nesse caso foi uma fertilização *in vitro*.

— Pode ser. Mas isso não significa que não haja trocas. Além disso, o modo como se chega a uma gravidez não é algo que os filhos necessariamente contam para sua *mãe*. — Ela lançou a Hugh um olhar constrangido.

— Não, mãe — disse Hugh. — Essa gravidez não foi *in vitro*. Esqueçam as trocas. Eu estava na sala de parto. Foi esta criança que eu vi nascer. Cortei o cordão umbilical.

Eaton continuava em dúvida: — Tem *certeza* de que era este bebê?

— Absoluta.

— Bem — disse Dorothy, baixinho —, o que estamos vendo aqui não se parece com você nem com ninguém da nossa família. Este bebê deve se parecer com a família de Dana. A avó dela raramente fala sobre seus parentes... não havia apenas *três* membros da família Joseph no casamento, incluindo a noiva? Mas a avó dela deve ter parentes, sem mencionar que também há o pai de Dana, que é um mistério *ainda maior*. A Dana pelo menos sabe o nome dele?

— Ela sabe o nome dele — disse Hugh, e encarou o olhar do pai. Ele sabia o que Eaton estava pensando. Se havia uma característica que seus pais tinham, era a de serem coerentes. A linhagem importava.

— Nós discutimos isso há três anos, Hugh — lembrou-lhe o velho, em voz baixa, mas mordaz. — Eu disse para você mandar investigar.

— E eu disse que não o faria. Não havia razão.

— Você saberia com o que estava se casando.

— Não me casei com um "o que" — argumentou Hugh —, casei-me com um "quem". Achei que tivéssemos esgotado o assunto na época. Eu me casei com Dana. Não me casei com o pai dela.

— Nem sempre é possível separar as duas coisas — retrucou Eaton. — Eu diria que este é um caso assim.

Hugh foi poupado de responder pela enfermeira, que acenou para ele e levou o berço até a porta.

Aquela bebê era dele. Ele havia ajudado a concebê-la, havia ajudado a trazê-la ao mundo. Havia cortado o cordão que a unia à mãe. Havia simbolismo naquilo. Dana não era mais sua guardiã exclusiva. Ele tinha um papel a desempenhar, agora e nos próximos anos. Um pensamento que seria impressionante mesmo sob as circunstâncias mais ordinárias, e aquelas circunstâncias não pareciam sequer minimamente ordinárias.

— Algum de vocês está contente? — perguntou. — No mínimo felizes por mim? Esta é a minha bebê.

— É? — perguntou Eaton.

Hugh demorou um minuto para absorver — inicialmente pensando que fosse apenas um comentário estúpido —, e então ficou furioso. Mas a enfermeira estava empurrando o bercinho na sua direção. Ele levantou o pulso para que ela comparasse a pulseira da bebê à dele.

— Estes são os avós? — perguntou ela, com um sorriso.

— Certamente — disse Hugh.

— Parabéns, então. Ela é linda. — Ela se virou para ele. — Sua esposa está pensando em amamentar?
— Sim.
— Vou mandar alguém para ajudá-la a começar. — A porta do berçário se fechou, pondo fim à representação de alegria por parte de Hugh.

Ele se virou para o pai: — Você está dizendo que Dana teve um caso?

— Coisas mais estranhas já aconteceram — disse sua mãe.

— Não comigo — declarou Hugh. Quando ela lhe dirigiu um olhar de advertência, ele baixou a voz: — E não com o meu casamento. Por que você acha que esperei tanto tempo? Por que você acha que eu me recusei a casar com aquelas garotas que *vocês dois* adoravam? Porque, *então*, teria havido casos extraconjugais, e seriam da minha parte. Eram mulheres maçantes com um estilo de vida maçante. Dana é diferente.

— Obviamente — retrucou um de seus pais. Nem importava qual deles. Havia acusação em ambos os rostos.

— Isso quer dizer que vocês não vão telefonar para todos os membros da família Clarke e contar sobre a minha bebê?

— Hugh — disse Eaton.

— E quanto ao seu clube? — perguntou Hugh. — Vocês acham que ela será bem-vinda ali? Vão exibi-la de mesa em mesa para os seus amigos na Noite do Churrasco, como fizeram com os filhos de Robert?

— Se eu fosse você — aconselhou Eaton —, não me preocuparia com o clube. Me preocuparia com a cidade em que você mora, com as escolas que ela vai frequentar e com o futuro dela.

Hugh levantou a mão. — Olha, você está falando com alguém cujos sócios são um cubano e um judeu, cujos clientes são principalmente minorias e cujo vizinho é afro-americano.

— Como a sua filha — disse Eaton.

Hugh respirou fundo para tentar se acalmar, sem resultado.

— Não vejo nenhuma pele negra neste berçário. Vejo morena, branca, amarela e todas as tonalidades intermediárias. Então, a minha bebê tem a pele morena. Acontece que ela também é linda. Até que vocês possam dizer isso para mim... até que possam dizer isso a Dana... por favor... — Ele não terminou, apenas os encarou por um minuto, antes de empurrar o bercinho pelo corredor.

— Por favor o quê? — gritou Eaton, alcançando-o em alguns passos. Ele tinha as mesmas pernas compridas que Hugh. Ou, mais precisamente, Hugh tinha as pernas dele.

Por favor, vão embora. Por favor, guardem seus pensamentos feios para si mesmos e deixem a mim, minha mulher e nossa filha em paz.

Hugh não disse nada disso. Mas seus pais sentiram. Quando ele chegou à porta do quarto de Dana, ele e a bebê estavam sozinhos.

Três

𝓑astou um olhar para Hugh e Dana soube o que havia acontecido. Seu próprio entusiasmo não havia sido embaçado pela preocupação? Os pais de Hugh eram boas pessoas. Faziam doações generosas a suas instituições de caridade preferidas, dentre as quais a igreja não era das menores, e pagavam sua cota justa de impostos. Mas gostavam de sua vida como ela era. Mudanças de qualquer espécie representavam uma ameaça. Dana tivera de morder a língua diante do alvoroço causado quando a cidade em que os Clarke moravam, em South Shore, votara a permissão para que se instalasse ali uma franquia de fast-food, contra as objeções de Eaton, Dorothy e outros esnobes de que não comeriam um Big Mac nem que sua vida dependesse disso.

Dana adorava Big Mac. Mas muito tempo antes já havia aceitado que seus sogros, não.

Não. Ela não se importava com o que os pais de Hugh pensavam. Mas se importava com o que Hugh pensava. Por mais independente que ele fosse, seus pais podiam acabar com seu humor.

Isso claramente havia acontecido. Ele estava disperso, parecendo irritado num momento em que deveria estar rindo, abraçando-a, dizendo que a amava, como fizera no momento do nascimento da bebê.

Dana precisava daquilo. Mas se sua mente registrou o desânimo, estava emocionalmente anestesiada demais para sentir. Ele estava com a bebê e Dana queria segurá-la. Sentiu uma necessidade instintiva de protegê-la, mesmo do próprio pai, se fosse necessário.

Ela começou a se sentar, mas Hugh gesticulou para que voltasse atrás. Suas mãos pareciam absurdamente grandes sob a bebê. Ela pegou a criança, deliciando-se com seu calor. À parte alguns resquícios de unguento nos olhos, seu rostinho estava limpo e macio. Dana ficou embevecida.

— Olhe as bochechas — sussurrou. — E a boca. Tudo é tão pequeno. Tão delicado. — Inclusive a cor. Marrom-clara? Dourada?

Buscando cuidadosamente uma mãozinha, ela observou os dedos da bebê explorarem o ar antes de se curvarem sobre um dedo seu.

— Seus pais a seguraram?

— Não dessa vez.

— Eles estão abalados.

— Pode-se dizer que sim.

Dana lançou-lhe um olhar. Os olhos dele continuaram fixos na bebê.

— Onde eles estão agora? — perguntou.

— Suponho que tenham ido para casa.

— Estão me culpando, não estão?

— Essa palavra é terrível, Dee.

— Mas é adequada. Eu conheço seus pais. Nossa bebê tem pele escura e eles sabem que não é do seu lado da família; portanto, tem que ser do meu.

Ele ergueu os olhos. — E é?

— Poderia ser — disse Dana sem hesitar. Ela havia crescido com perguntas sem respostas. — Eu tenho uma foto do meu pai. Você a viu. Ele é tão branco quanto você. Mas será que alguém pode saber realmente o que aconteceu duas ou três gerações atrás?

— Eu sei.

Sim, Dana reconheceu em silêncio. Os Clarke sabiam essas coisas. Infelizmente, os Joseph, não. — Então seus pais me culpam. Eles esperavam uma coisa e receberam outra. Não estão contentes com a nossa filha e me culpam por isso. E você?

— "Culpar" não é a palavra certa. Implica algo ruim.

Dana baixou os olhos para a bebê, que estava olhando diretamente para ela. Estava tranquila e satisfeita. Elizabeth Ames Clarke tinha algo especial, e se isso provinha de genes que eles não haviam esperado, então que assim fosse. Não havia nada de ruim nela. Ela era absolutamente perfeita.

— Esta é a nossa bebê — protestou Dana baixinho. — Será que cor da pele é uma coisa diferente de cor dos olhos, ou de inteligência, ou de temperamento?

— Neste país, neste mundo, sim.

— Não vou aceitar isso.

— Então você está sendo ingênua. — Ele soltou um suspiro. Parecendo exausto, correu a mão pelos cabelos, mas as pontas espetadas que normalmente cobriam sua testa rapidamente caíram de volta. Quando seus olhos encontraram os dela, estavam tristes. — Meus clientes vêm de todos os grupos minoritários e, sistematicamente, os afro-americanos dizem que é mais difícil. Tem melhorado... e continuará melhorando, mas não vai desaparecer por completo; pelo menos não durante a nossa vida.

Dana deixou o assunto de lado. Hugh era uma das pessoas mais tolerantes que ela conhecia. A opinião dele era a afirmação de um fato, não mero preconceito.

Então, talvez ela *estivesse* sendo ingênua. Essa bebê já lhe era familiar, embora Dana pudesse ter dificuldade em distinguir uma característica singular que viesse de Hugh ou de si mesma.

Estava remoendo isso quando a porta se abriu e a avó de Dana espiou pela fresta. Vendo seu rosto, Dana esqueceu de tudo, exceto da emoção do momento. — Venha vê-la, vó! — gritou. Seus olhos se encheram de lágrimas quando a mulher em quem ela confiava mais do que qualquer outra pessoa no mundo foi colocar-se a seu lado.

Ainda bela aos setenta e quatro anos, Ellie Jo tinha cabelos grisalhos grossos, presos no alto da cabeça por um par de palitos de bambu, pele lisa e uma coluna que ainda era forte o bastante para mantê-la altiva. Sua aparência era a de quem levara uma vida despreocupada, o que era enganoso. Ela se tornara mestra em sobrevivência, em grande parte por haver criado para si mesma — e para Dana — uma vida significativa, produtiva e honrada.

Ela era só sorrisos ao se aproximar. Sua mão tremeu em contato com o cobertorzinho rosa-claro. Ela prendeu a respiração e depois exalou, maravilhada: — Minha nossa, Dana Jo. Ela é a coisa mais preciosa que eu já vi na *vida*.

Dana explodiu em lágrimas. Ela passou o braço pelo pescoço da avó e se agarrou, soluçando por motivos que não entendia. Ellie Jo abraçou Dana com um braço e a bebê com o outro até que as lágrimas diminuíram.

Fungando, Dana pegou um lenço de papel. — Não sei qual é o problema.

— Hormônios — afirmou Ellie Jo, enxugando diligentemente sob os olhos de Dana com o polegar. — Como você se sente?

— Dolorida.

— Gelo, Hugh — ordenou Ellie Jo. — Dana precisa se sentar sobre algo frio. Veja o que você consegue arrumar.

Dana olhou enquanto Hugh saía. A porta mal havia se fechado quando seus olhos voaram para a avó. — O que você acha?

— Sua filha é maravilhosa.

— O que você acha da cor dela?

Ellie Jo não tentou negar aquilo que ambas podiam ver tão claramente. — Acho que a cor é parte da beleza dela, mas, se você está me perguntando de onde veio, não sei te dizer. Quando sua mãe estava grávida de você, costumava brincar dizendo que não fazia a menor ideia do que iria sair dali.

— Havia alguma dúvida no seu lado da família?

— Dúvida?

— Origem desconhecida, como uma adoção?

— Não. Eu sabia de onde tinha vindo. A mesma coisa com o meu Earl. Mas sua mãe sabia muito pouco sobre seu pai. — Ao dizer isso, ela espiou sob a borda do gorrinho cor-de-rosa e sussurrou, deliciada: — Olhe só esses cachos.

— Meu pai não tinha cachos — disse Dana. — Ele não parecia afro-americano.

— Adam Clayton Powell também não — retrucou sua avó. — Muitos grupos negros o baniram porque ele parecia muito branco.

— E os brancos o aceitaram como igual?

— Na maioria dos casos.

Mas não em todos, concluiu Dana. — Hugh está chateado.

— Hugh? Ou os pais dele?

— Os pais, mas acabaram o contagiando. — Os olhos de Dana se encheram novamente de lágrimas. — Eu queria que ele estivesse emocionado. Esta é a *nossa bebê*.

Ellie Jo a acalmou por um minuto, antes de dizer: — Ele *está* emocionado. Mas está tentando lidar com o que vê. Talvez nós soubéssemos que deveríamos esperar o inesperado. *Ele* se preparou para ver o mais novo representante dos Ames Clarke.

— Ele vai querer respostas — conjeturou Dana. — Hugh é irredutível nesse aspecto. Não vai descansar até descobrir a origem da aparência de Lizzie, e isso significa revirar *cada centímetro* da nossa árvore genealógica. Será que eu quero que ele faça isso? Será que eu *quero* encontrar meu pai, depois de todo esse tempo?

— Ei! — veio uma exclamação alegre da porta.

Tara Saxe era a melhor amiga de Dana desde que as duas tinham três anos de idade. Juntas, haviam sofrido a morte das mães, o que parecera infindáveis anos de escola, o flagelo dos garotos adolescentes e a dúvida de não saber o que queriam ser. Casada logo após a faculdade com um pianista que ficara feliz em morar na casa de infância dela, Tara tinha três filhos com menos de oito anos, um diploma em contabilidade que havia conseguido estudando à noite e um emprego de meio período que detestava, mas sem cuja remuneração ela e o marido não poderiam viver. A única coisa desordenada nela era seu cabelo castanho-claro, cortado na altura do queixo, ondulado e raramente penteado. Fora isso, ela era perfeccionista, equilibrando todos os detalhes de sua vida de forma confiante.

Ela também tricotava e, nisso, era parceira de Dana para copiar as novidades de diferentes estilistas. No começo de cada estação, elas sondavam as lojas de roupas femininas mais exclusivas de Boston, tomando notas. Então, apesar de ambas terem emprego e *nenhum* tempo para aquilo, Dana desenhava modelos que, entre elas, iam tricotando — ocasionalmente, o mesmo suéter várias vezes, cada qual com variações de cor ou proporção. A reação de Tara ao processo dizia a Dana — e, o que era mais importante, a Ellie Jo — se o modelo iria fazer sucesso na loja.

Agora Tara a abraçava e estava maravilhada com a bebê tanto quanto Ellie Jo. Só que Dana não precisava perguntar a Tara o que ela achava. Tara era direta como só uma melhor amiga poderia ser:

— Opa — disse ela —, olhe esta pele. Onde foi que você disse que arrumou este bebê, Dana Jo?

— Suponho que ela seja uma relíquia do meu passado desconhecido — respondeu Dana, aliviada pela brincadeira. — Hugh está chateado.

— Por quê? Porque ele não pode dizer que ela é a cópia fiel do bisavô dele ou de seu *tataravô*? Cadê ele, por sinal?

— A vó mandou que ele fosse buscar gelo.

— Ah. Aposto que você está começando a precisar mesmo. Oh, olhe só esta criança fuçando por toda parte. Ela está com fome.

Os seios de Dana estavam maiores agora do que tinham sido antes da gravidez, embora não mais do que nas últimas duas semanas.

— Será que eu devo fazer isso assim tão cedo?

— Ah, sim. Ela ainda não está faminta por leite, e você tem colostro.

Dana abriu a camisola. Tara mostrou a ela como segurar a bebê para que ela conseguisse pegar o peito, mas foram vários minutos manipulando o bico do seio de Dana antes que finalmente conseguissem, e então Dana ficou espantada com a força da sucção. — Como *é* que ela sabe o que fazer?

Tara não respondeu, porque Hugh havia voltado e, com os abraços nele e Ellie Jo tentando posicionar o gelo, a pergunta foi esquecida.

Cedo demais, no entanto, as duas mulheres favoritas de Dana partiram para voltar ao trabalho e ela ficou novamente sozinha com Hugh.

— Ela está mamando? — perguntou ele, olhando com interesse, e, por um minuto, Dana imaginou que ele houvesse superado a má vontade de seus pais.

— Ela está fazendo os movimentos. Não sei quanto ela está tomando.

— Está tomando o que precisa — veio uma voz por trás de Hugh. Era a especialista em lactação, que se apresentou e examinou tudo, depois empurrou e puxou o seio de Dana. Ela fez algumas perguntas, deu algumas sugestões e foi embora.

Dana colocou a bebê em seu ombro e esfregou-lhe as costas. Como não ouviu nenhum arroto, tentou dar palmadinhas. Espreitou o rosto da filha, não viu nada que indicasse problemas e voltou a esfregar.

— Então — perguntou Hugh com um tom de despreocupação exagerado —, o que a Ellie Jo disse?

Era uma pergunta inocente, mas havia outras coisas que ele poderia ter dito. Desanimada e extremamente cansada, Dana disse: — Ela ficou tão surpresa quanto nós.

— Ela tem alguma ideia de quem ela herdou essa cor?

— Ela não é geneticista.

— Nenhuma suspeita?

— Nenhuma.

— Sugestões?

Dana queria gritar. — Sobre o quê? Como clarear a pele da bebê?

Hugh desviou o olhar e suspirou com cansaço: — Seria mais fácil se nós tivéssemos algumas respostas.

— Mais fácil de explicar para os seus pais? — perguntou Dana, sabendo que seu tom era amargo. Havia... não um muro exatamente, mas alguma coisa separando-os. Antes, sempre haviam estado em sintonia.

Os olhos dele estavam sombrios e, sim, distantes. — Mais fácil de explicar para os seus amigos? — perguntou Dana. — Mais fácil para os seus pais explicarem para os amigos *deles*?

— Todas as anteriores — admitiu ele. — Olha. O fato é este: casal branco tem bebê negro. Não é um acontecimento normal e ordinário. As pessoas vão fazer perguntas.

— Nós precisamos responder? Deixe que pensem o que quiserem.

— Ah, elas pensarão. Seu primeiro pensamento será como o da minha mãe: que houve uma troca no laboratório.

— Que laboratório?

— Exato. Foi o que eu disse a ela, ainda que não fosse da sua conta. Mas ela não será a última a questionar.

— Teria alguma importância se nós tivéssemos buscado ajuda para engravidar?

— Não é esse o ponto. Eu apenas não gosto que as pessoas fiquem especulando a respeito da minha vida pessoal, e elas farão isso a partir do momento em que houver motivos para especular. Portanto — ele mostrou três dedos —, a primeira suposição é de que foi fecundação *in vitro*. — Ele dobrou um dedo. — A segunda é um parente com origens africanas. — Ele baixou outro dedo. — Sabe qual é a terceira? — Ele abaixou a mão. — Que ela não é minha filha.

— Como?

— Ela não é minha.

Dana quase riu. — Isso é ridículo. Ninguém vai pensar isso.

— Meus pais pensaram.

O queixo dela caiu. — Você está brincando?

— Não. E não elimine essa opção também. É uma possibilidade lógica.

— *Lógica?* Seus pais acham que eu tive um *caso*? — Ela estava estarrecida. — Pelo amor de *Deus*, Hugh!

— Se meus pais pensaram isso, outras pessoas também pensarão.

Dana estava pálida. — Só as pessoas que não nos conhecem. Aquelas que nos conhecem sabem que somos um casal feliz. Sabem que passamos juntos cada minuto livre.

— Também sabem que eu passei um mês na Filadélfia nove meses atrás, trabalhando no julgamento de um caso.

Dana estava chocada. — Ei!

A bebê gemeu em resposta.

— Não *eu*, Dee — disse Hugh, mas seus olhos permaneceram sombrios. — Não eu. Eu só estou fazendo papel de advogado do diabo. As *pessoas* vão pensar, principalmente porque a bebê nasceu duas semanas antes.

— E você dirá a elas que não existe a menor possibilidade — afirmou Dana.

— E por acaso eu sei o que aconteceu enquanto eu estava na Filadélfia?

— Com certeza sabe o que aconteceu nos fins de semana.

— Você poderia ter feito as duas coisas.

Dana estava fora de si. — Não acredito que você está *dizendo* isso.

— Só estou dizendo o que as *outras* pessoas dirão.

Dana olhou para o rosto da bebê. Estava franzido, pronto para chorar. Tirando-a de seu ombro, ela tentou embalá-la, mas sentia-se mais desanimada a cada instante. — E eu seria tão *burra* a ponto de ter um caso com um afro-americano e tentar fazer o bebê dele passar por seu?

— Talvez você não soubesse com certeza de quem era o bebê.

— Espere aí. Isso é uma suposição de que eu te traí.

O choro da bebê ficou mais alto.

— Por que ela está chorando? — perguntou Hugh.

— Não sei. — Dana tentou segurá-la mais perto do corpo, mas não adiantou. — Talvez ela sinta que estou transtornada.

— Talvez esteja com fome.

— Acabei de amamentá-la.

— Seu leite ainda não desceu. Talvez ela precise tomar leite em pó.

— Hugh, eu vou ter leite. Vou ter muito leite.

— O.k. Talvez ela esteja molhada.

Era uma possibilidade. Dana olhou ao redor. — Eu não tenho nada. Deve haver alguma coisa aqui.

— Onde?

— Eu não sei. Chame a enfermeira.

— Eu vou *buscar* a enfermeira — disse Hugh. — Ela deveria estar aqui, de qualquer jeito. Droga, se quiséssemos fazer isso sozinhos, teríamos nos hospedado no Ritz. — Ele zuniu porta afora.

Dada a velocidade com que voltou, Dana desconfiou que a enfermeira já estivesse mesmo a caminho. De fala macia e tranquilizadora, ela pegou a bebê e a colocou no berço. Abrindo uma gaveta após outra sob o berço, mostrou as fraldas, pomada, lenços umedecidos, paninhos de boca e outras coisas.

A bebê chorou mais alto quando ficou nua da cintura para baixo, mas a enfermeira calmamente mostrou a eles como limpar, aplicar pomada e colocar a nova fralda. Ela mostrou a eles como segurar a cabeça da bebê e falou sobre os cuidados com o umbigo.

Quando a enfermeira saiu, Hugh ficou ao lado do berço, com as costas numa postura que dizia claramente que era um Clarke. Infelizmente, Dana era uma Joseph. E quanto àquela bebezinha indefesa, quem era ela?

Quatro

Hugh ficou um bom tempo olhando para a bebê. Sempre tinha adorado o fato de Dana ser tão diferente da família dele; no entanto, procurava desesperadamente por algum traço conhecido em sua filha. Seria essa sua punição por depreciar as características familiares — ser pai de um bebê que não possuía nenhuma delas?

Sentindo um impulso irresistível, ele se inclinou sobre a criança.

— Ei — sussurrou. — Ei — disse novamente, dessa vez com um sorriso.

Lizzie não piscou. A menina tinha olhos notáveis, concluiu Hugh — íris de um profundo tom castanho, pálpebras delicadas, cílios longos e escuros. Seu nariz era pequeno e de formato perfeito. E, sim, tinha a pele mais lisa e mais macia do mundo. Era realmente uma criança lindíssima. Pegando a câmera, ele tirou uma foto. Então, olhou de relance para Dana.

Hugh amava a esposa. De verdade. Amava-a por várias razões, e o fato de ela ser genuinamente descontraída não era a menor delas. Ela não se deixava atolar em detalhes, como ele. Ela não tinha a mesma necessidade compulsiva de ordem, lógica ou precedentes. Ela seguia o fluxo, podia adaptar-se às mudanças com um sorriso e seguir adiante. Ele a admirava por isso.

Pelo menos, sempre havia admirado. Agora, olhando novamente para a bebê, a despreocupação de Dana de repente lhe pareceu irresponsável. Ela deveria ter assumido a tarefa de saber quem fora seu pai. Teria facilitado imensamente as coisas.

Ele começou a dizer alguma coisa para ela, mas viu que seus olhos estavam fechados. Optando por acreditar que ela havia adormecido, ele saiu do quarto e tomou o elevador até o térreo. Estava olhando em volta, à procura de um lugar silencioso no qual pudesse usar o celular, quando alguém chamou seu nome.

David Johnson veio a passos largos em sua direção, com o jaleco aberto por cima do uniforme de cirurgião azul-escuro e a cabeça raspada brilhando. David não era apenas um vizinho, era um amigo íntimo. Eles haviam se conhecido cinco anos antes, quando o terreno que Hugh havia comprado, de quatro mil metros quadrados de frente para o mar, não passava de um monte de touceiras de mato e arbustos. A casa de David se tornara o posto de emergência de Hugh durante o longo ano de construção, com direito a cervejas na geladeira e uma lista de recursos que haviam economizado a Hugh muito tempo e esforço.

Um desses recursos fora Dana. Se Hugh devia algo a David, era isso.

— Ei, cara — exclamou David, sorrindo abertamente ao bater nas costas de Hugh. — Como vai o novo papai?

Hugh apertou sua mão. — Em estado de choque.

— O parto foi rápido, Hugh. Disso, você não pode se queixar. A bebê é um encanto?

— Totalmente. Ei — disse Hugh, necessitando mais uma vez da ajuda de David —, você está chegando ou indo embora?

— Estou vindo do centro cirúrgico, indo para o consultório. Tenho três minutos para subir correndo e dar uma espiada nelas. E você? — perguntou David, olhando de relance para o elevador que se abria.

— Tenho que ouvir minhas mensagens e dar alguns telefonemas. Você estará por aqui mais tarde?

— Termino às seis, mas tenho umas reuniões em Harvard depois disso, então posso ver suas garotas agora ou amanhã.

— Vá vê-las agora — disse Hugh. — Dana vai gostar.

David entrou no elevador segundos antes que a porta fechasse. Ele se virou para Hugh e deu um sorriso. Branco e brilhante, que iluminou o rosto bonito.

Ah, sim, eles precisavam conversar. David iria entender o problema. Ele não apenas havia crescido sendo negro, como, depois de se casar com uma mulher branca, tivera uma filha com a pele da mesma tonalidade de Lizzie.

A filha de David era bem adaptada. Era feliz. Aferrando-se a esse pensamento, Hugh encontrou um canto tranquilo próximo à entrada do hospital e acessou suas mensagens telefônicas.

De seu sócio Jim Calli, veio um exuberante "Ótima notícia a da bebê, Hugh. Rita e eu queremos fazer uma visita assim que elas voltarem para casa. E não se preocupe com as coisas por aqui. Julian e eu daremos cobertura".

De Melissa Dubin, uma das advogadas que trabalhavam para ele, veio um triunfante "Parabéns, Hugh! Pelo bebê e pela proeza legal! O promotor do caso Hassler acabou de ligar para dizer que vai retirar as três piores acusações contra o nosso homem. Ele deixou claro que a acusação por contravenção continua de pé, mas todos nós sabemos que Hassler não vai pegar cadeia por isso. Isso é *ótimo*".

A mensagem seguinte não era tão alegre. "Aí, cara", dizia Henderson Walker num tom baixo e urgente, "precisamos conversar. Tem uns caras aqui querendo me pegar. Já recebi duas ameaças. E não me diga para contar para um guarda, porque os guardas estão de conluio. Preciso ser transferido. Você tem que dizer isso pra eles."

Hugh ficara sabendo dos problemas que estavam acontecendo com Henderson e, apesar de não estar seguro de que o risco fosse tão grande quanto Henderson temia, planejara dar uma passada na cadeia naquela tarde. Usando seu BlackBerry, mandou um e-mail para o advogado que trabalhava com ele: "HW está se sentindo ameaçado. Ligue para ele."

A mensagem seguinte era de seu irmão. Três anos mais jovem que Hugh, Robert era vice-presidente executivo de uma companhia que começara com um único hotel, seis gerações antes. Um hotel se transformara em seis, depois em uma dúzia. Gerações bem-sucedidas da família Clarke haviam expandido os negócios para incluir atividade bancária, capitalismo de risco e entretenimento. O conglomerado era bem-sucedido o bastante para reforçar a fortuna da família. Atualmente, era dirigido pelo tio de Hugh, o oitavo Bradley Clarke.

Nunca tendo desejado diversificar, como Hugh e o pai haviam feito, Robert era um executivo sem meias palavras. "O pai está confuso", era sua mensagem. "Me ligue."

Com um tom de apreensão, Hugh ligou para a linha privada de seu irmão e perguntou sem preâmbulos: — Confuso como?

— Espere um pouco. — A voz de Robert ficou mais fraca: — Podemos terminar isso depois? Ótimo. Feche a porta quando sair, está bem? — Houve uma pausa, um clique distante. Hugh imaginou Robert girando em sua cadeira de espaldar alto para contemplar o horizonte de Boston pelas janelas que iam do chão ao teto. Quando voltou a falar, sua voz era clara: — O pai disse que a bebê é negra. Do que ele está falando?

— A pele dela não é exatamente branca.

— De que cor é?

— Parda.

— Isso é impossível — argumentou Robert. — Ela tem dois pais brancos.

— Um de nós deve ter um ascendente negro.

— Bem, não é você, então tem de ser Dana. Ela faz ideia de quem seja?

— Bem que eu queria. Iria calar a boca do pai.

— Ele está dizendo que ela pode ter escondido isso de você.

— Ela não *sabe*.

— O pai disse que se ela não tem nenhum parente afro-americano, então ela teve um caso.

Hugh sentiu o começo de uma dor de cabeça. Fechando os olhos, pressionou a parte superior do nariz.

— Ela teve? — perguntou Robert.

— Lógico que não!

— Você tem certeza disso?

Hugh abriu os olhos. — Dana é minha *esposa*. Eu a *conheço*. Tenha dó, Rob, me apoie nessa. A Dana não teve um caso. Fale isso para o pai. Não quero que ele dê início a rumores.

— Então, é melhor você encontrar logo esse parente de Dana. Você entende que, no que diz respeito ao pai, das duas possibilidades, uma: ou um parente negro ou uma infidelidade, e a infidelidade é a mais aceitável para ele.

Hugh podia adivinhar por quê. — Ele detesta Dana tanto assim?

— Ele sempre achou que você tinha se casado com alguém abaixo do seu nível, mas existe outra razão pela qual ele preferiria a infidelidade. Se a bebê não for sua, o pai pode dizer que ela não é neta dele.

Hugh sentia-se nauseado. — Isso é patético.

— Ele é como é.

— É? Então, quem *é* ele? Lendo seus livros, a gente poderia pensar que se trata de um homem que acredita que as minorias vêm sendo erroneamente vitimizadas por anos. Mas agora ele não quer ser parente de uma? O que isso revela a respeito *dele*?

— Revela que ele é um intolerante enrustido — respondeu Robert calmamente. — Quer saber o que mais ele disse?

Hugh não precisava responder. Ele sabia que nada impediria Robert de contar a ele. Robert vinha competindo com ele desde que eram meninos. Ele ainda adorava se colocar por cima de Hugh, sabendo algo que Hugh não sabia.

O incrível, Hugh percebeu, era que, apesar de ser agora mais importante do que Hugh, caso poder e dinheiro fossem a medida, Robert ainda sentia aquela necessidade competitiva infantil.

— Ele acredita que ou você realmente não sabia que ela teve um caso, ou que sabia, mas se recusou a admitir que cometeu um erro ao casar-se com ela. Ele diz que certamente não haverá nenhuma grande cerimônia de batismo, não com tantas questões a respeito da paternidade dessa criança.

— O batismo não é assunto dele. É meu e de Dana.

— Uma só palavra dele e é certo que metade dos convidados não irá à cerimônia.

— Que seja! — declarou Hugh, mas ele já tinha ouvido o suficiente. — Ei, Robert, tenho que desligar. Me faça um favor, sim? Ligue para o pai e diga que ele está enganado a respeito de Dana. Ela não teve um caso, e se ele tocar no assunto com os amigos dele do clube, vai terminar passando o maior carão. Dana e eu vamos resolver as coisas, mas no nosso tempo.

— Ele acha que foi seu vizinho, a propósito.

— David?

— Ele é afro-americano.

— Ele é um dos meus amigos mais íntimos! Você está maluco.

— Eu não. O pai. Mas pode ser que você queira dar uma investigada. Eu conheço um ótimo detetive...

— Eu tenho o meu, obrigado — respondeu Hugh e, rapidamente, encerrou a ligação. Ele de fato tinha o próprio detetive e iria telefonar para ele para tentar rastrear o pai de Dana. Mas, primeiro, queria contatar a geneticista que fazia a maior parte de suas pesquisas de DNA.

Tentou telefonar para ela, mas ela não estava, então comprou uma xícara de café e saiu para o pátio externo. Estava a ponto de se sentar num banco quando seu telefone tocou. O número do celular de seu sócio apareceu na tela.

— Oi, Julian.

— Tenho que estar no tribunal para o caso Ryan, mas não deve demorar mais do que uma hora. Pensei em passar em casa depois e pegar a Deb. Ela quer ver a bebê. Dana está disposta a receber uma visita?

Julian era um dos amigos mais próximos de Hugh. Eles haviam se conhecido na faculdade de Direito e se aproximaram pela visão em comum do tipo de advogado que queriam ser. Julian era mais liberal e dedicado do que qualquer pessoa que Hugh conhecia, mas ainda assim ele hesitou.

— Não sei, Julian. Ela está bem cansada. Nenhum de nós conseguiu dormir muito e ela está começando a sentir dor. Talvez seja melhor esperar até voltarmos para casa.

— Mas ela está bem, não está?

— Está, sim. Só exausta.

— Então vamos dar uma olhadinha rápida na bebê e vamos embora.

— Se você for dirigir até aqui, Dana irá querer que a visitem. É sério, Julian. Dê um dia para ela se recuperar.

— Deb ficará desapontada. Mas eu te entendo. Você me avisa se houver alguma coisa que eu possa fazer para ajudar no escritório?

Hugh encerrou a ligação se sentindo um idiota. Ele não podia *esconder* a bebê. Hoje, amanhã, no dia seguinte — não faria nenhuma diferença quando Julian a visse —, a pele de Lizzie ainda teria um tom acobreado. Julian não se importaria. Nem Deb. Mas iriam fazer perguntas.

Sentado ali com o café que esfriava, olhando fixa e cegamente para uma ave que havia se empoleirado na ponta do seu banco, seus pensamentos foram interrompidos por uma voz aguda na extremidade da sebe que contornava o pátio.

Ele a ignorou. Tinha os próprios problemas. Não precisava escutar os de outra pessoa. Mas quando aquela voz, aflita, se ergueu novamente, não pôde evitar ouvir.

— Eu tentei! — gritou ela. — Não consigo fazer *contato*. — Houve uma pausa, então uma exclamação desesperada: — E como é que se supõe que eu *faça* isso? Ele não atende meus *telefonemas*! — Quando ela continuou, sua voz estava mais baixa, embora ainda pudesse ser ouvida facilmente: — Tem essa primeira cirurgia, e ele usará gesso durante seis semanas. E eles estão falando sobre as placas de crescimento, o que significa mais operações. Eu não tenho dinheiro para isso. — Ela fez uma pausa. — *Você* tem seguro? Não sou só eu. — Acrescentou com um soluço: — Eu não *pedi* para ele ser atropelado por aquele carro, mamãe. Eu estava bem ali no jardim. O carro veio do nada e desviou para cima da calçada.

Hugh estava intrigado com aquele diálogo.

— Acabei de te *dizer* — argumentou ela. — Ele não atende os meus telefonemas, e eu sei que ele está em Washington. Ele apareceu no noticiário na outra noite falando sobre uma votação importante no Senado. Ele só não quer admitir que Jay é filho dele.

Hugh sorriu. Ele conhecia bem os congressistas. Conhecia líderes políticos de outras classes também. Em geral, eram todos uns FDP arrogantes.

— Também não planejei ficar grávida — continuou a garota —, mas não fiz isso sozinha. Ele não tem a responsabilidade de ajudar?

Sim, ele tinha, Hugh pensou. Se um homem é pai de uma criança, de fato tem responsabilidade.

Houve alguns soluços decrescentes, então: — Mamãe? Por favor, não desligue. Mamãe?

Não era problema seu, Hugh disse a si mesmo. Principalmente naquele momento.

Jogando o resto do café nos arbustos, ele se levantou do banco. Em vez de voltar ao hospital, no entanto, contornou a sebe e entrou no jardim.

A mulher estava inclinada num banco parecido com o que ele havia ocupado. Pôde ver pernas cobertas por jeans, as costas de uma camiseta justa e uma massa desordenada de cabelo castanho-avermelhado. Um par de bitucas amassadas de cigarro jazia diante de seus tênis.

— Com licença? — disse ele.

Alarmada, ela levantou a cabeça. Seu olho esquerdo era vago, mas o direito se fixou nele. Ambos estavam vermelhos.

Gentilmente, ele disse: — Eu estava sentado no outro lado dos arbustos e ouvi seu telefonema. Talvez eu possa te ajudar.

Ela enxugou os olhos com dedos trêmulos. — Dando em cima de mim?

Ele sorriu. — Não. Eu sou casado. Minha mulher acaba de ter um bebê. Mas sou advogado. Parece que você tem um pai negando a paternidade do filho.

— Você não tinha nenhum direito de ouvir minha ligação.

— Você não estava exatamente sussurrando. O pai tem responsabilidade legal, sim. Eu sei. Já trabalhei em casos de paternidade.

Ela deu uma olhada rápida nele. — Você não parece advogado.

Família

— Como eu disse, minha esposa acaba de ter um bebê. Literalmente. Passamos a noite inteira acordados. Eu não tenho esta aparência quando vou ao tribunal.

Ela conteve uma risada sem qualquer humor. — Se eu não posso pagar a conta de hospital do meu menino, como vou pagar um advogado?

— Quando encontro um caso que vale a pena, não cobro.

— Ah, sei. — Ela se levantou. Era alta... 1,75m, ele calculou... e aquele único olho direto fixou nele um olhar cínico. — Certo. — Ela enfiou o celular no bolsinho da frente de seu jeans e se virou para apanhar uma bolsa de lona surrada.

Tirando a carteira de seu próprio jeans, ele sacou um cartão de visita.

Ela não o pegou.

Sem se deixar intimidar, ele disse: — Conheço Washington. Tenho uma grande rede de contatos lá.

— Não para isso. Você não pode ajudar.

— Ele é tão poderoso assim?

Ela não confirmou nem negou. Tampouco se virou e fugiu.

— Quantos anos tem seu filho? — perguntou ele.

Ela empinou o queixo. — Quatro.

— Foi atropelado por um carro?

— Sim. Há dois dias. Sua coluna está ferrada. E a perna.

— O pai é senador?

Encarando-o, ela pendurou a alça da bolsa no ombro.

— E ele não atende seus telefonemas? — insistiu Hugh. — Eu posso entrar em contato com ele.

— Sei. Se ele não quer falar comigo, por que iria falar com um *advogado*? — Ela disse a palavra como se advogados fossem a escória da humanidade.

— Ele ficará com medo da publicidade se não o fizer — respondeu. — Coloque um advogado na história e ele irá querer que as coisas sejam resolvidas de forma rápida e sem rumores. Confie em mim.

Conheço esses caras. Eles acham que podem fazer tudo que querem enquanto estão em campanha.

— Ele não estava em campanha. Estava caçando.

— Por aqui?

— Em New Hampshire. Ele foi jantar no restaurante em que eu trabalho. Eu o atendi.

Hugh podia imaginar. Nem o cabelo desordenado nem a palidez ou aquele olhar errante podiam esconder o fato de que ela era muito atraente. — E ele é de lá, de New Hampshire?

— Não. Era convidado de alguém.

— Você é de New Hampshire? — Se fosse, o caso estaria fora da sua jurisdição.

— Massachusetts — disse ela. — Logo depois da divisa.

Era uma oportunidade. — Você pode provar que estiveram juntos?

— Não.

— Alguém viu vocês? — Como ela não respondeu, ele incitou: — E você tem certeza de que aconteceu como você está dizendo?

— Eu pedi o quarto do motel — retrucou ela. — O funcionário me viu. Mas não sei se ele viu o homem que estava comigo. — Ela olhou para baixo, para revirar a bolsa.

— Você falou com ele depois dessa noite?

— Liguei para ele para avisar que Jay tinha nascido. — Ela apanhou um cigarro.

— E conseguiu falar com ele?

— Não. Eu disse que era assunto particular. Eles me passaram para alguém que disse que sempre era assunto particular quando se tratava de mulheres como eu.

— Suponho que ele tenha dito que o menino não era filho do chefe dele.

— Ah, sim. — Ela jogou o cigarro de volta na bolsa.

— Você tem certeza de que é?

— Jay é a cara dele.

— Aparências podem enganar — disse Hugh. — Ele te pagou?

— Não tenho que passar por isto — murmurou ela, começando a se afastar.

— Espere. Me desculpe, mas são perguntas de advogado. Se eu não as fizer, outra pessoa fará.

— Não se eu não fizer nada — respondeu ela, docemente.

— Você tem que fazer alguma coisa. Tem que pensar no seu filho. Ele precisa de cuidados e você não tem seguro. E quanto ao motorista do carro?

— Morreu.

— O acidente foi tão feio assim?

— Não. Ele teve um infarto — explicou ela, de forma comedida. — Foi isso que causou o acidente. Ele tinha, tipo, uns oitenta anos. Nem sequer tinha carteira de motorista.

— O que significa que também não tinha seguro.

— Correto.

— E sua mãe não pode ajudar. Seu pai? Namorado?

Ela balançou a cabeça lentamente.

— O que nos deixa nosso homem em Washington — concluiu Hugh. — Ele te deve isso. — Havia base para um caso ali... e ele ficaria agradecido por ter uma distração. — Olha, seu filho precisa de ajuda. Eu a estou oferecendo de forma gratuita. A maioria das mães iria agarrar a oportunidade com unhas e dentes. — Ele estendeu novamente seu cartão. — Pegue. Se você quiser ligar, ligue. Se não quiser, tudo bem.

Ela olhou para o cartão e finalmente o pegou. Sua mão ainda tremia. Hugh se perguntou quando fora a última vez em que ela fizera uma refeição e poderia ter oferecido dinheiro para que comesse algo, se não desconfiasse que ela recusaria.

Ela leu o que estava impresso. — Como eu sei que você não é da parte dele, tentando me fazer aceitar um acordo ridículo?

— Nem sequer sei quem ele é.

— Como posso saber que você não está mentindo?

— Me investigue. Você tem o nome aí. Telefone para outro advogado da cidade. Ou pesquise meu nome no Google. Você verá com que tipo de casos eu trabalho. Gostaria de trabalhar neste.

— Por quê?
— Porque tem repercussão. Porque eu não acho que homens devam fazer filhos e depois negar a responsabilidade por eles. Eu te disse isso logo de cara.

Os olhos dela se estreitaram. — Você tem alguma rusga pessoal, tipo, seu pai fez isso com a sua mãe?

— Não. Mas conheço homens que fizeram. Sei como a cabeça deles funciona. Eles sempre tentam escapar com o máximo possível, até serem encurralados. Daí, eles recuam rapidinho. Estou te dizendo: você tem base para um caso. — E ele o queria. Gostava de ajudar pessoas impotentes. Havia leis nos livros para protegê-las; leis que, assim como a família dele, retrocediam a centenas de anos.

Ela continuou dividida, mas isso não importava. Já tivera clientes que desembuchavam suas histórias para estranhos — ou pior: para a imprensa — à primeira provocação. Esses, sim, davam trabalho.

Clientes cautelosos eram clientes bons. E cautelosa, ela era.

— Como posso saber que você não vai aparecer com cobranças secretas para eu pagar? Como posso saber que você não vai *me* processar para receber esse dinheiro?

— Nós assinamos um contrato e eu renuncio ao meu direito de honorários.

— Sei. E eu devo acreditar que você vai lutar por mim de verdade, já que não estará recebendo um tostão sequer?

Ele teve de reconhecer que a mulher tinha razão. Não era burra.

— Sim, você deve acreditar nisso — disse. — Se chama trabalho *pro bono*. Qualquer advogado com um pingo de generosidade faz. No meu caso, eu também tenho uma reputação a proteger.

— Então, como posso saber que você não está só querendo a publicidade?

— Se eu quisesse publicidade, iria a outro lugar. Um caso como este será resolvido discretamente. Às vezes, basta informar ao cara que ele será levado ao tribunal. Neste instante, ele acha que você não vai fazer nada. Por isso sua arrogância. Um telefonema do seu advogado e ele te verá de outra forma.

Sua resistência desmoronou. — Tudo que eu quero é poder cuidar do meu filho.
— O que os médicos dizem, exatamente?
— Que ele fraturou a coluna. Um fragmento de osso entrou no canal vertebral, então eles fizeram uma cirurgia de emergência, mas estão preocupados com a placa de crescimento, o que significa que Jay poderia crescer deformado, e, se isso acontecer, ele precisará de mais cirurgias. Só que não são esses médicos que irão fazer... eles dizem que ele precisará de um especialista, e o melhor, dizem, está em St. Louis. Eu precisaria de um lugar para viver e perderia meu emprego. Mesmo tirando os custos médicos, como eu vou pagar por tudo isso?

Ele tocou seu ombro. — Posso conseguir dinheiro para o tratamento.

Ela mexeu o ombro para afastar sua mão. — E se não conseguir? E se ele recusar? Como é que eu vou ficar?

— Do mesmo jeito que está agora. Pense nisso. O que você tem a perder?

— Para você, isso é uma questão de ego?

— Pessoalmente, sim — admitiu. De fato, queria representar um caso que acreditasse poder ganhar, principalmente agora, quando se sentia tão impotente para fazer qualquer coisa a respeito de sua filha. Um caso assim compensaria as incertezas que tinha sobre Lizzie. — Mas, olha só — disse ele, recuando —, não vou insistir. Você tem meu cartão. Tem meu nome. Eu não sei o seu e desconfio que você não esteja preparada para me contar. Se você decidir tentar, vou te reconhecer como a mãe do jardim.

Dito isso, ele entrou no hospital.

Cinco

Por mais cansada que Dana estivesse, só precisava olhar para Lizzie e seu ânimo se elevava. Telefonou para os amigos para compartilhar a novidade — Elizabeth Ames Clarke, três quilos, quarenta e oito centímetros, nascera às 7h23. Entre os telefonemas, ela tricotou, amamentou a bebê novamente, comeu torradas com chá e, então, ficou de pé ao lado do berço até suas pernas ficarem bambas, antes de se arrastar de volta para a cama.

Durma quando o bebê dormir, Ellie Jo havia aconselhado mais de uma vez nas últimas semanas, e Dana havia lido a mesma coisa nos livros. Mais do que dormir, no entanto, ela precisava de Hugh. Essa necessidade a manteve acordada, preocupada. Ela colocou a mão na barriga, que estava murcha de novo. Era impressionante a diferença em apenas algumas horas.

Suas entranhas se enrijeceram. Seria seu útero se contraindo? Possivelmente. Era mais provável que fosse medo e, com a ausência de Hugh, um vislumbre de perda.

Dana conhecia a perda. Fora um tema fundamental em sua vida. Ela tinha cinco anos quando sofreu a "perda" de sua mãe, mas se passaram mais três anos até que pudesse dizer a palavra "morte" e muitos anos mais até que pudesse compreender o que realmente significava.

"Perda" era uma palavra mais suave. Sua avó a usara repetidas vezes nos dias subsequentes ao arrebatamento de Elizabeth pelo mar.

Dana nunca vira sua mãe sem vida. Elas estavam caminhando na beira do mar e, enquanto Dana ficou brincando na parte rasa, sua mãe nadou para além da arrebentação. Dana não a vira ser puxada pela ressaca. Tampouco viu a onda que atingiu seu próprio corpo e a deixou inconsciente. Quando finalmente despertou, no hospital, dez dias haviam se passado e o funeral já tinha acontecido. Ela nem pôde ver o caixão de sua mãe.

"Perda" significava que sua mãe ainda poderia ser encontrada. Com isso em mente, Dana passara horas na loja de lãs com os olhos fixos na porta, esperando, temendo que seu mundo fosse definitivamente se desfazer se a mãe não voltasse para casa.

O medo foi diminuindo com o tempo. A loja de lãs era seu porto seguro, e Ellie Jo sua âncora. Mas uma parte dela sempre sentiu aquele pequeno vazio por dentro. Então, ela conheceu Hugh, e o vazio encolheu.

Seus olhos se abriram com o ruído da porta. Tentando avaliar o estado de ânimo de Hugh, ela o observou aproximar-se da cama. Seu foco de atenção estava em Lizzie, que dormia na dobra de seu braço. A expressão dele se suavizou.

Ele amava aquela criança. Dana sabia que sim. Tinha de amar. Ele era esse tipo de homem.

— Você viu o David? — perguntou ele, após um instante.

— Vi, sim — disse Dana com leveza. — Ele foi um doce.

— O que ele disse?

Ela não se referiu aos elogios de David para a bebê. Não era aquilo que Hugh queria ouvir. — Ele disse que um de nós tem origem africana. Disse que isso explica por que ele sempre se sentiu ligado a nós.

Hugh bufou. Quando Dana lhe dirigiu um olhar interrogativo, ele disse: — Fico contente por essa ligação. Ele poderá nos dizer o que devemos esperar no futuro, já que sua filha, Ali, também é mestiça.

— Ela chega esta semana. Ficará aqui até que comecem as aulas.

Hugh assentiu. Após um minuto, disse: — Ali é uma doçura. Adoro vê-la. — Depois de outro momento de silêncio, ele olhou para a bebê. — Posso segurá-la?

Encorajada, Dana a transferiu cuidadosamente para os braços de Hugh. Lizzie não acordou.

Ele a estudou. — Ela parece ser um bebê tranquilo. Será que isso vai durar?

— Acabei de fazer a mesma pergunta para a enfermeira. Ela disse que talvez sim, talvez não. Você comeu alguma coisa?

Ele assentiu e olhou para a bandeja na mesinha de cabeceira. — E você?

— Um pouco. Deu mais telefonemas?

— Acessei as mensagens, basicamente. Falei com Robert. Meu pai está aflito.

— Então, que sorte que esta bebê não é do seu pai — observou Dana, imitando Hugh. Quando ele não respondeu, ela acrescentou: — Você conversou diretamente com ele?

— Não.

— Talvez devesse. Abrir o jogo.

— Não estou preparado. Meus pais são... meus pais.

— Eles são elitistas — disse Dana.

— Isso não é justo.

— Mas é certo?

— Não — respondeu ele, mas não rápido o bastante.

— Então o problema é só a surpresa — disse Dana. — Eles vão superar isso, Hugh. Não é nenhuma tragédia.

Mudando a bebê de posição em seus braços, ele se virou e sentou na beira da cama.

— Não é — insistiu Dana. — Tragédia é quando um bebê nasce com um defeito no coração ou uma doença degenerativa. Nossa bebê é saudável. Ela é esperta. Ela é linda.

— Ela só não é como *nós* — disse Hugh, parecendo desnorteado.

— Não é como nós? Ou apenas não é o que nós conhecemos?

— Tem diferença?

— Sim. Bebês nascem o tempo todo com características de gerações anteriores. Só é preciso cavoucar um pouco para descobrir a origem. — Quando Hugh não respondeu, Dana acrescentou: — Veja desta forma: ter um bebê de cor irá fortalecer sua imagem de advogado rebelde. — Quando Hugh bufou novamente, ela provocou: — Você queria ser diferente, não queria? — Ele não respondeu. — Vamos, Hugh — implorou. — Um sorriso?

O sorriso só veio quando ele olhou novamente para a bebê. — Ela é especial, isso é certo.

— Você tirou fotos boas?

Ele olhou de relance para sua câmera, que estava entre as dobras da bolsa dela, perto da parede, e disse com uma breve explosão de entusiasmo, inclusive de assombro: — Você sabe que sim. — Segurando a bebê com o braço esquerdo, ele apanhou a câmera e a ligou. De forma natural e íntima, ele se sentou pertinho de Dana e foi repassando as fotos com ela. Durante aquela fração de segundo de proximidade, tudo estava bem.

— Aimeudeus, olha isso — exclamou Dana. — Ela aqui tinha o que... segundos de vida?

— E esta é de você segurando-a pela primeira vez.

— Estou horrorosa!

Ele riu. — Você não estava exatamente vindo de um piquenique. — Ele mostrou outra imagem. — Olhe só estes olhos. Ela é incrível. Tão alerta, desde os primeiros minutos de vida. E espere um pouco. — Ele adiantou mais um pouco. — Aqui.

Dana prendeu a respiração. — Incrível você ter captado isso. Ela está olhando para mim com total consciência. Você pode me cortar?

— Por que eu iria fazer isso? É uma foto maravilhosa de mãe e filha.

— Para o comunicado. Nós queremos uma só dela.

Hugh adiantou várias outras fotos. — Aqui tem uma bonita. Vou imprimir essas fotos hoje à noite e colocá-las no álbum que você ganhou no chá de bebê.

— E o comunicado? — repetiu Dana. — Precisamos de uma foto para isso. A papelaria prometeu que os entregaria em uma semana, depois que lhes mandássemos tudo.

Hugh estava concentrado no monitor, movendo as fotos para frente e para trás. — Não tenho certeza de nenhuma dessas ser perfeita.

— Nem aquela primeira? Eu adorei porque ela não está toda embrulhada. As mãos dela são tão delicadas...

— Ela ainda está suja do parto naquela foto.

— O que confere mais intimidade — apontou Dana. — Mas você pode tirar mais agora.

— Agora ela está dormindo.

Dana achava que os traços de Lizzie eram tão impressionantes no sono quanto acordada. — Ah, Hugh. Eu não quero esperar. Os envelopes estão todos endereçados e selados. Tem tanta gente para quem queremos contar a novidade.

— A maioria vai ficar sabendo, de qualquer forma — disse ele com súbita rispidez. — Na verdade, não sei bem por que vamos enviar comunicados.

Espantada, Dana disse: — Mas você ficou atrás de mim por semanas, pedindo para marcar hora com a papelaria. Você insistiu em ir até lá. *Você* escolheu o comunicado com foto e insistiu que conseguiria tirar uma foto boa para ser usada.

Ele não se moveu, continuou perto, mas ainda assim ela sentiu uma frieza penetrando entre eles. Um momento depois, ele se levantou, guardou a câmera e, gentilmente, colocou a bebê no berço.

— Hugh?

Quando seus olhos finalmente encontraram os dela, estavam preocupados. — Não sei ao certo se deveríamos colocar uma foto no comunicado.

Dana afundou no travesseiro. — Você não quer que as pessoas a vejam. Mas elas vão ver, em algum momento. Não podemos mantê-la escondida em casa.

— Eu sei. Mas mandar uma foto agora só irá provocar perguntas. — Ele inspirou rapidamente. — Será que precisamos nos expor dessa forma? A notícia sobre a bebê vai correr de qualquer jeito. As pessoas adoram falar.

— E daí?

— E daí que precisamos *alimentar* a fofoca? Seria diferente se eu pudesse dizer que o avô da minha mulher era negro.

— Que *importância* tem isso? — explodiu Dana. Ela não ligava se seu avô fosse negro. Ela não ligava se seu *pai* fosse negro. Não iria mudar quem ela era.

Infelizmente, Hugh ligava. — Precisamos localizar seu pai.

Dana imediatamente se pôs na defensiva: — Eu sugeri isso antes de engravidar, e você disse que não tinha importância. Eu *disse*: e se houver algum problema médico?, e você disse que não queria saber e que se surgisse alguma coisa nós lidaríamos com o assunto.

— É exatamente o que estamos fazendo. Lidar com o assunto significa rastrear seu pai agora. Eu tenho um cara que pode fazer isso.

Seu cara era Lakey McElroy. Nerd da computação e originário de uma família de policiais irlandeses, Lakey não tinha qualquer habilidade social, mas era muito inteligente. Enquanto seus irmãos conheciam as ruas, ele conhecia as vielas escondidas. Ele também sabia se virar na internet. Em mais de uma ocasião, tinha encontrado informações das quais Hugh já havia desistido. Se havia alguém que poderia encontrar o pai de Dana, era Lakey.

Dana teve a velha sensação de ambivalência — a de querer saber, não querendo saber. Talvez Hugh estivesse certo em insistir. Isso já não dizia respeito apenas a ela. Também se referia a Lizzie.

— Não temos muito em que nos basear — lembrou-lhe.

— Temos um nome e uma foto. Temos um lugar, um mês e um ano.

— Aproximadamente — alertou Dana, porque já havia pensado no assunto muito mais do que ele. — Minha mãe nunca disse exatamente quando eles estiveram juntos, então é possível contar de trás para frente desde o dia que eu nasci; mas, se eu nasci adiantada ou atrasada, poderíamos nos equivocar.

— Você nunca perguntou?

— Eu tinha cinco anos quando ela morreu.

— Ellie Jo deve saber.

— Ela diz que não.

— E quanto às amigas da sua mãe? Ela não teria contado a elas?
— Já perguntei antes. Poderia perguntar novamente.
— Melhor fazer isso mais cedo do que mais tarde, por favor.

Foi o *por favor* que a incomodou — como se aquilo fosse um assunto de negócios e ela o houvesse decepcionado. Disse a si mesma que era apenas o gênio dos Clarke se imiscuindo por uma fresta em seu caráter, normalmente compassivo, mas seus olhos se encheram de lágrimas. — Não posso fazer isso agora — disse ela. — Acabo de ter um bebê.

— Não estou dizendo agora. — O celular dele vibrou. Ele olhou para o identificador na tela. — Deixe-me atender essa chamada. Pode ser que ajude.

Genevieve Falk era uma geneticista que Hugh havia encontrado anos antes, quando precisou de uma especialista em DNA para um caso. Ela era inteligente e prática.

Agora, parado junto à janela com o celular ao ouvido, ele disse em tom agradecido: — Genevieve. Obrigado por retornar minha ligação.

— Estamos em Nantucket, mas você disse que era urgente.

— Preciso da sua ajuda. O caso é o seguinte: um casal branco dá à luz uma bebê que tem a pele e o cabelo de uma afro-americana. Nem os pais nem os avós têm a pele remotamente escura, nem cabelo crespo. A suspeita é de que exista uma conexão afro-americana mais antiga... talvez um bisavô. Isso é possível?

— Um bisavô, no singular? Em apenas um lado da família da bebê? Não é tão provável quanto se houver um parente assim de cada lado.

— Não há. A família do pai do bebê está exaustivamente documentada.

— A mãe foi adotada?

— Não, mas o pai dela é desconhecido. Na única foto que temos, ele parece bem louro.

— As aparências não contam, Hugh. A miscigenação criou gerações de pessoas com sangue mestiço. Alguns dizem que só dez por cento de todos os afro-americanos hoje são geneticamente puros. Se os outros noventa por cento têm material genético parcialmente branco, e esse material for ainda mais diluído a cada nível de procriação, não apenas seus traços seriam brancos, como também seria improvável que produzissem uma criança com traços africanos.

— Não preciso saber o que é provável, apenas o que é possível — disse ele. — É *possível* que algumas características raciais fiquem latentes durante várias gerações antes de reaparecerem? Uma mulher de pele clara e cabelos louros *pode* gerar uma criança com traços não caucasianos?

Genevieve parecia insegura. — Pode, mas as probabilidades são pequenas, principalmente se essas gerações anteriores foram cheias de ancestrais de cabelos louros.

Hugh tentou novamente: — Se, digamos, o avô do bebê for um quarto negro, mas passasse por branco, e a mãe não tivesse nenhum traço afro-americano, o bebê poderia herdar a pele escura e o cabelo crespo?

— Seria raro.

— Quais são as probabilidades?

— Não sei te dizer, assim como não podemos saber a probabilidade de aparecer um ruivo, após várias gerações sem nenhum.

— O.k. Então, em que ponto se tornaria impossível?

— "Impossível" não é uma palavra que eu goste de usar. Acasos genéticos acontecem. Basta dizer que quanto mais para trás você tiver de procurar, menos provável se torna seu caso. A mãe não sabe de *nenhum* parente negro?

— Nenhum.

— Então desconfio que tenha havido uma traição — concluiu Genevieve com franqueza. — Alguém teve um caso extraconjugal e, claramente, não foi o pai. Mande seu cliente fazer um teste de DNA para comprovar a paternidade. Essa seria a primeira linha de ataque, e a mais fácil. A propósito, como vai a sua mulher? Ela não está prestes a ter o bebê?

Dana ouviu a parte de Hugh da conversa com os olhos fechados. Ela os abriu no instante em que ele desligou. Ele parecia tão sério que seu estômago começou a se apertar. — Não é possível?

— É, se seu pai tiver uma parcela substancial de sangue afro-americano. Quanto menor for essa parcela, mais remotas são as chances.

— Mas é possível — repetiu Dana. — Tem de ser. Me recuso a acreditar que se meu pai era mestiço de primeira ou segunda geração, minha mãe não iria saber. Segundo a vó Ellie, ela realmente não sabia. A não ser que estivesse escondendo o fato de todo mundo.

Hugh alongou o pescoço, primeiro para um lado, depois para o outro. — O que Genevieve sugeriu — disse ele —, e essas são as palavras dela, é que houve traição.

— Tipo, a mulher teve um caso? Bem, é claro que ela sugeriu isso. Ela está acostumada a trabalhar com você quando você está representando um cliente, e seus clientes não são santos. Ela jamais teria sugerido isso se soubesse que você estava falando sobre a gente. Por que você não disse a ela?

— Porque não é da conta dela — respondeu Hugh. — E porque eu queria uma opinião objetiva.

— Se você tivesse dito que se tratava da gente, ela poderia dar uma opinião *fundamentada*.

Ele emitiu um ruído de desprezo. — Eles desconhecem as probabilidades. — Virando-se para a janela, ele murmurou: — Eu quase desejaria que você tivesse tido um caso. Pelo menos haveria uma explicação.

— Eu também — contra-atacou Dana. — Eu gostaria de uma explicação para o fato de minha mãe ter morrido quando eu tinha cinco anos, ou para meu pai nunca ter me procurado, ou para o marido da vó Ellie, Earl, que era a pessoa mais gentil, mais carinhosa na face da Terra, não ter vivido para me ver casar, mas alguns de nós não recebemos explicações. A maioria de nós não é privilegiada como você, Hugh.

— Mas tudo isso é muito bizarro. Seria bom ter alguma coisa concreta.

— Bem, não temos.

Ele lhe lançou um olhar: — Teremos. Se você falar com alguém que tenha informações sobre o seu pai, nem que seja a mais leve ideia de onde ele era, mandarei Lakey investigar. Você irá perguntar? Isso é importante, Dana. Não é mera curiosidade. Promete que fará isso?

Dana sentiu uma pontada de ressentimento. — Não sou cega. Eu estou *vendo* quão importante isso é para você.

— Deveria ser igualmente importante para você — rebateu Hugh.

— Nós não estaríamos nesta situação se você houvesse rastreado seu pai quando era jovem.

— E se eu o tivesse encontrado e descoberto que ele era, ainda que levemente, negro, você teria se casado comigo? Existe um limite racial para o seu amor?

— Não. Não existe. Eu amo esta criança.

— Amor é só uma palavra, Hugh. Mas você *sente* amor? Eu preciso saber, tanto por Lizzie quanto por mim.

— Não acredito que você esteja me perguntando isso.

— Eu também não acredito — disse Dana. Ela podia vê-lo se fechando, bem diante de seus olhos. De repente, ele era um Clarke dos pés à cabeça.

— Você está cansada — disse ele friamente, dirigindo-se à porta.

— Eu também.

Ela poderia tê-lo chamado de volta, poderia ter se desculpado, poderia ter *implorado*. Seu sentimento de perda parecia maior do que nunca.

Desesperada para abafá-lo, ela pegou seu tricô da mesinha de cabeceira e afundou os dedos na lã — na verdade, uma mescla de alpaca e seda. Era de um tom profundo de azul-esverdeado com um toque de turquesa, apenas o suficiente para conferir movimento sem ofuscar as tranças, os pontos pipoca e os pontos fantasia que ela iria incorporar à peça.

Começou a trabalhar os pontos de uma agulha à outra, fazendo fileira após fileira, com tranças e tudo, com o tipo de constância que a havia mantido sã por mais tempo do que podia se lembrar. Ela não saberia dizer que tamanho de agulha estava usando, se era hora de fazer um ponto pipoca, ou se estava conseguindo dar o caimento certo. Simplesmente enfiava a agulha num ponto, passava a lã ao redor e puxava, uma e outra e outra vez.

Precisava dormir, mas precisava mais ainda daquilo. Tricotar restaurava seu equilíbrio. Ela gostaria de estar em casa, mas não na casa com vista para o mar. Queria levar sua bebê para aquela com vista para o pomar. Ficava no fim de uma alameda arborizada, com um caminhozinho de pedras que a ligava à loja de lãs. Embalando Lizzie, ela se sentaria com os pés para cima na poltrona de vime na varanda de trás de Ellie Jo, bebendo suco de lima fresco, comendo brownies recém-saídos do forno e acariciando Veronica, a gata de Ellie Jo. Então, ela levaria a bebê por aquele curto caminho de pedras e... ah, a carência era grande. Dana estava desesperada para se sentar à longa mesa de madeira, com a tigela de maçãs no meio. Ansiava por ouvir o zumbido do ventilador de teto, o ruído ritmado das agulhas, a conversa suave das amigas.

Se Dana tinha algum passado, algum lugar em que fosse amada de forma incondicional, era esse.

Seis

A chegada de lãs novas na malharia era sempre um acontecimento. Cores novas da Manos, texturas diferentes da Filatura di Crosa, mesclas da Debbie Bliss e da Berroco — uma vez que se abria uma caixa, a notícia corria pela comunidade do tricô a uma velocidade espantosa, atraindo as levemente curiosas, as seriamente interessadas e as viciadas. Nos dias seguintes à entrega, particularmente quando se aproximava uma nova estação, Ellie Jo sabia que devia esperar um aumento no número de visitantes. Também sabia quem iria gostar do quê, quem iria comprar o quê e quem iria admirar uma novidade, mas, no final das contas, comprar um antigo item que fosse seu favorito.

Ellie Jo ficava tão ansiosa pelas lãs novas quanto suas clientes. Raramente colocava novelos numa prateleira sem pegar um para si. Sua desculpa, perfeitamente legítima, era a necessidade de fazer uma amostra para pregar na prateleira, para que as clientes pudessem ver como a lã ficaria depois de trabalhada. O resultado, claro, era que isso permitia a Ellie Jo experimentar a lã pessoalmente. Se gostasse da sensação da lã ao tricotar e de como resultava a peça, encomendava alguns novelos para si mesma.

Hoje, ao voltar da visita a Dana e à bebê, ela quis passar primeiro em sua casa. Mas o caminhão da UPS estava parando na frente da malharia e, com a loja ainda a dez minutos de abrir, alguém tinha de deixar o homem entrar.

Então, ela parou ao lado dele no patiozinho de pedras, destrancou a porta e mostrou-lhe onde colocar as caixas. Ele mal havia ido embora quando sua gerente, Olivia McGinn, chegou, querendo saber tudo sobre Dana e distraindo Ellie Jo novamente de suas tarefas em casa. Outras clientes chegaram e a loja ficou movimentada.

Houve conversas animadas sobre a bebê, conversas animadas sobre Dana, conversas animadas sobre as caixas. Ellie Jo não sabia se iria conseguir se concentrar o suficiente para, de fato, vender as lãs. Felizmente, Olivia podia fazer isso. Na verdade, naquele preciso instante, ela estava atendendo uma mãe e sua filha de vinte e poucos anos que estava aprendendo a tricotar e queria lãs recém-lançadas para cachecóis de outono.

Clientes desse tipo eram boas para as vendas; as lãs modernas custavam caro e eram trabalhadas rapidamente, o que significava que, se a cliente se divertisse, voltaria logo para comprar mais. Um cachecol podia levar a um chapéu, então a um xale, depois a um suéter. Se esse suéter fosse de cashmere, de mais de quarenta dólares o novelo, precisando de oito novelos ou mais, dependendo do estilo e do tamanho, a venda podia ser substancial. Além disso, dentro de um ano, essa mãe ou sua filha poderiam se tornar uma dessas clientes que corriam para a loja ao ficar sabendo que novas lãs haviam chegado.

Era assim que o negócio funcionava. Ellie Jo aprendera através de tentativa e erro, depois de sua resistência inicial em vender esses mesmos itens caros. As fibras naturais continuavam sendo suas favoritas, mas se as lãs modernas atraíam as caçadoras de tendências que subsidiavam os gostos mais básicos da loja, quem era ela para reclamar? Nos últimos anos, havia desenvolvido grande respeito pela inovação.

Foi por isso que, adiando um pouco mais seu retorno para casa, ela pegou um estilete e abriu a primeira das caixas novas. Aquela não era um lançamento. Uma mescla de cashmere e lã, as meadas incluíam os tons dourados, de laranja, ferrugem e marrom-escuros que seriam a moda do outono. A linha era novidade na malharia, mas desde a primeira vez que Ellie Jo a vira, na exposição de tricô de abril, soubera que iria vender bem.

A sineta da porta da frente tocou mais uma vez e Gillian Kline chamou seu nome, animada. Gillian ensinava inglês na faculdade comunitária próxima, um trabalho com horário suficientemente flexível para permitir visitas frequentes à loja. Ela tinha cinquenta e seis anos, altura modesta e uma constituição física que a mantinha eternamente de dieta, mas sua característica mais marcante era uma cabeleira de ondas ruivas que não havia empalidecido nem rareado com a idade.

Agora, com aquele cabelo preso numa fivela fúcsia que só Gillian se atreveria a usar e um buquê de rosas cor-de-rosa na mão, ela caminhou diretamente até Ellie Jo e lhe deu um abraço demorado. Gillian fora uma das amigas mais íntimas de Elizabeth e, nos anos desde a sua morte, se tornara quase uma filha. Nenhuma das duas expressou em voz alta o fato de que Elizabeth deveria ter estado ali para dar as boas-vindas à sua neta.

— Para você, bisavó Ellie — disse Gillian. — A sua Lizzie é *perfeita*.

Ellie Jo se iluminou. — Você a viu? — Ela pegou as flores, que foram tiradas dela segundos depois e colocadas na água.

— Acabei de vê-la — disse Gillian, e vasculhou a bolsa que pendia de seu ombro. — Com horas de vida, e eu não teria perdido isso por nada neste mundo. — Em uma fração de segundos, ela mostrava uma foto de Dana e da bebê na tela de sua câmara digital, para que as outras mulheres admirassem.

Ellie Jo ficou aliviada. Dana parecia cansada, mas feliz, e totalmente à vontade segurando a bebê. Era difícil ver se Lizzie parecia diferente do que se esperaria; Dana estava tão pálida que, em comparação, qualquer criança pareceria escura — não que a cor perturbasse ainda que minimamente Ellie Jo. Ela apenas não estava disposta a responder a perguntas.

— Ela é tão fofa! — exclamou uma.

— Ela tem a boca de Hugh — decidiu outra.

— Aproxime a imagem — ordenou uma terceira, e Gillian obedeceu.

Juliette Irving, uma amiga de Dana e ela mesma mãe de primeira viagem, com gêmeos de um ano de idade dormindo no carrinho perto da porta, notou: — Olhe só para ela! Este nariz é da Dana? Quando elas voltarão para casa?

— Amanhã — disse Gillian.

— Elizabeth Ames Clarke — anunciou Nancy Russell, claramente emocionada com aquele nome. Florista cuja paixão mais recente era tricotar flores, revesti-las com feltro e costurá-las em xales, suéteres e bolsas, ela era contemporânea de Gillian, e outra amiga de infância da primeira Elizabeth.

— É bem comprida — advertiu Gillian. — Será que conseguiremos fazer durante a noite?

Ela se referia a uma colcha de patchwork tricotada à mão, com o nome completo da bebê e a data de nascimento bordada em quadrados determinados. As mulheres já haviam feito quadrados em amarelo, branco e verde-claro. Agora, sabendo o sexo da criança, os quadrados restantes iriam incorporar a cor rosa. Cada pedaço teria vinte centímetros quadrados, feito com o fio e a tonalidade que a tricoteira escolhesse, e aquelas mais íntimas de Dana e Ellie Jo fariam os quadrados com as letras.

— Precisaremos de todos os quadrados por volta do meio-dia de amanhã, para que possamos juntá-los — avisou Nancy. — Juliette, você pode ligar para Jamie e Tara? Eu telefono para a Trudy. Gillian, quer ligar para Joan, Saundra e Lydia?

Uma das mulheres, Corinne James, pegara a câmera de Gillian e estava vendo a foto em close. Corinne James era da idade de Dana. Alta e magra, tinha um corte de cabelo elegante na altura dos ombros, usava uma calça de linho fino, uma blusa igualmente fina de lingerie e uma aliança de casamento cravejada de brilhantes. Embora sua amizade com as tricoteiras não houvesse ido além da loja, ela frequentemente estava por ali.

— Mas que aparência interessante a desta bebê — observou ela. — A pele dela é escura.

— Não escura — alegou outra mulher —, bronzeada.

— Quem da família tem essa cor, Ellie Jo? — perguntou Corinne. Ellie Jo, de repente, sentiu calor.

— Estamos tentando descobrir isso — Gillian respondeu por ela e vislumbrou o olhar de Nancy. — O que sabemos a respeito de Jack Jones?

— Não muito — respondeu Nancy.

— Jack Jones? — repetiu Corinne.

— O pai de Dana.

— Ele mora por aqui?

— Não, cruzes! Ele nunca esteve aqui. Elizabeth o conheceu em Wisconsin. Ela fez faculdade lá.

— Eles foram casados?

— Não.

— Ele era sul-americano?

— Não.

— "Jack Jones" é seu nome verdadeiro?

Ellie Jo se abanou com a fatura da caixa de lãs. — Por que não seria? — perguntou a Corinne; não que estivesse surpresa com a pergunta. Corinne James tinha uma mente curiosa e, o que era surpreendente numa mulher de sua idade, algo a dizer sobre quase qualquer assunto.

A mulher mais jovem sorriu calmamente. — "Jones" é um bom nome falso.

— Como "James"? — perguntou Gillian, incisiva. — Não, Corinne. "Jack Jones" é seu nome verdadeiro. Ou era. Não temos a menor ideia se ele ainda está vivo.

— A Dana não sabe?

— Não. Eles não têm contato.

— Então, de onde vem a pele escura? — insistiu Corinne, como se estivesse envolvida em um grande dilema intelectual. — Do lado de Hugh?

Gillian soltou uma risada. — Dificilmente. Hugh tem uma típica família branca americana tradicional.

— Então do seu marido, Ellie Jo?

Ellie sacudiu rapidamente a cabeça.

— Earl Joseph tinha bochechas rosadas — disse Gillian a Corinne —, e era o homem mais gentil que você poderia conhecer. Ele era uma lenda por aqui. Todo mundo o conhecia.

— Ele falava baixinho e era atencioso — acrescentou Nancy —, e adorava Ellie Jo. E Dana. Ele teria ficado fora de si de alegria com a bebê.

— Quanto tempo faz que ele se foi? — perguntou Corinne.

Gillian se virou para Ellie Jo. — Quanto tempo faz?

— Vinte e cinco anos — respondeu Ellie Jo, manuseando a lã nova. Lã significava calor e bondade. Representava cor quando os dias eram sombrios, e suavidade quando os tempos eram difíceis. Estava sempre presente: um acolchoado no melhor sentido da palavra.

Com gentileza, Corinne perguntou: — Como ele morreu?

Ellie Jo sentiu o olhar de Gillian sobre ela, mas o acidente não era nenhum segredo. — Ele estava numa viagem de negócios, levou um tombo em seu quarto de hotel e bateu a cabeça. Sofreu um traumatismo cerebral grave. Quando o socorro finalmente chegou, ele estava morto.

— Minha nossa! Eu sinto *muito*. Deve ter sido difícil para você. Algo parecido aconteceu com o meu pai... um acidente estranho.

— Seu pai? — perguntou Ellie Jo.

— Sim. Ele era chefe de uma empresa de investimentos que havia começado junto com um grupo de amigos da faculdade de administração. Estava no jatinho da empresa com dois sócios quando o avião caiu. Meu irmão e eu tínhamos vinte e poucos anos. Ainda achamos que tenha sido sabotagem.

— *Sabotagem?* — perguntou Juliette.

— Nós também estávamos céticos — confessou Corinne, inteligentemente —, até que as coisas ficaram esquisitas. A companhia não quis uma investigação. Disseram que iria prejudicar os negócios e, realmente, o departamento federal de aviação investigou, pôs a culpa na manutenção malfeita e a empresa quebrou. Fizeram com que meu pai fosse considerado o responsável. *E daí...*

Ellie Jo já tinha ouvido o bastante. Ela ergueu a mão. — Enquanto Corinne conta sua história, tenho que correr lá em casa. Voltarei logo, Olivia — gritou, indo em direção à porta justamente quando a sineta tocou.

Jaclyn Chace, que trabalhava meio período na loja, entrou com os olhos faiscantes. — Parabéns pela bebê, Ellie Jo! Você já a viu?

— Vi — disse Ellie Jo ao passar por ela. — Tem outra caixa nova em cima da mesa. Abre pra mim, como a menina boazinha que você é?

Fechando a porta atrás de si, ela seguiu o caminho de pedras até a casa. Com mais de cem anos de idade, tinha venezianas cinza-claro e um pórtico que dava a volta toda. Agora, subindo dois degraus de madeira, ela atravessou a varanda dos fundos e entrou na cozinha. Sua gata rajada, Veronica, estava esparramada no peitoril da janela tomando sol. Ellie Jo seguiu até o hall de entrada e subiu as escadas, em meio ao crescente calor, até seu quarto.

As janelas ali também estavam abertas, com as cortinas transparentes deixando entrar apenas um leve movimento de ar. Ellie Jo ignorou o calor. Pegando um álbum de recortes de uma prateleira da escrivaninha de tampo corrediço, ela o abriu e olhou para as fotos desbotadas em preto e branco. Ali estava Earl, numa foto tirada logo depois de eles se conhecerem. Ele era vendedor da empresa de artigos de limpeza Fuller Brush, aparecera à sua porta com a intenção de convencê-la a fazer uma compra e, de fato, ela comprara várias escovas. Sorriu à lembrança daqueles tempos felizes. O sorriso murchou quando ela voltou sua atenção para aqueles papéis soltos encaixados atrás das fotos. Tirou vários deles.

Fechando o álbum, voltou a colocá-lo na prateleira. Apertando de encontro ao peito aquilo que havia retirado, seguiu pelo corredor até o antigo quarto de Elizabeth. Ainda continha a cama, a cômoda e o criado-mudo que Elizabeth usara. Já o armário era outra história. As roupas já tinham ido há muito tempo. Agora o armário estava cheio de lãs.

Empurrando a pilha central de caixas para longe, Ellie Jo puxou a cordinha que abria a escada para o sótão. Segurando-se na estrutura, ela subiu. O ar estava parado e o calor era intenso. Pouca coisa ali merecia ser avaliada: uma caixa de papelão cheia de louças lascadas do começo de seu casamento com Earl, uma caixa de chapéu guardando seu véu de noiva curto, a espreguiçadeira que Earl tanto amara. Das coisas de Elizabeth, havia apenas uma caixa de livros de seu último semestre da faculdade.

Caso Dana fosse procurar por ali, não ficaria muito tempo. Devido ao calor no verão, ao frio no inverno e à ausência de qualquer coisa útil, ela não pensaria em se curvar e ir até o canto mais distante do telhado, como Ellie Jo fizera agora, nem em remover uma parte do material cor-de-rosa de isolamento que fora colocado apenas alguns anos antes, numa tentativa inútil de controlar o calor e o frio. Colocando os papéis entre duas vigas, Ellie Jo recolocou o isolamento, desceu lentamente pela escada, dobrou-a novamente e fechou o alçapão.

Ela havia lido aqueles papéis com frequência, e ainda poderia ler, mas ninguém mais iria vê-los. Eles iriam permanecer sob as vigas até que o fogo, um trator de demolição ou a mera passagem do tempo consumisse a casa, quando então não haveria sobrado mais ninguém que tivesse conhecido Earl, ninguém que fosse pensar mal dele pelo que fizera. Ele seria para sempre um bom homem aos olhos da cidade, que era como deveria ser.

Os Eaton Clarke viviam numa comunidade à beira-mar, quarenta minutos ao sul de Boston. Sua elegante mansão em estilo colonial georgiano ficava entre outras casas elegantes de tijolos aparentes, numa rua arborizada que era a inveja da cidade. Havia poucos turistas, que inevitavelmente escolhiam dirigir pela costa, o que convinha perfeitamente aos moradores da Old Burgess Way. Eles gostavam da privacidade. Gostavam do fato de seus jardineiros serem capazes de identificar facilmente um carro estranho.

Formando um gracioso arco sobre a colina, Old Burgess ficava mais alta até mesmo que as casas à beira-mar, sobre o penhasco. Na verdade, não fosse pelas densas árvores de bordo, carvalhos e pinheiros, e pelos generosos conjuntos de arbustos ornamentais, seus residentes poderiam ter a vista do oceano, o que, em si, não é nada ruim. Infelizmente, porém, isso teria também significado ver as casas exageradamente grandes que os novos-ricos haviam construído à custa das residências de veraneio mais antigas, agora praticamente desaparecidas. Os moradores de Old Burgess não tinham qualquer interesse pelos novos-ricos, daí o cultivo de seu arborizado campo de força.

Eles eram pessoas dignas. A maioria vivera por tempo suficiente em sua casa para ter criado uma geração de filhos, ou era, em si, essa segunda geração, criando a terceira. Quando davam festas, a música alta cessava às onze.

Eaton e Dorothy moravam em Old Burgess Way há trinta e cinco anos. Sua casa de tijolos tinha colunas e persianas brancas, portas pretas e detalhes em ferro forjado, cinco quartos, seis banheiros e uma piscina de água salgada. Embora houvesse períodos, nos últimos anos, em que a casa faziam eco, eles nem sequer teriam sonhado em vendê-la.

Eaton gostava de estar com aqueles que compartilhavam seus valores. Ele não era o mais rico nem o mais proeminente da rua, mas não precisava ser. Como historiador e autor de best-sellers, ele preferia não se destacar. Sessões de autógrafos eram difíceis para ele nesse aspecto, já que incluíam completos estranhos. Suas aulas na universidade, no entanto, eram outro assunto. Ali estavam alunos sérios, talentosos, em sua maioria veteranos, tão interessados em obter dicas dos bastidores quanto em estudar História em si. Abençoado com o amor pelo passado e com uma memória perfeita, Eaton podia discorrer espontaneamente sobre qualquer período da vida norte-americana.

Quanto às dicas dos bastidores, aquilo também era fácil. Era a sua vida. Realmente, conexões abriam portas, e ele as tinha, enquanto a maioria desses alunos, não. Seus antepassados haviam tido papel relevante em cada fase da história norte-americana. De fato, cada livro seu trazia a participação especial de pelo menos um deles. Aquele era o único elemento em comum no conjunto de sua obra, formado por oito livros até o momento. E quanto ao nono, prestes a ser lançado em cinco curtas semanas? Nele, os Clarke tinham o papel principal. *A Linhagem de um Homem* investigava a história da família, entrelaçando uma série de indivíduos notáveis, adquirindo proeminência e fortuna de forma contínua a cada geração. O foco estava na história. Afinal, era por isso que Eaton era conhecido. Mas o período era maior do que, digamos, seu livro sobre o fim da Liga das Nações. E o elemento pessoal era mais forte, oferecendo detalhes íntimos da vida de seus antepassados.

— O tipógrafo acaba de entregar uma amostra do convite para a festa de lançamento do livro — informou Dorothy, entrando pela porta da biblioteca e vindo até ele. — Acho que não está certo, Eaton. Não tem o toque de nobreza que eu quero.

Ela a colocou sobre a escrivaninha. Inclinando-se para frente, Eaton imediatamente viu o problema: — A cor da tinta está errada. Esta é cinza-azulado. Nós queremos cinza-esverdeado.

Dorothy franziu a testa para a amostra. — Bem, se é só isso, não é tão ruim assim. Porém, eles terão de mandar isso de volta e refazer, e se o revestimento dos envelopes for deste mesmo cinza-azulado, terão de ser refeitos também. Quando finalmente corrigirem e imprimirem, nós estaremos em cima da hora para enviar. Não há espaço para qualquer erro.

Eaton não queria ouvir aquilo. — Deveríamos ter deixado minha editora fazer isso.

— Mas eles fizeram um péssimo trabalho da última vez. Esses convites vão para pessoas cujas opiniões são valiosas para nós. Você apareceria no University Club usando um terno comprado numa liquidação? Absolutamente não. Você gosta de se apresentar de certa forma e o convite para o seu evento não é diferente. Esse é o início da sua turnê, em casa, e é importante. Você ligou para o Hugh?

De forma calculada, Eaton perguntou: — O Hugh ligou para mim?

Era uma pergunta retórica. O telefone estivera tocando desde que eles entraram em casa. Se um dos telefonemas houvesse sido de

Hugh, Dorothy não teria perguntado. Não, os telefonemas tinham sido de pessoas que souberam do nascimento do bebê de Hugh. Pensar nisso deixava Eaton tenso.

Ele tinha dois filhos. Enquanto Robert era tradicional, agradável e, Deus sabia, bem-sucedido, Hugh era o que mais se parecia com Eaton, e não apenas fisicamente. Ambos eram atléticos. Ambos eram intelectualmente criativos. Ambos tinham escolhido trabalhar fora do campo familiar e obtido sucesso.

Se Eaton tinha um ponto fraco, era Hugh que o ocupava.

— Onde está o Mark? — vociferou ele.

— Você o mandou para casa — respondeu Dorothy rapidamente, na defensiva. — Você deixou um bilhete para ele antes de irmos ao hospital, não se lembra? Você disse que estávamos comemorando a chegada de um novo bebê, então não haveria trabalho hoje, e não tenho certeza de que haja trabalho agora, de qualquer modo, Eaton. Ele é seu pesquisador e o livro já está pronto.

— Ele é meu assistente — corrigiu Eaton —, e, sim, ainda *há* trabalho a fazer: entrevistas a completar, discursos a esboçar. Antigamente, quando você saía em turnê, tudo que tinha de fazer era assinar seu nome nos livros. Agora eles querem um discurso. Querem entretenimento. Eu dei a Mark um dia de folga *remunerada*?

— Não sei, mas se deu, já está feito, e não foi culpa minha, então faça o favor de não gritar comigo.

Eaton se calou. Ele não podia ficar bravo com Dorothy. A tolice de Hugh não era culpa dela.

— Você ligou para ele? — repetiu ela, embora com maior consideração.

Eaton não respondeu. Em vez disso, recostou-se em sua cadeira de couro de espaldar alto e olhou para os livros que o rodeavam, do chão ao teto, prateleira sobre prateleira. Assim como seus vizinhos, esses livros eram seus amigos. Os livros que ele mesmo havia escrito ficavam juntos numa prateleira lateral, claramente visíveis, embora de forma alguma singularizados. Apesar de Eaton sentir orgulho de cada um deles, eles não existiriam sem aqueles que vieram antes.

Uma geração levava à seguinte. Não era esse o tema central de *A Linhagem de um Homem*? As primeiras críticas o estavam chamando de "uma leitura absolutamente válida", "cativante", "uma saga norte-americana" e, embora Eaton não houvesse usado a palavra "saga" — comercial demais —, em essência, concordava. Árvores genealógicas apareciam em vários pontos do livro, tornando-se mais elaboradas com o passar dos anos. Eram impressionantes e precisas.

— Eaton?
— Não. Não liguei.
— Você não acha que deveria? Ele é seu filho. Sua aprovação significa tudo para ele.
— Se isso fosse verdade — observou Eaton —, ele não teria se casado com a mulher que casou.
— Mas você viu como ele estava pálido e cansado? Sim, eu sei que ele passou a noite toda acordado, mas não planejou que isso acontecesse. Eles não tinham nenhuma indicação de que o pai dela fosse afro-americano, e talvez não seja. Talvez tenha vindo do lado da avó. Ligue para ele, Eaton.
— Vou pensar — respondeu Eaton com desdém.
Mas ela agora estava determinada, mais forte. — Eu sei o que isso quer dizer: quer dizer que você não vai ligar; mas isso envolve uma criança, Eaton. Ela é um ser humano que está vivo e respira, e tem ao menos alguns genes nossos.
— Tem?
— Sim, tem.
— Você é mole demais.
— Pode ser, mas amo meu filho. Não quero vê-lo machucado, nem por ela nem por você.
— Dorothy, ele basicamente me disse para ir me catar.
— Ele não fez isso.
— Fez, sim. Estava bem ali, nos olhos dele. Você é que não estava suficientemente perto. Não pôde ver.
— Ele estava perturbado. Minha nossa, se *nós* ficamos perturbados ao ver aquela criança, depois de todos esses meses esperando, e

agora, temendo que houvesse algo errado, sem saber o que pensar, imagine o que *ele* está sentindo.

— *E quanto a nós?* Nós *estávamos* ansiosos por esse bebê. Todos os nossos amigos sabiam disso. Então, me diga quem ligou.

Dorothy se animou. — Alfred ligou. E a Sylvia. E Porter e Dusty... eles estavam em duas extensões, falando ao mesmo tempo, então eu mal pude ouvir.

— Quanto eles sabem?

A animação da mulher murchou. — Só que é uma menina. E Bradley. Bradley ligou.

A cabeça de Eaton estava zunindo. — E como Brad soube? Robert.

— Ele soltou um suspiro. — Será que aquele menino sabe o significado de discrição?

— Oh, Eaton — disse Dorothy com resignação. — Se não fosse através de Robert, Bradley teria ficado sabendo por outra pessoa. Isso não ficará em segredo por muito tempo.

Eaton sabia disso e estava irritado. — O que Hugh *esperava*, ao se casar com ela? Eu disse na época e repito agora: ela pode ter se casado com ele pelo dinheiro.

— Ah, eu não acho...

— Claro que você não acha. Você não quer admitir que Hugh cometeu um erro e, além disso, ela tricotou para você aquela manta que você queria, o que você interpretou como sinal de afeto, embora possa não ter sido nem um pouco. O problema de se casar com alguém tão diferente é que você nunca sabe quais são seus motivos.

— Se é apenas pelo dinheiro, por que ela trabalha? Ela poderia viver almoçando com as amigas ou passando o dia no spa, pelo amor de Deus! Se é só pelo dinheiro, por que ela se esforça tanto?

Eaton bufou: — Esforça? Faça-me o favor... O que ela faz não é trabalho. Ela vai de casa em casa visitando pessoas que são preguiçosas demais ou não têm bom gosto, depois corre até o Design Center, provavelmente como uma desculpa para comprar coisas para a própria casa. Ela, com certeza, não trabalha como Hugh.

— Mas ganha dinheiro. E ela não é a única esposa que trabalha. Veja a Rebecca Boyd. Veja a Amanda Parker.

— Veja a filha do Andrew Smith e as garotas Harding — contra-atacou Eaton. — Elas *não* trabalham. Dana poderia estar fazendo coisas que ajudassem Hugh em sua carreira. Ela poderia estar fazendo trabalho de caridade. Ela poderia fazer contatos importantes para ele, através disso.

— Mas ele representa criminosos.

Eaton suspirou: — Não, Dorothy — explicou com a paciência de alguém acostumado a lidar com alunos mal informados —, ele representa pessoas que são *acusadas* de ser criminosas. Jack Hoffmeister é presidente de um banco. Ele foi acusado de fraude por um de seus vice-presidentes, depois de haver demitido o homem por incompetência, mas a acusação era inteiramente falsa, como Hugh finalmente provou. Ele ganhou bons honorários e várias indicações a partir desse caso; e de quem foi o contato com Jack? Seu. Você o conheceu através do Comitê de Amigos no hospital. A esposa de Hugh deveria se envolver com grupos como esse. Já disse isso a ele mil vezes, mas ele não parece ouvir.

— O que aconteceu agora é diferente. Você precisa falar com ele.

Mas Eaton não estava disposto a se rebaixar. — Se ele quer que eu fale com ele, faz-se necessário um pedido de desculpa. Eu tenho meu orgulho.

— Eu sei, querido. É o que explica o dele.

Eaton mostrou-se confuso. — Você está tomando o partido dele?

— Não existem partidos. Ele é nosso filho.

Ele apontou um dedo para ela. — Você vai me apoiar nisso, Dorothy. Você vai me apoiar nisso.

Sete

Hugh foi para casa tomar um banho e trocar de roupa, mas, no caminho, seu celular não parou de tocar um minuto, com os amigos telefonando para lhe dar os parabéns e prometendo visitar em breve, e, se não era o telefone, era o BlackBerry.

Mal posso esperar para ver a bebê!
Não vejo a hora de ver a bebê.
Quando podemos ver a bebê?

Todos queriam *vê-la*, o que deveria ser considerado um tributo a Dana e a ele, uma prova de que seus amigos se importavam. Hugh deveria estar feliz da vida.

Não sabia por que não estava... nem por que parecia haver uma pedra em seu estômago quando pensava na bebê. Ele continuava ouvindo a decepção de Dana à sua reação, e não sabia o que fazer. O amor deles havia surgido com muita facilidade. Eles tinham se casado oito meses após o primeiro encontro e nunca haviam se arrependido. E ele não estava se arrependendo agora. Ela, no entanto, parecia estar.

Existe um limite racial para o seu amor?

Não existia, e ele se ofendia por ela ter perguntado. Ele não tinha preconceito. Ela só tinha de analisar seu trabalho para ver isso.

Existe um limite racial para o seu amor?

A pergunta surgiu novamente, agora mais alta e soando como um desafio. Se ele fosse agir como advogado do diabo, poderia argumentar que ela estava tentando desviar sua atenção ou, pior ainda, esconder a verdade.

Hugh não queria acreditar nisso. Não acreditava que ela tivesse sido infiel. Ela o amava demais para causar-lhe esse tipo de dor — e seria realmente muito doloroso, se fosse verdade.

Mas havia a bebê, com aquela linda pele morena e nenhuma explicação para sua origem. Será que ele não tinha o direito de fazer perguntas? Não fazia todo sentido do mundo escolher um modelo de comunicado dentre a *dúzia* que não tinha foto na capa?

Ele entrou pela porta da cozinha e pegou o telefone. O sinal repetitivo lhe disse que havia mensagens, mas ele não as escutou. Em vez disso, ligou para o escritório.

Sua secretária não ficou feliz em ouvir sua voz. — Você não deveria estar trabalhando — ralhou. — Deveria estar com Dana e a bebê. Recebi ordens de não falar sobre trabalho.

Hugh obedeceu. — Então só responda com sim ou não, por favor. Alex entrou em contato com Henderson Walker?

— Sim.

— Ele vai até a cadeia?

— Não.

— A situação foi contornada?

— Sim.

— Conseguimos um adiamento no caso Paquette?

— Sim.

— Eu recebi algum telefonema de alguém se identificando como "a mãe do jardim"?

— Não.

— O.k. É só isso. E, Sheila, se essa mulher ligar, quero ser avisado imediatamente. Não passe o caso para mais ninguém. Há uma conexão pessoal.

Ele desligou o telefone sentindo-se ligeiramente melhor, mas o pegou novamente segundos depois e digitou outro número.

— Hammond Security — respondeu uma voz conhecida, grave e com um leve sotaque.

— Oi, Yunus. É o Hugh. Como você está?
— Estou bem, meu amigo. Faz muito tempo que não conversamos.
— Culpa minha. A vida tem estado movimentada. Mas penso sempre em você. Como vai o trabalho?

Yunus El-Sabwi, nascido e criado no Iraque, fugira de sua terra natal aos vinte e poucos anos, levando sua jovem mulher e duas filhas para os Estados Unidos para garantir-lhes uma vida melhor. Depois de se tornar cidadão norte-americano, ele entrou para a academia de polícia, se formou entre os melhores da turma e, numa época em que o policiamento comunitário incentivava a contratação de minorias, conseguiu um cargo no Departamento de Polícia de Boston. Ao longo de oito anos, foi elogiado várias vezes por seu trabalho. Então, houve o 11 de Setembro e tudo mudou. Ele foi marginalizado dentro do departamento e tratado com desconfiança devido às ligações que mantinha com os parentes no Iraque. Um rumor informava que o dinheiro que ele enviava mensalmente a seus pais estava destinado a terroristas; outro, que ele estava transmitindo dados confidenciais de segurança, em código. Quando o governo federal se recusou a fazer uma acusação formal, concluindo que temia mais a ACLU (União Americana de Liberdade Civil) do que Yunus, as autoridades locais o acusaram por posse de drogas.

Hugh o defendeu dessa acusação, concordando com a alegação de Yunus de ter sido vítima de uma armação. O júri também concordou e, então, o caso foi encerrado. Ninguém jamais foi acusado por plantar as drogas no armário de Yunus, e embora este houvesse sido reintegrado à tropa, fizeram com que sua vida ficasse tão desagradável que ele finalmente pediu demissão. Agora trabalhava na equipe de segurança particular de uma empresa de propriedade da família de Hugh.

— Está indo bem — respondeu Yunus. — Recebi uma boa avaliação relativa ao primeiro ano.
— E um aumento, espero.
— E um aumento. Eles sabiam que se eu não recebesse, teriam que responder a você. Obrigado, meu amigo.

— Não me agradeça. É você quem está fazendo o trabalho. Como estão Azhar e as meninas?

— *Hamdel lah*, elas estão bem. Siba está indo para o último ano. E ela decidiu ser médica. Quer estudar em Harvard.

— É uma ótima escolha, Yunus.

— Bem, primeiro ela tem que entrar. Mas conseguiu uma entrevista, e suas notas são boas.

E também suas conexões, pensou Hugh, lembrando-se de telefonar para o chefe do departamento de admissões, que era um amigo da família Clarke.

— Me conte — disse Yunus —, como vai a sua mulher? Ela teve o bebê?

— Teve. Uma menininha.

— *Hamdel lah ala al salama!* Que notícia excelente! Azhar ficará contente em saber. Podemos visitá-las em breve?

— Eu gostaria muito.

Hugh estava sorrindo quando desligou o telefone. Ele tinha sido designado pelo tribunal para representar Yunus depois que três advogados diferentes declinaram e, ao assumir o caso, teve de enfrentar o departamento de polícia, o promotor público local e o FBI. Ele não havia recebido nenhuma remuneração além do reembolso das custas processuais, mas a recompensa emocional havia sido enorme. Yunus El-Sabwi era trabalhador e centrado. Não só daria a vida por sua família, mas também sua lealdade para com os amigos era absoluta. Hugh se tornara um beneficiário dela.

Sentindo-se melhor, Hugh subiu para tomar banho e fazer a barba. Revigorado, vestiu um jeans limpo e uma camiseta nova, colocou os lençóis sujos na lavadora e um jogo limpo na cama, então partiu novamente rumo ao hospital. No caminho, parou numa floricultura para comprar um buquê de balões, numa butique local comprou um macacãozinho em *tie-dye* cor-de-rosa, absurdamente caro, e no Rosie's, o café favorito de Dana, para comprar uma salada com frango grelhado.

Dana estava amamentando a bebê quando ele chegou. Ainda animado, ele sorriu, admirou as flores enviadas por amigos, perguntou como ela estava se sentindo, se o médico havia passado e quando ela poderia ir para casa. Ele deu a Dana a salada, pegou a bebê e conseguiu trocar sua primeira fralda.

Ele não mencionou o comunicado de nascimento, não mencionou o pai de Dana, nem a questão da ascendência. Seu bom humor diminuiu um pouco quando o tio telefonou e encheu-lhe a paciência sobre a cor de Lizzie. Mas Hugh manteve-se firme. Aquilo não era problema, ele disse, e continuou falando sobre o milagre do nascimento.

Dana reconheceu seu entusiasmo. Ela sorriu. Respondeu às suas perguntas. Mas seu foco estava na bebê, mesmo enquanto comia a salada. Ele sentiu que ela estava hesitante no que dizia respeito a ele.

E mais tarde, enquanto ele dirigia para casa, era com *isso* que estava preocupado — não com a cor de Lizzie, a grosseria de seu tio nem com o fato de que seus pais não houvessem telefonado. Tudo que conseguia pensar era que se Dana estava tão hesitante era porque tinha algo a esconder.

No final da manhã seguinte, Dana recebeu alta. Ela vestiu a bebê com o macacão *tie-dye* cor-de-rosa, o que deu um pouco de trabalho. Quatro mãos adultas — ou seja, quatro mãos *inexperientes* — só faziam atrapalhar umas às outras. Mas eles conseguiram e, quando Hugh trouxe o carro, não tiveram nenhuma dificuldade em acomodá-la na cadeirinha de segurança.

Hugh havia esperado por isso, havia imaginado tantas vezes — levar sua mulher e sua filha para casa — e foi bom, a princípio, a mesma euforia que sentira antes. Dana estava a seu lado na frente, virando-se a todo momento para olhar a bebê, claramente animada.

Então, a bebê começou a se agitar. Hugh parou o carro; Dana se mudou para o banco de trás; ele voltou a dirigir. Lizzie continuou chorando.

— Qual é o problema? — perguntou, olhando com preocupação pelo retrovisor. Ele não conseguia ver muito; a bebê estava diretamente atrás dele, virada de frente para o encosto do banco.

— Não sei — disse Dana. Ela pegou uma chupeta na bolsa. Deu certo, mas apenas por alguns quilômetros. Então Lizzie voltou a chorar.

— Ela está molhada? — perguntou ele.

— Se estiver, não pode ser muito. Eu a troquei logo antes de sairmos.

— Com fome, então?

— Acho que só está agitada. Gostaria de poder tirá-la da cadeirinha e segurá-la no colo, mas seria extremamente perigoso.

— Para não dizer ilegal — disse Hugh. — Quer que eu estacione o carro?

— Não. Vamos tentar chegar logo em casa.

Ele foi dirigindo ao som de choros esporádicos. Quando estavam a cinco minutos de casa, Lizzie finalmente adormeceu.

Ellie Jo e Gillian Kline estavam na casa deles quando estacionaram, e Hugh ficou aliviado ao vê-las na mesma medida em que Dana se alegrou. Eram duas mães experientes que sabiam por que os bebês choravam. Além disso, como os pais de Hugh não estavam ali no que deveria ter sido um dia especial em família, a presença delas era particularmente bem-vinda.

Elas trocaram a bebê, deram-na para Dana amamentar e murmuraram palavras suaves de estímulo, quando demorou um pouco para que ela pegasse o peito. *Totalmente normal*, disseram mais de uma vez; então: *Ela vai pegar o jeito*, e *Lá vai ela, olha só, isso é bom*. Hugh assistia da porta, extraindo um pouco de consolo daquela tranquilidade. Quando Lizzie dormiu e ele sugeriu colocá-la no berço, Dana optou por irem para a sala de tevê.

Ali, acomodaram a bebê num moisés, instalaram Dana no sofá próximo, apareceram com uma sacola da delicatéssen local e prepararam o almoço, algo em que Hugh não havia pensado, mas que foi muito bem-vindo. Quando terminaram de comer, houve a troca da guarda. Ellie Jo e Gillian foram substituídas por Tara e Juliette; um pouco mais tarde, por duas outras amigas de Ellie Jo e, mais tarde ainda, por duas vizinhas da rua. Todas chegaram com disposição para ajudar, com conhecimento sobre bebês e também vasilhas cobertas com papel-alumínio, com refeições suficientes para uma semana.

Hugh se flagrou ouvindo atrás da porta enquanto outras pessoas cuidavam da bebê. Ele estava sobrando ali, relegado ao status de observador, tanto que se sentiu tentado a ir para o escritório, onde ao menos iria se sentir útil. Se houvesse feito isso, no entanto, não teria ouvido a conversa.

Todo mundo achou que Lizzie era linda e que tinha um temperamento dócil. Algumas tentaram identificar semelhanças — *Hugh, eu acho que ela tem a sua boca* ou *Este nariz é definitivamente de Dana* — que Hugh não conseguia enxergar. Elas comentaram sobre sua pele e seu cabelo, elogiando ambas as características — *Que cor mais elegante* ou *O que eu não daria para ter cachos como estes*. E, é claro, houve perguntas sobre sua origem, com mais de um olhar provocador para Hugh. *Então, Hugh, onde você disse mesmo que estava nove meses atrás?*

Hugh riu na primeira vez e sorriu na segunda, mas quando a pergunta foi feita pela terceira vez, ele respondeu secamente: "Filadélfia", o que provocou risos de quem havia perguntado e uma rápida explicação por parte de Dana. Na próxima vez que ele disse a mesma coisa, ela lhe lançou um olhar irritado. Mas ele não sentiu remorso. Ele a havia alertado para o fato de que haveria perguntas e estava cansado de ser o único alvo das piadas.

Lá pelas cinco da tarde, foram os amigos de Hugh que começaram a aparecer. Vieram vários do escritório, trazendo flores e presentes, e seus comentários sobre Lizzie foram entusiásticos e gentis; mas, então, vieram os amigos da família de Hugh, jovens com os quais ele havia crescido. Claramente, eles tinham ouvido sobre Lizzie e queriam vê-la por si mesmos. Sua curiosidade era grande. Não disseram nada em voz alta sobre a paternidade da bebê, apenas demonstraram ter notado sua cor, o que por si só já equivalia a uma declaração.

Seus amigos do basquete, no entanto, não foram tão contidos. Apareceram logo depois das seis, quatro caras grandalhões a caminho de seu jogo semanal. Traziam rosas para Dana e um macacãozinho do time dos Celtics para Lizzie; e o silêncio, quando a viram, foi cômico.

Hugh, amigão, quem é esta aqui?

Dana, sua safada. Trabalhando com um cliente, hein? Já ouvimos essa antes.

Então, acho que nós todos estamos livres de suspeita; a não ser o Denny. Cadê o Denny, hein?

Denny, o único afro-americano do grupo, estava cantando naquela noite — como costumava fazer uma vez por mês com um grupo de sua igreja. David, porém, foi outra história. Justamente quando o grupo do basquete estava prestes a partir, o cara entrou feito um tufão porta adentro. É verdade, a porta estava completamente aberta. Sim, David sempre se movia como um tufão. É verdade, ele era um cara espontâneo que nunca economizara nos abraços. Hugh o viu lançar-se sobre Dana para beijá-la, depois inclinar-se sobre o moisés e olhar para uma bebê que parecia tanto ser dele que só um santo não pensaria mal.

Lá fora, na calçada, minutos depois, o companheiro de basquete de Hugh, Tom, disse: — Qual é a história daquele cara?

— História?

— A relação dele com Dana. Não tem caroço nesse angu, tem?

— De jeito nenhum — disse Hugh; mas de repente ficou furioso; furioso com Tom, com seus pais, com David. David era um amigo tão bom que Hugh nunca levara em conta sua cor. Agora, tudo havia mudado.

E *então*, quando o grupo de basquete partiu acelerando o carro, Hugh virou-se para entrar em casa só para ouvir seu nome sendo chamado. Olhando pela rua, viu sua vizinha correndo em sua direção. Monica French era uma das mulheres que tinham vindo visitar naquele dia. Aos quarenta e poucos anos, era casada com um homem que raramente era visto por ali, mas, em compensação, tinha dois filhos adolescentes e três cachorros. Os cães estavam com ela naquele momento, três enormes akitas, rodeando-a com tanto entusiasmo que, ao tentar parar, ela quase foi derrubada.

— Hugh — disse ela, então. — Tem uma coisa que preciso te dizer, e eu sei que pode não ser apropriado, mas, na verdade, é uma questão de consciência. David é seu amigo?

— O melhor — respondeu Hugh, pois sabia aonde aquilo iria levar. Monica era uma intrometida que passeava com seus cães três vezes por dia e não tinha qualquer pudor em parar pelo caminho para avisar, para benefício do eventual dono de casa distraído, que havia uma planta morta em seu jardim, uma lâmpada queimada sobre a porta da garagem ou uma colmeia de abelhas ao lado da persiana.

— Se é assim — disse ela —, então você não tem nada com que se preocupar, pois um melhor amigo não seria capaz de fazer o que estou sugerindo. Mas eu dei uma olhada na bebê hoje e fiquei me perguntando de onde veio sua cor, e tenho que te dizer uma coisa: o David vive na sua casa.

— E? — perguntou Hugh.

— E ele é negro.

— Acho que eu já havia notado isso.

— Já o vi na sua casa com a Dana quando você não estava.

— Sim. Ela me diz... não que você a viu, mas que David veio aqui.

— Às vezes ele chega a ficar *uma hora*.

— Sessenta minutos? Não quarenta e cinco nem noventa?

Monica ficou olhando. — Pode tirar sarro de mim se quiser, mas eu acho que David está apaixonado pela sua mulher.

— Eu tenho certeza que sim — disse Hugh, parecendo mais calmo do que se sentia —, mas isso não quer dizer que ele vá conseguir levá-la para a cama. Minha mulher *me* ama, Monica.

— Mas existe sexo-amor e existe sexo-sexo. David é um cara sexy pra caramba.

— Ah. Isso explica por que você fica controlando as idas e vindas dele. Você sente tesão por ele, né?

Ela o encarou por mais um minuto, então disse: — Esqueça que eu toquei nesse assunto.

Puxando os cães, ela os deixou arrastarem-na de volta para casa e foi no momento certo. Se houvesse ficado ali um pouco mais, ela teria visto o sedã preto que veio pela rua. O irmão de Hugh, Robert, desceu do carro e se virou para ajudar seu tio a sair.

Bradley Clarke era cinco anos mais velho que Eaton, o que lhe dava setenta e quatro anos, mais ou menos. Não era alto nem bem-apessoado como o irmão, embora o queixo dos Clarke e a testa ampla fossem perceptíveis; porém, o que lhe faltava em estatura física ele compensava com sua perspicácia para os negócios. Havia membros mais velhos no clã dos Clarke, um punhado de primos na faixa dos noventa anos, mas Bradley era quem havia aumentado a fortuna da família e, com isso, era visto como o patriarca.

Hugh admirava seu tio. Sentia-se grato pelo fato de os interesses da família estarem em mãos tão capazes.

Mas ele nunca havia gostado do homem. Achava-o arrogante, grosso e desprovido de qualquer calor humano. Robert, que trabalhava regularmente com ele — e que agora entrou na casa, enquanto Bradley ficava com Hugh na calçada —, alegava ter visto demonstrações de calor humano várias vezes. Hugh tinha de acreditar sem ver.

Aliás, essa crença foi colocada à prova no minuto em que o velho abriu a boca: — Que diabos você disse para o seu pai? Ele está num humor do cão.

— Sinto muito se ele descontou em você — disse Hugh com a deferência que era devida, embora se recusando a curvar-se. — Ele disse coisas bem feias sobre a minha filha.

— O bebê é seu?

— Sim.

— Você descobriu de onde vem a cor dele?

— É dela, e estamos supondo que um dos antepassados de Dana era afro-americano.

— Então Dana é negra.

— Assim como seu chofer — disse Hugh alegremente e abaixou a cabeça para sorrir para Caleb. Hugh já havia passado mais de um evento de família insuportavelmente chato do lado de fora, na garagem, conversando com Caleb. — Talvez ele queira entrar para dar uma olhada na minha filha.

Bradley disse: — Não há necessidade disso, mas eu quero. — Ele estava no meio da escada quando David saiu da casa e, inocentemente, estendeu-lhe a mão.

— Sr. Clarke. David Johnson. Que bom vê-lo novamente!

O rosto de Bradley parecia de pedra. Sua mão apertou a de David de forma superficial. E então ele entrou.

Hugh xingou baixinho e esfregou sua nuca dolorida.

— Problemas? — perguntou David.

Hugh bufou: — Pelo menos ele não te viu esparramado em cima dela.

David fez uma careta. — Hã?

— Ah, tenha dó. Só consigo rir até certo ponto.

— Você pode explicar isso?

— Eles acham que você é o pai.

David retraiu o queixo. — Verdade? Nossa! Me sinto lisonjeado.

— É, e enquanto você está se sentindo lisonjeado, eu sou humilhado. Dana é minha mulher. Tudo bem que você a ache maravilhosa e tal, mas precisa entrar na minha casa como se fosse o dono de tudo?

David deu um passo para trás e levantou a mão. — Não foi por mal.

Mas o dique se rompera. Hugh não podia parar. — Cadê seu *bom-senso*, cara? Diabos, nós podemos fingir que não vemos a cor dela, mas aí está esse bebê que se parece com *você*, e daí você aparece, completamente apaixonado pela minha mulher...

— Calma aí, Hugh. Sua mulher é minha *amiga*.

— Você a conheceu antes de mim — percebeu Hugh, com certo incômodo. — Havia alguma coisa entre vocês naquela época? Um segredo que vocês concordaram em guardar?

— Não.

— Mas você saía com mulheres brancas o tempo todo. Você se casou com uma. Na minha área, isso se chama precedente.

— Você está passando dos limites.

— Não me fale de limites — explodiu Hugh —, ela é minha esposa!

— Hugh — chamou Robert, abrindo a porta de tela.

Hugh se voltou e olhou para o irmão e o tio. Sentia que estava sendo encurralado, empurrado na direção de algo que desprezava, mas que não tinha forças para deter.

Olhos fixos em Hugh, David ergueu a mão em sinal de advertência. Então, virou-se e desceu as escadas.

— O que foi isso? — indagou Bradley, num tom imperioso.

Hugh retrucou: — Você viu a minha filha?

— Sim.

— Você acha que ela é minha filha?

— Ela é, definitivamente, um bebê da família Joseph.

— E quanto ao pai? — perguntou Hugh. — Quem você acha que é?

— Quem *você* acha que é? — trovejou Bradley em resposta.

— Pensei que fosse eu, até que vocês começaram a olhar para *ele* — disse, gesticulando com a cabeça na direção da casa de David —, mas existe uma maneira de descobrir. Sabe quantos testes de DNA eu já marquei para os meus clientes? Eu sei como é feito e quem é o melhor especialista no assunto. — Passou por eles pisando duro e entrou na casa.

Dana estava cansada. Seu traseiro doía e seus seios estavam começando a endurecer. Ela adorava ver seus amigos, adorava ver David, mas dispensaria alegremente a visita do irmão e do tio de Hugh. Robert fizera uma breve demonstração de afeto; o tio nem sequer havia tentado. E agora vinha Hugh dizendo... *o quê?*

— Quero fazer testes de DNA. Já ouvi comentários demais.

— Testes de DNA? — perguntou ela, incapaz de entender.

— Para provar que sou pai de Lizzie.

— Do que você está falando?

— Estou falando — disse ele, com raiva — de David. O nome dele é mencionado a todo instante. Quero que fique tudo esclarecido.

Dana não podia acreditar. — *Esclarecido?*

A bebê começou a chorar. Levantando-se do sofá com um impulso, Dana tirou Lizzie do moisés. Ela a embalou de um lado para o outro, mas a bebê continuava chorando. Então, Dana se recostou nas almofadas, levantou a camiseta, abriu o sutiã e esfregou o bico do seio na boca de Lizzie. Ela não pegou, no começo. Fuçou, procurou e chorou. Dana estava começando a achar que alguma coisa tinha de estar errada, pois Tara não tinha dito que os bebês nasciam sabendo mamar, e Lizzie já havia feito isso... o quê?... dez, vinte, *trinta* vezes?... quando finalmente deu certo.

— Esclarecido — repetiu Hugh.

Os olhos de Dana se encontraram com os dele e se fixaram apenas o suficiente para ver que ele falava sério, antes de voltar a se concentrar na bebê. — Se você realmente acredita, ainda que por um instante, que este bebê é de David... se você realmente *acredita* que eu iria me interessar por qualquer homem além de você... se você realmente acredita que eu *ficaria* com alguém além do meu *marido*... há algo muito errado conosco, ou pior: com nosso casamento. — A voz dela tremeu. — Pensei que você confiasse em mim.

— E confio.

— Mas está me acusando de ter um caso com David — disse ela, mantendo os olhos fixos em Lizzie para não perder completamente a compostura —, e não me diga que só está agindo como advogado do diabo, porque isso não se aplica a este caso. É uma questão de confiança. — Lágrimas ameaçaram cair. Ela conseguiu segurá-las, mas sua voz enfraqueceu no processo. Então, ela ergueu os olhos para ele. — O que está acontecendo conosco, Hugh?

Hugh passou o braço pela testa, então colocou as mãos na cintura.

Dana sentiu seu coração partir. Aquele era seu marido, seu *marido*, agora tão distante dela. Baixinho, ela perguntou: — Você acha, sinceramente, que ela é de David?

— Ela não tem a minha cor.

— Nem a minha, mas nenhum de nós sabe com certeza a cor de cada antepassado nosso. — Rapidamente, ela assentiu com a cabeça. — Está bem. Sim. *Você* sabe. Então um dos *meus* parentes veio da África. Para mim, isso não é problema. E para você? Quer dizer, para que tanto alvoroço? Você não é uma pessoa preconceituosa, Hugh.

— Não confunda as coisas. Infidelidade não tem nada a ver com preconceito.

Ela estava fora de si de... o quê? Descrença? Raiva? Mágoa?

— Você *acha* que eu tive um caso. Se você tivesse sido honesto com a sua geneticista, ela poderia ter te tranquilizado. Não deveríamos estar procurando o meu pai?

Hugh ergueu os olhos até a janela e olhou para o mar. Quando voltou a olhar para ela, Dana sentiu-se acabada. Ela precisava de calor, mas não havia nem um pouco ali. Ele parecia um advogado num inquérito.

— Primeiro, um teste de DNA — disse ele. — Isso irá provar que eu sou o pai.

Dana abaixou a cabeça sobre a bebê e começou a chorar. Ela nunca, jamais, nem em um milhão de anos imaginou que aquilo pudesse acontecer.

— *Provar*, Dana — disse ele. — Trata-se de controlar o estrago. Você não se importa com o que as pessoas dizem, isso já ficou claro, mas eu me importo. Você ainda não está preparada para procurar seu pai e, além disso, poderia ser como procurar uma agulha num palheiro. Essa é a forma mais rápida de eliminar uma possibilidade.

Numa explosão de fúria, ela olhou para ele: — Por que você não aproveita a oportunidade e pede para David fazer o teste?

— Se pedirmos para o David, iremos ofendê-lo. Se telefonarmos para a minha geneticista, e ela me disser para eu *fazer* o teste, ofenderemos a mim.

— E quanto a mim? — sussurrou Dana nos cachos curtos da bebê.

— Não estou te ouvindo.

"Isso é óbvio", pensou ela, embalando suavemente a filha.

— E tem mais uma coisa — declarou Hugh, novamente rígido. — Você amamenta a bebê. Ellie Jo a embala. Gillian ou Tara ou Juliette trocam a fralda. Se eu sou o pai, qual é a minha função?

Ele estava se sentindo excluído. Dana se perguntou se seria esse o motivo por trás de tudo. Seria uma explicação bizarra, mas pelo menos seria alguma coisa. O resto simplesmente não fazia sentido.

Portanto, ela terminou de amamentar Lizzie e a entregou para Hugh, então subiu vagarosamente as escadas, tomou um banho e, precisando de uma válvula de escape, pegou seu tricô. Só que, de repente, estava tudo errado: lã, desenho, *tudo*. Num surto de insatisfação, ela puxou os pontos das agulhas e desmanchou seu trabalho, que se dissolveu como outra mera ilusão à sua puxada. Enfiando o bolo de lã na bolsa, ela abriu a janela, deitou-se na cama e ficou escutando as ondas, desesperada por ouvir a voz de sua mãe. Mas não havia palavras de conforto vindo pela maré; apenas um enorme nó em sua garganta. Não obstante as explicações bizarras, Hugh dissera coisas que a haviam ferido profundamente.

Pontos soltos podiam ser refeitos, um suéter mal-ajustado podia ser tricotado novamente, um mau novelo podia ser trocado. As palavras, no entanto, eram outra história. Uma vez ditas, não podiam mais ser retiradas.

Oito

Dana sabia o que um teste de DNA envolvia. Também sabia que existiam diferentes tipos de teste de DNA: desde aqueles em que se usava sangue, cabelo ou medula, até os que analisavam a saliva encontrada num pedaço de chiclete. Hugh havia usado exames de DNA como prova várias vezes, nos julgamentos de seus casos, e frequentemente conversara com ela a respeito. Ela sabia que, para que os resultados fossem admissíveis em tribunal, deviam-se seguir padrões estritos. Porém, sem nem sequer pestanejar, rejeitou qualquer coisa invasiva, como tirar sangue da bebê. Disse a Hugh — com toda a seriedade do mundo — que para isso ele teria de levá-la aos tribunais.

Ele se contentou com a utilização de amostras bucais, um método no qual pequenos aplicadores coletavam células da parte interior da bochecha. E não perdeu um minuto sequer para fazê-los. Na quinta-feira de manhã, um mensageiro chegou até sua casa com três kits de teste.

— Três? — perguntou Dana, olhando os kits com desgosto.

— Um para cada um de nós — respondeu Hugh pacientemente.

— Por que eu? Nós já sabemos que eu sou a mãe — disse ela com um toque de desafio na voz.

— Você é nosso ponto de referência — explicou ele. — Como a maternidade da bebê não está em dúvida, o laboratório começa comparando seu DNA com o de Lizzie. Quaisquer componentes genéticos que não sejam compatíveis entre vocês duas devem ter vindo do pai. Então, eles testam o meu DNA em busca desses componentes.

Dana olhou de relance para o mensageiro, que estava esperando na cozinha. — Ele é sua testemunha de que eu não vou tentar trocar sua amostra por uma amostra de David?

Hugh pediu ao mensageiro que esperasse lá fora. Quando o homem saiu, ele disse: — Isso foi desnecessário.

— Por quê? É tudo uma questão de confiança.

— Você não está facilitando as coisas nem um pouco para mim.

Dana ficou lívida. — As últimas quarenta e oito horas deveriam ter sido as mais felizes da minha vida, mas você as transformou em um inferno. Sério, Hugh, no meu mundo, neste instante, as coisas não giram em torno de você. — Ela dardejou um olhar ressentido para os kits. — Podemos fazer isso de uma vez, por favor?

Não levou muito tempo. Hugh coletou a amostra da boca da bebê, depois da de Dana. Ela se obrigou a olhar enquanto ele coletava a própria amostra, depois lacrou os kits e os entregou ao mensageiro. Quando ele voltou a entrar em casa, ela estava lá em cima, tomando outro banho e, depois, lavando a bebê da cabeça aos pés com uma esponja, sobre o trocador. Sentia-se suja depois daquele procedimento. Precisava limpar a ambas.

Vestindo Lizzie com um macacão novo, ela a colocou no berço e cobriu com o cobertor que a vó Ellie tinha tricotado. Por alguns minutos, enquanto a bebê se acomodava para dormir, ficou observando, ainda espantada, a perfeição de sua filha. Então olhou em volta, examinando o quarto da bebê. O objetivo era que expressasse satisfação e alegria. Assim como todos os idílios, aquele era perfeito nos mínimos detalhes físicos, o que só fazia demonstrar como as aparências podiam ser enganosas.

Dana poderia ter chorado diante daquela injustiça, caso não estivesse tão cansada. Encolhendo-se de lado na cadeira de balanço, ela fechou os olhos e cochilou. A campainha tocou; ela a ignorou. A mesma coisa com o telefone.

Pouco depois do meio-dia, tentou amamentar Lizzie novamente. Seu leite estava descendo e os seios inchados dificultavam a sucção. Ou talvez fosse o leite. Dana repassou todas as possibilidades, até que a bebê finalmente pegou o peito, mas era mais uma coisa com que se preocupar.

— Quer que eu a faça arrotar? — perguntou Hugh da porta.

Surpresa, Dana ergueu os olhos. — Você ainda está aqui.

— Onde mais eu estaria?

— No escritório — respondeu, odiando o tom choroso de sua voz.

— Você sabia que eu iria tirar uns dias livres depois que a bebê nascesse — justificou ele.

Ah, sim, e esses dias juntos, supostamente, seriam maravilhosos. Tirando a bebê do seio, ela a colocou sobre o ombro e esfregou suas costas.

— Gillian ligou. Eu não quis te acordar.

Dana assentiu com a cabeça.

— E chegaram alguns presentes, coisas realmente lindas — disse ele, ainda na porta.

Ela poderia ter perguntado a respeito. Estava curiosa, mas a presença de Hugh esfriava sua animação.

— Você ainda está brava — concluiu ele.

Ela espiou o rostinho de Lizzie, deu palmadinhas leves em suas costas.

— Fale comigo, Dana.

Ela lhe dirigiu um olhar de desespero. — O que você quer que eu diga? Que entendo? Que concordo com o que você fez? Sinto muito. Não posso fazer isso.

Os lábios de Lizzie se abriram para deixar sair uma minúscula bolha de ar.

O som fez Dana sorrir, a despeito do que sentia. — Boa menina — cantarolou e, usando os dedos para segurar a cabeça da filha, levantou-a. Olhos cor de chocolate quente sorriram de volta para ela.

— Você é a minha menininha mais doce, com apenas dois dias de vida. Você quer mais leite? Só mais um pouquinho? Vamos ver. — Ela a colocou no outro seio e, de novo, demorou um minuto para que a bebê encaixasse os lábios em volta do bico. Talvez Hugh tivesse dito alguma coisa, durante o processo, mas Dana o ignorou. Quando Lizzie estava finalmente sugando de novo, ela se recostou na cadeira de balanço e cerrou os olhos.

— Ela está bem? — perguntou ele.
— Sim.
— O que foi aquilo?
— Ela está aprendendo. Eu também.

Ele ficou calado por vários minutos. Então, perguntou: — Posso fazer alguma coisa? Você precisa de fraldas, pomada ou qualquer outra coisa? Talvez uma refeição do Rosie's?

— Não. Obrigada.
— Quer que eu faça o almoço para você com o que já temos aqui?
— Minha avó vai trazer uns sanduíches.
— Ah. Está bem. Então, alguma coisa da farmácia?
— Tara vai trazer um pote de pomada A&D mais tarde. É só o que eu preciso. Você poderia ir comprar outra lixeira para fraldas. Eu gostaria de ter uma na lavanderia para quando precisar trocá-la lá embaixo.

— Posso fazer isso. — Ele fez uma pausa, e então: — Com relação aos comunicados...

Dana o interrompeu: — Você tinha razão — disse, abrindo os olhos e fixando-os nele. — Não precisamos enviar comunicados. Principalmente porque não sabemos com certeza se você é o pai.

Ele suspirou: — Dana.

— O quê? — perguntou ela. — Eu não deveria ficar brava por você pensar que tive um caso? E por que você iria pensar isso? Porque eu nasci fora dos laços do matrimônio? Porque nossa bebê não se parece com *você*? Na verdade, Hugh, ela se parece, sim, com você. Ela tem a sua boca.

— Eu não vejo.

— Isso é porque você está obcecado com a cor dela. Mas, se a observar de perto, verá que ela tem a mesma curva nos cantos da boca que você. Não o tempo todo, só quando ela está *observando* algo. A boquinha é a de Hugh quando está pensativo. Não é irônico?

Hugh não disse nada.

Fechando novamente os olhos, Dana deixou Lizzie mamar, até que a sucção diminuiu. Então, colocou-a sobre o joelho com uma mão sob seu queixo e esfregou suas costas.

— Quer que eu faça isso?

Dana quase disse *Não preciso da sua ajuda*. Mas detestava o som de amargura que já havia saído em demasia de sua boca. Então, passou a bebê cuidadosamente para ele, apanhou um monte de roupas sujas do cesto e as levou para baixo, até a lavanderia. Preparou uma xícara de chá para si mesma e o estava tomando quando Ellie Jo chegou.

Dana imediatamente se sentiu melhor. Sua avó era uma sobrevivente. Era a prova viva de que as fases ruins iriam passar.

Enquanto Ellie Jo levava Lizzie para o quarto da bebê, Dana voltou para o seu. Ansiosa por um pouco de normalidade, ela vestiu um short jeans de antes da gravidez. Embora desse um pouco de trabalho, o zíper fechou. Animada, ela colocou uma camiseta cortada rosa-choque, enfiou os pés em chinelos de lona e prendeu o cabelo num coque alto em forma de nó.

Pouco tempo depois, estava com a avó no pátio. Tendo terminado seus sanduíches, elas estavam estendidas nas espreguiçadeiras sob o toldo, tricotando, enquanto a bebê dormia num carrinho ali perto. Embora o sol de fim de agosto incidisse quente sobre a grama, a brisa do mar moderava seu calor. Era nesse clima que Dana estava fazendo, alternativamente, uma fileira em ponto tricô e uma fileira em ponto meia, rapidamente acrescentando centímetros ao saco de dormir verde-musgo do qual Lizzie iria precisar quando o outono chegasse.

Descalça, ela cruzou os tornozelos e inspirou fundo. Amava o mar, sempre tinha amado — o que era estranho, tendo em vista como sua mãe havia morrido. Mas Ellie Jo levara Dana de volta à água no verão seguinte ao afogamento de Elizabeth e, por mais medo que Dana estivesse sentindo, uma vez que estava nadando, o mar de fato a acalmara.

Elizabeth amava o mar. Dana imaginava que sua alma estivesse nas ondas. Ela se sentia em paz.

E, assim, com o cheiro do ar salgado tranquilizando seus sentidos e suas agulhas de tricô trabalhando sem parar, ela sentiu que começava a relaxar.

Sua mãe havia morrido e a vida tinha continuado. Portanto, a vida iria continuar agora também.

Um minuto depois, colocou o tricô de lado e foi até a beira do gramado. As últimas rosas-rugosas formavam manchas rosadas num mar de verde. Ela se ajoelhou, tomou uma na mão em concha e tocou as pétalas. Assim como o cheiro do mar, aquilo lhe proporcionou conforto.

— Dana! Oi, Dana! Dana! Aqui! Sou eu, Ali!

Dana olhou na direção do jardim de David e, como era de esperar, lá estava Ali. Sete anos de idade e magricela, ela pulava como doida enquanto acenava.

Sorrindo abertamente, Dana acenou de volta. Ela se levantou e começou a caminhar em direção à menina. Não havia cerca nem sebe. Embora a casa de David fosse num estilo Cape Cod contemporâneo e bastante diferente da deles, os jardins apresentavam a mesma mistura de gramado e arbustos litorâneos.

Ali se atirou nos braços de Dana. — O papai disse que eu não devia te incomodar, então eu estava esperando que você estivesse aqui fora, e aí está você! O papai disse que você teve um bebê. Eu quero ver, posso?

— Primeiro, deixe-me olhar para você — disse Dana. Soltando a criança, ela pegou com a mão o queixo de Ali.

"Radiante" era a palavra que vinha à mente, pois a pele dourada de Ali positivamente brilhava no sol. Seus olhos eram castanhos e alegres, a boca formava um sorriso amplo que deixava à mostra seus dentinhos, e sua cabeça continha cabelos de uma dúzia de tons castanhos diferentes.

Dana sempre adorara Ali — sempre se sentira atraída pela alegria com que a criança encarava a vida. Deu-lhe outro abraço e se afastou para contemplá-la. — Você está mais alta e mais linda do que antes. Como isso é *possível*?

— Estou crescendo. Logo vou fazer oito anos e joguei futebol quase o verão inteiro, então a mamãe disse que minhas pernas estão esticando. Posso ver a bebê?

— Alissa! — chamou David, pela porta dos fundos. — Eu te disse para não incomodar os Clarke!

Em outra ocasião, Dana poderia ter interpretado o comentário como uma ordem inocente, mas parecia que tudo que era "inocente" havia seguido o mesmo caminho que a desconfiança de seu marido.

— Não é incômodo nenhum — gritou para ele. — Hugh saiu por algumas horas, então só estamos minha avó e eu. Opa — acrescentou, de forma cômica, voltando a atenção para Ali — e a bebê. Ela ainda é tão nova que eu me esqueço, e é *claro* que você pode vê-la. Corra até lá e dê uma espiada, e aproveite para dizer olá para a vó Ellie.

Ela viu a menina sair correndo, agitando braços e pernas. A vó Ellie ergueu os olhos e foi juntar-se a ela perto do carrinho.

Dana estava se perguntando se Ali iria notar a cor da pele da bebê quando David se aproximou. Ele vestia uma camiseta polo e calça cáqui, claramente aproveitando uns dias de folga, agora que a filha estava ali.

— Isso pode ser constrangedor — disse ele. — Ali vai querer passar algum tempo aí com você, mas seu marido não ficará satisfeito com isso.

Com a naturalidade de costume, Dana deu uma sacudidela carinhosa no braço dele. — Hugh adora Ali.

— Adorava, antes, mas ele também gostava de mim. Você sabe que ele acha que a bebê é minha, não sabe?

— Ele disse isso? — perguntou Dana, envergonhada. — Eu sinto muito. Ele não está em seu estado normal.

— Talvez esteja — acusou David. — Talvez o que estamos vendo agora seja o verdadeiro Hugh... o que não seria exceção à regra. Sabe quantas pessoas acreditam em igualdade de raças até que uma família afro-americana queira se mudar para a casa ao lado? Sabe quantas pessoas acreditam em ação afirmativa até que seu filho seja rejeitado pela mesma faculdade que aceita um estudante negro com notas mais baixas?

— David...

Ele suavizou seu tom de voz: — Sabe quantas vezes eu desejei que você fosse minha mulher? Talvez Hugh tenha sentido isso; mas tanto eu quanto você sabemos que nunca te toquei. — Seu rosto desmoronou. — Meu Deus, você *nunca* olhou para mim da forma como olha para ele. O que ele está *pensando*?

— Não está — disse Dana e, por uma fração de segundo, se perguntou se David tampouco estaria. *Sabe quantas vezes eu desejei que você fosse minha mulher?* Ela não queria ouvir aquilo, então se concentrou no que David tinha dito sobre Hugh, cogitando se seria verdade. Sempre acreditara que Hugh fosse um homem de convicções, mas se era assim, ela não sabia como explicar sua reação ao nascimento de Lizzie.

— Ele está descontando em você? — perguntou David.

Dana não mencionou o teste de paternidade. Era humilhante demais. Em vez disso, olhou para o mar e suspirou: — Não sei ao certo quem está fazendo o que com quem. Ainda estamos vivendo em turnos de duas horas e, entre o cansaço e a novidade, as coisas andam meio estranhas.

— Ele está ajudando? Eu ajudaria, Dana. Por mais erros que eu tenha cometido no meu casamento, sempre ajudei com a Ali.

Dana olhou para ele. — Que erros você cometeu?

— Coloquei o meu trabalho na frente do da minha mulher. Coloquei Ali na frente dela. Eu a tratei como uma empregada.

— De propósito?

— Não — disse ele, entortando os lábios. — Foi inconsciente? Talvez. A mãe da minha mãe foi empregada doméstica. Minha mãe era professora, mas fazia todo o serviço de casa. Então, será que eu estava pensando que seria uma inversão justa se a minha esposa branca limpasse privadas? — Ele deu de ombros. — Na verdade, ela simplesmente tinha mais tempo do que eu.

— Você era fiel? — perguntou Dana. Era algo que Hugh estaria cogitando.

David olhou de relance para Ali. Ela estava movendo o carrinho para frente e para trás sob as instruções de Ellie Jo. — Ali vai acordar a bebê?

— Não. Ela está bem. Você era, David?

Ele tardou um minuto em responder. — Fui fiel até o fim. Mas, então, Ali era a única coisa que Susan e eu tínhamos em comum. Eu estava ocupado demais e solitário demais. Houve um caso de uma noite só. Susan descobriu. Foi o bastante. Ela ajuizou o pedido de divórcio no dia seguinte. Era como se ela só estivesse esperando uma desculpa. Infidelidade era mais aceitável do que incompatibilidade racial.

— Incompatibilidade racial? — perguntou Dana. — Explique.

— Acho que ela se arrependeu.

— De se casar com um afro-americano? Será que foi por isso mesmo?

— Talvez não — cedeu ele. — Talvez tenha sido minha imaginação. Eu era um médico cirurgião, ela era enfermeira. Ela vivia dizendo às pessoas, de *brincadeira*, que havia se casado com alguém de nível mais elevado. Mas ela disse isso vezes demais. Seus amigos... nossos amigos... eram na maioria brancos. Comecei a sentir que ela precisava explicar para as pessoas por que havia concordado em se casar comigo.

— Isso está parecendo mais insegurança *sua*.

— Talvez.

— E quanto a Ali? Sua mulher se desculpa por ela?

— Não. Ela acha que Ali é a melhor criança do mundo... a mais inteligente, a mais linda; e não hesita em se gabar. Então, será que isso também é uma forma exagerada de compensação?

— Não. Ela *é* a melhor — disse Dana, sabendo que era suspeita. — Você está sendo hipersensível, David.

— Bem, em todo caso, elas vivem em Manhattan. Metade das crianças de sua escola é não caucasiana, portanto isso não é problema.

— Ela irá notar a cor de Lizzie?

— Provavelmente não. Cor não é algo importante em sua lista de prioridades. Ela não se sente nem um pouco diferente.
— Você se preocupa que ela venha a se sentir?
Ele respirou para se tranquilizar. — Sim, me preocupo. Se ela se apaixonar por um cara branco, os pais dele podem não ficar muito animados. Os pais da minha mulher não ficaram animados. — Ele pigarreou. — Nós representamos a farsa do cirurgião para eles.
— Eles têm contato próximo com a Ali?
— Sim. Eles conseguiram ver sua filha nela desde o início. Dê algum tempo aos seus sogros, Dana. Neste momento, Lizzie é uma coisa. Todos os bebês são. Mas quando ela desenvolver uma personalidade eles irão se apaixonar por ela. Não poderão evitar.
— Você quer dizer, eles irão amá-la a despeito de si mesmos? — disse Dana secamente. — Só porque ela não se parece com uma Clarke...
— Não é isso — interrompeu ele. — Não haveria nenhum problema se ela fosse exatamente igual a você. O problema — disse ele — é a cor dela.

Dana odiava o tom daquilo. — É assim que vai ser a vida dela? A primeira coisa que as pessoas verão será a cor? O que aconteceu com a ideia de ser politicamente correto?

— É um ideal. Mas, olha, é uma estupidez quando um cara rouba um banco e os policiais dizem que estão procurando alguém com 1,85m de altura, cabelo escuro, constituição magra, visto por última vez usando jeans e uma jaqueta vermelha. Será que a cor da pele não deveria ser incluída? Não é parte da descrição física? E não venha me dizer que o caixa do banco não notou. — Sua voz se elevou, com entusiasmo. — É uma exclusão tão óbvia que o motivo se explica por si só. Portanto, sim, a cor é a primeira coisa que as pessoas veem. É sempre a primeira coisa que elas veem. Qualquer um que diga que não faz isso está mentindo.

— Você ficou chateado. Foi por causa do Hugh.
— Não, Dana. Estou te dizendo como as coisas são.
— Para a sua filha? Para a minha?
— Para ambas. É algo que estará sempre ali, à espreita.

— Nunca te ouvi falar assim antes — disse ela.
— Nós nunca discutimos isso antes.
Dana percebeu que era verdade. David sempre tinha sido apenas David. — Houve alguma época da sua vida em que você não estivesse ciente de cor? — perguntou ela.
— Como algo discriminatório? Claro. Quando eu era pequeno. Meu pai era branco. Um dos meus irmãos se parecia exatamente com ele. Então, na nossa casa, cor de pele era como cor de cabelo: apenas outra característica física.
— Quando isso mudou?
— Quando eu tinha quatro anos. As crianças podem ser bem cruéis no parquinho. Eu não fazia ideia do que significavam aqueles termos. Meus pais explicaram.
— Como? O que eles disseram?
— Que as pessoas se aproximavam daquelas que eram como elas... que se sentiam ameaçadas por pessoas que fossem diferentes... que, com relação às diferenças, a cor da pele é mais marcante porque não pode ser escondida. Eu me dediquei em dobro na faculdade de Medicina, e ainda hoje faço isso, como médico. Mesmo depois de todo esse tempo, você acha que posso simplesmente relaxar? Você que pensa! — Ele apontou para o próprio rosto. — Quando as coisas dão errado, esta é a primeira coisa que as pessoas citam.
— Para você? — perguntou ela, de forma cética.
— Acredite, Dana. Olhe o que está acontecendo aqui... com você, com sua bebê. Ele acha que ela é minha? Como assim, ele é *maluco*?
— É a família dele...
— Ei — interrompeu David, de olhos arregalados e novamente furioso. — Hugh tem quanto... quarenta anos? Não culpe a família dele. Ele tem boca para se defender.
— E a tem usado, creia-me, mas aquela família é praticamente um estilo de vida.
— Como você pode defendê-los?
— Não posso. Eles vivem num mundo tão seleto que, em alguns aspectos, estão meio século atrasados.

— Bem, eles estão errados.

— É claro que estão errados — disse Dana. — Não posso acreditar que o resto do mundo seja assim tão ruim... ou pelo menos não quero acreditar. A sua Ali é tão feliz. Ela aceita sua cor, assim como aceita seu cabelo e seu sorriso. Quero que Lizzie seja assim.

— Então, convença o seu marido — aconselhou David.

— Papai — gritou Ali, correndo até eles. — Acabei de ver a Bebê E-lizabeth. Dana, Dana, ela é tão pe-*que*-na. — Com os ombros encolhidos, ela juntou o polegar e o dedo indicador diante do próprio rosto. — O nariz dela é pe-*que*-no, e a boca e os olhos. Como ela pode ser tão pe-*que*-na?

Dana colocou a mão com afeto na cabeça de Ali. — Ela só tem dois dias. Não é incrível?

Ali agarrou a mão de Dana. — Quero segurá-la. A vó Ellie disse que eu tinha que pedir a você. Posso, Dana?

— Primeiro ela tem que acordar.

— Posso levá-la para dar uma volta? Posso empurrar o carrinho? A vó Ellie disse que talvez você me deixe...

— Não vai dar, meu bem — disse David. — Nós temos que ir conversar com o professor de natação daqui a pouco.

— Estou fazendo aulas na piscina municipal — Ali contou a Dana, virando-se para o pai. — Então, mais tarde? — implorou ela. — Nós temos a tarde *inteira* e a noite *inteira*.

— Não temos, não — disse David. — Precisamos comprar as coisas para o acampamento, e depois temos que fazer as malas. Vamos sair amanhã ao nascer do sol.

Apertando-se de encontro a Dana, Ali disse, com excitação: — Vou comprar um saco de dormir, uma lanterna e uma mochila. A vó Ellie está fazendo um suéter para a Bebê E-lizabeth. Também quero fazer um suéter para ela. Posso, Dana?

— Um suéter? — provocou Dana. — Quando foi que você aprendeu a tricotar?

— Ainda não aprendi, mas, na última vez que estive aqui, você prometeu que iria me ensinar, então eu quero aprender agora.

— Você não é um pouco jovem demais? — perguntou David.
— Não sou, não. A Dana tinha sete anos. Eu já tenho quase oito.

David suspirou: — Pode ser. Mas agora não é um bom momento. Dana acaba de ter um bebê.

Passando um braço em volta da cintura de Dana, Ali disse:
— Posso cuidar da bebê enquanto ela me ensina. — Ela olhou para cima, para Dana. — Podemos fazer isso na loja de lãs?

— Ali — advertiu David, mas Dana pôs a mão em seu braço.

— Eu adoraria, David. Vocês voltam do acampamento no domingo à noite, certo? Que tal segunda?

— Eu não faria promessas se fosse você — aconselhou ele. *Pense em Hugh,* seus olhos acrescentaram.

— Posso fazer o que eu quiser — disse ela com firmeza. — Eu adoraria ensinar Ali a tricotar, e adoraria fazer isso na próxima segunda-feira.

Nove

A mãe do jardim era Crystal Kostas, embora seu sobrenome só viesse à tona quando Hugh se encontrou com ela pessoalmente. Ao telefonar para o escritório dele no fim da tarde de quinta-feira, ela disse apenas "Crystal" e se recusou a deixar seu telefone. Por sorte, sua secretária, Sheila, percebeu o nervosismo da garota e imediatamente agendou uma reunião para a sexta de manhã.

Crystal chegou ao escritório vestindo uma saia longa e camiseta. O cabelo acobreado estava preso na nuca por uma fivela para disfarçar um pouco as mechas roxas. Mas as sandálias estavam velhas e o rosto ainda mais exausto do que quando ele a vira pela última vez.

Ele a guiou pelo corredor, da recepção até seu escritório, e, uma vez lá, fechou a porta. Indicou que se sentasse em uma das poltronas de couro e, como ela parecia tão nervosa, disse: — Você preferiria que eu pedisse para um dos advogados estar presente?

Ela balançou a cabeça e olhou em volta, primeiro para os diplomas na parede, depois para a foto de Dana sobre o aparador, e então para uns apoios de livros de bronze que haviam sido feitos por um artista de Martha's Vineyard. Seus pais ainda eram proprietários da casa em Menemsha, mas ele e Dana só tinham ido lá uma vez naquele verão.

— Você aceita uma xícara de café? — perguntou.

Ela fez que não com a cabeça.

Ele colocou um cinzeiro na mesa lateral ao alcance da mão dela e se acomodou numa poltrona.

Agora, ela olhava para os quadros na parede. Emoldurados em madeira, eram retratos típicos tirados em eventos de caridade, nos quais Hugh aparecia lado a lado com celebridades. Ela ficaria impressionada. A maioria de seus clientes ficava. Não era esse o objetivo?

Ele se inclinou para frente e apoiou os cotovelos nos joelhos.

— Pareço mais um advogado hoje? — Ele usava uma calça cor de canela, uma camisa com o colarinho aberto e um blazer azul-marinho.

Ela lhe dirigiu um olhar. — Sim.

— Como está o seu filho? — perguntou ele.

— Nada bem.

— Ele está estável?

Ela assentiu.

— Me conte mais, Crystal.

Ela mordeu o canto da boca. Finalmente, parecendo resignada, disse: — Ele está se recuperando bem da cirurgia. Está com um colete de gesso e a perna quebrada também engessada. Mas pelo menos a dor e a falta de sensibilidade sumiram. E a paralisia.

— Paralisia?

— Do, hã... — ela fez um gesto com a mão, incerta — hum, eles chamaram de não-sei-o-quê em sela. Anestesia. — Ela ergueu os olhos, o esquerdo ainda puxado para a esquerda. — Anestesia em sela. Ele não podia controlar a bexiga. A operação consertou isso.

— Quando ele poderá ir para casa?

— Logo. — A expressão dela lhe dizia que aquilo não era bom. — Não sei como vou fazer para ajudá-lo a subir e descer as escadas com todo aquele gesso. E vai demorar um pouco até sabermos sobre as placas de crescimento.

— Quanto tempo é um pouco?

— Talvez daqui a seis semanas, quando voltarmos para pôr um gesso menor. Ou poderiam ser mais dois anos. Eles não querem que Jay cresça torto. Mais cirurgias iriam impedir isso de acontecer. — Ela ficou agitada. — Eles ficam falando desse médico da Universidade de Washington, como se ele fosse o único em quem eles confiariam para fazer a cirurgia, se Jay fosse filho *deles*, mas fica em St. Louis e até parece que eu tenho dinheiro para ficar viajando. E, daí, eu estava lá sentada ajudando Jay a comer, e uma mulher do hospital veio me falar de dinheiro, porque o hospital estava disposto a fazer a cirurgia quando pensavam que eu não tinha dinheiro nenhum, mas agora estão verificando a papelada e dizem que eu ganho demais. Eu ganho vinte e oito mil dólares por ano. Você sabe quão *pouco* é isso quando se está tentando criar um filho?

Hugh já fizera os cálculos com outros clientes. — Você ainda quer ir adiante com isso?

— Não posso te pagar — disse ela explicitamente.

— Eu disse que não cobraria e prometo que vamos colocar isso por escrito. Me dê seu nome completo e é a primeira coisa que eu vou fazer. — Ele apanhou papel e uma caneta de cima da mesa. — É Crystal, então?

— Eu investiguei você — disse ela. — Ninguém está te processando.

— Não.

— E você ganha com frequência.

— Eu tento.

— E sua mulher acabou de ter um bebê.

— Como você checou isso? — perguntou ele com uma leve desconfiança. — Os registros hospitalares são privados.

Ela levantou o queixo, com um toque de satisfação. — Depois que nós conversamos, fui até o balcão de informações e disse que tinha ido visitar os Clarke. Eles me disseram o número do quarto. Eu só queria ter certeza de que você não estava mentindo.

— Eu não minto — disse Hugh e esperou. Ela sabia o que era necessário, caso fossem prosseguir. — Vamos começar com um nome. Três, na verdade: o seu, o dele e o do menino.

Ela começou com o próprio: — É Kostas. — Ela soletrou conforme ele foi escrevendo. — E meu filho se chama Jay Liam Kostas.

— E o pai?

— J. Stanton... — Ela hesitou.

J. Stanton. Só havia um no Congresso. — Você está falando de *Hutchinson?*

Ela apertou os lábios.

— Stan Hutchinson é o pai do seu filho? — perguntou ele com assombro.

— Você não acredita em mim — disse ela, apanhando a bolsa. — Eu não devia ter vindo.

Ele agarrou seu pulso. — Eu acredito em você. Conheço a reputação dele. — Soltou o pulso. — Por favor. Sente-se.

Ela engoliu em seco, sentou-se e disse com tristeza: — Reputação? Ouvindo-o falar na tevê, ninguém acreditaria que há algo de ruim.

— Claro que não. Ele prega a moralidade em conjunto com seus melhores pares, mas detesto te dizer isto... — Ele parou. Muitas mulheres acreditavam ser aquela que conseguiria tirar um homem da esposa. Ele se perguntou se Crystal Kostas havia cultivado essa esperança.

Mas ela disse, com bastante isenção: — Você vai dizer que eu não sou a primeira, mas o funcionário dele disse isso quando eu telefonei. O cara deu uma risada horrível e disse que as mulheres *vivem* tentando culpar o senador dessas coisas e que eu teria que entrar na fila. Ele disse que seria uma perda de tempo, já que todo mundo *sabe* que o senador é casado e que ele *não* acredita em traição. Bem, eu *não* quero o senador — disse ela com desgosto. — Só quero o melhor cuidado médico para o meu filho... para o filho *dele.*

— Hutchinson. Este caso vai ser bom.

— Posso ganhar?

— Supondo que possamos encontrar provas que confirmem que você estava com ele no momento da concepção do menino. É o que eu te disse no hospital na terça-feira: Hutchinson não vai querer publicidade sobre isso. Dois de seus maiores temas são os valores familiares e cuidados médicos para quem não tem seguro. Seu filho faz com que as palavras dele sobre ambos os assuntos pareçam piada.

— Mas todas essas outras mulheres... você sabe como isso me faz sentir *vulgar?*

Hugh podia ter mencionado que ela dormira com um homem casado. Mas não era seu trabalho julgar, apenas representar os direitos de sua cliente.

— A ironia — disse ele — é que o senador já teve tantas mulheres que seu chefe de equipe consegue se livrar fazendo-as se sentirem vulgares. — Hugh se recostou e sorriu. — Aparentemente, nenhuma dessas outras mulheres tinha recursos para vencê-lo. Eu tenho. — Ele pegou seu bloco de anotações. — Quantos anos você tem?

— Vinte e nove.

— E o menino tem quatro?

— Sim.

— Onde você mora?

Com o endereço anotado no papel, ele arrancou a folha e telefonou para Melissa Dubin. Um advogado do sexo masculino podia dar mais resultado com o homem de Hutchinson, mas Melissa seria melhor com Crystal, e Crystal era um elemento-chave naquele estágio. Sem provas, não haveria nada que obrigasse Hutchinson a fazer um exame de DNA. E o teste de DNA era a única evidência que poderia provar, acima de qualquer dúvida, a paternidade de uma criança.

Hugh pensou em Dana e se sentiu perturbado. Ela estava brava de verdade. Ele não queria pensar que ela dormira com David, mas até que ponto realmente conhecia David? Até que ponto conhecia *Dana*?

— Conte-me mais sobre você — propôs a Crystal.

Ela vasculhou em sua bolsa e tirou um cigarro, mas não fez qualquer movimento para acendê-lo. — Você pergunta.

— Você cresceu em Pepperell?

— Sim.

— Com seus pais?

— Meu pai morreu quando eu tinha dez anos. Câncer de pulmão.

Hugh esforçou-se para não olhar para o cigarro na mão dela. Mas não era médico e, certamente, não era juiz. — Você tem irmãos?

— Um irmão na Força Aérea. Nós não o vemos muito.

— Então você mora sozinha?

— Com Jay.
— Você namora?
— Costumava namorar. — Ela franziu a testa. — Não desde Jay, mas que importância tem isso?

Hugh pousou a caneta. — Se você alegar que Stan Hutchinson é o pai do seu filho, a primeira coisa que o pessoal dele fará é tentar mostrar um padrão de promiscuidade da sua parte. Um teste de DNA irá determinar a paternidade de Jay, mas eles não vão querer que se realize. Se você tiver um histórico de casos de uma noite só ou um histórico de problemas que possam estar registrados em algum lugar, eu preciso saber. Existe *alguma coisa* sobre você e os homens que eu deva saber?

— Não.

Houve uma batida suave à porta e Melissa entrou. Hugh a apresentou a Crystal, deu-lhe a folha de papel que havia arrancado e pediu que ela redigisse o contrato.

Assim que ela saiu, ele encarou Crystal novamente. — Vou querer falar com os médicos do seu filho. Tudo bem para você?

— Minha palavra não é suficiente? — perguntou ela.

— Para mim, é. Mas não será para Hutchinson nem para um juiz. Quanto mais pessoas declararem em favor de você e da sua situação, melhor. Jay está num bom hospital. A palavra dos médicos será fundamental para estabelecer a seriedade de sua condição. Entre outras coisas, precisaremos saber quanto dinheiro será necessário nos próximos anos.

Crystal levou o cigarro aos lábios e procurou um fósforo na bolsa.

Hugh lhe deu aquele tempo. Com base em tudo que tinha visto nela até aquele ponto, sabia que ela tomaria a decisão correta.

— Tudo bem — disse ela finalmente. — O nome do médico é Howe. Steven, acho.

Hugh conhecia o nome. Steven Howe era excelente. Isso ajudaria. Ele anotou o nome no bloco e virou a página.

— Me fale sobre o seu trabalho.

— Sou garçonete.

— Sempre?
— Sim. Comecei trabalhando nos fins de semana quando tinha dezesseis anos. Se você está esperando que eu diga que queria ir para a faculdade, desista. Eu era péssima na escola. Odiava estudar.
— Então, me fale sobre seu emprego. Onde você trabalha?
Ela deu uma tragada no cigarro. Exalando uma linha de fumaça, disse: — É um bar e grill. Muita carne e frango. Muitos clientes habituais que dão boas gorjetas. E muita birita. Aos montes. A birita é o que dá mais lucro para o meu chefe e para mim.
— Quem é seu chefe?
Ela olhou para as próprias mãos, girou o cigarro, deu outra tragada.
— Eu preciso saber — explicou Hugh gentilmente. — Será ele quem terá de confirmar que Hutchinson esteve no restaurante na noite em que você estava trabalhando.
— Todd MacKenzie — murmurou ela. — Mac's Bar and Grille. Ele é o dono.
Hugh tomou nota. — Há quanto tempo você trabalha lá?
— Oito anos, menos os dois meses depois que Jay nasceu.
— Você trabalhou até o dia do parto? — perguntou Hugh, surpreso.
— Não engordei muito. Além disso — acrescentou ela com um meio sorriso —, os clientes habituais gostavam de mim. Eles eram meio protetores, sabe?
Hugh desconfiava que mais de um deles devia se sentir atraído por ela. Ele já havia reconhecido que Crystal era atraente.
— Todd sabe quem é o pai do seu filho?
— Ele adivinhou. E eu não disse que ele estava errado.
— Ele viu você sair de lá com Hutchinson?
— Eu não saí com ele. Ele estava lá fora, no carro, quando terminei meu turno.
— Estava sozinho?
— Sim.
— Era um carro alugado?
— Não sei.
— Cor? Marca?

— Não me lembro.
— Quem abordou quem?
— Eu fui até o carro. Ele estava só esperando, e não havia mais ninguém. Ele perguntou se havia algum lugar aonde pudéssemos ir. Eu disse a ele para me seguir.
— Por quê?
— Ele não sabia o caminho.
— Quero dizer, por que você quis sair com ele? Você disse que não é do tipo que dorme com qualquer um.

Ela levou o cigarro à boca, tragou. — Estava me sentindo sozinha. Ele estava lá e era atraente.

— Você sabia que ele era casado?
— Na época, não.
— O.k. Daí vocês foram para o motel. Nome?
— The Exit Inn. É um lugar afastado.

Hugh tomou nota. — E você pediu o quarto?
— Sim. Ele me deu o dinheiro.
— Você sabe o nome do funcionário?
— Não.
— Vamos voltar um pouco. Hutchinson estava usando terno?
— Não. Camisa xadrez e calça.
— Camisa de flanela? Camisa de caça?
— Sim.
— Que cor?
— Não me lembro.
— Você flertou muito com ele no restaurante?
— Não com palavras. Havia uma... coisa quando ele olhava para mim.

Hugh não precisava perguntar o que era essa "coisa". Hutchinson era mulherengo. Ele podia estar numa sala cheia de gente, mas quando seus olhos passavam por uma mulher ele a fazia sentir como se fosse a única pessoa ali.

— Alguém mais percebeu? Seu chefe, talvez?
— Não sei.

— Hutchinson conversou com algum outro cliente?
— Não me lembro.
— Ele pagou pelo jantar com cartão de crédito? — perguntou Hugh. Um recibo seria prova de que ele estivera lá.
— Ele não pagou. O cara que estava com ele pagou.
— Você se lembra da data?
— Dezessete de outubro.
— Nem vacilou para responder a essa — observou Hugh.
— Era meu aniversário — explicou ela. — Ninguém mais tinha se lembrado do meu aniversário, não que ele o fizesse. Mas foi algo para mim naquela noite. — Ela amassou o cigarro. — Jay foi o melhor presente de aniversário que já ganhei. Fique sabendo que eu nunca me arrependi de tê-lo. Ele é a melhor coisa da minha vida. O pai foi apenas... — seu lábio superior se retorceu — ... um meio para conseguir Jay. Se não fosse pelo acidente, eu jamais me aproximaria dele novamente.

Por mais reconfortante que sua convicção parecesse a Hugh, aquilo levantava outra questão: — Você planejou que isso acontecesse? — perguntou. — Você queria ficar grávida? — Isso complicaria as coisas.

— Não — disse ela enfaticamente, dividindo a palavra em duas sílabas, *nã-o*. — Eu o fiz usar camisinha. Não funcionou.

— Então, se você não queria mais nada com ele depois — disse Hugh, tentando passar a perna nela, que era exatamente o que o advogado de Hutchinson iria fazer ao tomar seu depoimento —, por que telefonou para ele quando Jay nasceu?

— Só para avisar que ele tinha um filho.

Hugh estava pensando que Stan Hutchinson tinha outros dois filhos e três filhas, sem falar de vários netos, quando Crystal disse:

— Achei que talvez quisesse *conhecer* o filho. Sou uma boba! Bem, aprendi a lição. Não liguei mais. E não estaria pedindo dinheiro para ele agora se Jay não estivesse doente. Você diz que ele não quer que isso venha a público por causa de sua imagem; bem, e eu? Acha que é divertido para mim ter de ir atrás de alguém que acha que sou lixo?

— Não. Imagino que não seja.
— Não é — disse ela com convicção. — Não preciso desses ricaços. Acho que são todos superficiais, insensíveis e gananciosos. Usam as pessoas e depois jogam fora.
— Eu sou rico — disse Hugh. *Superficial e insensível?* Não. Seu teste de DNA era simplesmente uma resposta para as perguntas de seus pais e as piadas de seus amigos.

Melissa Dubin voltou com o contrato entre advogado e cliente. Hugh o examinou e o repassou para Crystal.

Ela leu tudo uma vez, depois outra. — Qual é o truque?

— O truque é que, uma vez que você assine, tem de fazer a sua parte. Você deve vasculhar sua memória... quero dizer, vasculhar de verdade e desenterrar cada detalhe possível do tempo que passou com Hutchinson. Qualquer coisa que você consiga lembrar sobre ele irá ajudar: se ele usava relógio, qualquer coisa de incomum em seu comportamento, suas roupas, seu corpo. Vamos conversar com os médicos e com o seu chefe, mas você é a única que esteve com o homem em si naquela noite. Diga-me que ele tem uma verruga na parte de trás da coxa e, supondo que os tabloides ainda não tenham publicado isso, nós o pegaremos numa posição comprometedora.

Ela parecia enojada.

— Não posso fazer isso sem a sua ajuda — advertiu ele. — Estou oferecendo meus serviços de forma gratuita, mas não quero perder o caso, o que acontecerá se eu não contar com sua total cooperação. Você está do meu lado?

Ela hesitou por um instante, mas assinou o contrato. Hugh assinou depois dela, dobrou uma via, colocou num envelope e lhe entregou. — Você vai pensar naquilo que eu pedi?

— Agora? — perguntou ela, *submissa*.

Ele foi até o aparador, apanhou um caderninho de dentro da gaveta, acrescentou uma caneta e entregou a ela. — Assim que você puder. Comece a escrever as coisas. Tente reviver a noite inteira. Quero saber o que você estava vestindo, a que horas saiu do trabalho, a que horas chegou ao motel, a que horas foi embora. Tente se lembrar de alguma coisa sobre o funcionário. Tente se lembrar de onde estacionou o carro. Hutch estacionou ao seu lado? Quando ele partiu, disse aonde estava indo? Se você souber de alguma coisa sobre a agenda dele que não era de conhecimento público, provaria que esteve com ele.

Ela olhava para o caderno com a testa franzida. Quando ergueu os olhos, parecia cautelosa. — "Hutch"? É um apelido?

— Hã, é.

— Nunca ouvi isso na tevê.

— Na verdade, eu o conheço — admitiu Hugh. — Ele tem uma casa de veraneio não muito longe da nossa.

— Se você é vizinho dele — exclamou Crystal, consternada —, por que iria querer processá-lo?

Hugh poderia ter citado a falsa moral do homem ou sua propensão a jogar sujo. Poderia ter dito que Hutch era muito bom para fazer discursos nos eventos de caridade, mas que nunca abria a própria carteira, ou que tinha esnobado Eaton, recusando-se a ser entrevistado para *A Linhagem de um Homem*. Ele poderia ter acrescentado que o cara insistia em pilotar a churrasqueira, mas que queimava os hambúrgueres, carbonizava as salsichas e cozinhava o milho até os grãos ficarem duros, mas nada disso vinha ao caso.

— Porque — respondeu Hugh simplesmente — ele está errado.

Dez

Na mesma hora em que Hugh interrogava Crystal, Dana saiu para ir até a loja de lãs com um propósito semelhante; porém, sua desvantagem era nítida. Em primeiro lugar, sua mãe, que havia conhecido o homem em questão, estava morta. Segundo, o caso havia ocorrido há trinta e quatro anos.

Ah, e o nome do homem era Jack Jones. Era provável que existissem dezenas de Jack Jones em Madison, Wisconsin, e arredores quando Dana foi concebida. Encontrar o homem certo poderia ser praticamente impossível. Mas quase entendia o desespero de Hugh em saber.

— Oi, Lizzie, como vai a minha Lizzie? — exclamou Dana para o banco traseiro. Era irônico que o catalisador da discórdia também fosse o único consolo contra ela.

Discórdia? Era mais do que isso, e estava corroendo Dana. Ela tentou se acalmar pensando no fato de ter uma carreira, mas quando telefonou para os Cunningham para remarcar a reunião, ninguém atendeu. O mesmo aconteceu com seu contato para a Mostra de Decoração de North Shore, um projeto que ela via como sua estreia profissional pós-maternidade. E quando ligou para saber em que pé estavam algumas peças de mobília encomendadas para clientes atuais, não ficou sabendo de nada além do que fora informada na semana anterior.

De modo geral, era um alívio sair de casa. Por mais que seu corpo ainda estivesse vacilante, Dana apreciava o controle que sentia ao ter o pé no acelerador. A vó Ellie tinha razão. Ela dizia que a vida era como lã crua, cheia de nós e agruras que só se alisavam mediante uma fiação bem-feita.

Fiação bem-feita. Isso era tudo. Dana ficaria bem. Ela ficaria bem, *sim*.

Virando na entrada da malharia, viu o carro de sua avó estacionado ao lado da casa avarandada. Passando por ela, foi até a loja. Desceu do carro e abriu a porta de Lizzie. — Oi, meu doce — disse, inclinando-se com um sorriso amplo. — Quer ver onde a mamãe cresceu? Quer ver onde a *mamãe* da mamãe passava seus dias? — Sua voz falhou, então ela se ocupou em desengatar a cadeirinha da filha da base.

— Você está muito bonita de verde — disse ela a Lizzie, admirando o macacãozinho com o gorro combinando. Segundos depois, no entanto, tirou o gorro e o jogou de volta no carro. — Não precisamos disto. — Ela afofou os cachos de Lizzie e deu um beijo em sua testa. — Nem disso — disse, deixando a manta no carro.

Mal havia aberto a porta de tela quando Gillian correu até ela. No espaço de uma respiração, Tara, Olivia, Corinne e Nancy a rodearam, soltando exclamações de prazer sobre a bebê.

Rindo, Dana colocou suas bolsas num banco perto da porta. Ellie Jo, que olhava de longe, apoiada na mesa comprida de carvalho, abriu os braços para Dana. — Você não deveria ter dirigido — repreendeu-a.

— É muito cedo ainda.

— O médico não disse nada. Eu me sinto bem, vó, de verdade.

— Você parece cansada.

— Você também. Eu tenho uma desculpa. Qual é a sua?

Ellie Jo sorriu. — Preocupação. — Passando o braço pelo de Dana, ela a afastou das demais mulheres. — Como está o Hugh?

— Na mesma. — Dana olhou em volta da loja. Adorava as cores vivas; ergueu o rosto para o ventilador de teto e aspirou a essência das primeiras maçãs McIntosh. — Ah — disse. — Melhor. — Ela se voltou para a bebê.

Gillian estava segurando Lizzie, com as outras mulheres à sua volta. — Precisamos tirar uma foto — disse Dana.

Corinne pegou a máquina de Gillian e começou a clicar.
Dana dirigiu. — Aí. — O flash disparou. — Agora só Gillian e Lizzie. Oh, ficou *perfeita*! — Outro flash. — Ellie Jo, agora você junto com elas. — Quando alguém sugeriu que Dana entrasse na foto, ela o fez com prazer, pensando que era assim que devia ser quando se tem um bebê.

Gillian insistiu em mostrar a Lizzie o berço que o grupo havia comprado para ela.

— *Adorei* — gritou Dana, mas, com as mãos cobrindo a boca, ela olhava para a colcha de retalhos tricotada que estava artisticamente arrumada do lado. Tinha o nome da bebê e a data de seu nascimento, e era tão linda que Dana explodiu em lágrimas. Ela abraçou todo mundo, então insistiu em pegar a colcha e enrolar em Lizzie. Corinne tirou fotos disso também.

A bebê se agitou.

— Está com calor — disse uma das muitas mães ali presentes.

— Ou com fome — disse outra.

Usando a colcha como almofada, Dana se acomodou em uma cadeira para amamentar. A velocidade com que Lizzie pegou o peito — algo inédito, na verdade — podia ser testemunho de sua fome ou da atmosfera aconchegante da loja. Convencida de que fosse esta última, Dana sentiu-se feliz em ter vindo. Extraindo força das amigas, ela abordou o assunto relativo a seu pai.

— Preciso encontrá-lo — disse baixinho.

— Não é uma tarefa das mais simples, meu doce — disse Gillian. — Olhando para Lizzie, venho tentando me lembrar do que sei, que é quase nada. Eu cresci com a sua mãe. Éramos as melhores amigas e o único período em que estivemos separadas foi durante a faculdade. Nós nos encontrávamos no Natal e durante as férias de verão, mas falar pelo telefone era bem caro naquela época. Pelo que sei, Liz conheceu seu pai durante a semana do saco cheio*, na primavera, daí

---

* Semana do saco cheio, ou semana da primavera, é uma semana de recesso escolar, prática adotada também no Brasil, normalmente no mês de outubro. (N. T.)

se envolveu nos trabalhos escolares e nos exames finais. Quando, finalmente, ela veio para casa para as férias de verão, descobriu que estava grávida.

Aquilo era coerente com o que Dana já sabia. — Ele era estudante da faculdade?

— Não sei. Sua mãe não queria falar sobre o assunto. Ela só disse que havia terminado, que ela queria ter você e que não iria voltar para a escola.

— Por que ela não queria falar a respeito?

— Provavelmente porque era doloroso.

— Porque ela não queria que houvesse terminado?

Gillian sorriu com tristeza. — Suponho que sim. Toda mulher sonha que seu herói irá aparecer e levá-la embora. Bem — ela se corrigiu —, naquela época, nós sonhávamos com isso.

Dana não acreditava que os tempos haviam mudado tanto assim. Com uma ou outra alteração, o cenário de Gillian descrevia sua própria experiência com Hugh.

Voltando ao pai, ela perguntou: — Ele sabia de mim?

— Minha impressão é que ele foi embora antes que Liz soubesse que estava grávida.

— A foto que eu tenho foi tirada quando eles estavam num bar. Quem a tirou?

Gillian balançou a cabeça. — Um amigo? Talvez a colega de quarto dela?

— Você se lembra do nome de algum amigo dela da faculdade?

— Alguns. Havia uma Judy e uma Carol. Sobrenomes? Nenhum.

— A colega de quarto era Carol — disse Ellie Jo. — Não me lembro do sobrenome dela.

— Os nomes não estariam em algum anuário? — perguntou Tara.

Mas Dana sabia a resposta para essa pergunta. — Se for assim, nós não temos o anuário. Minha mãe não se formou. Ela abandonou o curso logo no início para dar à luz e, além disso, mesmo que conseguíssemos um anuário, dá para imaginar quantas Carols e Judys existem numa escola com, o que, vinte mil alunos? — Ela se voltou para Gillian. — Ela teria contado a mais alguém? Talvez a seu médico?

— Seu médico era Tom Milton, aqui mesmo da cidade, mas ele já morreu há anos.

— Então, voltamos à colega de quarto — disse Dana. — Deve haver um nome em algum lugar. Talvez naquela caixa lá no sótão?

— Livros — respondeu Ellie Jo. — Só há livros ali, e não muitos. Elizabeth não sentia muita saudade da escola. Ao terminar os exames, ela vendeu os livros que já havia usado. Ela apenas não encontrou tempo para vender esses.

— Por que você os guardou? — perguntou Tara.

Ellie Jo pensou por um minuto antes de responder: — Porque eram dela.

E, puxa vida, Dana sabia bem o que era aquilo. Ela mesma não havia guardado caixas de tricôs da sua mãe... com lã que não tinha sido trabalhada, modelos que não tinham sido seguidos, restinhos de novelos?

— Talvez haja alguma coisa nos livros — indagou —, talvez um rabisco numa margem que possa significar algo?

— Já olhei cada um deles e não há nada — insistiu sua avó. — Não perca seu tempo. Você tem um bebê para cuidar.

Apoiando Lizzie em seu colo, Dana esfregou suas costas.

Corinne se aproximou dela. — A pele dela é simplesmente linda, Dana. Oliver e eu temos uma amiga cuja bisavó era visivelmente afro-americana. Nossa amiga tem cabelo louro e olhos azuis. Sempre achei que ela seria muito mais marcante se tivesse algumas dessas características ancestrais.

Marcante. Dana gostava do som dessa palavra. "Marcante" podia significar único, no sentido de especial, que era como Dana via a filha. Ou podia significar com traços imediatamente reconhecíveis, que era como os Clarke viam. — Sua amiga mantém algum tipo de relacionamento com a bisavó?

— Relacionamento? Talvez em particular. Agora... reconhecimento? Não de forma pública. Ela leva uma vida bem branca.

Dana se retraiu. — Por que será que este comentário me choca?

— É incisivo — disse Gillian.

— Incisivo — confirmou Corinne —, mas não inexato. Pessoas negras "passam" o tempo todo.

Dana gostou ainda menos desse comentário. — Como você define "negro"? — perguntou.

— Este país adere à regra de uma gota — disse Corinne tranquilamente. — É por isso que minha amiga mantém sua história em segredo. Eu e ela estávamos no mesmo dormitório em Yale. Logo depois que eu e Oliver começamos a namorar, ela começou a sair com um amigo de Oliver que era perceptivelmente afro-americano. A mãe dela teve um ataque quando descobriu. Essa experiência acabou nos aproximando. Eu respeito quem ela é e entendo seu comportamento. Nós trabalhamos juntas no comitê do museu.

— Então, a diferença entre as raças é socioeconômica? — perguntou Dana.

Mas Corinne já olhava para seu Rolex. — Falando no comitê, preciso correr. Estamos em contagem regressiva para nosso maior evento de arrecadação de fundos. A bebê é realmente adorável, Dana. Curta-a muito.

Dana observou Corinne ir rapidamente até a mesa, guardar o tricô numa sacola e dirigir-se para a porta. Incomodada com a conversa, disse, com um toque de amargura: — Como Corinne consegue usar roupas de linho e nunca ficar amarrotada? — Sua blusa, particularmente, parecia ter sido usada para dormir. Tudo bem, ela havia enfiado um bebê por baixo da blusa minutos antes. Ainda assim... — Eu *olho* para o linho e ele amassa.

— Engomando — disse Tara. — Ela é bem do tipo que faz isso.

Dana concordou. Antes de falar com Corinne, ela estava realmente se sentindo bem consigo mesma.

Levantou Lizzie e olhou para seu rostinho: — A Corinne é esquisita.

A bebê arrotou. Dana e Tara riram.

— Ela sempre compra a lã mais barata — prosseguiu Dana. — Já notou? Ela pode admirar um novelo de cashmere e comentar quantos

novelos precisaria para fazer um determinado suéter, e daí ela diz algo do tipo "Vou comprar essa linha logo que terminar este cachecol". Agora são sempre cachecóis. Antes, eram suéteres.
— Os cachecóis estão na moda.
— Os que ela faz usam um único novelo de lã fina e saem por um total de cinco dólares.
— Ela faz um trabalho bonito — disse Ellie Jo, em defesa de Corinne. — Nem todas as mulheres conseguem.
— Mas ela nunca compra as lãs caras, compra?
Ellie Jo fez que sim com a cabeça. — Compra. Na semana passada mesmo ela comprou um novelo de Jade-Safira fio 2. Custa trinta e cinco dólares.
— Um novelo? Um?
— Era só o que o modelo pedia. Ela está fazendo uma boina.
— O.k. — disse Dana, oferecendo o outro seio a Lizzie —, talvez eu esteja errada sobre isso, mas esqueça as lãs. Ela é simplesmente perfeita demais para ser autêntica. Nada a perturba.
— O que é uma coisa boa — argumentou Ellie Jo. — Eu não zombaria disso.
— Não estou zombando — disse Dana, esforçando-se para verbalizar o que sentia. — É que ela é *tão* calma. Quer dizer, ela já contou histórias sobre sua mãe ter fugido para se juntar a um culto religioso, seu marido ter sobrevivido à leucemia e sobre o cara que reformou a casa deles tê-los roubado em centenas de milhares de dólares. Parece que há um zilhão de traumas na vida dela, mas ela nem sequer pisca.
— Você perdeu a história de o pai dela ter morrido num acidente de avião — resmungou Gillian.
— O pai dela? — perguntou Dana, descrente.
— Ela está convencida de que foi sabotagem.
Dana olhou de um rosto a outro. — Estão vendo? É disso que estou falando. Como alguém pode ter todas essas experiências horríveis e ainda assim ser tão tranquila?
— Ela é rica — observou Tara. — Isso ajuda.
Tecnicamente, como sra. Hugh Clarke, Dana também era rica. Isso não a impedia de sofrer altos e baixos emocionais. E agora vinha

Corinne mencionar a regra de uma gota? Dana não se sentia negra. Como podia olhar no espelho, ver sua pele branca e o cabelo louro, e sentir-se afro-americana? Era assim que os Clarke a viam? Não, ela não se sentia negra. Mas estava começando a se sentir vulnerável.

— Talvez a prima Emma saiba alguma coisa — sugeriu Dana. — Ela sempre disse que era íntima da mamãe.

— *Não* telefone para a Emma — aconselhou Ellie Jo. — Ela não sabe de *nada*.

Dana ficou surpresa com o tom enérgico da avó. — Você não acha, ainda que pelo bem de Lizzie...

— Não. Seu pai não teve nenhum papel na sua criação. Ele nem sequer sabe que você existe. Passou uma semana com a sua mãe e depois nunca se deu ao trabalho de telefonar para ela. Isso não foi carinhoso nem responsável da parte dele.

— E se ele não era aluno da faculdade e estava apenas de passagem? — perguntou Gillian. — E se ele, *de fato*, tentou entrar em contato com ela depois, só que ela já tinha ido embora? Pode haver uma infinidade de explicações que o inocentem.

Mas Ellie Jo estava decidida. Com uma veemência pouco comum, ela disse: — Não procure esse homem, Dana. Só vai te causar tristeza.

Sua explosão foi seguida por silêncio. Dana estava tão espantada quanto as outras. Em se tratando de personalidades tranquilas, Ellie Jo era a primeira da lista. A única explicação no momento é que talvez se sentisse ameaçada pela possibilidade de o pai de Dana reaparecer e competir por seu afeto.

Ellie Jo se levantou. — Vou um pouco lá em casa.

— Você está se sentindo bem? — perguntou Gillian.

— Estou bem. Estou *bem*. Não existe absolutamente nada de errado comigo. Eu tenho o direito de ter setenta e quatro anos, não?

— Vó? — chamou Dana, compartilhando a preocupação de Gillian.

Mas Ellie Jo não se deteve. A porta de tela se abriu com o ruído da sineta e depois fechou com um baque.

Onze

Dana ficou olhando sua avó se afastar. Quando a sineta tocou novamente, alguns segundos depois, pensou que fosse Ellie Jo, arrependida de sua partida repentina, mas era Saundra Belisle, olhando para trás e provavelmente perplexa porque Ellie Jo não parara para conversar com ela.

Saundra era uma afro-americana elegante, alta, magra e cheia de estilo. Usava o cabelo grisalho cortado rente à cabeça e, hoje, vestia uma calça branca e uma blusa cor de vinho. Nenhuma peça era de marca famosa. Saundra estava longe de ser abastada, mas tinha muita classe.

Era enfermeira aposentada e só vinha frequentando a loja nos últimos anos; porém, fora tricoteira a vida toda. Isso fazia com que fosse sempre a primeira em conseguir lidar com padrões complexos, o que, com prazer, ensinava às demais.

Dana captou o olhar de Saundra e fez um gesto para que ela se aproximasse. Tirando a filha do peito, colocou-a sobre o ombro e deu palmadinhas em suas costas. Mas, quando olhou novamente para a porta, viu que Saundra não se movera. Seus grandes olhos escuros estavam fixos na bebê. Ela parecia insegura.

— Eu vou pedir que ela venha até aqui — disse Gillian ao se levantar. — Tenho que ir, de qualquer maneira. — Ela beijou Dana, depois a bebê. — Vou mandar imprimir as fotos. Um montão de cópias. Fique de olho na Ellie Jo, está bem?

— Pode deixar — disse Dana —, e obrigada pela colcha de patchwork. Você sabe o que significa para mim.

Gillian sorriu e foi até Saundra, que se aproximou com os olhos fixos na bebê. Ela passou por trás da cadeira de Dana e se inclinou para ver melhor o rosto de Lizzie. Tocou a cabeça da criança com a mão trêmula.

— Eu ouvi falar desta pequenina — disse ela, muito suavemente.

— Olá, Elizabeth. — Ela acariciou a cabeça de Lizzie e, então, ainda baixinho, perguntou a Dana: — Posso segurá-la?

Dana transferiu Lizzie para seus braços inquestionavelmente hábeis.

— *Minha nossa!* — Saundra arrulhou. Ela colocara uma mão sob a cabeça da bebê e outra sob o traseiro. — Olhe isto. *Olhe* isto.

— Por essa você não esperava, não é? — brincou Dana.

— Não, senhora, certamente que não — disse Saundra com uma lentidão que não era comum em sua voz. — Ela, claramente, é um rosto do passado. Isto é realmente impressionante.

Dana gostou daquela palavra. — Também é misterioso. Nós não fazíamos ideia de que eu tivesse um parente afro-americano.

— Não é algo que pessoas de cor, que já a perderam, costumem discutir.

— Mas você percebeu de imediato.

— Ah, sim — disse Saundra, arqueando uma sobrancelha. — Ela não é hispânica. Nossa, nossa, nossa — cantarolou para a bebê.

Dana analisou os traços de Saundra. Seus lábios eram cheios, mas o nariz não tinha a largura que deveria, caso ela tivesse ascendência africana pura.

— Você é em parte branca, não é?

— Sou — disse Saundra, ainda cantarolando para a bebê. — Minha mãe era negra, e meu pai branco. — Com extremo cuidado, ela levou a bebê ao ombro. Segurando-a ali como se fosse de cristal delicado, fez círculos lentos nas costas de Lizzie com a polpa dos longos dedos de unhas vermelhas.

Família   *133*

— Você se preocupou com relação a ter filhos? — indagou Dana. Elas nunca haviam discutido sobre raça antes. Do mesmo jeito que com David, raça sempre tinha sido algo irrelevante.

— Eu nunca tive filhos — lembrou-lhe Saundra.

— Por causa disso?

— Porque havia muitos outros para cuidar. Mas se é sobre a cor que você está perguntando, não, eu não teria me preocupado. Estou à vontade com a minha pele. Teria ficado à vontade com a deles também.

Tara se juntou à conversa: — Você tem irmãos?

— Agora, não. Mas tive. Um irmão. Ele morreu há vários anos. Era muito mais velho.

— Como ele era, fisicamente? — perguntou Dana.

Saundra sorriu com malícia. — Ainda mais grisalho e enrugado do que eu.

— Você não é enrugada — disse Dana, pois, à parte alguns pés de galinha, a pele de Saundra era bastante lisa. — E, além disso, não foi o que eu quis dizer.

— Eu sei — disse ela, abrandando-se. — Em sua juventude, meu irmão foi um bonitão sedutor. Ele era alto, magro e mais claro do que eu.

— Ele teve filhos?

— Ah, sim — declarou claramente —, uma *porção*.

— Hum — ponderou Tara. — Ele propagou a espécie.

— Eu teria dito isso de forma mais delicada — disse Saundra —, mas foi exatamente isso.

— E como eram os filhos dele? — perguntou Dana.

— Ele tinha preferência por mulheres brancas, então os filhos eram brancos.

— Muito brancos? — Dana queria saber quantas gerações eram necessárias até a cor desaparecer. Poderia lhe dar uma ideia de quanto teria que voltar ao passado para procurar.

— Alguns eram bem brancos. Outros se pareciam com este docinho aqui.

— Por que ele preferia mulheres brancas? — perguntou Tara.

Encostando a face na cabeça da bebê e balançando-se de um lado para outro, Saundra disse, baixinho: — Imagino que ele achasse que os brancos tinham mais status que os negros.

— Você pensa assim? — perguntou Dana.

Saundra deu de ombros. — Acho que uma porcentagem maior de pessoas pobres são ignorantes e propensas ao crime, e há mais pessoas pobres negras do que brancas. Não acredito necessariamente no estereótipo, mas entendo sua origem.

Dana estava confusa. — Você me vê como superior a você porque minha pele é branca? Eu devo ter sangue mestiço.

Saundra bufou: — Você não é negra.

— Sou — insistiu Dana. — A regra de uma gota diz que eu sou negra. — Mas se sentia uma impostora.

Saundra revirou os olhos como se dissesse: *Me poupe*. — Não te vejo como alguém superior a mim porque você nunca agiu dessa forma. Você se relaciona comigo como se relaciona com a sua própria avó, e Ellie Jo e eu somos parecidas. Ambas viemos de famílias em ascensão social e temos um pé de meia suficientemente sólido para viver com conforto. — Ela franziu a testa. — A propósito, a Ellie Jo está bem? Ela parecia perturbada quando passei por ela.

— E estava — disse Dana olhando novamente para a porta. — Não sei o que está acontecendo. Ela ainda não voltou.

— Quer que eu vá até lá dar uma olhada nela? — perguntou Tara.

— Não. Se ela não voltar em mais alguns minutos, eu irei. Esse pé de meia, Saundra... você simplesmente economizou todos esses anos?

— Em parte. Também herdei um pouco. — Ela sorriu. — Não me sinto inferior agora. Mas era diferente quando eu era jovem. Naquela época, eu vivia mergulhada nesse sentimento. Fui empregada doméstica durante alguns anos.

— Achei que tinha sido enfermeira — disse Tara, franzindo a testa.

— Dos dezesseis anos até conseguir o diploma, eu limpei banheiros e lavei roupas. Nessa época, não me sentia superior a ninguém. No entanto, será que teria sido diferente se eu fosse branca e fizesse esses trabalhos? Ser empregada doméstica acarreta uma certa atitude, independentemente de cor. A única vantagem que uma criada branca tem sobre uma negra é que, ao ir e vir do trabalho de ônibus, ninguém adivinha sua profissão. — Ela inclinou a cabeça e espiou Lizzie. — Acho que este anjinho está dormindo — sussurrou.

Tara se iluminou. — Coloque-a no berço, Dana. Deixe-a dormir lá. Eu quero ver o que você fez naquele suéter.

Com uma expressão perfeitamente gentil, Saundra segurou a bebê à sua frente por mais um minuto, antes de devolvê-la a Dana.

Os olhos de Lizzie estavam fechados, a boca fazendo um biquinho como se ela estivesse mamando em seus sonhos. Então, os lábios se abriram — e lá estava Hugh novamente, nos cantinhos.

Com uma onda de sentimento, Dana encostou seu rosto ao de Lizzie. — Num minuto, ela é tão real; no seguinte, não consigo acreditar que ela esteja aqui. — Ela a segurou mais um pouco, até a onda de emoção passar. Então, colocou-a no berço e se virou para apanhar a colcha de patchwork. — Você viu isto? — perguntou a Saundra.

— Claro que sim — disse Saundra sorrindo abertamente.

— Você fez uma parte, não fez? Que parte? Espere. Eu sei. — Estendendo a colcha, Dana apontou para um quadrado amarelo, depois para um azul-claro, mostrando uma estrela e um cavalo-marinho, cada qual na mesma cor que o quadrado, mas destacando-se por pontos contrastantes, no inimitável estilo de Saundra. Dana a abraçou. — Adorei isto, Saundra. Obrigada. Minha bebê é tão amada. — Já que a bebê não precisava da colcha para se aquecer, ela a dobrou aos pés do berço.

— Como seu marido está lidando com ela? — perguntou Saundra depois que Tara foi embora.

— Muito bem — disse Dana com entusiasmo. — Ele troca as fraldas, a faz arrotar, anda com ela quando ela chora. Ele teve uma reunião no escritório, então pensei em trazê-la aqui.

— O que ele acha da cor dela?

— Está surpreso.

— Chateado?

— Oh, não acho que Hugh esteja chateado pela cor dela — disse, dando a ele o benefício da dúvida. — Ele está chateado comigo por não conhecer minha genealogia. Mas ele ama Lizzie.

— E deve amar mesmo — disse Saundra. — Ela é a filha dele.

Dana olhou de relance para a porta. — Nem sinal da minha avó. Acho que vou dar uma olhada nela enquanto a bebê está dormindo. Você vai ficar sentada aqui?

Saundra sorriu. — Não saio daqui por nada neste mundo.

Andando rapidamente, Dana percorreu a calçada de pedras até a casa e subiu os degraus da escada dos fundos. — Ellie Jo?

Não houve resposta por parte de sua avó, só da gata, que estava miando no meio da escada. A bichana, em vez de descer correndo os degraus, como sempre, na pressa de se esfregar na perna de Dana, continuou miando. Algo estava errado.

— Vó? — chamou Dana, com medo. Precedida pela gata, subiu a escadaria correndo. — *Vó?*

Veronica a levou pelo corredor até o quarto de Elizabeth, onde Ellie Jo se encontrava sentada no chão, aos pés da escadinha do sótão. Seu rosto estava pálido como cera e sua respiração era superficial e rápida. Havia livros espalhados à sua volta e, ao lado, uma caixa de papelão pela metade.

Dana correu até ela e se agachou. — O que aconteceu?

— Eu estava descendo.

— Carregando esta caixa? E você caiu? Está sentindo alguma dor?

— Meu pé.

Dana já estava pegando o telefone. Rapidamente, digitou o número da loja. Tentando parecer calma, disse: — Olivia, sou eu. Estou na casa. Você poderia mandar Saundra e Tara virem aqui?

— Não tem necessidade — disse Ellie Jo assim que ela desligou. — Estou bem. — Ela tentou se levantar, mas Dana a manteve sentada.

— Saundra é enfermeira. Faça o que estou pedindo, por favor. Estes são os livros escolares que você mencionou?

— Não há mais nada lá em cima.

— *Dana?* — chamou Tara lá de baixo.

— *No quarto da minha mãe.*

Segundos depois, ouviram sons nas escadas e, então, as duas mulheres apareceram, Lizzie nos braços de Saundra. Quando Saundra finalmente determinou que o único dano sério causado pela queda de Ellie Jo fora ao seu tornozelo, Ellie Jo já respirava com mais regularidade. Como ela recusou a ambulância, Dana insistiu em ir dirigindo até o hospital.

Entre as três, conseguiram levantar Ellie Jo e levá-la para baixo. Mas quando Tara se ofereceu para levá-la ao hospital, Dana recusou.

— Eu vou levá-la.

— E a bebê?

— Tenho tudo que ela precisa, e posso amamentá-la quando tiver fome. Sério, não vou ficar tranquila esperando aqui. Além disso, você tem que ir para casa cuidar das crianças.

Tara tentou discutir, mas Dana foi firme. Quando Saundra se ofereceu para acompanhar Ellie Jo, ficou decidido.

Lizzie devia saber que sua bisavó estava machucada, porque dormiu quase todo o trajeto e, uma vez dentro do hospital, continuou dormindo, junto ao corpo de Dana.

O tornozelo quebrado de Ellie Jo era um caso simples. Colocaram-lhe um gesso que ela pudesse apoiar no chão e deram-lhe muletas, as quais ela deveria usar durante os primeiros dias.

Aliviada, Dana trouxe o carro até a porta da frente do hospital. Mal havia acomodado a avó dentro do veículo quando viu Hugh. Ele estava no outro lado da entrada, com a mão sobre o ombro de uma mulher atraente, de cabelos acobreados. Estavam concentrados na conversa.

Dana não fazia a menor ideia de quem era a mulher, ou por que ele estava com ela, mas ficou abalada ao vê-lo. Não podia simplesmente entrar no carro e ir embora.

— Volto já — disse a Ellie Jo e atravessou rapidamente o saguão principal. Ainda não havia alcançado Hugh quando ele ergueu os olhos, viu-a e ficou pálido.

Doze

O primeiro pensamento de Hugh ao ver Dana foi que havia algum problema com a bebê. — Onde está Lizzie?

— No carro — disse Dana e, rapidamente, acrescentou: — Com Saundra. Minha avó caiu e quebrou o tornozelo. Já foi tratado. Eu estava prestes a levá-la para casa.

Não era a bebê, então. Ele sentiu uma onda de alívio, seguida por outra de preocupação. Gostava de Ellie Jo. Ela nunca o havia tratado como menos do que um neto, e já não era mais tão jovem. — Ela está bem? — Quando Dana assentiu, ele disse: — Você devia ter me ligado. Eu teria ajudado.

— Você estava no escritório. Não quis te incomodar. — Seus olhos, no entanto, transmitiam uma mensagem mais ferina.

Incapaz de entrar naquele jogo, ele disse: — Dana, esta é Crystal Kostas. Vou representá-la legalmente. O filho dela está lá em cima, recuperando-se de uma cirurgia. Crystal, minha esposa, Dana — disse ele. Então, querendo conversar com Dana, disse a Crystal: — Acho que estamos resolvidos por ora. Me ligue assim que você tiver anotado alguma coisa naquele caderno. Você tem meu telefone de casa? — Quando Crystal assentiu, ele pegou o braço de Dana e começou a retornar para o carro. — Como foi que Ellie Jo caiu?

— Ela estava pegando alguma coisa no sótão e deu um passo em falso ao descer a escada. O que aconteceu com o filho daquela mulher?

— Foi atropelado por um carro. Ele tem quatro anos.

— Está muito machucado?

— O suficiente para talvez não voltar a andar se não fizer mais cirurgias.

Dana parou. — Isso certamente coloca as coisas em perspectiva.

— Você não sabe nem a metade — continuou ele, pensando que Dana apreciava ouvir sobre seu trabalho. — O pai do menino... que se recusa a reconhecê-lo... é Stan Hutchinson.

Os olhos dela se arregalaram. — O senador?

— O senador. E Crystal não tem plano de saúde.

— Ahã. Aí está seu caso. Seu pai sabe disso?

— Não. — Ele olhou para a rua. — Não consigo ligar para ele.

— Raiva? Orgulho? Medo?

— Raiva — disse Hugh. Não era a verdade completa, mas servia.

— Raiva dura muito tempo — observou ela.

— Sim. — Hugh continuou andando na direção do carro. — A Lizzie passou bem hoje?

— Perfeitamente. Ela é a bebê mais tranquila do mundo.

— Dito por alguém que já teve uma ninhada — provocou ele e abriu a porta de Ellie Jo. — Este pé está parecendo uma bola, Ellie Jo. Está doendo?

— Um pouco — disse Ellie Jo.

— Hugh — chamou Dana, já no lado do motorista. Apoiando um joelho no banco, ela indicou o banco de trás do carro. — Você conhece Saundra Belisle?

Hugh estendeu a mão. — Acho que já te vi na loja. — Ele se lembrava dela. Ela tinha certo ar de autoridade.

Saundra estendeu a mão para ele. — O prazer é meu. Parabéns pelo nascimento da sua filha. Ela é um anjinho, maravilhosa.

Hugh acreditava nela. Sentindo-se melhor, tentou ver Lizzie, mas, de onde estava, não conseguia. Fechou a porta de Ellie Jo, contornou o carro e abriu a porta do lado da filha.

— Oizinho — disse, baixinho.

Ela fechou os olhos, distanciando-o. Aparentemente, não havia gostado do teste de DNA mais do que Dana. Ele desejou ser capaz de fazê-la entender que estava apenas produzindo evidências. Desejou ser capaz de fazer Dana entender também.

— Preciso levar Ellie Jo para casa — disse Dana. Ela estava falando de forma bastante amigável, mas não havia muito calor em seus olhos. Ainda estava brava. E quanto mais tempo a raiva durasse, mais o preocupava. Aquela não era a Dana que ele conhecia.

Queria conversar a respeito, mas aquele não era o momento adequado. Então, abaixou-se para beijar Lizzie, depois se endireitou e fechou a porta. — A que horas você irá para casa?

— Depende do que eu encontrar na loja. Preciso conversar com Olivia e com as vendedoras de meio período para garantir que uma de nós esteja lá todos os dias, para abrir e fechar a loja.

— Uma de nós? — perguntou ele, baixinho. — Você acaba de ter um bebê.

— Lizzie adora a loja — disse Dana com entusiasmo. — Você precisa ver o berço que tem lá, e as mulheres fizeram a colcha de patchwork mais linda do *mundo*. A loja é o lugar perfeito para ela. É tranquilo e sempre tem alguém por perto para ajudar.

Hugh podia imaginar. — Isso é uma indireta? — sussurrou ele.

Ela não negou. Mas seus olhos se suavizaram. — Tenho que ir, Hugh — disse ela e entrou no carro.

Ele fechou a porta e se afastou. Notou que ela não tinha perguntado quando ele chegaria em casa, e perguntou a si mesmo se ela estava preocupada ou se simplesmente não se importava.

Já havia saído há tempo da cidade quando deu o telefonema para seu pai. Não ficou surpreso quando foi a mãe quem atendeu. Ela funcionava como posto de triagem sempre que Eaton estava trabalhando.

— Oi, mãe.

Houve uma pausa dramática e depois, com alívio, ela disse:

— Hugh. — Falava baixinho. — Fico feliz que *você* tenha tido o bom-senso de ligar, pelo menos. Seu pai está impossível. Venho insistindo com ele, mas ele é teimoso demais para seu próprio bem. Como está a bebê?

— Ela está bem.

— Eu gostaria de ir até a sua casa para visitá-la, mas tem sido difícil, com Eaton aqui. Faça alguma coisa, Hugh. Ele acha que você o ofendeu mortalmente.

— *Eu?*

— Você disse alguma coisa, quando estávamos no hospital.

— *Eu* disse? Foram *vocês* dois que ficaram lá sugerindo que eu não era o pai de Lizzie!

— Eaton estava transtornado.

— Espere um pouco, mãe — disse ele, pois, por mais que detestasse atacar sua mãe, ela não era inocente naquilo. — Você não disse que ele estava errado. O que foi mesmo que você falou? "Coisas mais estranhas já aconteceram"?

— Bem, aconteceram, mas eu estava apenas fazendo uma observação. Enfim, é em momentos assim que precisamos nos manter unidos. Precisamos apoiar uns aos outros, não nos recusarmos a conversar.

— Nos manter unidos, tipo, você, eu e o pai contra a minha mulher e minha filha?

— Não foi isso que eu quis dizer.

— Você tem algum problema com a cor de Lizzie? — perguntou ele diretamente.

— Não — protestou ela. — Você *sabe* que não. Não fui eu a primeira a visitar os Parker para dar as boas-vindas ao netinho deles que foi adotado na Coreia? Não fui eu a primeira a sugerir que os auxiliares do hospital homenageassem Leila Cummings, uma de nossas *brilhantes* médicas afro-americanas? Fui até mesmo a primeira a incentivar que seu tio Bradley estabelecesse um fundo para financiar a universidade dos filhos dos empregados pertencentes às minorias. Como você pode me chamar de preconceituosa?

— Não te chamei de preconceituosa. Mas Lizzie é uma de nós. Por que você não foi visitá-la, mesmo sem o papai?

— Porque seu *pai* não quer que eu vá, porque *você* o ofendeu, e ele não vai... levantar aquela... *poupança* da cadeira até você se desculpar.

— Está bem — disse Hugh. — Ele está aí?

— Sim — retrucou ela. — Você pode ser tão desagradável quanto ele. Fique na linha.

Hugh ficou. Ele estava na pista do meio da rodovia, sendo ultrapassado pela direita e pela esquerda. Se alguém houvesse buzinado para que ele fosse mais rápido, teria sido capaz de fazer um gesto grosseiro.

Um minuto se passou. Claramente, Eaton não queria conversar. Hugh estava começando a se perguntar em que ponto iria simplesmente desligar o telefone quando ouviu um clique; então, ouviu a voz de Eaton, estritamente profissional.

— Sim, Hugh?

De repente, sem saber ao certo se queria ouvir o que o pai iria dizer, decidiu começar, num tom casual: — O que está acontecendo com o livro?

— Não é com o livro. É com a turnê. A agente publicitária acabou de me enviar por fax a programação atual e eu estive ao telefone com ela desde então. Eles me agendaram sessões em supermercados. *Supermercados*, meu Deus! Uma turnê de lançamento de livro costumava ser algo sério.

— Sua opinião não conta?

— Sim — respondeu Eaton —, mas eles têm a estatística a seu lado. As pessoas realmente *estão* comprando livros em armazéns. Será que os vendedores desses lugares fazem recomendações pessoais? Será que os vendedores desses lugares *leem*? — Ele se resignou. — Mas talvez seja melhor assim. Não tenho muita certeza com relação a este livro. Pode conter alguns erros.

— Que tipo de erros?

— Do tipo que pode sabotar minha carreira.

— Não acredito nisso — disse Hugh. — Você é muito cuidadoso. Não é como seu amigo Hutch.

Eaton bufou: — Amigo?

— Estou representando legalmente uma mulher cujo filho é supostamente dele.

Houve uma pausa, então Eaton disse, com cautela: — Ela pode provar?

— Estamos trabalhando nisso.

— É melhor que a prova seja boa — advertiu Eaton —, ou ele te acusará de persegui-lo só porque eu fiquei irritado com ele. O que ela quer? Dinheiro?

Hugh apertou a buzina com a palma da mão quando um carro o cortou na pista. — Não para si mesma. O menino foi atropelado por um carro e está com sérias necessidades. Ela tentou entrar em contato com Hutch quando o menino nasceu, mas lhe disseram para entrar na fila, atrás de todas as outras mulheres que tentavam atingi-lo com suas demandas.

— Hutch não é nenhum santo.

— Não. Nenhum de nós é, suponho. — Parecia ser o momento. — Se eu te ofendi no hospital, sinto muito.

— Se? Você tem alguma dúvida? — respondeu ele asperamente.

— Pai, eu estava sob pressão — disse Hugh, sentindo-se novamente com dez anos de idade. — Você disse algo totalmente ofensivo.

— Mas talvez não totalmente longe da verdade — retrucou Eaton. — Brad me disse que você está fazendo um teste de paternidade. Isso confirma que você tem suas próprias dúvidas.

— Não. Confirma que fui pressionado pela minha família a conseguir provas sólidas de que a bebê é minha. Um teste de DNA é a única forma que conheço de fazer isso.

— E então? O que o laboratório disse?

— Vão dizer que a filha é minha. Mas só vou receber os resultados formais daqui a alguns dias.

— E você não tem nenhuma dúvida em relação a seu vizinho do lado?

— Não mais do que tenho com relação a você morar todos estes anos ao lado de um homem que a mamãe namorou antes de começar a sair com você.
— Esse é outro comentário ofensivo — acusou Eaton.
— Pai — perguntou Hugh, com uma risada frustrada —, por que é ofensivo quando eu digo e não quando você diz?
— Estou casado com a sua mãe há mais de quarenta anos. E ela nunca teve filhos de ninguém além de mim.
Eram indiretas demais. — Tem certeza? — perguntou Hugh.
— Você e eu somos parecidos, mas e o Robert? Ele não se parece com você.
— Vou desligar — avisou Eaton.
— Não desligue — cedeu Hugh. — Por favor. Eu quero conversar, de verdade.
— Sobre quem é o pai do seu irmão?
— Sobre os motivos pelos quais a cor da minha filha é relevante. Você apoia as minorias nos seus livros. Eu as apoio no tribunal. Será que é só uma questão de ego? Ou realmente acreditamos em igualdade? Porque, se acreditamos, a cor da pele da minha filha não deveria ser importante.
— Importa para você?
— Sim — confessou Hugh. — Importa, e eu não sei por quê.
— Por que você acha?
— Não *sei*. Se soubesse, não estaria perguntando. Talvez importe para mim porque importa para a minha família. A constituição racial de Dana não muda quem ela é.
— Não para você.
— Para você muda? — perguntou Hugh, e buzinou alto e forte quando outro carro cortou à sua frente. — Por que deveria? Ela é a mulher que eu escolhi. Importaria se ela fosse *roxa*?
— Não para as outras pessoas roxas.
— Ah, pelo amor de *Deus*, pai!
— Sinto muito, Hugh, mas as pessoas tendem a se aproximar de seus pares. É um fato.

— Lizzie *é* nossa par.
— Vamos conversar sobre isso quando você tiver os resultados do teste.
— E se comprovar que eu sou o pai?
— Não quero discutir isso agora.

Mas Hugh queria. — E *então*? Você vai aceitar Lizzie como sua legítima neta? Vai aceitar *Dana*?

— Agora... não! — Eaton ralhou com uma dureza que Hugh raramente ouvira. — O momento para isso *não* poderia ser pior. Tenho muitas outras coisas na cabeça agora.

— Está bem — disse Hugh, então acrescentou com leveza: — O.k. Conversamos depois. Tchau.

Já havia anoitecido quando Dana voltou para casa e encontrou o carro de Hugh na garagem. Ficou feliz por ele estar ali. Também estava cansada demais para sentir muita coisa além de desânimo. Depois de instalar Ellie Jo em casa, tinha ido até a escadinha do sótão, recolhido os livros espalhados e os devolvido à caixa de papelão. No processo, havia procurado em cada um deles por algo que sua mãe pudesse ter deixado — uma carta enfiada entre as páginas ou uma anotação nas margens —, qualquer coisa que pudesse dar uma pista sobre a identidade de seu pai, ou o nome de uma companheira de quarto, ou de uma amiga. Como aqueles livros eram dos últimos meses de sua mãe na escola, fazia sentido que, se Elizabeth houvesse rabiscado qualquer coisa a respeito, estivesse ali.

Ela continuou a folhear os livros, até que Ellie Jo a chamou, precisando de ajuda para ir ao banheiro, o que deu origem a outra preocupação: Ellie Jo não podia ficar sozinha.

Dana pensou em se mudar para ali para ajudá-la. Seria bem feito para Hugh. Mas não podia imaginar ter de levantar a cada instante para amamentar Lizzie e, novamente, para ajudar Ellie Jo.

Uma solução era contratar uma enfermeira para Ellie Jo, mas sua avó recusou prontamente. Insistiu que só tinha pedido ajuda porque

Dana estava ali e que poderia se virar muito bem se estivesse sozinha. Mostrou isso a Dana ao voltar para a cama sem ajuda.

Dana desistiu de brigar. Estava cansada demais para fazer qualquer outra coisa.

Agora, estacionara o carro ao lado do de Hugh. Ele apareceu na porta da frente, aberta, antes que ela pudesse tirar a bebê do carro. Não se ofereceu para ajudá-la; apenas ficou ali olhando.

Ela bem que precisava da ajuda dele, mas nem morta pediria. A expressão dele era estoicamente a dos Clarke, e seu estado de ânimo impossível de adivinhar. Só quando ela já estava dentro de casa foi que ele, finalmente, tirou a cadeirinha do braço dela. Sem uma palavra sequer, ela voltou para o carro para pegar o resto de suas coisas.

Quando voltou a entrar, ele já havia desafivelado Lizzie e a levantado nos braços. Ela chorava com sons curtos, e o fato de ele estar segurando-a não melhorou seu ânimo.

— Qual é o problema? — perguntou ele a Dana.

— Ela está com fome. Vou amamentá-la. — Soltando suas bolsas aos pés da escada, ela pegou a bebê e se acomodou no sofá da sala de tevê.

— Você parece exausta — disse ele, com um tom levemente acusatório. — Passou a tarde inteira de pé?

— Não. Descansei na casa da vó.

— Não o suficiente. Eu sei que Ellie Jo está de molho, mas você tem de cuidar de si mesma. Principalmente amamentando. Se ficar exausta, não será bom para Lizzie.

— Eu sei disso — disse Dana. Ela abaixou a parte inchada do seio para ver a bebê mamando.

Hugh se acomodou atravessado numa poltrona de couro e apoiou os cotovelos nos joelhos. Seu tom de voz era surpreendentemente afável: — Fale comigo, Dana. Esse silêncio não é típico de você. Nós não somos assim.

Ela emitiu um som desanimado. — Você sabe quem nós somos? Se souber, me dê uma dica, porque eu certamente não sei.

— Deixe-me dizer de outra forma — disse ele. — Nós não éramos assim antes de a bebê nascer.

Não. Não eram. A verdade daquilo era tão triste que Dana sentiu um aperto na garganta.

— Fale comigo — repetiu ele.

Ela engoliu em seco e ergueu os olhos. — O que você quer que eu diga?

— Que entende. Que sabe que o que eu fiz foi por bem.

— Eu não entendo — disse ela simplesmente e sustentou seu olhar. Houve uma época em que teria se perdido nele, mas não agora.

— Vamos lá — incentivou ele. — Diga o que você está sentindo.

— Tem a ver com confiança — explodiu ela. — Confiança sempre foi um fator importantíssimo para mim: confiar que uma pessoa estaria presente, que estaria *sempre* presente, como a minha mãe não esteve. Eu não queria nunca mais ter de perder alguém. Então, você apareceu, e eu pensei que pudesse confiar que você sempre estaria presente, mas não posso. Não confio que você esteja do meu lado. Não confio que você vai me amar se meu pai, por acaso, tiver sangue mestiço. Me sinto suja. Sinto como se você tivesse me traído.

Ele franziu o cenho. — Você está falando sobre o teste de DNA ou sobre hoje?

— Hoje? — Ela não entendeu.

— Sobre eu estar com Crystal.

— Crystal? Sua cliente? — Demorou um minuto para que ela compreendesse; então ficou desanimada. — Quer dizer, se eu pensei que ela fosse *mais* do que isso? É *claro* que não, Hugh. Você é meu marido. Além disso, você está com outras mulheres o tempo todo. Faz parte do seu trabalho.

— Algumas esposas teriam ficado incomodadas.

— Eu não fiquei. — Lizzie perdeu o bico do seio e sacudiu a cabeça freneticamente até Dana guiá-la de volta. — Confio em você no que diz respeito às mulheres — disse ela, sem levantar os olhos. — As outras coisas é que são o problema. É sua falta de confiança em mim.

— Eu confio em você.

— Não o suficiente — disse ela com um olhar de advertência, e ficou agradecida quando ele a poupou da desculpa de querer provas concretas para sua família. — Veja bem, fico pensando que este é o primeiro teste do nosso casamento, e nós fomos reprovados. A propósito, não estou tendo nenhum sucesso na busca pelo meu pai. Conversei com a minha avó e com as amigas da minha mãe, e examinei algumas coisas da minha mãe, mas não encontrei nada que pudesse sequer remotamente me dizer onde meu pai está. Minha esperança é encontrar a colega de quarto da minha mãe. Seu primeiro nome era Carol, mas isso é tudo que eu sei. A faculdade não tem registro de quem ela é, e ainda que tivesse, pode ser que ela não se lembre de nada.

— Lakey pode conseguir o sobrenome da companheira de quarto.

— Está bem — disse Dana, e enumerou os fatos que sabia: — Minha mãe se chamava Elizabeth Joseph; ela entrou na Universidade de Wisconsin em 1968; abandonou o curso depois do primeiro ano para ter a mim. Não sei o nome de seu dormitório. Ela estudava história da arte, mas também fazia algumas disciplinas extras, como inglês, espanhol e matemática. Era péssima em matemática. Encontrei algumas de suas provas hoje. Ela tirava C menos.

— Vou passar a Lakey as informações que você tem.

— Quero que você saiba, Hugh, que se nossa filha tivesse nascido branca, eu não iria procurar esse homem. Se ela tivesse nascido com cachos *ruivos*, você teria me pedido para encontrá-lo? É claro que não. Então, por que estou fazendo isso? Por que é tão importante saber? Será que eu *ligo* mesmo de onde veio meu tatara-tatara-tataravô? E se eu encontrar meu pai — prosseguiu ela —, será que vou me sentir diferente em relação a mim mesma?

Hugh não respondeu.

E isso a irritou. Era ele quem queria conversar. — Então, vamos conversar a respeito — ordenou. — Estamos sempre apoiando as minorias: direitos civis, ações afirmativas, igualdade no ambiente de trabalho... mas *nós* só queremos ser brancos. Somos hipócritas, então?

— Nós?

— Você. Acima de qualquer coisa, você pensa em si mesmo como um Clarke. Eu penso em mim como Dana. Isso não significa alguma coisa?

— Se a sua família tivesse a história que a minha tem, você entenderia.

— Se a sua tivesse a história que a minha tem, *você* entenderia. — Ela respirou fundo. — Mas não se trata apenas de você e da sua família, ou de mim e da minha. Trata-se de se perguntar o que nossa filha terá de encarar ao crescer, e se eu e ela iremos enfrentar isso sozinhas.

— Eu estarei presente.

— Estará?

— Não estive sempre? É você quem tem se afastado.

Ela tirou a bebê do seio, colocou-a no ombro e deu palmadinhas em suas costas. Cansada, perguntou: — Como as coisas deram errado tão rápido?

— Não deram errado.

— Deram, *sim*. *Olhe* só para nós, Hugh.

— Vai passar. Mais alguns dias e teremos os resultados do laboratório.

Dana queria gritar. — Não é esse o *ponto*. Estou falando sobre *confiança*.

Ele suspirou: — Ah, tenha dó. Foi só uma *amostra bucal*, Dana.

Dana estava fora de si. Atendendo a uma diminuta voz responsável em sua cabeça, deslizou os pés até o chão e se preparou para levar Lizzie para cima.

— E quanto a este fim de semana? — indagou Hugh.

— O que tem?

— Você vai ficar na casa da sua avó?

— Parte do tempo.

— Julian e Deb querem vir fazer uma visita. E Jim e Rita também.

— Tudo bem.

— Vai ser complicado?

Complicado? Com o fim de semana que poderiam ter tido, seria *totalmente* complicado. — Não para mim — disse ela, subitamente furiosa. — Eu acho que nossa bebê é perfeita. É você que tem um problema. Talvez se contar a eles sobre o problema médico da minha avó, eles esperem um pouco mais.

— Acho que não vou conseguir demovê-los da ideia.

— Então é você quem tem que se preocupar com as complicações. Você vai dizer a eles que não tem certeza de que ela é sua filha?

— Claro que não.

— Então você vai fingir que ela é. Ah. Mais um show. Acha que consegue dar conta disso?

Eles ficaram se encarando por um tempo que pareceu uma eternidade, Dana de pé, Hugh em sua poltrona. Ela se recusou a retirar suas palavras.

Finalmente, ele disse: — Isso é cinismo ou fadiga?

Arrependendo-se rapidamente, ela respirou fundo e disse, com amabilidade: — Desconfio que as duas coisas. Vou para a cama.

Treze

Eaton Clarke estava com azia. Desconfiava que fora a comida mexicana que haviam comido na sexta-feira à noite. O restaurante era novo e recebera boas críticas. Tinha sido ele a sugerir que o experimentassem, e os dois outros casais que os acompanhavam aceitaram. Mas havia antipatizado com o lugar no minuto em que entraram. As mesas eram muito próximas umas das outras, e o garçom um pouco amistoso demais.

A conversa durante o jantar não havia ajudado. Todos queriam falar sobre Hugh e sua bebê — ou, mais explicitamente, Dana e sua filha —, pois o irmão de Eaton, Brad, tinha espalhado dúvidas sobre a paternidade da criança. No decurso de três horas, Eaton recebeu mais conselhos do que poderia querer. Eram do tipo "Não abra nenhum fundo universitário se a criança não for sua neta", ou "Mude seu testamento", ou até mesmo "Não custa nada colocar a casa de Martha's Vineyard em um fundo fiduciário".

Sentiu queimação no peito durante toda a noite. Estava um pouco melhor ao se levantar no sábado de manhã, mas piorou ao juntar-se a seus amigos para o jogo semanal de tênis. Eles também tinham conselhos para dar.

Estava num profundo mau humor quando telefonou para o irmão, voltando do clube para casa: — Que diabos você está fazendo, Brad? Não posso ir a lugar algum sem que as pessoas saibam sobre o bebê de Hugh. Existe alguma razão para você contar para todo mundo que Hugh pode não ser o pai?

— É verdade. Ele pode não ser o pai.

— Mas ele também *pode* ser, e daí? Isso é *assunto pessoal*, Brad.

— Não se a criança não for de Hugh. Eu vi a expressão no rosto dele no outro dia. Ele está furioso com a mulher. Estou te dizendo, Eaton, as coisas não estão nada bem ali.

Eaton não gostou de seu tom. — Isso te deixa contente?

— Não tem nada a ver com me deixar contente ou não. Todos nós tínhamos dúvidas a respeito de Dana.

— Pensei que você gostasse dela.

— Gostava, enquanto ela era fiel, mas parece que Hugh tem uma espertalhona nas mãos.

— E *isso* te deixa contente? A situação de Hugh faz você se sentir menos mal com respeito ao divórcio da sua filha?

— O divórcio de Anne não tem nada a ver com isso — retrucou Brad. — Se você acha que estou brincando de "olho por olho", está enganado. Não que isso me surpreenda. Você é o escritor, eu sou o empresário. Você fica aí sentado esperando pelos royalties, enquanto sou eu que estou enriquecendo a todos nós. Não sou de brincadeiras, Eaton. Tenho coisas mais importantes a fazer.

— Isso mesmo — concluiu Eaton —, então fique de boca fechada sobre Hugh. Não seja um fofoqueiro mesquinho. Isso não é assunto seu. Fique *fora* disso.

Ele encerrou o telefonema sabendo que tinha ofendido seu irmão; no entanto, ao ter a última palavra, Eaton sentiu uma satisfação perversa que desapareceu por completo quando Dorothy o encontrou, à porta, com a notícia de que Justin Field havia telefonado apenas dois minutos atrás. Justin era seu amigo da vida toda, seu advogado particular e seu testamenteiro.

— O que ele quer? — perguntou Eaton, embora temesse já saber.

— Conversamos um pouco sobre os planos para o casamento de Julie. Justin e Babs estão muito animados. Ela tem trinta e oito anos, então eles já haviam quase perdido as esperanças, mas ele falou sem parar de como o noivo é maravilhoso. Depois, disse que queria falar com você a respeito de Hugh.

Eaton ficou parado diante da mesa de pau-rosa do hall, examinando sua correspondência; então disse: — Não é uma tremenda coincidência que eu tenha acabado de jogar tênis com o sócio de Justin? — explodiu ele. — Esses homens são umas velhinhas faladeiras!

Após uma pausa silenciosa, Dorothy observou: — Eu também sou.

— Ah, Dot, você sabe o que eu quero dizer. Velhinhas fazem fofoca porque não têm mais nada para fazer com seu tempo. Você tem outras coisas.

— Eu fofoco. Só que não vejo como fofoca. Vejo como compartilhar informações com as amigas.

Ele olhou para ela, perguntando-se aonde ela queria chegar.

— Você é maldosa?

— É claro que não.

— Aí é que está a diferença — concluiu. — Meus colegas de tênis ficam felizes em me ver errar. A mesma coisa com Bradley. Ele nunca se conformou de eu ter me recusado a segui-lo nos negócios, e quanto a meus companheiros de tênis, ainda estão doídos porque não lhes dou quantidades ilimitadas de edições autografadas dos meus livros. Existe alguma razão pela qual eles não possam sair e comprar os exemplares que querem que eu autografe para o proctologista do primo da esposa? Eu sou uma instituição de caridade, por acaso?

— Não, querido — disse Dorothy. — Acredito que é sobre isso que Justin quer falar.

Eaton olhou para ela incisivamente. — Sobre eu ser uma instituição de caridade?

— Sobre você ser tratado como uma pela esposa de Hugh, na hipótese de o casamento deles ir por água abaixo. Nada muito diferente do que nossos amigos disseram ontem à noite.

— E que foi extremamente irritante.

— Eles só estão preocupados com você.

— Eu pedi a ajuda deles, por acaso?

— Não, mas também não recusou, o que geralmente é visto como um convite. — Seu tom de voz tornou-se angustiado. — Você não diz nada, Eaton. Simplesmente deixa as perguntas no ar. Por que simplesmente não diz a eles que estão enganados? Por que não lhes diz que a criança é filha de Hugh e que não há nada de errado com o casamento dele e que a cor da criança acrescenta um elemento de interesse à família; porque é verdade, sabe? Para mim, não é problema nenhum ter uma neta afrodescendente. Para você é?

Eaton suspirou: — Você ainda está chateada por eu não ir visitar Hugh?

— Bem, ele telefonou.

— E não adiantou nada. Ele está fazendo as mesmas perguntas que você, num momento em que não quero pensar sobre isso. Dorothy, tenho um livro para sair em pouco menos de três semanas. Você deixou claro para a coordenadora do evento que eu quero que se sirvam *hors d'oeuvres* na festa de lançamento?

— Sim, querido.

— E os convites? Já foram enviados?

— Foram colocados no correio ontem. Eu já te disse tudo isso, Eaton.

Eaton respirou fundo em busca de paciência. — Se você me disse e eu não ouvi, é porque tenho outras coisas na cabeça. Marcaram uma aparição televisiva minha em rede nacional e você pode ter certeza de que serei interrogado sobre a minha família. Vão querer que eu responda pelas coisas que escrevi.

— Que responda por que coisas? — ralhou Dorothy. — Você escreveu esse livro muito antes de a pequena Elizabeth nascer. Ninguém irá te recriminar por ela não estar registrada numa árvore genealógica e não haveria nenhuma necessidade de incluir um mapa da família de Dana. Mas esqueça o livro — disse ela com um gesto de indiferença.

— Não estou falando do livro. Estou falando do nosso filho e da filha dele. Quero ir visitá-los.

Eaton ergueu os olhos, surpreso. — Está bem. Vá.

— Quero que você vá comigo. Não será a mesma coisa se eu for sozinha. Eles vão achar que tem alguma coisa errada.

Eaton disse: — *Tem* alguma coisa errada.

— Então, faça algo a respeito — gritou Dorothy. — Contrate um investigador. Mude seu testamento. Coloque o imóvel de Vineyard num fundo fiduciário para que ela não possa pôr as mãos nele. Ou você aceita a bebê ou não aceita. Você não vê o dano que está causando com sua hesitação? — Ela olhou, irritada, para o relógio na parede e apanhou sua bolsa. — Tenho de ir ao supermercado. Se vamos receber os Emery aqui em casa para aperitivos antes do teatro, preciso comprar comida.

Eaton ficou olhando para suas costas enquanto ela saía porta afora. — Dirija com cuidado — disse finalmente, por puro hábito.

Dorothy mantinha as duas mãos no volante e os lábios apertados. Não precisava que Eaton lhe dissesse para ir com cuidado. Ela dirigia com cuidado por decisão própria — vinha fazendo isso havia quarenta e nove anos — e tinha um histórico imaculado para prová-lo, que era mais do que Eaton podia dizer de si mesmo. Ele tinha dois acidentes em sua ficha: um por causa de uma derrapagem durante uma nevasca e outro por um engavetamento envolvendo dez carros na autoestrada. Ela podia pôr a culpa do primeiro no clima, mas o segundo podia ter sido evitado se ele mantivesse a distância recomendada entre seu próprio carro e o da frente.

Não, ela não precisava que Eaton lhe dissesse como dirigir.

Tampouco, decidiu, que lhe dissesse para quem deveria ou não telefonar. Tirando uma das mãos do volante, abriu seu celular e digitou o número de Hugh. O telefone tocou várias vezes e, então, foi atendido pela mensagem gravada por Dana.

Com ambas as mãos novamente na direção, Dorothy percorreu as estradas locais até o supermercado. Ligou a seta e estava prestes a entrar no estacionamento quando mudou de ideia e seguiu dirigindo. Três minutos depois, estacionou em frente a uma butique local que irradiava tons de amarelo, laranja e rosa. Era uma loja pequena, de propriedade de duas jovens. Ela a havia descoberto meio que por acidente, ao precisar de um presentinho de última hora para levar numa visita de fim de semana a alguns amigos.

Ela entrou na loja, sorriu para a dona e disse firmemente: — Quero um dos seus conjuntos de mãe e filha para a minha nora e sua bebê recém-nascida. Qual é o mais diferente que você tem? — Dana gostava de peças chamativas e incomuns. Dana *podia* vestir peças chamativas e incomuns.

Em pouco tempo, Dorothy saiu com um pacote embrulhado e decorado com fitas nos mesmos tons de amarelo, laranja e rosa que a haviam atraído inicialmente à loja. Satisfeita, deixou o supermercado de lado e parou no estacionamento menor de uma loja de queijos e vinhos. Ali, comprou um pedaço de queijo, vários tipos de biscoitos, e — ainda sentindo-se rebelde — palitos de frango caseiros com crosta de coco e espetinhos de *satay* de carne, uma dúzia de cada um. Portanto, Eaton não teria seus miniquiches favoritos, cuja receita ela vinha fazendo há anos. Estes aperitivos eram igualmente bons e não exigiam que ela passasse uma hora de seu tempo na cozinha. Era só apresentá-los numa bandeja elegante, raciocinou ela, e seus convidados não saberiam a diferença.

Satisfeita pela segunda vez em trinta minutos, ela voltou para o carro. Vendo o pacote colorido no banco do passageiro, deu a partida no carro e deixou em ponto morto enquanto tentava ligar novamente para o número de Hugh.

Dessa vez, Dana atendeu.

Por uma fração de segundo, Dorothy hesitou. Normalmente, não fazia coisas que sabia que iriam irritar Eaton, e não era uma questão de obediência, mas de respeito. Ele tinha bons instintos e um coração geralmente justo. O problema era que ela não sabia o que esperar desse coração, atualmente.

Então, enchendo-se de coragem, disse: — Dana, é a Dorothy. — Ela geralmente referia a si mesma como "mãe", mas Dana preferia chamá-la de "Dorothy" e, talvez, ela tivesse razão. — Como você está?

Houve uma pausa, e então: — Estou bem. E você? — respondeu Dana, com cautela.

— Muito bem, obrigada — disse Dorothy, como se não houvesse nada de errado. — Me diga: como vai a bebê?

— Ela é adorável — respondeu Dana num tom mais leve. — Posso jurar que ela sorriu agorinha mesmo. Eu sei que é cedo demais e que provavelmente sejam gases, mas foi bem bonito.

— Como ela está se alimentando?

— Muito bem. Acho que encontramos o ritmo certo.

— E dormindo?

— Hã, ainda precisamos criar uma rotina. Ela está um pouco confusa entre o dia e a noite.

— Você deixa a luz apagada quando está com ela à noite?

— Uso uma lâmpada para bebê.

— Ótimo. Nessa hora, não deve haver brincadeiras. Deixe-a dormir durante a noite tanto quanto ela quiser, mas desperte-a a cada quatro horas durante o dia. — Ouvindo suas próprias palavras, ela acrescentou rapidamente: — Na verdade, são apenas sugestões. Eu tive a minha vez, é o que meu filho Robert sempre diz quando começo a dizer a ele como lidar com seus filhos.

Houve uma pausa, então Dana disse: — Estou aberta a sugestões. A única coisa que não posso mudar é a cor de Lizzie.

— Você a chama de Lizzie, então? É um nome bem doce para uma menininha. "Elizabeth" é um nome lindo e ela pode insistir que a chamemos por ele quando crescer, mas "Lizzie" é perfeito para uma bebê. Engraçado, Robert foi sempre Robert, nunca Bob para ninguém além de Hugh. Como vai o Hugh, a propósito? Ele está te ajudando com a bebê? Já te contei que Eaton nunca trocou uma fralda? Nem uminha sequer, mas também nenhum de seus amigos fez isso. Naquela época, ficava a cargo das mães fazer esse tipo de coisa, porque éramos mães em tempo integral... não que haja algo de errado em *não* ser mãe em tempo integral. — Ela fez uma pausa, preocupada pelo silêncio de Dana. — Você está aí, querida?

— Estou aqui — disse Dana.

— Eu gostaria de te fazer uma visita — anunciou Dorothy. — Comprei uma coisinha para você e para Lizzie e gostaria de vê-la. Ela provavelmente mudou bastante, mesmo em apenas quatro dias.

— Não a cor, Dorothy. Você precisa saber disso.

— Eu sei — confirmou Dorothy, baixinho. E então, como não parecia ser o suficiente a se dizer sobre o assunto, ela acrescentou: — Não estou tentando negar sua herança genética, pois não tenho pensado em nada além disso nos últimos dias. Mas acontece que essa bebê é minha neta.

— Existem pessoas que não têm certeza quanto a isso — disse Dana, e Dorothy sentiu-se constrangida. O que acontecera no hospital naquele primeiro dia iria persegui-la para sempre.

— Quando alguém sofre um choque... não "sofre"... *experimenta* um choque, é muito fácil partir para o ataque. Eu acredito de verdade que Lizzie seja minha neta.

— E quanto a Eaton?

— Estou falando por mim.

— Ele sabe que você está telefonando?

— Não — disse Dorothy antes que lhe passasse pela cabeça mentir, e então recuou: — Mas isso não vem ao caso, porque eu quero ver a minha neta. Amanhã não é um bom dia para mim, mas poderia ser na segunda-feira. — Eaton estaria em seu escritório e nem sequer desconfiaria se ela dissesse que ia a Boston fazer compras. — Seria bom para você?

— Eu estarei na loja de lãs na segunda. Minha avó quebrou o pé, então estou tentando ajudar por lá.

— Quebrou o *pé*? Minha nossa. Sinto muito por isso. Espero que não tenha sido grave.

— Não, mas significa que ela não pode se movimentar com tanta facilidade quanto gostaria.

— Mas e a bebê? — perguntou Dorothy. — Quem fica com ela enquanto você está na loja? Aí está uma coisa na que eu poderia ajudar. Eu poderia cuidar dela enquanto você substitui Eleanor.

— Preciso que Lizzie fique comigo, já que estou amamentando. Nós temos um berço lá.

— Ah. Bem, então, poderia ser na terça-feira? — Eaton iria jogar tênis de novo. — Entendo que Hugh já terá voltado a trabalhar, não?

— Sim.

— Então está *perfeito* — exclamou Dorothy. Ela não fazia questão de ver Hugh nesse momento, assim como não queria que Eaton soubesse o que estava fazendo. Isso era entre Dana, Lizzie e ela. — Eu poderia chegar cedo, assim que Hugh saísse para trabalhar, e poderia até mesmo levar o café da manhã.

— Prometi a Tara que me encontraria com ela para o café — disse Dana.

— Será sensato levar um bebê tão novo a um restaurante?

— É um lugar pequeno, a cinco minutos de carro daqui, e a pediatra disse que não tem problema.

— Bem, que bom — comentou Dorothy alegremente, embora sua animação diminuísse um pouco. Parecia que Dana não a queria por perto, o que não era totalmente injustificado. O problema era que Dorothy realmente queria ver a bebê.

— Pode ser no final da manhã de terça — disse Dana. — Nós devemos estar de volta em casa às dez. Eu só iria para a malharia depois do almoço.

Dorothy se animou: — Eu levo o almoço. Vai ser *tão* agradável. Eu sei que você gosta da comida do Rosie's. Posso passar por lá no caminho. Me diga o que você gosta.

— Qualquer tipo de salada com frango grelhado...

— Não, não. Seja mais específica, por favor.

— Uma salada Caesar com frango grelhado e pouco molho.

— Então é isso que você terá.

Catorze

Dana não contou a Hugh que sua mãe havia telefonado. Estava sendo mesquinha, ela sabia. E controladora. Mas sentia-se mais vulnerável do que nunca. O nascimento de Lizzie a estava obrigando a pensar em seu próprio pai e na questão racial. Olhou no espelho vezes sem conta, pensando em como sua vida teria sido diferente se sua pele fosse como a de Lizzie. Para começo de conversa, não estaria casada com Hugh.

Mas estava. E aquele fim de semana foi bem difícil. Ele era duas pessoas diferentes: cauteloso com ela, entusiástico com os amigos. Quando Julian pegou a máquina fotográfica e insistiu em tirar uma foto da família, Hugh foi todo sorrisos. Passou os braços em volta de Dana e a apertou com a bebê junto a si. Por mais hipócrita que ela o achasse, o comportamento dele ditou o de seus amigos — o que, ironicamente, mostrou que ela estava certa. Sim, houve perguntas, mas quando ele explicou que Dana nunca conhecera o pai, encerrou-se o assunto. Diga a verdade às pessoas e elas deixarão o assunto para lá, Dana dissera. Mostre-se animado e elas também se mostrarão.

Não, o problema era quando estavam sozinhos. O teste de DNA jazia entre eles, mantendo cada qual em seu lado da cama king-size.

Quando Hugh foi ao hospital no domingo de manhã para visitar Jay Kostas, levou uma sacola cheia de livros, um carrinho de controle remoto e uma camiseta gigantesca do time dos Patriots. O menino estava num quarto para quatro pacientes. Apenas duas das camas estavam ocupadas, a outra por uma criança cujos pais mantinham as cortinas fechadas.

Jay não era um menino grande. O colete de gesso dava a impressão de volume, até que se olhassem seus braços e pernas, que eram extremamente finos. Quando Hugh chegou, ele estava assistindo a desenhos animados num aparelho de tevê no alto e Crystal estava dormindo, sentada na cadeira. O menino o reconheceu da visita anterior. Seus olhos se iluminaram ao ver os presentes.

— Acorde, mamãe — sussurrou ele.

Crystal levantou a cabeça. Demorou um minuto para focar a visão, o que revelava algo sobre o descanso que não estava conseguindo em casa, em sua própria cama. Ainda assim, conseguiu dizer, sonolenta: — Oi.

— Como vão as coisas? — perguntou Hugh.

Ela se espreguiçou. — Até que bem.

— O que tem aí? — perguntou Jay, de olho nos presentes.

— São para a sua mãe.

A carinha do menino murchou.

Hugh riu. — Estou brincando. — Ele colocou a sacola de livros na mesinha da cama. — Estes aqui podem ser bons ou não. Tive que confiar nas recomendações de um vendedor. Já faz algum tempo que não tenho quatro anos. Mas o carrinho é outra história.

Jay já tinha pegado o brinquedo e, então, estendeu a mão para apanhar a camiseta. — Tem algum número escrito atrás?

— Com certeza.

— Que número?

— Quatro — disse Hugh e ajudou-o a desdobrar a camiseta.

Estava prestes a dizer a ele que quatro era o número de Vinatieri quando Jay disse, excitado: — Posso vestir, mamãe?

Hugh deduziu que aquilo daria um pouco de trabalho. Crystal já estava desabotoando o paletó do pijama. Inclinando Jay para frente, ela a retirou. O gesso parecia um colete com gola japonesa, começando logo abaixo do queixo e terminando nos quadris. — Não é tão ruim — observou Hugh. — Qual é a sensação de usá-lo?

— Coça — disse o menino.

— Eu devia ter trazido um coçador de costas.

O peso do gesso era outro problema. Hugh podia ver como era pesado pela forma como Crystal se esforçava em segurar o menino e tirar a camisa ao mesmo tempo. Ele deu uma ajuda.

Quando estava pronto, Jay disse: — Uau. Esta é minha *melhor camiseta*. — Ele apanhou o controle remoto e começou a pilotar o carrinho. Seu entusiasmo era um dom que não passara despercebido a Hugh. Também a presunção, quando terminava uma volta particularmente boa. Era J. Stan Hutchinson cuspido e escarrado.

Ele observou Crystal brincando com o filho, pensando que ela não só era atraente, como também uma boa mãe. Seu sorriso dizia a ele que estava grata pelo o que ele havia feito.

Era bom sentir-se reconhecido. Estava pensando que seria bem feito para Dana se ele se sentisse atraído por outra mulher. Só que ele não *queria* outra mulher.

— Estou me esforçando para lembrar das coisas — disse Crystal, aproximando-se dele.

— Há algo que você queira me contar?

— Ainda não. — Ela olhou para além dele. — Aí vem o médico.

O homem de branco estava observando Jay. — Nenhum problema com os polegares — comentou, antes de estender a mão para Hugh. — Steven Howe.

— Hugh Clarke. Conversei com um sócio seu no outro dia. Ele não tinha visto a autorização que Crystal assinou e não se sentiu à vontade para falar a respeito.

— Eu vi — disse o médico. — Tenho alguns minutos livres agora. — Ele indicou o caminho até um consultório pequeno, adjacente à sala dos enfermeiros. — O que você quer saber?

— A natureza exata da lesão e o que é preciso fazer para curá-la — disse Hugh.

— O acidente provocou uma fratura compressiva no corpo vertebral da L4 — começou o médico —, com entorpecimento pélvico bilateral. Os exames recentes de diagnóstico por imagem mostraram retropulsão do osso para dentro do canal vertebral, o que, por sua vez, resultou na retração e deformação do saco tecal naquele nível.

— Tradução?

— Uma fratura vertebral fez com que alguns fragmentos ósseos da espinha penetrassem no canal vertebral e empurrassem as raízes dos nervos ali. Nós abrimos a coluna vertebral e retiramos fragmentos suficientes para aliviar a pressão nas raízes nervosas. Se não tivéssemos feito isso nas primeiras horas, poderia haver dano neurológico permanente.

— Não há dano permanente, então?

— Não neurológico. O gesso de Risser irá manter a fratura numa posição segura até que se cure. Não prevejo nenhum problema neste aspecto.

— A mãe dele mencionou as placas de crescimento.

— Aí é que está o problema. Eu imagino, dado a fratura inicial de Jay e minha experiência com casos semelhantes, que houve algum dano às placas inferiores e superiores do lado direito do corpo. Se ficar comprovado que foi esse o caso, o lado esquerdo do menino irá crescer, enquanto o direito, não. Isso provocaria uma deformação escoliótica.

— Que significa...?

— Seu torso irá se desviar para a direita. Se isso ocorrer, seu corpo tentará compensar e, ao fazê-lo, criará outra série de problemas. Não queremos que isso aconteça, e foi por isso que recomendamos a intervenção cirúrgica precoce.

Hugh ouviu um "mas" e abaixou a cabeça.

— É uma área muito especializada — disse o médico.

— Ela mencionou St. Louis.

— O melhor médico está lá.

Era provável que Hugh também tivesse de tomar seu depoimento. Por ora, no entanto, perguntou: — Você estaria disposto a dar uma declaração juramentada sobre tudo isso?

— Claro. — O médico lhe entregou seu cartão de visita.
— O prognóstico é bom? — perguntou Hugh.
— Para Jay? Com o tratamento médico adequado, muito bom. Ele estaria em casa agora se não fosse pelo gesso da perna. Não queremos que ele ande com o gesso por mais algumas semanas, e o Risser dificulta muito o uso de muletas. Nós o estamos treinando para usar um andador. Quando ele conseguir lidar com isso, receberá alta. Nós o veremos em seis semanas e então poderemos avaliar melhor a situação das placas de crescimento. Se ele for para St. Louis logo depois disso, estará jogando futebol no ano que vem.
— E se não?
— Assistirá aos jogos de longe, para sempre.

Dana tinha voltado da loja de lãs no final da tarde de domingo e carregava Lizzie até o pátio, adormecida em sua cadeirinha do carro, quando David e Ali saíram de casa para fazer um churrasco no deque. David lançou um olhar para Dana antes de se ocupar com a churrasqueira. Ali acenou e gritou, depois olhou para o pai e ficou quieta.

Dana não ia tolerar aquilo. Independentemente de como David se sentisse com relação a Hugh, ela não queria que Ali sofresse por causa disso. Deixando Lizzie segura na cadeirinha, atravessou seu próprio quintal e foi até o deles. — Oi — disse. — Vocês voltaram mais cedo do que eu pensava. Como foi o acampamento?

Como se a entrada de Dana em seu jardim fosse a chave mágica, Ali correu até ela. Seu cabelo era um emaranhado e a camiseta estava manchada de azul, mas as faces estavam rosadas e os olhos escuros dançavam alegremente. — Foi *demais*! Eu e o papai andamos durante *horas*, daí... — ela começou a sacudir as mãos para ilustrar — encontramos um lugarzinho onde as árvores não eram tão juntas, e armamos a barraca e apanhamos gravetos e cozinhamos na fogueira.

— O que vocês cozinharam?
— Marshmallows.
— Marshmallows. Só isso?

— Ah, teve outras coisas, mas os marshmallows foram o melhor.
— Ela começou a sacudir as mãos novamente. — Primeiro você tem que pegar um graveto, daí você usa uma faquinha para limpá-lo e afiá-lo, e, daí, enfia os marshmallows no graveto. Você tem que segurar o graveto sobre o fogo — ela demonstrou — e ir virando o tempo todo, senão pega fogo e fica arborizado...
— Carbonizado — disse David.
— Carbonizado. — Ela se virou para Dana. — Nós vamos tricotar amanhã? Você prometeu que me ensinaria.
— E vou, amanhã.
— Ah, *ótimo*. Eu tenho natação... que horas mesmo, papai?
— Duas — disse David.
— Duas, então podíamos tricotar antes disso, talvez às oito, nove ou dez. — Ela estava pulando na ponta dos pés, olhando para a cadeirinha da bebê. — A bebê está naquela coisa lá?
— Está.
— Posso vê-la? — perguntou ela, pegando na mão de Dana.
— Ali... — advertiu David.
— Tudo bem — disse Dana. — Voltaremos logo. — Correndo um pouco, ela acompanhou a menina até a cadeirinha.

Ali emitiu um ruído abafado e, ajoelhando-se nas pedras, segurou as laterais da cadeirinha. — Ela está dormindo de novo — disse, erguendo os olhos para Dana. — Por que ela está sempre dormindo?

— É isso que os bebês fazem. Até que eles fiquem maiores, não são capazes de fazer muita coisa e, para que cresçam, precisam dormir.

— E comer — acrescentou Ali, agora sussurrando. — Aposto que a Bebê E-lizabeth iria *adorar* marshmallows tostados, dourados e grudentos... — Ela parou de repente, abriu um sorriso enorme e se levantou.

Hugh surgira na porta de tela. Ele saiu com os olhos fixos em Ali e a cabeça inclinada para um lado. Tinha aquela expressão provocativamente cética que Dana amava. — Esta não pode ser Alissa Johnson — disse ele. — A que *eu* me lembro é pelo menos trinta centímetros menor e nem de longe tão adulta quanto esta mocinha aqui. Então, quem é *esta*?

Ali continuava sorrindo. — É a Ali.

Hugh ergueu a mão para um "toca aqui". A garota respondeu. Quando ele a ergueu ainda mais, ela pulou para bater novamente.

— Aí, *garota* — disse Hugh.

— *Ali* — chamou David.

— Preciso ir — disse Ali. — Prometi ao papai que o ajudaria a fazer o jantar. — Ela correu pelo gramado.

Hugh observou-a correr. — Você acha que David contou a ela o que está acontecendo?

— Acho que ele disse a ela para não nos perturbar por causa da bebê recém-nascida. Não posso imaginar que tenha dito qualquer outra coisa.

— Você teria que perguntar a ele.

— Acho que é você quem deveria perguntar.

Ele lhe dirigiu um olhar irritado. — Não posso.

— Você vai ter que se desculpar com ele em algum momento.

— Sim, bem... não ainda — disse ele, e lá estava novamente: o teste de paternidade se colocando entre eles de formas que Dana não sabia como evitar. Um pouco de sua mágoa deve ter transparecido, porque ele acrescentou: — É só uma questão técnica, Dee. Eu sei que sou o pai de Lizzie.

Eles se encararam por um minuto, antes que Hugh se voltasse para Lizzie. Ele se ajoelhou, tocou a barriguinha dela, que estava perdida sob o tecido do macacãozinho listrado. A cabeça dela estava inclinada para o lado, os olhos fechados, e os cílios escuros espalhados sobre as faces douradas. — Acabo de vir do hospital. Fui visitar Jay Kostas. Ele é uma graça de garoto, e está diante de um monte de operações sérias. Isso realmente faz com que a gente fique agradecida pelo que tem. Lizzie é muito saudável.

Dana respirou lentamente. — Sim. Ela é saudável. Sou grata por isso.

— Devo levá-la para dentro?

— Não. O ar fresco faz bem. Acho que o som do oceano a acalma.

— A ela ou a você?

— A ambas — admitiu Dana. — Eu ouço minha mãe nas ondas. Talvez Lizzie também ouça.

Hugh ergueu os olhos. — O que a sua mãe diz?

Dana observou a água. — Ela diz que o que está acontecendo entre nós não é bom. Que nós temos tantas coisas boas e que somos loucos em deixar que algo assim se interponha entre nós. Que estamos sendo infantis.

— Você concorda?

— Sim.

Ele se levantou. — Então...?

Ela correspondeu ao seu olhar. — Não é simplesmente concordar ou não. Tudo é relativo. Nós tínhamos algo que era *perfeito*. — Sua voz falhou diante da dor da lembrança. — Talvez fosse só uma ilusão. Mas eu a quero de volta, e isso é impossível.

— Nada é impossível.

— Dito por alguém que sempre levou uma vida de sonho.

— Vamos, Dee — censurou ele. — Dê ouvidos à sua mãe.

Esquecer e perdoar? Dana pensou e ficou furiosa. Se Hugh não conseguia ver que a vida deles tinha mudado para sempre, se não pelo teste de DNA, então pelas implicações da cor de Lizzie, era ele quem estava sendo infantil. — Você sempre dá ouvidos aos seus pais?

— Não — admitiu ele, mas mudou de assunto. — Ali notou a cor de Lizzie?

— Ela não disse nada.

— Você acha que ela só estava com medo de dizer?

— Ali, com medo de dizer algo? — perguntou Dana secamente. — Não. Acho que ela simplesmente não vê nada fora do comum. Muitas crianças não veem. Tudo depende de como são criadas.

— Em outras palavras, quando chegar a hora, temos que garantir que, qualquer que seja a escola que Lizzie frequente, ela seja multicultural.

— O que pode descartar as escolas públicas locais — disse Dana. David era seu único vizinho afro-americano.

— Você acha que Ali se sente incomodada em vir para esta cidade? — perguntou Hugh. — Que ela se sente inadequada?

Dana considerou aquilo. — Não sei quanto a ela. Eu posso não parecer descendente de africanos, mas aparentemente sou, o que significa que sou diferente da maioria das pessoas daqui. Isso é inquietante.

— Ninguém vê nada de diferente.

— Então, eu sou aceitável porque não pareço negra?

— Essa é uma pergunta complicadíssima.

— É uma pergunta válida. Por que minha filha deveria ser tratada diferentemente de mim? E Ali?

Ele coçou a parte de trás da cabeça e deixou a mão na nuca.

— Num mundo ideal, elas não seriam.

— Eu estou uma geração mais próxima da África do que Lizzie. Por direito, deveria sentir o peso do preconceito mais do que ela.

— Por direito, deveria, mas não é assim que a coisa funciona.

— É bem chocante, vindo assim, de repente — disse Dana, tentando expressar um pouco do que sentia. — Pelo menos Ali e Lizzie estarão preparadas.

Desde o momento em que Dana apanhou Ali na segunda-feira de manhã, a criança não parou de falar um minuto. Houve um resumo detalhado do filme a que ela e David haviam assistido na noite anterior, uma descrição completa das panquecas de mirtilo feitas pela babá que David contratara para ficar com ela enquanto ele trabalhava e um relatório minucioso da conversa telefônica que tivera com a mãe há não mais de uma hora.

Ela sossegou um pouco quando chegaram à loja. Mal haviam colocado o pé ali dentro quando ela viu as bonecas tricotadas que estavam reunidas na vitrine, com um livro ensinando como fazê-las.

Eram bonecas adoráveis — a própria Dana tinha tricotado várias que estavam à mostra — e consideravelmente simples, comparadas às bonecas à venda em lojas de brinquedos tradicionais. Eram de cor creme, marrom ou bege, tricotadas em ponto de malha, com cabelo feito de fios de lã e rosto de feltro.

Ali ficou intrigada. Tocou um rosto, pegou uma mãozinha, cruzou um par de pernas molengas. Quando Dana disse que ela podia escolher uma para si, seu rosto se iluminou por completo; e então, persuadida por tanta *felicidade*, Dana disse que ela podia escolher *duas*. Mas não se tratava de mera indulgência por parte de Dana. Não conseguia pensar num trabalho de tricô inicial melhor para uma criança de sete anos do que um cachecol para a boneca.

Ali analisou as bonecas com o cuidado de alguém escolhendo um diamante. Dana teve tempo de amamentar Lizzie antes que a escolha fosse finalmente feita, e então Ali surgiu diante dela segurando seus prêmios com orgulho. Quando Dana lhe disse que devia dar nome a elas, Ali não hesitou: — Creme — disse ela, segurando a boneca de cor marfim, depois levantou a boneca marrom e disse: — Cacau.

Dana não tinha pensado naqueles nomes em particular, mas não podia discutir: — Então é Creme e Cacau — disse ela e levou a garota até o cesto com restos de novelos. Havia sobras de trabalhos de clientes, juntamente com restos de lotes tingidos fora de linha, para serem usados pelas iniciantes.

Ali não perdeu tempo e escolheu uma bola de lã em tom vermelho vivo. — Este aqui para a Creme, você não acha? — perguntou ela.

— E para a Cacau?

Ali demorou mais para escolher. Finalmente, encontrou um novelo de que gostava. Era verde-escuro, de lã penteada, com um toque de *mohair* para ficar macio.

Dana pegou as agulhas, sentou-se à mesa com Ali e lhe ensinou o ponto básico. Ela o fez uma vez, depois duas, exagerando ao demonstrar os passos. Quando fez pela terceira vez, acrescentou a rima:

— "Entrou pela porta da frente/e deu a volta por trás,/pulou pela janela/e então fugiu, o rapaz."

Ali sorriu. — Faça de novo — ordenou, então Dana fez, lembrando-se do dia em que Ellie Jo cantara aquela musiquinha para ela e a ensinara a tricotar.

— Deixe-me fazer — disse Ali, pegando as agulhas. Dana mostrou a ela como segurar o fio e guiou suas mãos pelos primeiros pontos, mas foi o que bastou. Ali aprendia rápido. Concentrada em seu trabalho, ela parecia perfeitamente à vontade com as outras mulheres, parando de tempos em tempos para fazer perguntas: *O que você está fazendo? Para quem é? E se ele não gostar? Por que você escolheu esta cor?*

Observando-a enquanto balançava o berço de Lizzie, Dana concluiu que a mãe de Ali, certamente, estava fazendo um bom trabalho.

Hugh estava de volta ao trabalho, e já não era sem tempo, dado o serviço que não parava de se acumular. Tinha que protocolar um pedido de exibição de prova num caso de fraude postal, encontrar-se com um patologista forense para discutir um caso de homicídio praticado por motorista de veículo automotor e também com um cliente novo que fora acusado de falso testemunho num processo federal. Também tinha de tomar algumas decisões referentes a uma ação por demissão ilegal, caso ao qual sempre acabava voltando. Seu cliente, que vendia seguros residenciais, alegava que havia conseguido mais contas do que qualquer outro agente; porém, como seus contatos encontravam-se demograficamente entre os grupos menos abastados, sua média de lucros era sistematicamente mais baixa, o que justificara sua demissão. O cliente de Hugh — assim como a maioria de seus clientes — era afro-americano.

Hugh queria incluir discriminação racial no processo e passou grande parte da segunda-feira tentando planejar a logística da coisa — só para acabar decidindo não fazê-lo, no fim do dia. Discriminação racial seria difícil de provar e poderia ser uma distração das outras reclamações do cliente, mais solidamente documentadas. Advogar também era aprender quais brigas mereciam ser compradas.

A *vida* consistia em se aprender quais brigas valia a pena comprar, percebeu Hugh. Ele podia discutir para sempre com Dana sobre seus motivos para fazer o teste de DNA, mas o assunto mais urgente era encontrar o pai dela. Com tão pouco em que se basear, isso acarretava um problema sério.

Na manhã de terça-feira, quando Crystal Kostas ligou, foi uma distração bem-vinda. Alegremente, convidou-a para um café da manhã no hospital em troca de suas anotações. Ela pediu um omelete de três ovos, com torradas, batatas fritas e café, e devorou tudo enquanto ele lia. Suas anotações eram surpreendentemente coerentes, com cabeçalhos no alto de cada página.

Havia uma lista de outros clientes que tinham estado no restaurante enquanto ela atendera o senador, com asteriscos ao lado de nomes de clientes habituais que a conheciam.

Havia uma descrição do funcionário do motel — vinte e tantos anos, magricela, de óculos — e do carro que o senador dirigia — uma caminhonete escura com bagageiro e estribos laterais de cor mais clara.

Ela havia anotado a data e a hora aproximada do encontro e tinha escrito várias páginas do que se lembrava da sua conversa com o senador. Anotara a ordem dos acontecimentos — ela tinha pedido o quarto, ele se juntara a ela quando já estava lá dentro e saíra antes dela. Descrevera sua estrutura física alta e sólida e a careca na parte de trás da cabeça.

Ele havia mascado um chiclete refrescante e oferecido um para ela. Ela não sabia de que marca eram.

A última página não tinha cabeçalho e continha apenas um nome.

— Dahlia? — perguntou Hugh.

Crystal pousou sua torrada no prato e limpou a boca com um guardanapo de papel. — Ele gritou esse nome.

— Gritou? Quando?

— Quando terminou.

— Terminou? Você quer dizer, quando chegou ao clímax?

Ela assentiu. — É o nome da mulher dele?

— Não, senhora — disse Hugh, mas sua mente estava a toda velocidade. — Talvez uma amante.

Crystal pareceu desapontada. — Ele vai negar. Vai negar que tenha amantes.

— Talvez — alegou Hugh com um ânimo crescente —, mas e se houver outras mulheres... mulheres daquela lista que o chefe de gabinete de Hutchinson diz que existe? E se elas puderem testemunhar sob juramento que ele gritou o mesmo nome quando elas estavam com ele?

Quinze

Na terça-feira de manhã, Dana se encontrou com Tara para o café. Outras três amigas as acompanharam para comemorar o nascimento de Lizzie com torradas francesas feitas com brioche de canela, quiche de brócolis e café descafeinado com aroma de avelãs. Voltando depois para casa, ela mal havia entrado na garagem quando Ali apareceu ao lado do carro.

— Olha, Dana! — exclamou com alegria assim que a porta se abriu. Segurava o minúsculo cachecol vermelho como se fosse uma fita de vidro. — Eu terminei! Agora quero fazer o da Cacau, mas não sei malhar a malha.

— *Montar* a malha — corrigiu Dana, e olhou para o trabalho de Ali. — Ali, está fantástico! Parabéns!

— Eu adorei. O papai disse que eu encontrei meu bicho.

— Nicho?

— Nicho. Você me ajuda a começar o próximo? E, depois, quero fazer cobertores para elas, para o inverno. — Fazendo uma viseira com as mãos, ela colou o rosto à janela traseira. — Por que a Bebê E-lizabeth está chorando?

— Ela está com fome — disse Dana. — Olha só. Está vendo aquelas caixas na porta de entrada da casa? Me ajude a trazê-las enquanto eu amamento Lizzie e eu te ensino como montar a malha. Você tem que saber fazer isso sozinha, para quando voltar a Nova York. — Ela abriu a porta do carro para pegar a filha.

— Eu não vou voltar para Nova York.
— Não vai? — Isso era novidade. — E aonde você vai?
— Nenhum lugar. Vou ficar aqui.
Dana emergiu do carro com Lizzie, que choramingava. — Desde quando? — David não tinha mencionado nada. Se Ali iria morar com ele, ele deveria estar tentando encontrar-lhe uma escola. Seu colégio em Manhattan só começaria no meio de setembro. As escolas aqui começariam em menos de uma semana.
— Desde hoje — respondeu Ali. — Decidi que quero ficar com o papai.
— Ele sabe disso?
— Vou dizer a ele hoje à noite. Ele não vai se importar. Ele adora quando eu estou aqui. — Ela correu até a porta da frente, onde havia três caixas empilhadas. Ela apanhou a primeira quando Dana se aproximou com a bebê. — Estas caixas são todas para a Bebê E-lizabeth?
Dana olhou rapidamente para as etiquetas, mas a agitação de Lizzie não permitiu mais do que isso. — Parece que sim. Coloque-as aqui, meu doce. Hugh as abrirá quando chegar em casa.
Lizzie precisava ser alimentada e trocada. Quando isso foi feito, Dana ensinou Ali a montar a malha. Então, com Ali em seu rastro, levou Lizzie até o quarto vazio. Abrindo a porta do guarda-roupa, tirou de lá uma caixa de papelão. Pousou gentilmente a bebê no tapete oriental e abriu a caixa.
— Oooooooh — soltou Ali. — Mais *lãs*.
— Estas lãs são especiais — explicou Dana. — É o estoque da minha mãe; a maioria são restos de coisas que ela tricotou quando eu era pequena. — Olhe — disse ela, apanhando uma bola de lã grossa verde-abacate que Elizabeth usara para fazer um cachecol, e um pouco da lã amarela do chapéu do coelho de Dana. Havia outros novelos que ela não reconheceu.
Curiosa, pegou as receitas que estavam enfiadas na lateral da caixa. A maioria eram livros, abertos na página que sua mãe havia tra-

balhado. Dana os examinou rapidamente, encontrando outras coisas que Elizabeth havia tricotado.

Então, chegou aos modelos de uma página só. Eram as receitas tradicionais que a malharia oferecia, para fazer suéteres clássicos de gola careca, com decote em V e com botões. O motivo básico era pré-impresso e, então, baseando-se nas medidas do cliente e no peso da linha escolhida, a vendedora preenchia o número de pontos que deveriam ser montados na malha, o número de pontos que deveriam ser aumentados e o comprimento de cada parte do suéter. No decurso do trabalho, a cliente voltava sempre que fosse necessário fazer ajustes.

Olhando com mais atenção, Dana percebeu que o logotipo naquelas receitas não era da malharia. Tinham vindo de uma loja em Madison, o que significava que eram dos anos em que Elizabeth estivera na faculdade.

Intrigada, enquanto Lizzie dormia no chão e Ali separava com esmero as linhas por cor, Dana examinou o resto das receitas. Havia algumas para fazer suéteres em jacquard, suéteres de pescador e um cachecol trabalhado. Também havia uma para um xale típico das Ilhas Faroe, com um desenho desbotado na frente. Dana tinha visto livros novos na loja que continham receitas como aquela, num ressurgimento dos xales que haviam se originado há várias gerações nessas ilhas da Dinamarca. Que sua mãe houvesse feito esse estilo de xale há mais de trinta e cinco anos deixou Dana impressionada — e de repente, sem ter de procurar mais, ela soube que aquele seria seu projeto exclusivo para o outono. Tricotado a partir da bainha, com um viés central na parte de trás e os ombros definidos para facilitar o caimento, o xale podia ser feito com pontas compridas que envolvessem a cintura da pessoa e fossem amarradas atrás. A mescla de alpaca e seda em azul-turquesa de Dana, apesar de ser um pouco mais pesada do que alguns dos xales rendados de *mohair* das Faroe, daria um toque moderno, perfeito para uma mulher da sua idade.

Animada, estava a ponto de abrir a receita quando seu celular tocou. Tirando-o do bolso, ela o abriu. — Alô?

— Dana? Marge Cunningham. Como você está?

— Ótima, Marge. Obrigada por retornar minha ligação. Me desculpe por ter cancelado na semana passada. Eu esperava que pudéssemos marcar outra reunião.

— Na verdade — disse Marge —, pensamos melhor no assunto. Já que você está com um bebê recém-nascido e nós temos uma casa muito grande para decorar o mais rápido possível, contratamos Heinrich e Dunn.

Dana sentiu uma pontada de decepção. — Sinto muito. Eu não tinha percebido que havia urgência ou teria me encontrado com você antes. — Ela poderia ter dito que Heinrich e Dunn dariam aos Cunningham exatamente o que haviam dado a seus dois vizinhos, que era precisamente o que Marge dissera que não queria.

— Ah, você sabe — apressou-se a dizer a mulher —, foi uma dessas coisas que, uma vez tomada a decisão, ficamos empolgados e quisemos mergulhar logo de uma vez. — Ela terminou com uma risadinha. — Mas obrigada, de qualquer forma, Dana. E boa sorte com a sua bebezinha. Ouvi dizer que ela é o máximo.

Dana desligou, surpreendentemente, sem qualquer sensação de perda. Com Ellie Jo fora de campo, havia mais do que o suficiente para fazer na loja.

Satisfeita, abriu a receita que tinha nas mãos. Assim como o título na frente, estava escrita a mão. Havia um bilhete dentro:

Aí vão as instruções. Minha mãe as traduziu para o inglês do faroense da minha avó e pode ser que algo tenha se perdido no processo. No entanto, você sabe tudo sobre tricô. Se houver algum erro, irá perceber.

Sentimos sua falta por aqui. Eu entendo por que você foi embora, mas o dormitório não é o mesmo sem você. Por favor, considere voltar aqui com o bebê no ano que vem. Ele já terá ido embora, então você estará livre.

Dana releu a frase. Com o coração batendo forte, ela virou o bilhete para ver o envelope que estava preso a ele por um clipe enferrujado. O nome do remetente estava ali, assim como seu endereço.

Família

* * *

Dana tinha descoberto dois segredos. O primeiro era o nome e o endereço de uma mulher que havia conhecido sua mãe durante aqueles dias cruciais de sua gravidez em Madison, e embora o endereço fosse bem antigo, era um começo.

O segundo era mais intrigante. *Ele já terá ido embora, então você estará livre* — implicava que o pai de Dana podia não ter sido um caso de uma noite só, como Elizabeth levara as pessoas a crer. Dana não sabia ao certo se gostava da parte que dizia *você estará livre*; indicava alguma coisa controladora, até mesmo *maligna* por parte do homem. E como Dana já havia procurado na internet por algum Jack Jones na faculdade de Elizabeth durante os anos em que ela esteve lá, ele podia nem mesmo ter sido aluno. Ainda assim, a amiga da sua mãe poderia saber mais a respeito.

Ali foi embora, mas Dana não fez nada de imediato com relação a suas descobertas. Hugh queria encontrar seu pai imediatamente, mas para ela os velhos sentimentos de ambivalência eram fortes demais. Além disso, Dorothy chegaria a qualquer instante.

Estava guardando o envelope no bolso do jeans quando a campainha tocou e a hora seguinte foi realmente agradável. Dana não deveria ficar surpresa. Em particular, sempre havia gostado da sogra. A surpresa — dado o que havia acontecido no hospital na semana anterior — era o prazer genuíno que Dorothy teve com a bebê. Ela não manteve nenhuma reserva, não lidou com Lizzie como se fosse a filha de um estranho nem conteve o afeto que Dana já a vira demonstrar com os filhos de Robert. Seu presente — jaquetas com capuz pintadas a mão, iguais para Dana e Lizzie — também foi de uma sensibilidade excepcional.

Dorothy insistiu em carregar Lizzie durante todo o tempo, exceto quando a bebê estava mamando. Só quando já estava prestes a ir embora e devolveu Lizzie para Dana, ainda mantendo a mão na cabeça da criança, como se relutasse em romper o contato, foi que mencionou aquele dia da semana anterior.

— Quero que você saiba — disse ela — o quanto eu sinto sobre o que aconteceu no hospital. Você se instala em determinado círculo social e começa a agir de determinada maneira, e não pensa duas vezes a respeito, porque todo mundo à sua volta se comporta exatamente da mesma forma. Mas eu não sou assim, certamente não fui criada assim. Não nasci esnobe. Mas, ao pertencer à família Clarke por tanto tempo, existem certas expectativas... — Sua voz foi diminuindo.

O que Dana podia dizer? Que estava tudo bem? Que ser da família Clarke justificava o mau comportamento?

Pelo fato de estar se sentindo tão doída com relação àquilo, só o que pôde fazer foi perguntar: — Você duvida que Hugh seja o pai dela?

— É claro que não — ridicularizou Dorothy, ainda tocando a bebê.

— Ainda que não pudesse ver com meus próprios olhos, o que eu posso, eu sempre soube, lá no fundo, que você jamais ficaria com alguém além de Hugh. Você é uma boa mulher, Dana. Uma boa mãe. Sabe, eu estava errada antes de Lizzie nascer ao insistir que você precisaria de uma enfermeira. Era assim que nós fazíamos, mas eu tive tempo para pensar sobre isso, e você não precisa de ajuda. Você perdeu sua mãe, então quer estar presente o máximo possível para sua própria filha. Eu entendo. As mães querem certas coisas. Elas sonham que sua família será unida e carinhosa, e isso nem sempre é possível. Mas a festa de lançamento do livro de Eaton está se aproximando e eu, desesperadamente, quero que todos da família estejam presentes, principalmente você e Hugh. Se você não tiver uma babá, então quero que traga Lizzie com você... e não dou a mínima para *o que* Eaton possa dizer.

Dana notou que era a primeira vez desde que Dorothy chegara que tinha dito o nome do marido.

— Ele sabe que você está aqui?

— Ah, sim — disse Dorothy, então se deteve, encontrou o olhar de Dana e levantou o queixo. — Não. Na verdade, não sabe. Ele é um homem teimoso, e não só com você, Hugh e esta menininha. Ele provocou uma briga com o irmão, então eles não estão se falando, e agora

Bradley está descontando em Robert, então Robert está bravo com Eaton e comigo, porque ele acha que eu deveria ser capaz de convencer meu marido a ser sensato. Mas não é ridículo? Aqui estou eu, escapulindo de casa para comprar um presente para minha nova neta. Paguei com meu próprio cartão de crédito. Você sabia que eu tinha um?

Dana teve de sorrir. — Não, não sabia.

— Bem, eu tenho. Não sou uma completa tola.

Vendo-a se afastar com o carro alguns minutos depois, Dana se lembrou do sonho que tivera pouco antes de sua bolsa estourar. Nele, Dorothy tinha sido a crítica que encontrara falhas em Dana. Agora, Dana se perguntava se não havia interpretado mal o sonho. Poderia argumentar que Dorothy estivera lá para ajudá-la.

Dana havia tirado o fone do gancho e estava cochilando na sala de tevê quando Hugh chegou em casa.

— Oi — disse ele gentilmente.

Ela se ergueu de um pulo, supondo que Lizzie estivesse chorando. Quando percebeu que era Hugh, agachado ao seu lado, respondeu com um sorriso. Teria tocado em seu rosto se não houvesse notado sua expressão presunçosa.

— O laboratório me enviou por fax os resultados dos testes. Não existe dúvida a respeito, Lizzie é minha. — Ele deu um tapinha no bolso da camisa. — Isto é prova, Dee. Vai calar a boca da minha família.

Dana se endireitou na cadeira.

— Comprei o macacão mais lindo do mundo — prosseguiu ele. — E estas são para você.

Ela viu um buquê de rosas, na mesma mistura de cores que ele havia espalhado no quarto do bebê quando ela soube que estava grávida. A lembrança era um misto de tristeza e alegria.

Ela respirou fundo para se despertar totalmente. Então, disse:

— Obrigada.

— Nossa, quanto entusiasmo!

Dana foi até o moisés. A bebê ainda estava dormindo. Ela ergueu os olhos para ver o mar e se perguntou o que sua mãe diria sobre rejeitar flores. Mal-agradecida? Grosseira?

— Isso é por falta de sono? — perguntou Hugh.

Ela olhou para trás. — Isso o quê?

— Esse azedume. — Ele ainda estava acocorado e segurava o buquê embrulhado em celofane.

— Não é por falta de sono. É desilusão. Devo ficar feliz que seu teste tenha provado algo que nunca esteve em dúvida?

Os olhos dele a examinavam. — Pensei que você fosse ficar contente em poder encerrar o assunto.

— Hugh — disse ela com um suspiro de exasperação —, o teste não é o problema. É o fato de você *fazê-lo*.

— Mas eu tinha de fazer. Tente ver pelo meu lado. — Ele se levantou.

— Não, tente você ver pelo meu lado — rebateu ela. Ela não sabia se fora a visita de Dorothy que lhe dera forças, mas se recusou a ceder. — O que nós tínhamos antes disso tudo era especial. Antes de te conhecer, eu nunca namorei caras super-ricos, porque desconfiava que eles fossem simplesmente me usar e jogar fora.

Ele fez um ruído de desdém. — Nenhum cara faria isso.

— Eu cresci nesta cidade — argumentou ela. — Vi isso acontecer mais de uma vez. Havia os super-ricos e havia o resto de nós. Nós éramos os brinquedos dos super-ricos. Veja o Richie Baker. Nós o chamávamos de O Destruidor, porque seu objetivo era deflorar meninas virgens. Assim que dormia com uma, ele a largava; e com quem ele está casado agora? Com uma das super-ricas. Aprendi a evitar caras como você. E, então, de repente, toda aquela cautela não fazia mais sentido, porque tudo em você... *tudo*... sugeria decência e confiança. Alguma vez te perguntei sobre as mulheres que você namorou antes de mim? Não, porque eram irrelevantes, porque eu sabia que os seus sentimentos por mim eram diferentes.

— E eram. E são.

A seu favor, ele realmente parecia preocupado. Ela queria pensar que, finalmente, ele a estava ouvindo.

— Eu sei que sim. Você amava o que eu tinha de diferente. Só que agora você está começando a questionar se foi apenas uma ilusão, assim como eu ser branca era, aparentemente, uma ilusão.

— Você está confundindo as coisas.

— O.k. Voltemos ao teste de paternidade. Você precisava de uma resposta, e essa era a forma mais rápida de obtê-la. Bem, agora você tem os resultados. Você vai telefonar para o seu pai? Seu tio? Seu irmão? Vai ligar para seus colegas de basquete? Vai dizer a David que ele está fora de suspeita? — Ela inspirou rapidamente. — Você não percebe, Hugh? Usar essa informação agora é tão ofensivo para mim quanto fazer o teste, em primeiro lugar.

— Ei. Tenha um pouco de fé em mim. Não vou sair telefonando para as pessoas com os resultados dos testes.

— Quer dizer que só vai dizer a elas se perguntarem? Tipo, na próxima vez que alguém fizer uma piada sobre a cor de Lizzie, você vai dizer que fez um teste de paternidade e que sabe que Lizzie é sua filha? — Ela prosseguiu, rápida: — Bem, se já comprovamos que você é o pai de Lizzie, isso significa que eu sou afro-americana. Vou precisar de algum tempo para me acostumar a isso.

Hugh não disse nada.

Ela continuou: — Fico pensando se essa questão sobre David e o teste de paternidade não foi apenas uma cortina de fumaça, para que você não precisasse encarar a verdade. Bem, sua família pode ficar feliz em saber que nossa bebê é legítima, mas agora vão ter de lidar com a minha hereditariedade. Você também. Talvez toda essa hesitação da sua parte tenha a ver com isso.

— Hesitação?

— Suas dúvidas. Sobre eu ter estado com David. Sobre eu ser irresponsável por não ter rastreado meu pai antes. Você confia menos em mim porque não sou de raça branca pura? Quer continuar casado comigo?

— Não seja ridícula, Dana.

— Que espécie de resposta é essa? — perguntou ela. — Estou falando sobre nosso casamento, Hugh. Será que podemos encontrar uma forma de voltar ao que éramos antes?

— Sim — retrucou ele —, mas não até descobrirmos a verdade. Vamos encontrar seu pai e...

Dana interrompeu: — Cadê o seu investigador nerd, o Lakey?

— Está trabalhando nisso.

Ela interpretou sua falta de resultados como uma validação própria. — Não é nada fácil, é?

— Não, mas vamos chegar lá. Vamos encontrar o homem e descobrir se há algo mais que deveríamos saber.

— Como o quê?

— Problemas médicos. É disso que se trata. Uma vez que tenhamos todas as informações, poderemos encerrar esse assunto e seguir em frente.

Dana não ficou satisfeita. — Não se trata de obter *informações*. Trata-se de *nós*! — Já sem esperanças, ela disse: — Se é que vale de alguma coisa, eu tenho uma pista. Encontrei alguém que pode ter conhecido meu pai.

Ele levantou uma sobrancelha. — Alguém daqui?

— Não. Uma amiga da minha mãe, de Wisconsin. Encontrei uma carta que ela mandou depois que eu nasci. Sugeria que a minha mãe esteve com o homem por mais de uma semana.

— Verdade? Interessante. Mas se ele era um aluno, seu nome não era "Jack Jones". Lakey verificou isso.

— Então seu nome não era "Jack Jones" — concluiu Dana.

— Você tem como entrar em contato com essa mulher? — perguntou Hugh.

— Não sei.

— Devo mandar Lakey tentar?

— Não. Deixe comigo. — Ela viu a dúvida em seus olhos. — Sou capaz, Hugh. Poderia ter encontrado meu pai há anos, poderia ter contratado meu próprio detetive, mas não tinha tanta vontade assim

de encontrá-lo. Mas você tem. Então, vou encontrá-lo. Porque respeito sua necessidade de saber.
— Ele a encarou. — Então, eu sou o vilão?
— Puta merda, é, sim! — gritou. — Fico pensando nas primeiras horas depois que Lizzie nasceu e percebo que a experiência teria sido completamente diferente se você não quisesse justificar a cor dela para que ninguém pensasse que era um problema *seu*. Bem, é problema seu, Hugh. Só que não precisa ser um problema. Por que não podemos ficar orgulhosos de nossa filha? Por que não podemos enviar os comunicados do nascimento? Você ama Lizzie ou não? Você me ama ou não? É disso que se trata, Hugh. — Ela tocou em seu próprio coração. — Do que está *aqui*.

Dezesseis

Na quinta-feira, após dois dias de hesitação, Dana abordou Gillian Kline na loja. Ela fora uma amiga próxima de Dana durante toda a sua vida e Dana confiava em seu julgamento. — Encontrei uma carta de uma tal Eileen O'Donnell para a minha mãe — disse ela e esperou por algum sinal de reconhecimento.

Mas Gillian franziu a testa. — O nome não é familiar. Quem é ela?

— Era uma colega de quarto da minha mãe. Seu nome de casada é McCain. Eileen O'Donnell McCain.

— Não reconheço esse nome.

Dana mostrou-lhe a carta e esperou enquanto ela lia. Então, disse:

— Talvez eu devesse ignorá-la. Como ela poderia ter sido importante na vida da minha mãe se você não conhece seu nome?

— Porque — disse Gillian racionalmente — sua mãe esteve em Madison durante três anos, e eu não estava lá com ela. Não podia conhecer todos os seus amigos. Talvez tenha havido amigos que ela optou em não mencionar.

— Mas por que ela faria isso?

— Talvez porque eles *o* conhecessem. Liz nos fez acreditar que o cara foi um caso passageiro, mas, segundo esta carta, não foi bem assim.

Dana insistiu: — Mas quem é Eileen O'Donnell e por que eu deveria acreditar nela?

Gillian passou o braço por seus ombros. — Porque você não tem mais ninguém. Além disso, ela não escreveu esta carta para *você*. Ela a escreveu para a sua mãe, supondo que ninguém mais a veria, o que lhe confere certa validade.

— Então você acha que eu deveria ligar para ela?

Gillian sorriu com tristeza. — Acho que sim. Você já chegou até aqui. Sempre ficará na dúvida. Isto é, se conseguir encontrar o número do telefone dela.

Dana deixou escapar um suspiro resignado. — Já encontrei.

— Pelo detetive de Hugh?

— Não. Pela lista de ex-alunos. Está na internet.

Gillian sorriu com sabedoria. — Então, meu doce, isso não é um sinal?

Dana deu o telefonema, mas não por si mesma. Ainda estava dividida quanto a querer saber quem era seu pai, agora mais ainda, com a indicação de que sua mãe o quisera evitar. Tampouco deu o telefonema por Hugh. Ela o fez por Lizzie. A criança havia nascido com traços genéticos que iriam impactar sua vida. Com o tempo, ela iria fazer perguntas. E merecia respostas.

Eileen O'Donnell McCain morava em Middleton, um bairro residencial de Madison. Dana digitou seu número de telefone, ali em pé na sala de tevê. O moisés estava perto dela, com a bebê sacudindo os bracinhos e as perninhas.

Uma garota adolescente atendeu.

— Eu gostaria de falar com Eileen McCain, por favor — disse Dana.

Houve um resmungo disfarçado — a garota claramente esperava que fosse outra pessoa —, mas a resposta, no entanto, foi civilizada:

— Quem quer falar?

Dana respirou fundo. Hora de comprometer-se. — É Dana Joseph. — Não havia necessidade de dar seu nome de casada. Esse nome seria o que a amiga de sua mãe iria reconhecer, e ela também o usava profissionalmente. — Minha mãe foi colega de faculdade da sra. McCain.

— Espere um pouco. — O fone caiu com um ruído.

Após um minuto, ouviu-se um cauteloso: — Alô? — Essa voz era mais madura.

— Sra. McCain?

— Sim?

— Sou Dana Joseph. Acredito que você tenha conhecido a minha mãe na faculdade... Elizabeth Joseph?

A voz da mulher ficou imediatamente mais calorosa: — Liz. É claro. E você é a filha. Estou tão feliz por você ter ligado. Só fiquei sabendo sobre a morte da sua mãe muito depois do ocorrido. Sinto muito. Ela era uma pessoa maravilhosa.

Dana teria adorado perguntar: *Em que sentido?* Lembrava-se de tão pouco que, apesar de tudo que Ellie Jo e Gillian haviam lhe contado, ela ansiava por mais. Mas essa não era sua prioridade agora.

— Obrigada — disse simplesmente. — Na verdade, eu estava examinando uns tricôs antigos dela e encontrei a receita que você mandou, do xale faroense da sua avó. Eu sou uma tricoteira ávida, como a minha mãe, então abri a receita e lá estava a carta que você tinha enviado junto. Você indicava conhecer o homem que a havia engravidado. Acontece que eu acabei de ter um bebê e existe um aspecto médico... que eu quero verificar; então, gostaria de entrar em contato com ele, só que não faço ideia de por onde começar.

— O que sua mãe disse sobre ele?

— Não muito — respondeu Dana, sentindo um toque de deslealdade diante da crítica implícita em seu tom; mas sua mãe tinha agido de forma equivocada. Certas responsabilidades advinham do fato de ter um filho, e era precisamente por isso que Dana estava tendo aquela conversa telefônica. Por mais confusos que fossem seus próprios sentimentos, como mãe de Lizzie, ela devia isso à filha. — Todos nós tínhamos a impressão de que ele era apenas alguém de passagem pela cidade. Ela me disse que o nome dele era Jack Jones.

Houve silêncio no outro lado da linha, então um suspiro. — Bem, era parte do nome dele, e era como o chamávamos. Seu nome completo era Jack Jones Kettyle.

Jack Jones Kettyle. Kettyle. — Você o conhecia?

— Era difícil não conhecê-lo. Ele estava um ano na nossa frente e era um festeiro de primeira categoria... pelo menos até conhecer sua mãe. Ele se apaixonou loucamente por ela. Foi ela quem terminou o relacionamento.

Dana ficou perplexa. — Foi ela? Mas *por quê*?

— Mil coisas. Ele a adorava, provavelmente demais, e ela se sentiu sufocada. Ela não o amava da mesma forma. Também havia a religião dele. Ele era devoto.

— Devoto a quê?

— Católico — respondeu Eileen. — Ele vinha de uma família grande e queria uma família maior ainda, e não deixou dúvidas quanto a querer voltar para Nova York, ter filhos coroinhas e manter a esposa em casa, tricotando suéteres.

— Ela o rejeitou porque ele era *católico*? — perguntou Dana, descrente. Católico, não negro. A ironia era demais para sua cabeça.

— Não era a religião em si. A família dele era muito autoritária. Ela se encontrou com eles uma vez. Foi um desastre. Aquela visita provavelmente acabou com as chances de Jack. Mas ele realmente amava Liz.

— Liz ou a imagem de Liz fazendo tricô? — perguntou Dana.

— Liz. Mas, sim, o tricô somava pontos à imagem. Liz era alguém reconfortante para ele. Ela era reconfortante para a maioria de nós.

Dana pensou em Gillian, em Nancy Russell e Trudy Payette. As três haviam conhecido Liz ao crescer e disseram a mesma coisa. — Eu tinha apenas cinco anos quando ela morreu. A única coisa que sabia era que ela era o centro do meu universo.

— Foi o de Jack também, por um tempo. Ele levou um baque.

Esforçando-se para entender aquilo, Dana ficou em silêncio. — Me desculpe — disse quando se recompôs. — Eu não estava esperando por isso. — Fez uma pausa e, então, perguntou: — Como um playboy pode ser católico devoto?

— Já ouviu falar em JFK?

— Tenho uma foto do meu pai. Ele não era tão bonitão quanto JFK.

— Talvez não em foto, mas ao vivo havia algo especial nele. Ele tinha carisma. E lutou muito pela sua mãe. Durante um bom tempo, recusou-se a aceitar que ela não queria se casar com ele.

Ele já terá ido embora, então você estará livre. Isso explicava a carta. Mas havia tantas coisas mais que Dana queria saber. Não sabia se Eileen McCain tinha as respostas, mas Gillian estava certa. Dana não tinha mais ninguém a quem perguntar.

— Ela soube que estava grávida antes ou depois de terminar com ele?

— Depois.

— E isso não a fez mudar de ideia?

— Não. Ela não amava Jack. Não podia se imaginar criando um filho naquele tipo de família que ele queria.

— Ela chegou a considerar um aborto?

— Meu Deus, não! Ela queria o bebê. Queria você.

— Mas por isso ela teve de abandonar a escola.

— Não teve. Ela escolheu fazê-lo. Ficou feliz em ir para casa. Ela amava os pais e sabia que eles iriam amar seu bebê.

— Jack Kettyle sabia que ela estava grávida?

— Não que eu saiba. Ela foi embora da escola antes de a barriga aparecer.

— Que desculpa ela deu para ir embora?

— Disse que sentia saudade de casa e que poderia terminar seu curso em Boston. Ela chegou a fazer isso?

— Não. A loja de lãs da minha avó tinha acabado de abrir, então minha mãe quis trabalhar lá. Mas, por favor, voltemos a Jack. Se ele estava tão apaixonado, por que não tentou entrar em contato com ela, em casa?

Eileen não respondeu imediatamente. Por fim, como que se desculpando, disse: — Ah, ele ficou magoado. Ele se voltou para sua segunda opção, provavelmente ainda tentando se recuperar, a engravidou e não olhou mais para trás.

— Ele se casou com ela?

— Acredito que sim.

— Eles ainda estão casados?

— Pelo que eu soube...

— Houve outros homens? Quero dizer, para a minha mãe?

— Dezenas. Houve alguns caras ótimos que teriam adorado namorar com ela. Mas Jack era, bem, irresistível.

Dana reformulou a pergunta: — Quero dizer, ela havia dormido com outros caras? Seria humilhante, para nós dois, Jack e eu, se eu o abordasse e fizesse uma acusação falsa. É certo que ele é meu pai?

— Oh. — Uma risada encabulada. — Me desculpe. Entendi mal. Não, ela nunca dormiu com mais ninguém aqui. Jack Kettyle foi o único.

— Ele parece ser uma verdadeira joia — disse Dana. — Era um playboy, porém devoto e, aparentemente, ignorante. Ele não sabia nada sobre controle de natalidade, nem mesmo o método da *tabelinha*? E depois de fazer sexo sem proteção, nem sequer considerou a possibilidade de ela estar grávida? Ele ao menos telefonou para a casa dela, depois que ela abandonou a escola?

— Não tenho a resposta para essas perguntas.

Dana se inclinou sobre o moisés e cobriu a face de Lizzie com a mão. Mais baixo, ela disse: — Eu só estava desabafando.

— Você mencionou uma condição médica? A bebê não está bem?

— Ela está ótima. Só que ela tem certos traços afro-americanos e estamos tentando rastreá-los. A família do meu marido está bem documentada, então a possibilidade óbvia gira em torno do meu pai biológico. Você acha que Jack Jones Kettyle era mestiço?

— Não, mas só posso me basear na aparência dele. Nunca vi o resto de sua família. Liz viu, mas ela nunca disse nada sobre raça.

— Quer dizer, veja só se isso não é um tipo de justiça poética — questionou Dana. — Estou preocupada com a possibilidade de que minha filha seja rejeitada por ser afro-americana, e minha própria mãe rejeitou alguém por causa de sua *religião*.

— Foi o estilo de vida que ela rejeitou, não a religião. Ela simplesmente não o amava o bastante.

— Triste — disse Dana. Parecia só haver uma coisa a perguntar: — Você sabe onde ele está agora?

— Não, mas deve estar na lista de ex-alunos.

Dana deu uma risada autodepreciativa. — É claro. Foi assim que consegui seu telefone. Está inclusive na internet.

— Não precisa procurar na internet. Eu tenho a edição impressa do ano passado aqui mesmo. Espere um segundo, por favor.

Dana saiu de perto da bebê, mas só para pegar caneta e papel. Minutos depois, tinha em suas mãos um nome, um endereço e um telefone. A questão era o que fazer com eles.

Dezessete

Na sexta-feira de manhã, graças à persistência de seu detetive, Hugh pôde investir contra o senador. Primeiro, telefonou para Crystal. Ela atendeu o celular à cabeceira de Jay. Por mais satisfeita que parecesse com a notícia, mostrava-se cautelosa.

— Como você vai entrar em contato com ele? — perguntou.

— Vou enviar uma carta de um dia para o outro, marcada "Pessoal e Confidencial", o que quer dizer que seu chefe de gabinete irá abrir. Vou dizer que represento Crystal Kostas em relação à paternidade de seu filho e que, antes de iniciar os procedimentos legais, gostaria que o advogado do senador entrasse em contato comigo.

— Você acha que alguém realmente vai ligar para você?

— Acho. Eles vão reconhecer meu nome e vão saber que não estão lidando com um advogado mequetrefe qualquer.

— Uma testemunha é tudo que eu preciso?

— É um começo sólido. Serão duas de vocês confirmando, de forma independente, um detalhe íntimo sobre o senador.

— Ela esteve com ele por muito tempo? Também ficou grávida?

— Não, não ficou grávida, e só esteve com ele uma vez. Nunca sequer telefonou para o escritório dele, o que significa que ela não tem nenhum interesse pessoal.

— Como o seu detetive a encontrou?

— Ela é uma atriz conhecida.

— Havia fotos dos dois juntos?

— Não publicadas — disse Hugh com satisfação —, mas Lakey tem uma fonte nos tabloides que lhe mostrou fotos não publicadas. Este é o problema de ser uma figura pública. Ela é atriz; não se incomodou em ser fotografada com um senador casado. É o senador casado quem deveria ter sido mais cuidadoso. É claro, isso satisfaz perfeitamente aos nossos propósitos.

— Mas, e agora, será que alguém do escritório dele não tentará comprar o sigilo dela?

— Conseguirei uma declaração juramentada antes que eles possam fazer isso. Enquanto isso, meu detetive ainda está procurando outras mulheres do senador. Quantas mais tivermos, mais rápido ele cederá.

Hugh sabia que, no instante em que enviasse a carta, o relógio começaria a correr. Se não tivesse uma resposta do advogado até o meio da semana, iria protocolar um pedido preliminar de teste de paternidade junto ao tribunal. Crystal não queria procedimentos públicos. Mas eles tinham de conseguir a atenção do senador.

O que Hugh não contou a Crystal era que havia três outras mulheres conhecidas que Lakey tinha abordado, mas que se recusaram a falar com ele. Uma havia sacudido a cabeça e fechado a porta rapidamente. A segunda dissera: "Não tenho permissão de falar com você." A terceira simplesmente disse: "Não posso." Ou o senador havia comprado seu silêncio, ou elas temiam sua retaliação em níveis que a atriz era bem-sucedida demais para se importar.

Crystal Kostas não era bem-sucedida, o que significava que não haveria contrapartida. Para o senador, ela era uma ninguém. Mas ela não era uma ninguém para seu filho. Era tudo que ele tinha.

Com um conhecimento íntimo do poder e da fortuna de Hutchinson, Hugh queria sangue.

* * *

Dana passou grande parte da sexta-feira na loja. Era ali que, rodeada de amigas, sentia-se mais segura. Também era onde Lizzie era amada por gente suficiente para que Dana pudesse deixá-la dormindo no berço, enquanto passava algum tempo com sua avó.

Ellie Jo não parecia nada bem. Finalmente, podia apoiar o pé engessado, mas continuava pálida e instável, envelhecendo bem diante dos olhos de Dana. Pior: ela não aceitava bem a preocupação. Dana sabia como cuidar dela sem fazer grande alarde. Porém, na tarde da sexta-feira, Ellie Jo pareceu irritar-se ainda mais.

— Tem alguma coisa que está te incomodando? — perguntou Dana. Elas estavam sentadas à pequena mesa redonda na cozinha de Ellie Jo, com pratos brancos sobre descansos cor de laranja que haviam sido revestidos com feltro por sua amiga Joan. O prato de Dana estava limpo. Embora seu corpo continuasse emagrecendo, seu apetite era voraz. Contrariamente, Ellie Jo mal havia tocado em sua comida.

— Não gosto deste gesso — reclamou ela. — Reduz a minha velocidade.

— Há mais algum problema? Você está pálida demais.

— É o que acontece quando você fica velha.

— De repente? Tipo, em uma semana?

— Sim, em uma semana, depois de algo assim — disse Ellie Jo acenando com a mão meio trêmula para seu pé, que descansava sobre uma cadeira. Veronica estava sentada junto ao gesso, menos interessada na comida no prato de Ellie Jo do que na expressão rabugenta de sua dona.

— Quando foi a última vez que você passou por um check-up? — perguntou Dana.

Ellie Jo olhou-a nos olhos. — Há seis meses.

— E estava tudo bem?

— Tudo bem. Confie em mim, Dana. Posso estar velha, mas ainda não estou pronta para partir. Me preocupo com você, e me preocupo com Lizzie. Se meu Earl estivesse aqui, levaria Lizzie para passear e a exibiria pela cidade. Ele seria uma tremenda ajuda. Era um bom homem, Dana. Você pode sentir orgulho do tipo de pessoa que ele foi.

Dana sentia orgulho de Earl. O homem que ela realmente queria discutir era seu pai, mas, na última vez em que o mencionara, Ellie Jo saíra correndo e caíra da escada do sótão.

Então, foi embora sem dizer uma palavra. Enquanto dirigia para casa, lembrou-se do que sua mãe lhe havia sussurrado na noite anterior: *Conte ao Hugh o que você descobriu.* Mas ela não podia contar a Hugh. Simplesmente não podia — o que a fazia sentir-se péssima — e foi uma das razões pelas quais, ao ver David e Ali jogando basquete na entrada da casa, ela apanhou Lizzie e foi na direção deles.

David era um amigo. Dana precisava de um amigo.

Sorrindo, ela o viu levantar Ali para que ela pudesse enterrar a bola no cesto. No instante em que os pés da menina bateram no chão, ela correu até Dana e passou os braços por sua cintura. Ela não disse nada, apenas a abraçou, com um sorriso amplo.

David enxugou o rosto com a barra da camiseta, mas só quando Dana fez um gesto chamando-o foi que se aproximou delas. — Como vão as coisas? — perguntou ele.

— Nada mal — respondeu Dana quando Ali se afastou. — Lizzie dormiu dois períodos de quatro horas na noite passada.

Ele sorriu para a bebê, que olhava preguiçosamente para nada em particular.

— Dana, olhe isto! — gritou Ali, e demonstrou seu drible.

— Boa menina! — gritou Dana.

— Posso ensinar Lizzie a fazer isso quando ela for grande o bastante — gritou Ali de volta. Quando Dana virou Lizzie para que olhasse para Ali, esta gritou: — Olha, Lizzie. Veja como eu sei driblar.

A demonstração mal havia terminado quando David tocou a cabeça de Ali. — Meu bem, corra até a geladeira e traga umas águas.

Arremessando a bola de basquete no quintal, Ali saiu correndo de forma exagerada.

Assim que ela saiu do alcance de sua voz, David disse: — Você ainda parece cansada.

— Só porque Lizzie dorme por quatro horas não quer dizer que eu também durma — respondeu Dana. — Ali te disse alguma coisa sobre a cor de Lizzie?

— Não, mas eu te disse, é provável que ela nunca fale nada. Sua própria mãe é branca. — Ele baixou a voz. — Como vão as coisas em casa?

Dana lhe dirigiu um sorriso triste e deu de ombros.

— Ele ainda está agindo como um imbecil — interpretou David.

— Não. Isso é duro demais — disse ela, sentindo necessidade de defender o marido. — Ele é bom com a bebê e ajuda muito. Ele a ama, de verdade. — Ela traçou o rosto macio de Lizzie com o dedo e arrulhou: — Oi, bebê, como vai a minha doçura? — Seu dedo parou. — Ele ainda está bem irritado comigo por não ter previsto isso.

— E como é que você poderia prever alguma coisa sem conhecer seu pai?

— Sim, bem, *eu* também estou irritada por ninguém ter me contado sobre ele, mas a minha mãe está morta, minha avó não tem nada de bom a dizer sobre o cara, e Gillian não sabe de nada. — Ela suspirou. — Se é que ajuda em alguma coisa, descobri o verdadeiro nome dele. Hugh ainda não sabe. Eu deveria contar a ele. Deveria telefonar para o meu pai. Por que não estou fazendo isso, David?

David passou a mão pela cabeça raspada. — Talvez porque você não tenha certeza de que vai gostar do que ele tenha a dizer.

— Não me importa se o pai ou a mãe dele foram afro-americanos.

— Esqueça a questão de ser negro — disse David. — Pense em por que ele nunca fez parte da sua vida. Isso deve ter te incomodado. A *mim* incomodaria.

Dana sorriu. David conhecia os sentimentos. Ele alegava que seu divórcio o havia obrigado a confrontar suas emoções, mas Dana desconfiava que ele sempre houvesse sido sensível.

— Tem mais — disse ela. — Ele nunca soube que a minha mãe ficou grávida. Ele se casou pouco depois que ela abandonou a faculdade. E se eu telefonar e ele me mandar catar coquinho antes que eu possa arruinar sua alegre vida doméstica?

— Diga a ele que fará isso com prazer, depois que ele responder às suas perguntas. Se você só vai ter uma chance com o cara, Dana, faça com que valha a pena.

Lizzie escolheu esse momento para enrijecer o corpo e fazer um depósito em sua fralda. Dana se perguntou se aquilo seria seu comentário editorial.

— Toma, papai! — interrompeu Ali, ao aproximar-se correndo com quatro garrafas de água, além da boneca Creme, apertadas junto ao peito. Estava quase junto deles quando se atrapalhou com as garrafas.

David as apanhou antes que caíssem. — Foi um lote grande demais.

— Bem, eu precisava de quatro — ela disse a ele —, uma para você, uma para mim, uma para Dana, uma para Lizzie. — Ela foi até a bebê, então franziu o nariz. — Blargh. Isso é o que eu estou pensando?

— Infelizmente, sim — respondeu Dana.

— E você tem que limpar? Nunca vou ter bebês se tiver que fazer isso. — Orgulhosa, ela levantou Creme. O cachecol vermelho estava lindamente enrolado em seu pescoço.

— Ela não está linda? — exclamou Dana. — E onde está a Cacau?

— Lá dentro.

— O que ela está fazendo lá?

— Se escondendo.

— Do quê?

A menininha deu de ombros. — Ela está em segurança lá. Dana, a Lizzie pode beber água?

— Suponho que sim, mas não desse tipo de garrafa.

— Mal posso esperar até que ela seja grande o suficiente para brincar comigo. Posso fazer de conta que ela é minha irmã? A minha mãe vai se casar, você sabia? Ela diz que está fazendo isso para que eu possa ter uma irmã, porque é isso que eu quero mesmo, só não sei se vou gostar dessa irmã.

Dana olhou para David. — Eu não sabia que Susan ia se casar novamente.

— Nem eu, até a semana passada — disse ele, mas estava franzindo a testa para a filha. — Por que você não iria gostar dessa irmã?

Ela encolheu novamente os ombros. — Sei lá. Talvez goste. — E saiu correndo na direção da casa.

— Aonde você vai? — chamou David.

— Quero ver meu filme — gritou ela de volta. Ela entrou em casa no instante em que a caminhonete de Hugh virava a esquina.

Dana o observou aproximar-se. — Escolheu um mau momento. Ele adora ver Ali. Vai odiar o fato de tê-la perdido para um filme.

— É que o filme não é um imbecil — resmungou David.

Ela lhe dirigiu um olhar de reprimenda. — Hugh também não é. Ele só está confuso.

David bufou. — Melhor dizer "emasculado". Ele sempre pôde escolher suas pessoas de cor. Desta vez, não pode.

— Vamos, David. Isso não é justo. Ele defende afro-americanos no tribunal com mais vigor do que defende os caras brancos. Além disso, já o vi com Lizzie. Ele simplesmente a adora, e também adora Ali.

David bufou novamente.

Dana suspirou. — O.k. Você ainda está bravo. Acho que eu deveria ir para casa.

Ela se virou quando Hugh estava saindo do carro e indo na direção deles. Ele estava lindo — ela podia estar furiosa, ressentida ou magoada, mas sempre acharia isso. Camisa branca aberta no colarinho, blazer azul pendurado a um ombro, ele caminhava com a confiança típica de um Clarke. Apenas seus olhos eram hesitantes.

— Como vai? — ele perguntou a David, estendendo-lhe a mão.

David deliberadamente enfiou a mão no bolso, e foi então que a paciência de Dana chegou ao limite.

— Vou ver o que fede na fralda de Lizzie. Vou deixar vocês dois lidando com o que fede entre vocês.

Hugh quase riu. Dana sempre fora sagaz com as palavras. Sim, era merda o que havia entre ele e David. Mesmo agora, David estava dando-lhe as costas e indo para casa.

— Espere. David. Espere um pouco.

David parou, mas não se voltou.

— Te devo um pedido de desculpas.

— É — disse David, ainda sem se virar.

— Sinto muito.

— Falar é fácil, cara.

Hugh suspirou. — Eu estava errado. Fiz acusações que não deveria ter feito.

— É — disse David novamente, mas se virou para encarar Hugh.

— Eu estava abalado. Estava sob pressão.

— Assim é a vida.

— Não a minha. Pode dizer que sou mimado, que sou arrogante... diga o que quiser, mas confusão é um sentimento novo para mim.

— E pressão? Você a tem no trabalho. Como lida com ela?

— Não é pessoal. Nunca me senti pressionado desta forma, nem quando me casei com Dana... e não me chame de esnobe. Você sempre foi um bom amigo. Sinto falta de conversar com você. Se alguma vez precisei dos seus conselhos, é agora.

— Então, eu sou sua fonte de referências negras — disse David.

Hugh o encarou. — Se eu quisesse uma fonte de referências, poderia chamar qualquer um dos especialistas que costumo usar. Você é meu amigo. Quero o conselho do meu amigo. Vamos, David — disse ele, cansado —, você não acha que está exagerando?

David nem piscou. — Não existe exagero quando se trata de cor. Está sempre presente, causa ofensas e não tem como desaparecer.

— Você acha, sinceramente, que eu sou preconceituoso?

— Nunca achei isso antes. Agora, não tenho tanta certeza assim.

Hugh não respondeu de imediato. David se expressara bem, na verdade. — Então, somos dois — confessou —, e deixe-me dizer uma coisa: não estou exatamente orgulhoso disso. Não tenho nenhum problema com a herança genética de Lizzie. Ela é minha filha. Não ligo se sua pele é mais escura do que a minha. Então, o que é que está me perturbando?

— Talvez sua família e seus amigos de brancura imaculada.

Hugh poderia ter mencionado seu sócio cubano, seu colega de basquete afro-americano e sua base de clientes multicultural. Mas entendia o ponto de vista de David. — Minha família é o que é. Não posso mudá-los.

— Não, mas pode ignorar sua influência. Por que tem que concordar com eles?

— Não concordo. Já discuti com *cada um* deles nos últimos dez dias. Mas me importo com o que eles pensam. A mesma coisa com os meus amigos.

— Se eles não podem aceitar sua filha, então não são seus amigos.

— Não é que eles não a aceitem, só que fazem perguntas. É uma reação normal? Será que estou errado em querer respostas?

— Não.

— Dana acha que sim.

— Duvido disso, mas rastrear o pai é mais complicado para ela. Não é só uma questão de raça.

— Para mim também não é.

— Não? Mas você precisa encontrá-lo para que as pessoas saibam de onde veio a cor de Lizzie. Então, eis a questão: se você pudesse escolher, teria dado a ela pele escura?

Hugh não mentiu: — Não. E você? O que teria escolhido para Ali?

— Pele branca — respondeu David. — Ela teria uma vida mais fácil... a não ser que ela cresça e se apaixone por um negão como eu; nesse caso, pode ser que a mãe dela tenha um ataque.

— Então, onde é que isso termina?

— Eu sei lá?

— Estou pedindo seu conselho. O que devo fazer?

— Amar sua menininha.

— E quanto à minha mulher? Ela acha que sou racista.

— Você terá de convencê-la de que não é.

— Como?

David levantou as duas mãos. — Ei, não é problema meu. Ela é *sua* mulher, como você me disse mais de uma vez, em nossa última conversa.

Hugh sentiu que a tensão entre eles diminuía um pouco. — Mas você a ama.

— Pode apostar que sim. Ela é uma mulher incrível. Mas está casada com você.

— E você não acha que eu me sinto só um pouquinho inseguro?

— Não tinha pensado nisso.

Hugh sorriu secamente. — Então não sou o único a descobrir algo novo.

Dana estava no pátio quando Hugh voltou. Ela o observou enquanto ele se detinha ao lado do carrinho, estudando Lizzie. — Quando você olha para ela assim, o que está pensando? — perguntou, finalmente.

Demorou um pouco antes que ele dissesse: — Não se pode fazer muita coisa com um bebê tão pequeno assim. Ela come, ela chora, ela dorme, ela faz cocô.

— Você sabia que ia ser assim no começo.

— Eu esperava que não fôssemos ter um só minuto de descanso.

— Você a ama?

— É claro que a amo. Ela é minha filha.

— Você a amou logo que ela nasceu? — perguntou Dana.

Ele olhou para ela. — E você?

— Sim. — De todas as coisas que ela não sabia, disto não tinha a menor dúvida.

Hugh se voltou novamente para a bebê. — As mães amam. É o que elas fazem. Os pais precisam se desenvolver nessa função. — A arrebentação explodiu nas rochas abaixo, lançando borrifos de água acima das rosas-rugosas. — Não tenho todas as respostas, Dee — disse ele. — Então, tá, eu não devia ter feito um teste de paternidade. Será que podemos deixar isso para trás e seguir adiante?

Dana queria muito. Mais do que isso, no entanto, queria voltar atrás e recapturar o que eles tinham tido. Só que ela não era a mesma pessoa de antes de a bebê nascer.

Ela tentou explicar: — Fico pensando em como minha vida teria sido se eu houvesse crescido como Lizzie irá crescer. Se minha pele fosse escura, será que eu teria tido os mesmos amigos? As mesmas oportunidades? — Ela manteve os olhos fixos nele. — Então, começo a pensar no que teria acontecido se Lizzie houvesse nascido com... digamos, uma falha renal, e eu fosse procurar meu pai e descobrisse que ele é afro-americano. Será que o teríamos aceitado? Teríamos contado às pessoas? Assim, tipo, se não se pode *ver*, será que tem alguma importância? E isso não está certo.

Ele ficou calado. Finalmente, disse: — Concordo.

— Então, o que fazemos a respeito? — perguntou ela. — Duas semanas atrás, se alguém houvesse proposto essa situação hipotética e me perguntado como eu reagiria, eu teria dado uma resposta diferente. Isso me faz questionar o que eu sei e o que eu não sei sobre você.

— A vida é uma obra inacabada — disse Hugh.

Dana detestava clichês. — O que isso quer dizer?

— Que as respostas virão. Você não pode viver infeliz enquanto elas não chegam.

— Não estou infeliz. Tenho Lizzie. Tenho a minha avó. Tenho meus amigos.

— Tem a mim.

— Será? — perguntou ela tristemente. — Se eu não sei quem sou... e se quem eu sou importa para você... como posso ter certeza disso?

Ele não respondeu. Em vez disso, olhou na direção das ondas. Quando falou, parecia estranhamente vulnerável: — Então, para onde vamos agora?

A vulnerabilidade espelhava seus próprios sentimentos. Sentindo-se conectada a ele nesse aspecto, enfiou a mão no bolso e tirou um pedaço de papel. Desdobrando-o, olhou para o endereço de seu pai.

— Fica em Albany — disse ela, e estendeu o papel para Hugh.

Dezoito

Eles saíram cedo na manhã da quarta-feira, tomando a direção oeste para cruzar Massachusetts rumo à divisa com Nova York. A não ser que enfrentassem congestionamentos, chegariam a Albany em três horas. Uma viagem de ida e volta de seis horas teria sido exaustiva para Dana sem Hugh, principalmente porque ela teria que parar para cuidar de Lizzie.

— Deixe-a comigo — oferecera Tara.

Mas Dana repetiu as palavras de David: — Se só vou ter uma chance com esse cara, quero que valha a pena. Como ele pode olhar para esta carinha e não derreter?

— Você quer que ele sinta afeto? — perguntou Tara, surpresa.

— Quero que ele entenda por que o estou procurando. Quero que ele *veja* por que isso significa tanto para mim.

Dito isso, Dana estava preparada para o pior: uma porta fechada na sua cara, uma visita terminada antes mesmo de começar. Antecipando essa possibilidade, Hugh havia sugerido telefonar antes, mas ela vetou a ideia. Já tinha vindo até aqui. Pelo menos queria dar uma olhada no homem.

Hugh seria testemunha, o que era outro motivo pelo qual estava feliz de ele ter vindo. Se não conseguisse nada com Jack Jones Kettyle, não queria que restasse dúvida sobre seu empenho em tentar.

Além disso, a presença de Hugh oferecia apoio emocional. Ele sabia que ela estava se sentindo vulnerável. Preparara o desjejum para ela antes de saírem de casa, parara por vontade própria no Dunkin' Donuts para comprar seu *latte* favorito e fizera uma parada para ir ao banheiro sem que ela tivesse que pedir.

A viagem foi tranquila, mas Dana estava supernervosa quando finalmente chegaram a Albany. Quase perdeu o controle quando as indicações do MapQuest os conduziram a uma igreja.

— Não pode estar certo — exclamou ela. Ficaria horrorizada se tivessem vindo tão longe para nada.

Hugh estava checando novamente as indicações, olhando da igreja para a casinha escondida atrás dela. Ele indicou esta última com um gesto. — Acho que é ali.

— Mas faz parte da igreja.

— É a casa paroquial. Talvez ele alugue o imóvel.

— Talvez o endereço esteja errado — disse ela. — Mas a lista de ex-alunos dava este endereço duas vezes: como local de trabalho e de residência. Ele se formou na faculdade de engenharia. Eu deduzi que ele trabalhasse em casa, fazendo trabalhos de computador ou alguma outra coisa.

Hugh olhou em seus olhos. — Só há um jeito de descobrir.

Eles estacionaram em uma das três vagas ao longo da casa paroquial. Enquanto Hugh desafivelava Lizzie, Dana abriu o porta-malas do carro e tirou uma fralda da bolsa. Ela trocou a bebê com as mãos trêmulas, mas quando Hugh se ofereceu para carregá-la, negou com a cabeça. Precisava sentir o calor de Lizzie de encontro ao corpo. A bebê era sua segurança, a prova de que ela era amada.

— Vai dar tudo certo, Dee — disse Hugh gentilmente, passando o braço em volta de seus ombros.

— Depende de como você define "certo" — disse ela. — E se for algum tipo de brincadeira, e o homem, na verdade, mora no cemitério nos fundos da igreja?

— Pelo menos você terá uma definição.

— Você acha?

A casa paroquial era uma construção pequena e quadrada de tijolos, cujo único adorno era um arco formado por carvalhos. A entrada era de cascalho, com tufos de grama se infiltrando aqui e ali.

A porta da frente estava aberta. Eles tocaram a campainha e esperaram diante da porta de tela, até que uma mulher veio atender. Ela usava roupa bege — saia, blusa e sandálias com sola de corda — e parecia ter cerca de quarenta anos, o que, de duas, uma: ou era uma cinquentona de ótima aparência, ou não era a mulher do pai de Dana.

— Estou procurando Jack Kettyle — apressou-se a dizer Dana.

— Bem, você veio ao lugar certo. Sou Mary West, a secretária da paróquia. — Ela abriu a porta de tela. — E vocês são...?

— Dana Clarke — disse Dana, percebendo que se ela era secretária da paróquia e aquela era a casa paroquial, ainda havia a possibilidade do cemitério. — Este é meu marido, Hugh, e nossa filha, Elizabeth.

A secretária sorriu para Lizzie. — Ela é simplesmente *linda*. Quantos meses?

— Só duas semanas.

— Como vocês têm sorte de tê-la conseguido tão nova. Acabam de se mudar para a cidade?

Dana não corrigiu o mal-entendido. — Não. Só viemos passar o dia. A manhã, na verdade. — Eram onze horas.

— Bem, os visitantes são bem-vindos, não importa por *quanto* tempo — disse Mary e indicou-lhes que entrassem na sala decorada de forma modesta. — Por favor, fiquem à vontade. Gostariam de uma bebida gelada?

Albany ficava bem no interior e, apesar de o ar marítimo ter começado a esfriar, as brisas ainda não tinham chegado tão a oeste. Dana sentia calor, mas duvidava que conseguisse engolir alguma coisa. Fez que não com a cabeça, ao que a secretária disse: — O padre Jack está no escritório. Vou dizer a ele que vocês estão aqui. — Ela saiu.

Dana dirigiu os olhos arregalados para Hugh. — Padre Jack? — sussurrou. — *Padre* Jack?

— Sei lá — sussurrou Hugh.

—O homem que estou procurando é casado e tem filhos. Jack Kettyle não pode ser o padre Jack. E se foi tudo mentira?

— Então vamos recomeçar do zero.

— Como? Este é o único nome que eu tenho, e já procurei em *todo lugar*.

— Olá — veio uma voz da porta.

Dana se virou. O reconhecimento foi instantâneo. O rosto era mais maduro, o cabelo, mais prateado do que louro, e a calça preta, a camisa preta de mangas curtas e o colarinho clerical estavam bem distantes da camisa xadrez colorida com jeans. Mas aquele era, sem dúvida, o homem da foto.

Ele continuou sorrindo, embora parecesse confuso. — Mary tinha razão — disse ele num tom de voz gentil. — Você se parece exatamente com alguém que eu conheço, só que ela vive em São Francisco. Falei com ela esta manhã mesmo.

Dana se obrigou a falar: — Sou Dana Clarke, e estava procurando Jack Kettyle, só que não acho que ele seja padre.

— Ele é, sim — confirmou o padre, ainda com gentileza.

— Você é Jack *Jones* Kettyle?

— Uau! Alguém andou pesquisando. É isso mesmo.

— Um *padre*? Mas me disseram que você era casado e tinha filhos.

— E tenho. Seis filhos. Mas minha mulher faleceu há dez anos e nossos filhos já são adultos, então decidi fazer alguma coisa diferente com a minha vida.

Hugh se uniu à conversa: — Eu não sabia que homens casados podiam ser padres.

— Sou viúvo. Devido à falta de clérigos, eu fui aceito. Homens como eu têm experiência com casamento e filhos. Isso faz com que sejamos um bônus para a paróquia.

— Os padres não precisam ter diploma de teologia? — perguntou Hugh.

— Sim. Passei quatro anos no seminário. Depois passei um ano como diácono, ajudando nos fins de semana. No final daquele ano, fui ordenado. Tive sorte — disse ele, sorrindo de novo. — Nem todos os padres recebem sua paróquia imediatamente, mas a paróquia onde eu vivo estava perdendo seu padre e, como eu já conheço a maioria dos paroquianos, foi uma nomeação lógica.

A explicação daquele homem não ajudou em nada a conciliar o padre com o playboy. Dana não estava convencida de ter encontrado o homem certo. — Em que universidade você estudou? — perguntou ela.

O padre cruzou os braços e se apoiou numa cadeira de espaldar alto. — Na graduação? Universidade de Wisconsin.

— Você conheceu uma mulher chamada Elizabeth Joseph?

— Com certeza. Ela roubou meu coração, depois abandonou a escola.

— Por que ela foi embora?

— Sentia saudade de casa e pensou em terminar o curso lá.

— Você sabe o que aconteceu com ela?

Mais sério agora, ele disse: — Ela morreu afogada. Foi há muito tempo.

— Como você sabe como ela morreu?

— Encontrei por acaso um amigo em comum que tinha ficado sabendo. — Ele pareceu perceber que as perguntas não eram despropositadas.

— Você tentou entrar em contato com a família dela?

— Não. Como eu disse, ela roubou meu coração. Mas ela não me amava, então me casei com outra pessoa. Percebi que pensar em Liz não era justo com a minha esposa. Então, parei. A escolha foi entre me consumir pensando num relacionamento que não era para ser ou seguir adiante. Esquecer Liz foi a única maneira de conseguir sobreviver. — Baixinho, ele disse: — Você a conhecia.

Dana assentiu. — Ela era minha mãe.

O rosto dele se iluminou por um segundo. No segundo seguinte, toda a sua cor se esvaiu.

Dana tivera tempo para se preparar. Não estava chocada por encarar seu pai, apenas surpresa em descobrir que ele era um padre.

— Quantos anos você tem? — perguntou o homem.

— Trinta e quatro. Nasci sete meses depois que minha mãe partiu de Wisconsin.

Enquanto a encarava, os olhos dele se encheram de lágrimas.

— Você realmente não sabia? — perguntou ela.

Ele balançou a cabeça. Então se recompôs e voltou sua atenção para a bebê. — É sua filha?

— Sim, e ela é a razão pela qual estou aqui — disse Dana. — Não quero nada de você, não *preciso* de nada de você, então, se você está pensando que vim pedir dinheiro ou alguma coisa, está enganado. Só estou aqui porque meu marido e eu...

— Hugh Clarke — disse Hugh, oferecendo-lhe a mão —, e esta é nossa filha, Elizabeth.

O padre tirou os olhos da criança o suficiente para apertar a mão de Hugh. Então, olhou novamente para a bebê. — Elizabeth. Fico feliz.

— Lizzie — especificou Dana —, e já que ela tem traços afro-americanos tão óbvios, nós queríamos saber de onde eles vieram.

O padre recuou. — Ela não é adotada?

— Não, nem houve uma confusão no laboratório ou um caso extraconjugal — disse Dana, eliminando especulações extras. — Meu marido sabe tudo a respeito da família dele, mas eu sei pouco sobre a minha. Você é afro-americano?

O padre bufou e, com um sorriso encabulado, coçou a parte de trás da cabeça. — Puxa vida! Vou demorar um pouco para me acostumar a isso. Nunca sequer suspeitei que Liz tivesse uma filha.

Dana estava impaciente. — Ela tinha, e eu gostaria que você respondesse à minha pergunta.

— Não. Não sou afro-americano.

— Você parece ter certeza.

— Minha irmã precisou de um transplante de medula óssea alguns anos atrás. Varremos a família inteira para encontrar um doador compatível e, finalmente, encontramos um primo em segundo grau; porém, no processo, mapeamos a árvore genealógica da família, com todos os detalhes.

— Por que ela precisou do transplante? — perguntou Dana, curiosa.

— Leucemia. Mas ela está bem agora, um milagre da medicina moderna.

Dana ficou contente, tanto pela mulher quanto por si mesma. Não poderia lidar com a ideia de Lizzie ter herdado uma doença potencialmente fatal. — Então, você não tem nenhum parente de ascendência africana — repetiu. Quando o padre negou com a cabeça, ela olhou para Hugh, perplexa. — A pele bronzeada de Lizzie teve de vir de algum lugar.

— Vocês gostariam... hã... de se sentar? — perguntou o padre Jack.

Padre Jack, pensou Dana. Era mais fácil pensar nele como sendo pai de milhares.

— Sim — disse Hugh, e a cutucou até um sofá.

Ela sussurrou: — Temos nossa resposta. Não podemos ficar aqui.

— Podemos — disse ele, baixinho. — Vamos fazer esta viagem valer a pena. — Lizzie estava começando a se contorcer. — Quer que eu a segure?

Dana negou com a cabeça, mudou a bebê para o ombro e a balançou gentilmente.

Hugh sentou-se ao lado de Dana e se dirigiu ao padre: — Sua família teve algum outro tipo de câncer?

— Não. — O padre Jack ocupou a poltrona clássica, com abas no encosto, e se inclinou para frente, apoiando os cotovelos nos joelhos.

— Alguma outra doença hereditária? — perguntou Hugh.

— Pressão alta, mas, fora isso, somos um povo durão. — Ele olhou para Dana. — Onde você mora?

— A cerca de um quilômetro e meio de onde cresci.

— Sua mãe se casou?

— Ela não viveu o suficiente.

— Então, você nunca teve irmãos.

— Não. Eu era o foco da vida da minha mãe e, depois que ela morreu, fui o foco da vida dos meus avós.

— O que seus filhos fazem? — perguntou Hugh ao padre.

O padre Jack sorriu. — Tenho quatro meninos. Um é técnico em eletrônica, dois são professores, o último está trabalhando como garçom em Los Angeles, enquanto tenta se estabelecer como ator. Minha filha mais velha... ela tem trinta e três anos... é mãe em tempo integral. Ela tem quatro filhos. A irmã dela está estudando Direito.

Dana lançou a Hugh um olhar penetrante. Ela não queria que ele prolongasse a visita. — Lizzie está com fome. Precisamos ir.

Hugh olhou na direção dos fundos da sala. — Quer amamentá-la ali?

Dana não queria. Ela não ia desnudar o seio na frente daquele homem. Além disso, o calor era sufocante. Ela queria ir embora.

— Por favor, fique um pouco — disse o padre. — Eu gostaria de ouvir sobre a sua vida.

Apertando os lábios numa linha fina, ela balançou a cabeça.

— Não há necessidade.

— Não é uma questão de necessidade — disse ele com gentileza, e Dana *odiou* isso. *Onde ele estivera todos esses anos — criando alegremente seus seis filhos, até que eles fossem alegremente independentes, para que ele pudesse se tornar padre?*

— Sou eu — disse ela, com extrema falta de boa vontade, mas incapaz de se controlar. — Minha necessidade. Eu quero ir para casa. — Dirigiu um olhar suplicante a Hugh e se levantou. Por misericórdia, ele fez o mesmo.

Lizzie se acalmou um pouco com o movimento, quando Dana caminhou até a porta.

— Tem certeza que não quer ficar só mais um pouquinho? — perguntou o padre. — Talvez para almoçar? Ou poderíamos comer um sanduíche na cidade.

Dana se virou. — E se alguém se aproximasse e perguntasse quem somos, você iria dizer?

— Sim.

— Não iria prejudicar sua carreira?

— Em absoluto. Eu tive outros filhos.

— Ilegítimos? — Quando ele não respondeu, ela disse: — E quanto aos legítimos? Você vai contar a eles sobre mim?

— Eu gostaria, mas primeiro preciso saber mais a seu respeito.

— Por quê? — perguntou Dana com aspereza.

— Porque eles irão perguntar.
— Não porque você mesmo queira saber?
— Dana — disse Hugh baixinho, mas o padre Jack levantou a mão.
— Ela tem o direito de estar brava — disse ele a Hugh, e então disse para Dana: — E, sim, eu também quero saber mais.
— Para garantir que eu seja *sua* filha?
— Você é minha filha.
— Como pode ter certeza disso? — desafiou. — Como você sabe que a minha mãe não esteve com outro homem?
O padre sorriu. — Espere aqui — disse ele, entrando novamente na casa. — Só mais um minuto. Por favor. — Ele se virou e dirigiu-se a seu escritório.

Dana queria ir embora, fingindo que o homem que havia irresponsavelmente plantado sua semente em Madison era igualmente irresponsável agora, mas não se moveu. Emocionada e confusa demais, só pôde passar Lizzie para Hugh e proteger suas costas com as mãos.

— É por isso que eu sei — disse o padre Jack, voltando. Ele segurava uma fotografia emoldurada que o mostrava de braços dados com uma jovem de beca e capelo. Ambos estavam radiantes. — Esta foto foi tirada no ano passado, na formatura em Wisconsin. Esta é a minha filha Jennifer.

Dana olhou para a foto, então olhou de novo. Pegou a foto de suas mãos, com os olhos grudados no rosto de sua filha. Poderia muito bem ser uma foto dela mesma. Aparentemente, cada traço de Dana que não tinha vindo de sua mãe era de Jack.

Depois de todos os anos em que Dana quisera ter um irmão, todos os anos em que havia desejado que sua família fosse maior, descobrir que tinha uma meia-irmã tão parecida com ela era excruciante.

Seus olhos se encheram de lágrimas, mas ela se recusou a chorar. Em vez disso, perguntou: — Como é possível? Tivemos mães diferentes.

— Sim. Só que a mãe dela se parecia muito com a sua. — Ele fez uma pausa, encabulado. — De qualquer forma, o resto dela veio dos meus genes.

Dana olhou fixamente para a foto por mais um minuto antes de devolvê-la. — Bem — disse, sem jeito —, obrigada. Isso encerra o assunto, acho. — Sua garganta se apertou. Virando, começou a ir na direção do carro.

— Eu gostaria de te fazer uma visita — disse o padre, às suas costas.

Ela não respondeu. Não fazia ideia do que *ela* queria.

Estava vagamente ciente de Hugh afivelando a bebê em sua cadeirinha e sabia que a criança estava inquieta novamente, e que precisava ser amamentada. Mas Dana prendeu seu cinto de segurança e esperou, sem olhar para trás, para o padre; esperou até que Hugh desse a volta, esperou até que ele voltasse pela rua e dirigisse até perder a igreja de vista. Então, ela se dobrou para frente e começou a chorar.

Dezenove

Hugh não sabia o que fazer. Mas não podia simplesmente continuar dirigindo, com Dana chorando no banco da frente e a bebê chorando no de trás. E não havia um só Dunkin' Donuts ou McDonald's à vista. Então, ele entrou no estacionamento de um prédio de escritórios, encontrou uma vaga à sombra de um carvalho e deixou o carro em ponto morto.

Tocou o braço de Dana. Como ela não se afastou, ele acariciou seu ombro. Ele não disse nada. Não havia nada a dizer, na verdade. Esperara conseguir mais respostas com aquela viagem. Mas, se ele estava decepcionado, ela devia estar se sentindo ainda pior. Portanto, ficou ali, massageando de leve o pescoço dela para que soubesse que ele estava ali.

Quando o choro por fim deu lugar aos soluços, ele desceu do carro, desafivelou a bebê do banco de trás e a entregou a Dana, que silenciosamente levantou a blusa e deixou a filha mamar. O silêncio foi instantâneo.

Hugh tomou um pouco de água da garrafa que estava em seu porta-copo e a ofereceu a Dana. Ela pegou a garrafa, tomou, então fechou os olhos e continuou amamentando Lizzie.

Ele não disse nada até ela mudar Lizzie do peito para o ombro.

— Você está bem? — perguntou, então.

Ela fez que não com a cabeça. — Ajudou em alguma coisa? Temos alguma resposta?

— Sabemos que ele é seu pai.

Ela encostou o rosto na cabeça da bebê e continuou esfregando suas costas diminutas.

— E sabemos que ele não tem nenhuma herança afro-americana — acrescentou ele.

— Você acredita nele?

— Sua história foi bastante convincente.

Dana continuou esfregando as costas de Lizzie até que ela soltasse uma bolha minúscula. Então, limpou a boca da bebê com o babador e a colocou no outro seio. — Não foi um pouco convincente *demais*?

— Você quer dizer inventada para prevenir dúvidas? — Hugh havia pensado nisso. — Mas ele não sabia que viríamos. Nem todo mundo consegue pensar rápido assim.

— Um mentiroso incorrigível conseguiria.

— Você acha que ele é isso?

Dana lhe dirigiu um olhar desanimado. — Não sei o que pensar. Eu não esperava um padre. Não esperava um homem que fosse dar a entender que amava minha mãe ou que fosse correndo buscar uma foto da filha para me mostrar o quanto nós duas somos parecidas. Não esperava que ele fosse dizer que quer se manter em contato comigo.

— Mas tudo isso é bom, não é? — Hugh não acharia ruim dizer a sua família que o pai de Dana era um padre. Ajudaria imensamente a calar a boca deles.

Dana suspirou, cansada: — Tem tanta coisa acontecendo... a bebê, nós, minha avó. Ela não vai gostar de me dividir com o homem que acha que magoou sua filha. E nós não temos nenhuma resposta, Hugh. Olhe para Lizzie. Se ela não conseguiu esta cor de pele do meu pai, de onde foi?

Ellie Jo, adivinhou Hugh. — Nós vamos descobrir.

— Como?

— Não sei, mas vamos. De qualquer maneira, imagino que você esteja com fome. Quer parar em algum lugar para almoçar?

— Não me sinto à vontade em Albany — disse ela.

— Mas você está com fome?

— Um pouco.

Gentilmente, ele insistiu: — Isso é um sim ou um não?

— Não estou com fome, mas sei que preciso comer para continuar produzindo leite.

— Se você quiser parar de amamentar, pare. Eu concordo em usar leite em pó.

Os olhos dela o fuzilaram. — Eu *quero* amamentar. O que quis dizer foi que conheço a *minha* responsabilidade, mesmo que ele não o fizesse. Se você realmente amasse alguém, não iria ansiar por notícias? Não iria tentar descobrir como ela estava e o que estava fazendo?

— Eu iria — disse Hugh. — Chama-se lutar pelo que você quer.

— Isso mesmo — respondeu Dana, numa explosão de angústia. — Ele não lutou. Simplesmente desistiu... se desligou... se fechou!

— É mais ou menos o que você está fazendo — observou Hugh.

— Eu?

Ele suavizou a acusação, aceitando parte da culpa. — Eu te magoei. Sinto muito por isso. Mas sua resposta tem sido me isolar. Eu sei que você me amava antes, Dee. Para onde foi esse amor?

Muda, ela o encarou.

— O que o padre Jack disse antes, sobre não se consumir pensando num relacionamento que não era para ser? — prosseguiu Hugh. — É assim que você se sente sobre a nossa relação, que não era para ser? — Como ela não respondeu, ele continuou: — Porque se você acha isso, eu discordo. Esta é uma fase de adaptação. Só isso.

— A pele de Lizzie não vai ficar branca de repente.

— Obviamente — disse ele —, mas isso não significa que temos que ficar estressados por causa de sua cor. Você me acusa de estar abalado com isso. "Abalado" não é a palavra certa. Eu gostaria de saber de onde vem. É pedir muito?

— Por eu não ter a menor *ideia* de onde vem, sim. Por estar lutando para descobrir quem eu mesma sou, *sim*. Por ter acabado de passar por um martírio emocional e não querer falar a esse respeito agora, *sim*! — Tirando a bebê do peito, ela a apoiou sobre a coxa.

Quando ela se calou, ele sugeriu, baixinho: — Aí está você, me isolando de novo.

— Está sendo muito difícil para mim, Hugh.

— O.k. — Ele recuou. — O.k. Vamos pensar no almoço. Uma coisa de cada vez.

E foi assim que fizeram. Quando Dana terminou de fazer Lizzie arrotar, ele a prendeu novamente na cadeirinha. Eles passaram por um drive-thru para comprar hambúrgueres e batatas fritas e comeram no caminho. Quando finalmente chegaram à rodovia, Dana já havia fechado os olhos.

Hugh dirigiu em silêncio. Estava se sentindo completamente inútil, quando seu celular tocou. Era sua secretária, querendo conectá-lo a um telefonema por parte de Daniel Drummond. O ânimo de Hugh se elevou.

Daniel Drummond era um advogado famoso de Boston, com um ego proporcional à sua fama. Alegava ser o modelo de pelo menos um personagem de cada série televisiva de advogados filmada na cidade e, certamente, tinha a boa aparência necessária, assim como habilidade e talento. Era conhecido por seu exibicionismo e era arrogante ao extremo.

Ele e Hugh haviam trabalhado juntos uma vez, representando clientes num caso complexo. Nunca antes haviam representado partes contrárias.

— Como vai você, Hugh? — perguntou Daniel, com sua voz retumbante.

— Ótimo, Dan. E você?

— Estava bem até receber um certo telefonema. — Ele manteve o coleguismo. — O que está acontecendo, hein?

— Depende de quem telefonou.

Houve uma fungada. — Você conhece minha lista de clientes. Qual é o caso mais famoso que você sempre sonhou em levar ao tribunal?

— Bem, tem um caso que veio até mim, mas não tenho o menor desejo de levá-lo ao tribunal. Temos a esperança de fazer um acordo sigiloso e rápido. Se é a este caso que você se refere, então nós dois temos que nos encontrar. Celulares não são seguros.

— *Celulares* não são seguros? — O coleguismo foi para o espaço. — E o que você me diz de acusações falsas? Você tem ideia de quantos telefonemas assim ele recebe?

— Onde há fumaça...

— Seja realista, Hugh. Você sabe com quem está lidando?

— Sei.

— Então, você sabe o que ele defende. Uma acusação como a que você fez na sua carta não será muito bem recebida.

— Minha preocupação não é essa. Minha preocupação é com a minha cliente.

— A minha também, e meu cliente não gosta de ser ameaçado.

— Nem eu — disse Hugh. — Olha, Dan. A situação é urgente. Ou você e eu nos encontramos amanhã, ou eu dou entrada com o processo no tribunal. Minha cliente não tem nada a perder. E o seu? — Ambos sabiam que sim. — Há uma solução discreta para isso. Começa com uma reunião no meu escritório. Amanhã de manhã. Diga a hora.

— Só estarei livre na próxima semana.

— Então seu cliente chamou o advogado errado. Qualquer coisa além de sexta-feira, e protocolaremos a ação.

— Vamos lá, Hugh. Nunca é *realmente* urgente com essas mulheres. Era a velha tática do "entre na fila", e isso deixou Hugh furioso.

— Desta vez, é. Estamos falando sobre um problema de saúde de uma criança. Se você não puder me ajudar com isso, um juiz o fará.

— Problema de saúde? Conte-me mais.

— Não aqui. No meu escritório. Se não amanhã cedo, então na sexta. — Ele podia ceder um milímetro, mas era só. — Diga a hora.

— Teria que ser bem cedo... digamos, às sete. Ouvi dizer que você tem um bebê recém-nascido. Poderia ser um pouco difícil para você.

— Sete da manhã na sexta. Estarei lá para abrir a porta para você.

* * *

Dana dormiu durante boa parte da volta para casa. Sentia-se melhor quando desceu do carro e, quando Hugh sugeriu cuidar da bebê para que ela fosse conversar com Ellie Jo, aceitou a oferta. Confrontar a avó — e perguntar-lhe novamente sobre a árvore genealógica da família Joseph — seria mais fácil se não houvesse distrações.

Ela estava levando Lizzie para dentro para amamentá-la antes de ir quando David veio atravessando o jardim. Ele usava uma camiseta e um short surrados, ambos generosamente respingados de tinta.

— Estamos pintando o quarto de Ali de verde — explicou ele. — Ela está lá dentro, coberta de tinta, mas me fez vir aqui assim que viu seu carro. Ela ficou sem lã para fazer o segundo cachecol. A pobre boneca está tão embrulhada que mal se vê seu rosto, mas Ali quer que o cachecol seja ainda mais comprido. Ela tinha certeza de que você teria mais lã. Estou tentando ser bacana com ela para que ela seja bacana comigo. Ela diz que não vai voltar a Nova York.

— Hum. Ela me disse isso também — disse Dana.

— Ela explicou por quê? — perguntou David. — Ela adora Susan. Não sei qual é o problema.

— Você perguntou?

— A Ali? Claro. Ela diz apenas que quer morar comigo, e daí ela olha para fora e diz que é pelo mar; daí, olha para a sua casa e diz que gosta da sua bebê. Daí, olha para mim e diz que se sente mal por eu ter de viver sozinho e que iríamos nos divertir tanto se ela morasse aqui o tempo todo. — Ele passou a mão pela cabeça raspada. Era a única parte dele que não estava coberta de verde. — Susan diz que Ali estava bem quando partiu de Nova York. O noivo dela parece ser bem legal. Susan diz que ele trata a Ali bem. Ela acha que deve ser a ideia da mudança.

— Ter de dividir a mãe? — perguntou Hugh.

— E se mudar de casa. A casa dele fica só a alguns quarteirões de distância, mas ele a matriculou numa escola nova, de elite. É bastante chique.

— Chique, de gente rica?
— Chique, de gente branca.
Um pensamento cruzou a mente de Dana. — Ela sempre deixa aquela boneca, a que ela chama de Cacau, escondida. Agora você está dizendo que ela a está embrulhando tanto que mal se vê o rosto. Acha que ela está mandando uma mensagem?

O olhar de David ficou preocupado. — Tipo, que ela não quer ser a única afro-americana na escola? — Ele colocou a mão no topo da cabeça. — Faz sentido, não faz? O.k. Vou perguntar para a Susan. — Ele se virou e foi embora.

Dana mal havia estacionado na malharia quando Tara veio correndo, querendo saber como havia sido em Albany. Dana lhe contou o básico, mas não sentia a menor vontade de se aprofundar. Ainda estava com sobrecarga emocional no que dizia respeito ao padre Jack.

Tara não insistiu. Ela tinha dois outros assuntos mais imediatos a discutir.

O primeiro ela tirou do bolso e passou para Dana. Era um cheque com os nomes de Oliver e Corinne James, preenchido duas semanas antes na escrita elegante de Corinne. O valor era de quarenta e oito dólares e alguns centavos, em pagamento a um livro de receitas de tricô e um único novelo de cashmere que Corinne estava usando para fazer sua boina.

— Eu estava ajudando Ellie Jo com a contabilidade e encontrei isto num envelope do banco — explicou Tara.

— Sem fundos? — perguntou Dana, surpresa. Corinne era rica.

— Uma de nós terá que falar com ela sobre isso. Como eu sou covarde, deixo com você. Eu sei quanto você adora a Corinne — disse ela, devagar.

— Ela veio hoje?

— Sim, mas não ficou muito tempo.

— Ultimamente ela não tem ficado mesmo. Há alguma coisa de errado com ela.

Tara pegou a mão de Dana. — Mais importante: há algo de errado com Ellie Jo. Ela não parece nada bem. Eu me contentei em pôr a culpa em seu pé, mas Saundra também notou. Você percebeu alguma coisa?

— Que ela parece perturbada? — perguntou Dana.

— Também, mas estou mais preocupada com sua falta de equilíbrio. Ela mal ficou aqui hoje. Talvez ela também tenha notado alguma coisa e não queira que as pessoas percebam. Ou está realmente doente. Saundra está lá na casa com ela agora.

Com o coração aos pulos, Dana devolveu o cheque a Corinne.

— Vou até lá. — E praticamente correu pelo caminho de pedras, subiu as escadas atrás da casa, cruzou a varanda e entrou na cozinha. As duas mulheres estavam à mesa, tomando chá. Pareciam bem à vontade, até que Ellie Jo perguntou: — O que aconteceu em Albany?

Dana hesitou. Apesar de ter ido até ali especificamente para contar a Ellie Jo, já não queria mais falar sobre o assunto.

Interpretando mal o silêncio de Dana, sua avó disse: — Saundra sabe o que está acontecendo. Você pode nos contar.

— Não há muito que contar. — Ela se acomodou numa cadeira. Veronica subiu imediatamente em seu colo e ficou encarando a dona.

Dana descreveu a visita de forma resumida, mas foi o suficiente para transtornar Ellie Jo. — Ele está escondendo alguma coisa — disse ela. — Não é sempre assim que acontece: o homem com mais coisas a esconder é aquele que se volta para Deus?

— Não acho que seja assim, vó.

— Claro que você não acha. Acaba de encontrar seu pai, desaparecido há tanto tempo. Você quer acreditar nele.

— Não — disse Dana, com certa ênfase. — Ele não esteve presente na vida da minha mãe e nunca esteve presente na minha. Isso me predispõe a não confiar nele. Mas Hugh tem razão: ele não sabia que iríamos aparecer... nem sequer sabia que eu existia, e ainda assim suas respostas fizeram sentido.

Agarrando a mesa com as mãos frágeis, Ellie Jo se pôs em pé.

— Os homens são uns canalhas. — Ela se virou e quase caiu.

Veronica pulou do colo de Dana.

— Vó...

— Está passando o programa da Oprah — disse ela, soltando a beirada da mesa e mancando até a porta. — Você deveria assistir, Dana Jo. Aprenderia um pouco sobre as mentiras que as pessoas contam. — Veronica a seguiu pela porta.

Dana observou-a sair, antes de encontrar o olhar de Saundra.

— Ela está bem?

— Está sensível — disse Saundra gentilmente. — E fraca. Sugeri que ela fosse ao médico, mas ela disse que já o consultou por causa do pé e que não encontraram nenhum outro problema.

— Foi uma consulta de pronto-socorro — observou Dana. — Eles não examinaram nada *além* do pé.

— O que levanta a questão sobre o quê teria provocado a queda. Poderia ser só a idade, Dana. O equilíbrio segue o mesmo destino da flexibilidade. E, agora, tem esse gesso que não está ajudando em nada.

— Quanto ao estado geral de saúde... você acha que há motivos para se preocupar?

— Sim — disse Saundra. Seu olhar era triste, seu sorriso, gentil. — Se eu acho que ela vai admitir isso? Não. O melhor que você pode fazer é pedir que o médico residente exija uma consulta quando ela retornar ao ortopedista. Será que isso daria certo?

— Vou fazer com que dê.

Saundra baixou os olhos para as xícaras de chá. — E eu concordo com você sobre o seu pai. Sempre há a possibilidade de que ele tivesse a história da irmã doente escondida na manga, caso estivesse tentando esconder sua herança genética. E também é possível que sua família tenha encontrado o primo para doar a medula óssea sem uma pesquisa muito profunda. Mas ele é padre. Eu me inclino a acreditar nele.

Dana sentiu-se agradecida pelo apoio. — Isso me faz voltar à estaca zero.

— Faz sim, senhora — disse Saundra de um jeito que fez Dana se perguntar se ela saberia de algo mais.

— Imagino que essa não é a primeira vez que você toma chá com Ellie Jo.

— Não, senhora. Fazemos isso quase todas as tardes, desde que ela machucou o pé.
— Sobre o que vocês conversam?
— Olha, se eu te contasse isso, estaria traindo uma amiga.
— É assim tão particular?
— Todas as conversas entre velhas senhoras são particulares. Conversar é uma das poucas coisas que conservamos ao envelhecer. Perdemos tantas outras coisas...
— Tipo?
— Energia. Força. Saúde. Dinheiro. Independência.
— Você é independente.
— Sim. Por enquanto. Mais dez anos e estarei precisando que alguém me dê mingau de aveia na boca, ou que leia para mim, ou que garanta que eu não saia de casa e me perca.
— *Exatamente* — disse Dana, estendendo a mão por cima da mesa para pegar a de Saundra. — E se Ellie Jo decair ainda mais? E se sua distração se transformar em confusão e ela perder a memória? Daí eu nunca vou saber a verdade sobre as raízes de Lizzie.
— Isso supondo que Ellie Jo saiba a verdade. Você tem certeza de que ela sabe?
— Não. — Dana se recostou na cadeira. — O que *você* acha?
Saundra ficou em silêncio por um minuto, com o olhar preocupado. Finalmente, disse: — Acho que não.

Hugh telefonou para a casa de seus pais, sabendo que a mãe atenderia ao telefone, e contou a ela o que haviam descoberto em Albany.
— Um *padre?* — perguntou ela, parecendo maravilhada.
— Muito católico — informou Hugh. — Muito caucasiano.
— Você tem certeza?
— Ele estava bem ali, na casa paroquial, usando colarinho clerical e sendo chamado de padre Jack pela secretária da paróquia.
— Eu quis dizer, você tem certeza sobre a parte caucasiana? Se ele não é a origem da cor da bebê, então quem é?

— Não sei. Mas pelo menos excluímos o lado paterno da família de Dana. Mais importante: o papai passou os últimos cinco anos supondo que o homem fosse um crápula. Agora descobrimos que ele é um padre.

— Fico contente por Dana. Seu pai também ficará. Espere. Deixe-me chamá-lo.

— Não, mãe. Apenas lhe dê o recado.

— Mas isto é algo que você deveria contar a ele pessoalmente.

— Não tenho a resposta que ele quer.

— Hugh.

— Ainda não, mãe.

Mas somente alguns minutos depois, o telefone tocou e, quando ele atendeu, ouviu a voz furiosa do pai. Mas não era sobre Dana que Eaton estava esbravejando.

— Que *diabos* você está fazendo com Stan Hutchinson?

Hugh demorou um minuto para mudar de marcha. — Drummond te ligou?

— Não — explodiu ele. — Não a princípio, pelo menos. *Primeiro ele ligou para o meu irmão para dizer que você estava assediando o senador, e para lembrar-lhe que existem projetos de lei pendentes no Congresso que causariam impactos diretos nos negócios. Depois ele me ligou, mas só após Brad ter me telefonado para me dizer que você estava fora de controle e que eu precisava te deter.* Drummond foi mais cortês, mas o ponto principal foi o mesmo. Ele disse que estava telefonando por respeito a mim como membro do University Club. Queria que eu soubesse que meu filho estava brincando com fogo.

— Brincando com fogo? Como se eu fosse um garotinho?

— Você não tem ideia de quantos problemas Hutchinson pode causar. O homem é poderoso, e é vingativo.

— Ouvindo-o falar no Senado, se poderia pensar que ele é um santo.

— Uma coisa é o que ele fala. Outra é o que ele faz. Ele poderia arruinar seu tio, e poderia me arruinar também.

— Te arruinar? Como?

— Socialmente. Ele pode fazer o clima ficar pesado para nós, tanto aqui quanto em Vineyard. E poderia prejudicar a publicidade do meu livro.

— Você acha que ele controla o mundo editorial? Você lhe atribui poder demais.

— E você, de menos — contra-atacou Eaton. — O que você está fazendo, Hugh?

— Aparentemente, tocando um nervo exposto.

— Acusando Hutch de ser pai do filho de uma mocinha patética?

— Ela não é patética — disse Hugh com firmeza. — Tampouco o garoto. É um menino doce que precisa de ajuda.

— Por que de Hutch?

— Porque ele é filho de Hutch.

— Você pode provar isso?

— De forma circunstancial. Precisaria de um teste de DNA para provar de forma inequívoca.

— Como provou que Dana não tinha tido um caso? Sua mãe me disse que a família do pai dela é irlandesa católica de verdade. Se Ellie Jo não tem antepassados africanos, quem você irá investigar a seguir? *A nós?*

Sem responder, Hugh desligou o telefone.

Vinte

Hugh chegou ao escritório na manhã de sexta-feira meia hora antes de Daniel Drummond. Tomando uma caneca de café fresco, leu os últimos indícios que Lakey havia descoberto. Quando Drummond finalmente chegou, ele já estava com o trabalho bem adiantado.

Drummond, por outro lado, parecia ter acabado de cair da cama.

— Café? — ofereceu Hugh educadamente.

O outro resmungou: — Só se estiver bem forte. Com creme e três colheres de açúcar.

Hugh preparou o café numa caneca decorada com o nome da firma. Indicou com um gesto que Drummond se sentasse no sofá. Em vez disso, Drummond ocupou a única poltrona, aquela em que Hugh normalmente se sentava.

Em outras circunstâncias, Hugh poderia ter mantido a informalidade, mas se Drummond estava impondo um padrão de comportamento, Hugh faria o mesmo. Com o arquivo na mão, ocupou a poltrona de couro atrás de sua mesa.

— Obrigado por ter vindo, Dan. A situação é urgente.

— Você não para de dizer isso, mas urgente para quem? O meu cliente ou o seu?

— Como o seu irá concorrer à reeleição daqui a dois meses, para ambos.

— O senador não tem uma oposição séria.

— Isso poderia mudar, caso certas informações venham à tona.

— Então se trata de extorsão? Estamos no começo de setembro. Uma acusação frívola agora levantaria uma publicidade que só poderia ser resolvida depois da eleição.

Hugh se inclinou para frente. — O momento tem a ver com um acidente que aconteceu há duas semanas. O menino tem quatro anos de idade. Estava brincando no gramado na frente de casa quando um carro subiu no meio-fio e o atropelou. O motorista era um velho que sofreu um ataque cardíaco. Foi declarado morto no local do acidente. Nenhuma das partes tinha seguro. Se tivesse escolha, a mãe jamais iria se aproximar do seu cliente. Ela, assim como ele, não quer ter nenhum contato. Mas os ferimentos não foram menores.

Drummond bocejou. — E quais foram eles?

— Houve uma fratura na coluna vertebral, entre a pélvis e a caixa torácica. A fratura se estende às placas de crescimento do lado direito, o que significa que, sem cirurgias futuras, a criança terá um crescimento assimétrico. É uma área médica extremamente especializada.

Drummond bebeu mais café. Sua voz era monótona: — Nenhum hospital irá negar esse tipo de cirurgia a uma criança.

— Certo, mas vão endividar a mãe pelo resto da vida. Ela trabalha como garçonete e se enquadra naquela terra de ninguém na qual se ganha demais para ter cobertura pública, mas não o suficiente para pagar as contas. Eles já estão começando a persegui-la para receber os pagamentos. O menino está prestes a receber alta, o que significa que ela terá de parar de trabalhar para cuidar dele, o que significa ainda menos dinheiro entrando. Acrescente a isso o fato de que o melhor médico para tratar do caso está em St. Louis. O que significa que ela, talvez, terá que abandonar o emprego.

— Estamos em Boston. Temos os melhores médicos do país aqui mesmo.

— Não para isso. Já verifiquei. O melhor centro para esse tipo de problema fica na Universidade de Washington.

Drummond fez uma careta. — Por que ela precisa do melhor? O segundo melhor não é suficiente?

Hugh sorriu. — Para muita gente, é. Para um garoto cujo pai é o seu cliente, absolutamente não. O filho de Hutchinson merece nada menos do que o melhor. Tenho certeza de que Hutch concordaria com isso.

— Ah, ele concordaria. *Se* fosse seu filho. Eu apostaria que não é.

— Você perderia. As provas são irrefutáveis.

— Que provas?

— Tenho seis testemunhas dispostas a declarar que seu homem esteve na taberna na noite em questão e que foi atendido pela minha cliente. Tenho duas testemunhas, uma delas com Ph.D., dispostas a testemunhar que um veículo correspondendo à descrição do carro do seu cliente foi posteriormente estacionado no motel em questão. Tenho recibos tanto da locadora de automóveis quanto do motel.

— Então ela teve um caso com o motorista.

Hugh balançou a cabeça. — Há um vídeo da câmera de segurança. — Lakey fizera um bom trabalho. — Cinco anos atrás, os vídeos de segurança não eram tão comuns quanto agora, mas esse motel em particular havia sofrido uma série de roubos, e por isso instalou a câmera. A imagem é um pouco ruim, mas não há como não identificar o senador.

— Você sabe como é fácil alterar esses vídeos?

— Você sabe como é fácil provar que eles não foram alterados? Drummond deixou vários segundos passarem. — É só isso?

Hugh balançou a cabeça. Havia deixado o melhor por último.

— Parece que, no momento do orgasmo, o senador grita um nome. Tenho duas mulheres, além da minha cliente, dispostas a testemunhar sobre isso. São três mulheres citando o mesmo nome.

— *Que* mulheres?

— Nicole Anastasia e Veronica Duncan. — Nicole era a atriz que Lakey descobrira primeiro e, embora as fotos dela com o senador continuassem inéditas, rumores de uma ligação entre eles continuavam a aparecer nos tabloides. Veronica era lobista da indústria da saúde pública; havia trabalhado em conjunto com o senador durante anos.

Compreendendo as implicações daquilo, Drummond mudou de tática: — Que *nome* elas dizem que ele grita? — Agora ele estava completamente desperto.

— Dahlia. — Hugh deixou a informação calar. — Não é o nome da mulher do senador, é? Nem da mãe.

— Dahlia? Não seria *falha*? Ou *valha*?

— Dahlia. De todos os nomes que existem, três mulheres, separadamente, não poderiam ter inventado o mesmo. Quem você acha que é Dahlia? Sua primeira amante? Uma concubina de longa data?

— Acho que o nome é irrelevante. Você tem provas diretas de que sua cliente... qual é o nome dela? Crystal Kostas? Esteve num quarto de motel com meu cliente?

— Não tenho nenhuma foto dos dois juntos na cama.

— E entrando ou saindo do quarto?

— Não.

— Então, meu amigo, o que você tem é estritamente circunstancial.

— Mas prejudicial, caso vá a julgamento — retrucou Hugh sem perder o passo, visto que trabalhava com provas circunstanciais o tempo todo. Algumas eram frágeis; outras, como esta, não eram.

— Você disse que não queria um julgamento — disse Drummond.

— E não quero. Mas se Hutchinson quiser, estou preparado. — Virando uma página do arquivo, ele retirou uma fotografia pequena presa por um clipe à página seguinte e a passou por cima da mesa. — Aqui está o menino.

Drummond olhou para a foto. Não pôde esconder direito a surpresa momentânea, antes de jogá-la de volta para Hugh. — Aposto que eu poderia entrar em qualquer escola do país e encontrar um garoto que se parecesse com o senador.

— Talvez sim — admitiu Hugh —, mas será que algum deles teria nascido exatamente nove meses depois do dia em que o senador foi visto em uma taberna sendo atendido pela mãe, uma mulher que pode provar que passou duas horas num motel com ele?

— Provar? Você mesmo disse que não há fotos deles juntos nesse motel. Quem pode dizer que eles não estavam cada qual com outra pessoa?

— Tem isso — disse Hugh olhando para a foto, que permanecia entre eles. Ele sabia que era seu ás na manga. — Ele é um garoto meigo, Dan. A mãe diz que ele é bastante bom no futebol. Ela iria colocá-lo na liga infantil na próxima primavera. Mas, agora, pode ser que ele nunca mais consiga jogar. Seu futuro como um todo está em risco. Devido às várias provas circunstanciais que eu tenho, qualquer juiz teria dificuldade em ignorar o caso.

Drummond suspirou. — Quanto ela quer?

— Não quer — corrigiu-o Hugh. — Precisa. E nós gostaríamos que fosse depositado num fundo fiduciário. Ela não tem nenhum interesse em receber nada de Hutchinson, a não ser o que seu filho venha a necessitar para andar novamente. Ela não está em busca de lucro pessoal.

— Então isso a torna nobre? Ela ainda assim dormiu com um homem casado.

— Um homem casado ainda assim dormiu com ela. Ela sabia que ele era senador porque as pessoas na taberna o chamaram assim, mas será que sabia que ele era casado? Duvido. Ela não é exatamente uma fã de políticos.

— Quanto ela quer? — repetiu Drummond.

— Precisa — corrigiu Hugh. — Um milhão de dólares.

Drummond o encarou.

— Num fundo fiduciário — acrescentou Hugh. — Com a opção de receber mais, se a situação médica assim o justificar.

— Ou ela irá a público? *Isso* é chantagem.

— Não. É uma realidade médica.

Drummond terminou seu café. — Um milhão de dólares.

— Ele tem. Ele tem centenas de milhões.

— E isso faz dele um alvo fácil? Um milhão de dólares, apenas com base na palavra dela?

— Se ele não confia na palavra dela, um teste de DNA será suficiente.

Drummond riu com descrença. — Você realmente acha que meu cliente vai cair nessa?

Hugh deu de ombros. — Temos provas conclusivas que acarretarão vários dias de testemunhos em juízo. Uma admissão sigilosa ou um teste de DNA poderia poupar tempo, esforço e a humilhação de uma audiência, para todos os envolvidos. O teste é rápido. Seu cliente está sempre vindo a Boston. — Hugh sentiu que estava no comando. Podia se dar ao luxo de ser agradável. — Eu sei que você não pode se comprometer a fazer nada sem falar com o senador. Tome este arquivo. Expõe todas as provas. Na atual fase, nós só queremos uma admissão por escrito da responsabilidade e a criação de um fundo preliminar para que possamos dar início ao planejamento do tratamento do menino. Eu preferiria dirimir isto com civilidade, e tenho certeza de que o senador também. — Ele empurrou a foto do menino de volta para Drummond. — Leve isto também. Pode ser que ajude.

Drummond olhou para a foto. — Eu gosto do seu pai, Hugh. E gosto do seu tio. Então, só quero garantir que você entenda que o senador odeia ser acusado deste tipo de coisa. — Ele ergueu a mão. — Não estou te ameaçando, apenas te informando que, se você continuar com essa acusação e não tiver sucesso, poderá haver repercussões.

Tinha havido momentos em sua carreira nos quais Hugh sentira que um cliente lhe estava mentindo. Crystal não era um desses clientes. E ele havia conhecido o menino.

— O risco vale a pena — disse. Levantando-se, anexou a foto novamente ao relatório médico, fechou o arquivo e o estendeu para ele. — Obrigado por ter vindo, Dan. Terei uma resposta sua no começo da semana?

Drummond pegou o arquivo. — Não pressione.

— O senador estará em Boston na próxima sexta-feira para um evento de arrecadação de fundos.

— Eu não sabia disso.

— Então você não deve estar em sua lista de doadores ricos. Eu poderia marcar o teste quando ele quiser.

— E se ele decidir se defender?

— Ele quer manchetes nos jornais?

— Sua cliente quer? — Ele deu uma risadinha de homem para homem. — Ei, uma mulher que sai de seu trabalho numa taberna para dar uma rapidinha no motel local não é nenhuma bobinha inocente.

— Ela chega perto. É uma boa mãe, uma boa pessoa, e neste instante está naquele quarto de hospital, exausta após ter trabalhado até a meia-noite, tentando vestir o filho por cima do gesso e se perguntando o que um menino de quatro anos pode ter feito para merecer isso. Ele receberá alta ainda hoje, e ela não tem uma babá que possa ajudá-lo com o gesso, então terá de faltar ao trabalho. Isso significa nada de pagamento. Sexta-feira que vem é mais do que oportuno.

— Pode ser que sexta que vem não seja possível.

— Tem que ser, Dan. Não podemos esperar. Vindo aqui, você me economizou o trabalho de ajuizar a ação, mas quanto mais tempo passar, mais urgente a situação vai ficando. Se eu não receber uma resposta sua até quarta-feira, telefonarei para o funcionário de Harkins para marcar uma audiência na sexta.

— Harkins? — Não era uma pergunta, e sim uma expressão de desânimo.

— Ele é um bom juiz. Este tipo de caso é bem do estilo dele.

— Sim, porque ele tem um filho deficiente.

Hugh assentiu. — Certo.

Houve um longo silêncio, depois uma risada breve. — Você é astuto.

— Pode crer — disse Hugh e acompanhou Drummond até a saída. Ao retornar a seu escritório, sentia-se bem. Sentia-se eficiente. Havia logrado seu intento.

Decidido a dirigir até o hospital para compartilhar as notícias com Crystal, ele tomou o elevador até o estacionamento e entrou no carro. Ao se ver à luz do dia, porém, olhou rapidamente para o relógio, mudou de ideia e dirigiu-se para fora da cidade.

Acomodada em uma cadeirinha de balanço no chão da cozinha, Lizzie estava satisfeita. Estava tão intrigada com a luz que o sol projetava em suas mãos que Dana decidiu que o banho podia esperar. Um bebê intrigado era um bebê feliz, e elas não precisavam chegar à pediatra antes das nove. Eram só sete e meia.

Olhando para o relógio, Dana se lembrou de que era a esta hora que a prima de Ellie Jo, Emma Young, costumava telefonar, na época em que elas eram próximas. Emma vivia no norte do Maine e fora fazendeira por tanto tempo que, mesmo depois de ter vendido a fazenda e se mudado para a cidade, despertava ao nascer do sol. Dana certamente a encontraria em casa agora.

Discou o número que havia surrupiado da agenda cheia de orelhas da avó, no dia anterior. Tinha se sentido culpada ao fazer aquilo, mas não havia outro jeito. Não sabia para onde mais se voltar. Como último recurso, tinha passeado de carro pela cidade e, sob a desculpa de exibir Lizzie, abordara a questão da família de Ellie Jo, sem qualquer resultado. Ninguém a havia conhecido antes que ela se mudasse para a cidade, o que ocorrera logo após conhecer Earl. Emma era a única que havia conhecido Ellie Jo antes, no Maine.

— Alô? — atendeu uma voz estridente. Dana calculava que a mulher tinha, no mínimo, oitenta anos.

— Emma? Aqui é a Dana Joseph.

— Quem?

Dana falou mais alto. — Dana Joseph.

Houve uma pausa; então: — É a respeito da minha prima Eleanor? — ela perguntou com cautela.

— Sim e não.

— Ela morreu?

— *Deus*, não — exclamou Dana. — Foi isso que você pensou?

— O quê?

Dana gritou: — Minha avó está bem. — Não adiantava se estender.

— Quando há um telefonema depois de tanto tempo, geralmente não é boa notícia — disse Emma com seu intenso sotaque do Maine.

— Esta é. Acabo de ter um bebê.

Houve outra pausa, então a pergunta, ainda mais estridente:

— Faz quanto tempo?

— Ela está com duas semanas e meia.

A voz da mulher se elevou: — E ninguém me ligou quando ela nasceu?

Dana retratou-se: — Me desculpe. Tenho estado um pouco sobrecarregada. Não fizemos nenhum comunicado do nascimento ainda. —

Emma certamente estava na lista de Dana. Mas Ellie Jo podia ter telefonado.

— Eu fui ao seu casamento — prosseguiu Emma. — Sua avó precisava de figurantes e eu era a representante da família Joseph. Em todos os demais aspectos, ela me excluiu de sua vida. E você sabe por que ela fez isso?

Dana esperou. Como Emma não prosseguiu, ela disse: — Na verdade, não. — Ellie Jo dissera apenas que Emma era uma velha ranzinza que queria prejudicar qualquer pessoa cuja vida invejasse.

— Porque me atrevi a dizer algo a respeito de seu querido Earl que ela não gostou — continuou Emma. — Aquele homem não era quem as pessoas pensavam. E ela não queria que ninguém soubesse.

Dana prendeu a respiração, então perguntou: — Como assim, não era quem as pessoas pensavam?

— Ele era bígamo.

— Um *quê*?

—*Bígamo*... oh, mas eu não devia ter dito isso. Ellie Jo me disse que eu só estava com inveja porque ela havia se casado com um bom homem e eu não tinha me casado com ninguém. Ela disse que eu era uma má pessoa... foi disto que ela me chamou: de má pessoa, e bateu o telefone na minha cara.

— Um bígamo — repetiu Dana. Era quase ridículo, dado o que Dana lembrava de seu avô. Ele fora devotado à esposa, à filha e à neta, demonstrando-o até mesmo quando o trabalho o obrigava a viajar para outras cidades.

Um lamento fino veio do outro lado da linha. — Eu não devia ter dito isso. Agora ela ficará ainda mais brava comigo.

Dana sentiu que ia perder a mulher. Rapidamente, perguntou:

— Earl era de família afro-americana?

— *O quê?*

— A família dele era afro-americana?

Houve uma pausa. — Eu *disse* que ele era *bígamo*.

— E o seu pai? E o seu tio? — O tio teria sido pai de Ellie Jo. — Eles tinham sangue afro-americano?

— Sangue de *onde*? — gritou a velha. — Do que você está *falando*, Dana Jo? — Sua voz se afastou do telefone. — *Alô? Eu estou aqui.* — Ela voltou a falar com Dana. — Minha carona chegou. Ela me leva até a cidade para meu chá da manhã. Você pode dizer a Ellie Jo que eu a amo, que sinto muito se a irritei e que ela ainda é a única família que eu tenho?

— Pode deixar — disse Dana, embora duvidasse que a mulher houvesse escutado antes de desligar.

Ficou mais alguns minutos sentada, observando Lizzie e pensando que teria mais sorte se falasse com Emma pessoalmente; porém, sabia que Ellie Jo teria um ataque se descobrisse. Além disso, Dana tinha visto fotos dos pais e dos avós de sua avó. Certamente pareciam caucasianos. Se algum deles aparentasse ser afro-americano, Emma Young teria entendido o que Dana queria dizer.

Não, Dana não achava que a fonte da aparência de Lizzie estava na família no lado da vó Ellie. Já Earl era outra história, mas... bígamo?

Então, viu a hora. Desafivelando Lizzie, tomou o corpinho quente nos braços e a levou até a porta-balcão aberta, segurando-a sob o sol.

— Ah, mãe — murmurou —, ela não é a menininha mais doce que você já viu? Você sentiu isso quando me teve? Ou será que é algo em Lizzie?

Estava pensando que havia um monte de coisas em Lizzie que a tornava absolutamente especial quando o telefone tocou. Voltando para o sofá, pegou o telefone sem fio e então se paralisou. Reconhecia o código de área: 518. Na verdade, reconhecia o número todo. Era o padre Jack.

Com um cuidado deliberado, afastou o polegar do botão de atender e, com o coração aos pulos, esperou até que parasse de tocar. Ele não deixou nenhuma mensagem.

Covarde, pensou ela.

Jogando o telefone em um canto, ela levou a bebê para cima. Minutos depois, despiu-a e a colocou na pia do banheiro, a qual, forrada com uma toalha de rosto para oferecer tração, ela achava mais fácil do que a Mercedes das banheiras para bebês que eles haviam comprado.

Dana espalhou água morna sobre a pele da filha. — Oooooh — arrulhou —, isso não é uma delícia?

Lizzie não parecia ter tanta certeza disso. Seu corpinho estava tenso, e os olhos escuros, alarmados.

Portanto, Dana continuou falando enquanto a banhava, e foi provavelmente por essa razão que não escutou o carro. Quando Hugh apareceu subitamente na porta do banheiro, ela levou um susto.

— Você me assustou. Eu não estava te esperando. Você não deveria estar na sua reunião?

— Estava. — Parecendo contente, ele se aproximou dela na pia enquanto ela ensaboava o cabelo da bebê. Lizzie franziu o rosto. — Qual é o problema? — perguntou ele.

— Acho que ela não gosta de ficar sem roupa — disse Dana.

— Isso é ótimo. Será que vai durar até o fim da adolescência?

— Provavelmente não. — Mas ela se sentiu encorajada pelo humor dele. — Como foi?

— Eu disse o que tinha de dizer.

— E ele entendeu?

— Sim. Eu lhe dei até a quarta-feira para me responder. Sua consulta é às nove, certo? — Quando Dana assentiu, ele disse: — Você se importa se eu for junto?

— É claro que não. — Qualquer envolvimento por parte dele significava sentimentos por Lizzie. — Você ainda não conheceu a dra. Woods. — Hugh tinha feito toda a pesquisa com relação aos pediatras, comparando currículos, recomendações e organizações, mas uma emergência o havia mantido no trabalho no dia em que Dana entrevistara Laura Woods, e quando ela estivera no hospital, no dia do nascimento de Lizzie, Hugh não estava presente.

Dana usou um copinho para enxaguar o cabelo de Lizzie. A bebê começou a chorar. — Shhh, meu bem, shhh. Quase terminou. — Ela terminou o mais rápido possível. Hugh segurava uma toalha aberta e envolveu a filha, falando baixinho enquanto a carregava até seu quarto.

Naquele instante, Dana se sentiu completamente feliz. Quando finalmente terminou de limpar o banheiro e os seguiu até o quarto da bebê, Hugh já tinha vestido Lizzie. A roupa, outro presente, era um vestidinho com pregas uniformes no corpete, com a calcinha combinando. Era branca, com minúsculas flores em tom pastel.

— Ela... está... linda — exalou Dana.

Não era a única a pensar assim. Desde o instante em que chegaram à clínica médica, as pessoas comentaram sobre a aparência de Lizzie. Uma enfermeira os conduziu até uma sala de exames e verificou seu peso e altura, antes de Laura chegar e examiná-la com extrema gentileza, fazendo perguntas de rotina durante todo o tempo. Quando terminou, ela se virou para Dana e Hugh. — Houve perguntas sobre a cor dela?

— Algumas — disse Hugh. — Já nos ofereceram uma variedade enorme de explicações possíveis.

— Tenho certeza que sim — observou Laura. — Por enquanto, Lizzie não está consciente disso, mas não será assim para sempre. Em algum ponto, pode ser que vocês queiram conversar com outros pais de crianças mestiças.

— Um pai desses mora na casa ao lado da nossa. Ele tem sido de muita ajuda.

A médica havia apanhado o arquivo de Lizzie e virado a página.

— Aqui estão os resultados dos exames neonatais que fizeram quando ela nasceu. Todos normais. Sua filha está bem no que diz respeito a fenilcetonúria, metabolismo, hipotireoidismo. — Ela ergueu os olhos, passando-os de Dana para Hugh. — Ela teve resultado positivo como portadora de traço falciforme.

O coração de Dana quase parou. — O que isso quer dizer?

— A doença falciforme é um distúrbio no qual as hemácias, normalmente redondas, apresentam a forma de uma foice. Por causa dessa forma, o fluxo sanguíneo nos vasos finos pode ver-se impedido. Isso pode causar baixa contagem de sangue e outros problemas.

— Anemia falciforme — disse Hugh com a voz pesada.

— Sim. A maioria das pessoas afetadas é de descendência africana.

— Lizzie não pode estar doente — disse Dana. — Ela parece tão... tão robusta.

— Ah, ela não está doente — garantiu-lhe a médica. — Ser portador do traço não tem nada a ver com ter a doença. Ela só precisa saber que é portadora, para quando tiver filhos. Se o pai do filho dela também for portador, a criança poderia ter a doença.

— Como foi que isso aconteceu? — perguntou Dana.

— É um traço hereditário. Um de cada doze afro-americanos é portador.

— Isso não me consola nem um pouco — observou Hugh. — Ela poderia desenvolver a doença?

— Não, mas quando crianças doentes são identificadas precocemente e medicadas com antibióticos, há grande melhora. É por isso que fazemos o teste em recém-nascidos.

Dana se tranquilizou apenas em parte. — Então, ela herdou isso em conjunto com a pele escura?

— Parece que sim. Um de vocês é portador do traço.

Dana engoliu em seco. — Sem saber?

A médica sorriu. — É o que estou tentando dizer a vocês. Ser portador do traço falciforme não tem nenhum impacto na saúde do portador. É simplesmente um risco para a geração seguinte.

— Portanto, se partirmos do princípio de que eu sou a portadora — prosseguiu Dana —, e se Hugh fosse descendente de africanos, Lizzie poderia ter a doença de fato.

— Só se Hugh fosse portador do traço.

— Caucasianos podem ser portadores?

— Raramente. Quando o vemos em caucasianos, um exame mais profundo geralmente revela uma pessoa de descendência afro-americana na árvore genealógica.

— Nós somos anglo-saxões — disse Hugh. — Noruegueses, por um lado bem distante.

Laura olhou para Dana. — Você me disse que desconfiava que as características de Lizzie tivessem vindo de você. O traço acompanha isso.

— Então, eu sou realmente portadora.
— Sim.
— Não existe nenhuma possibilidade de ter pulado uma geração?
— Não se sua filha o tem.
— Então um dos meus genitores também tinha.
— Sim.

Dana olhou de relance para Hugh. — Acha que meu pai faria um teste?

— Se ele estiver falando sério sobre querer um relacionamento — disse Hugh. Ele encarou a médica. — Em que implica esse teste?

— É um exame de sangue simples. Pode ser feito em qualquer laboratório. Há um no andar de baixo. A análise das amostras só leva alguns minutos.

— Eu poderia fazê-lo agora mesmo? — perguntou Dana e olhou para Hugh. — Como posso pedir para o meu pai fazer, se eu não fizer primeiro? — Ela se voltou para a médica. — Eu gostaria de fazer, por favor. — Queria saber. Seria a primeira prova concreta; um primeiro passo *conclusivo* na investigação de suas raízes. — Hugh pode ficar com a bebê.

A médica redigiu o pedido e Dana foi até o laboratório de hematologia. Mal havia apresentado o pedido e seu cartão do plano de saúde quando foi chamada.

O técnico tirou sangue da dobra de seu braço de forma rápida e indolor. O problema veio quando ele disse: — Enviaremos o resultado para a sua médica daqui a alguns dias.

— Ah, não — disse Dana rapidamente —, preciso do resultado agora. — O resultado não lhe diria qual de seus antepassados havia transmitido o gene, mas depois de ficar no limbo por mais de duas semanas, ela queria aquele fato concreto. — A dra. Woods disse que a análise não iria demorar. — Sua voz se tornou suplicante: — Não há um jeito...?

O técnico franziu o rosto. — Eles não gostam quando eu peço urgência.

— A dra. Woods disse que só levaria uns minutos. — Bem, não exatamente. Mas quase. — Ela está esperando o resultado. — Posso ficar aqui até que esteja pronto, e daí levo para cima pessoalmente.

O homem pareceu resignar-se. Com o frasco na mão, disse:

— Pode subir. Vão te chamar assim que terminarem.

Satisfeita com isso, Dana tomou o elevador de volta ao consultório da pediatra e encontrou a médica ainda com Hugh e Lizzie. Estavam falando sobre genética. Dana inclinou a cabeça sobre a da bebê, fechou os olhos e se concentrou no aroma doce de sua filha.

Quando o telefone tocou, ergueu os olhos rapidamente. Laura atendeu, escutou e franziu a testa. Quando desligou, parecia perplexa.

— O teste deu negativo.

— Negativo?

— Aparentemente, você não é a portadora. — O significado disso preencheu o silêncio.

Dana o rompeu: — Deve haver um erro. Eu não devia tê-los apressado.

— Você não apressou ninguém. É só a papelada que causa a demora, não o teste.

— Então, a leitura — tentou Dana. — Talvez eu devesse fazer novamente.

— Tenho uma ideia melhor — disse a médica, e apontou com o dedo para Hugh.

Dana engasgou. — Isso é ridículo.

Mas Hugh disse: — Não é. Vamos pelo menos excluir essa possibilidade. — Ele perguntou a Laura: — Você tem certeza de que um de nós tem que ser portador?

— Tenho — disse ela, já preenchendo o pedido.

Ele saiu com o papel e, pelos dez minutos seguintes, enquanto Laura atendia outro paciente, Dana ficou sozinha. Ela amamentou Lizzie mais pela distração do que pela fome da bebê. Estava fazendo-a arrotar quando Hugh voltou.

Dana levantou as sobrancelhas.

— Vão avisar — disse ele.

— Enquanto estivermos aqui?

— Sim. Eles se lembraram de você.

Ela esfregou as costas de Lizzie. — Doença falciforme.

— Não doença — disse Hugh, apoiando-se na mesa de exame e cruzando os tornozelos. — Traço.

— Não posso imaginar ter andado por aí durante trinta e quatro anos sem saber.

A porta se abriu e Laura entrou silenciosamente. Ela olhava para Hugh. — Positivo.

Os olhos de Dana voaram até ele.

Ele mostrava um meio sorriso, descrente. — É impossível. Cada um dos membros da minha família tem sido registrado... há *gerações*.

— Só posso te dizer o que o teste mostra — disse Laura. — O de Dana é negativo, o seu é positivo.

— Eles devem ter misturado os testes — disse Dana, pois concordava com Hugh. — Ou interpretaram mal os resultados.

Mas Laura estava negando com a cabeça. — Pedi ao chefe do laboratório para confirmar. O teste de Hugh é definitivamente positivo.

Vinte e Um

Hugh queria duvidar, e isso não tinha nada a ver com preconceito. A ideia de que ele fosse a origem da herança africana de Lizzie ia contra tudo o que lhe haviam ensinado sobre sua família — tudo que seus *pais* lhe haviam ensinado sobre a família.

Mas ele acreditava na ciência.

O significado do teste era claro. Lançava uma luz totalmente nova sobre a cor de Lizzie — e, conforme percebeu num flash de compreensão, sobre o mal-estar de Eaton com ela. No caminho para casa, ficou quieto, preocupado em juntar elementos de prova que abalavam tudo que ele pensara saber.

Assim que deixou Dana e Lizzie em casa, dirigiu-se a Old Burgess Way. Impulsionado pela raiva, percorreu a maior parte do caminho em alta velocidade até chegar à entrada da casa dos pais. Segundos após ter estacionado, subiu feito um tufão pela calçada até o casarão de tijolos.

Tocou a campainha. Como ninguém atendeu, usou sua chave. Uma vez lá dentro, atravessou a sala de estar a passos largos até a biblioteca do pai. Eaton não estava lá, mas seu livro mais recente estava aberto no centro da enorme escrivaninha de carvalho que fora deixada pelo bisavô de Eaton — pelo *suposto* bisavô de Eaton.

Acaba de sair da impressora, dizia a nota manuscrita do editor de Eaton. *Que venham mais críticas excelentes!*

Espumando de raiva, Hugh voltou pelo hall até a cozinha. Não havia ninguém ali, mas a porta que dava para o jardim estava aberta. Ele desceu os degraus num passo só e, com resolução semelhante, atravessou o deque da piscina. Seus pais estavam com um velho amigo, à mesa de ferro forjado sob a sombra de um guarda-sol, na extremidade mais distante da piscina.

Dorothy o viu primeiro. Seu rosto se iluminou, o que fez os homens se virarem para olhar.

Hugh olhou para o pai. — Podemos conversar?

— Hugh — disse seu pai com pretensa surpresa, como se eles houvessem conversado no dia anterior, sem qualquer desentendimento —, você se lembra de Larry Silverman, não? Ele acaba de assinar um acordo para reformar o antigo arsenal. Estamos comemorando.

Hugh estendeu a mão para o outro homem. — Olá, Tex. — Ele se voltou para Eaton. — Podemos conversar?

Alegremente, Dorothy perguntou: — Você aceita um sanduíche, Hugh?

— Não. Só quero roubar o papai por um minuto. — Seus olhos se voltaram para o pai, que devia ter visto a ira ali presente, pois se levantou e tomou o braço de Hugh.

— Voltarei logo — disse ele aos demais e, contornando a piscina, atravessou o deque. Na casa, soltou o braço de Hugh e o precedeu até a cozinha. — Isso foi quase grosseiro — disse ele. — Espero que valha a pena.

Hugh sabia que valia — não que se importasse muito com a definição que Eaton desse a "valor". Sempre respeitara seu pai. Apesar de suas discordâncias, acreditara que o pai fosse uma pessoa honesta. Agora, não acreditava mais nisso.

Esforçando-se para manter o tom de voz baixo, disse: — Acaba de acontecer uma coisa interessante. Dana e eu levamos Lizzie à pediatra, que estava avaliando seus exames neonatais. Minha filha é portadora de traço falciforme. Você sabe o que é isso?

Eaton o encarou com cautela. — Sim.

— Ela o herdou de um dos genitores — prosseguiu Hugh no mesmo tom contido — e, naturalmente, pensamos que fosse Dana, porque desde o início imaginamos que o gene africano vinha do lado dela, já que o meu lado da família é de uma brancura imaculada. Houve uma coisa estranha, no entanto, pai. O teste de Dana deu negativo. Então, pensei com meus botões: "Que diabos, vou fazer o teste também, porque é claro que vai dar negativo e, então, eles vão refazer o teste com Dana." Só que meu teste deu positivo.

O rosto de Eaton perdeu toda a cor. Ele não disse nada, apenas ficou olhando para Hugh, o que enfureceu o filho ainda mais.

— Então, de repente — disse Hugh —, comecei a pensar em como você atacou minha mulher no dia em que Lizzie nasceu... em como você foi tão rápido em acusá-la de ter tido um caso. Comecei a pensar em como você não quis ver a minha filha — isso ainda lhe doía —, mesmo depois que humilhei Dana, fazendo um teste de paternidade para provar a você que a bebê *era* minha. Então, comecei a questionar por que você não quis ver aquela inocente bebê de pele escura... logo você, que sempre respeitou as pessoas de cor.

Eaton ficou em silêncio, rígido.

Hugh firmou a mão trêmula sobre o balcão. — Quando vinha dirigindo para cá, eu me lembrei da última vez em que conversamos por telefone. Você estava obcecado com seu livro, dizendo que o momento para que isso estivesse acontecendo era péssimo, como se fosse uma sabotagem deliberada por parte de Dana e de mim. Então, pensei no livro em si — continuou ele —, que não é mais do que uma declaração de nossa família aristocrática. Comecei a me perguntar se você sabia que seu livro, que sua *vida*, era uma fraude.

— Eu não sei disso.

— E quanto ao grande liberalista branco que seus livros mostram que você é — enfureceu-se Hugh —, ele é real? Ou você vem advogando pelas minorias todos estes anos pela culpa que sente por se fazer passar por branco?

— Eu não escrevi nada com isso em mente — afirmou Eaton.

— Você realmente não tem preconceitos ou foi tudo fingimento?

— Isso importa? — retrucou seu pai. — O fim não justifica os meios?

— Não. Os motivos contam. É o que está aqui — disse Hugh, tocando seu peito, um gesto que Dana fizera há não muito tempo.

— Nem sempre — argumentou Eaton.

— Mesmo que isso faça de você uma *fraude*?

Eaton piscou diante dessa palavra e perdeu qualquer vontade de lutar. Parecia subitamente indefeso. — A questão da célula falciforme é a primeira prova concreta de que eu tomo conhecimento.

— A primeira prova *concreta*? E quanto às provas *não* concretas?

— Não houve nenhuma — insistiu Eaton. — Nenhuma prova em absoluto.

— Mas você sabia que existia uma possibilidade de que nossa família não fosse como pensávamos?

Eaton o encarou. Após um longo instante, assentiu com a cabeça e desviou o olhar.

— Quando? — perguntou Hugh. — Há quanto tempo?

— Não muito.

— Estamos falando do Período da Reconstrução?

— Menos. Nem setenta e cinco anos atrás. — Seu olhar se voltou para o rosto de Hugh. — Ouvi um rumor quando eu era pequeno. E novamente quando você e Robert nasceram. Estávamos passando as férias de verão em Vineyard. — Ele franziu a testa e apertou os lábios.

— Não pare agora — advertiu Hugh.

Seu pai olhou para cima. — Hugh. Eu não sei o que é que eu sei.

— Comece com os rumores. — Ele jamais havia pressionado o pai dessa maneira. Respeitava-o demais. Mas tudo isso havia mudado.

Eaton se encostou à pia e olhou por cima da piscina, para a mesa de ferro forjado e para sua esposa. Ficou calado por mais um minuto. Então, suspirou: — O rumor era de que a minha mãe tivera um caso com alguém lá em Martha's Vineyard.

— Um afro-americano.

— Sim. Ele era advogado em Washington D.C., mas passava as férias de verão em Oak Bluffs. Minha mãe costumava vê-lo pela cidade.

— Vê-lo?

Os olhos de Eaton rapidamente se deslocaram para o filho — olhos escuros, Hugh notou, tão parecidos com os dele, *tão parecidos com os de Lizzie*. — Não tenho certeza de que tenha havido um caso extraconjugal.

— Pai — repreendeu Hugh —, eu sou portador do traço falciforme. Você acha que, então, eu o herdei da mamãe?

Eaton não respondeu.

— Ela sabe alguma coisa a respeito disso?

— Não.

Hugh pressionou a veia latejante em sua têmpora. — Seu pai sabia que a esposa dele tinha tido um caso?

— Não sei o que ele sabia — respondeu Eaton.

— Ele nunca te disse nada?

— Não.

— O que mais você sabe sobre o cara? Sabe o nome dele?

— Sim.

— Ele ainda está vivo?

— Não.

— Ele tem família?

— Uma irmã. Ele era de uma família inter-racial: um dos genitores era negro, o outro, branco. Ele mesmo tinha pele clara.

Hugh se concentrou na genética. — Então, se ele teve um filho com uma mulher branca, a criança tinha a chance de ser ainda mais clara.

Eaton hesitou. — Talvez sim, talvez não. Pelo que entendo, quando eu nasci, os rumores se acalmaram. Voltaram à tona quando apareci em Martha's Vineyard com minha esposa grávida. Os mesmos mexeriqueiros começaram a especular se meu filho iria se parecer com o avô. Quando você nasceu, os rumores sumiram novamente. A mesma coisa com Robert.

— Robert — exalou Hugh. Aquilo levantava outro assunto. — Você parou depois de Robert. São dois filhos. A maioria dos Clarke tem três ou quatro. Você achou que era melhor não forçar mais a sorte?

— Não. Sua mãe teve uma gravidez difícil com Robert. Aconselharam-na a não ter mais filhos.

Hugh aceitou isso.

— Robert foi prova suficiente para mim — disse Eaton. — Quando os filhos dele nasceram, com aparência caucasiana, concluí que tudo que eu havia escutado em Vineyard era pura fofoca.

Hugh não queria desculpas. — Mas você soube a verdade no instante em que viu Lizzie.

— Não, não soube. Havia passado tempo demais. E havia outras possibilidades — disse ele, referindo-se à família de Dana.

— Mas essa era uma das possibilidades — argumentou Hugh —, e mesmo assim você não disse nada. Em vez disso, acusou minha mulher de me trair. Como *pôde* fazer isso?

— Era uma possibilidade.

Hugh ficou lívido. — Como a da sua mãe trair seu pai? Você alguma vez perguntou a ela a respeito disso?

— Eu não podia fazer isso — disse Eaton, e começou a se mover em direção ao hall.

Hugh ergueu a voz: — Porque teria sido um insulto sequer *sugerir* que ela havia sido infiel. Você não achou que a mesma coisa se aplicava a Dana? Ela pode não ter o pedigree que nós temos... — Ele parou de repente, com uma risada amarga. — Ah! Mas nós não temos o pedigree que pensávamos, temos?

Eaton pôs a mão no batente da porta. — Que diabos eu vou fazer? Meu livro será lançado em uma semana a contar da terça-feira.

— Seu livro? — perguntou Hugh. — E quanto à minha *esposa*?

Eaton pareceu não ter escutado. — Temos uma turnê completa agendada. Estou comprometido com entrevistas para jornais e programas na televisão. — Ele voltou o olhar, assustado, para Hugh. — Apresentei minha vida neste livro como um fato. Se for mentira, estou frito como escritor. Você consegue imaginar o escândalo que isso provocaria, se viesse à tona? Os tabloides iriam fazer a festa. — Ele estreitou os olhos. — Esqueça os tabloides. O *Times* iria fazer a festa. E... e os meus alunos? Como vou explicar isso a eles? Ou ao reitor?

Hugh não sentiu qualquer compaixão: — O que era mesmo que você e a mamãe sempre diziam... não minta porque a mentira voltará para te perseguir?

— Eu não menti conscientemente.

— Mas você é um pesquisador. Sabe como escavar o passado e obter os fatos. Você fez isso com Woodrow Wilson. Fez isso com Grover Cleveland. Por que não pôde fazer com Eaton Clarke?

Seu pai se empertigou. — Pela mesma razão que você deduziu que sua mulher fosse a fonte da cor da sua filha. Eu fui criado segundo certas crenças. Era preferível apegar-se a elas a considerar outras possibilidades.

— Preferível — disse Hugh.

— Sim, preferível. Nós todos não queremos nos ver como sendo de raça pura?

— Mas *não* somos. E você *sabia* disso — ele levantou a mão quando viu o pai se preparando para discutir —, em algum nível, você sabia. O que te deu na cabeça para escrever *A Linhagem de um Homem*?

— Sou historiador. *A Linhagem de um Homem* é história. Os Clarke sempre tiveram participação nos meus livros.

— Como coadjuvantes. Nunca como os personagens principais. O que você estava *pensando*?

— Estava pensando que iria *funcionar* — retrucou Eaton. — Temos sido líderes empresariais, políticos, diplomatas. Temos estado em todas as encruzilhadas da história deste país e o fizemos mediante trabalho árduo, bom e honesto. Tenho orgulho da minha família. — Ele se deteve e colocou a mão no peito. — O que vou dizer ao meu agente? Ao meu *editor*?

— O que você vai dizer à mamãe? — acrescentou Hugh, sabendo que o pior estava bem ali, em casa. — O que eu vou dizer à *minha* mulher? Ela vai se lembrar de como foi maltratada por esta família... por você e pelo tio Brad. *Ele* sabe, a propósito? — Então, ocorreu a Hugh: — Quem é o pai *dele*?

— O homem que pensei que fosse o meu.

Vinte e Dois

Dana cuidou de Lizzie, tentando não pensar. Depois de deitar a bebê, concentrou-se em terminar o xale faroense. Ela queria que estivesse pronto para a liquidação de outono.

O xale ocupou toda a sua atenção. Mesmo com o padrão rendado pronto, com terminações feitas em ambos os lados e duas seções principais unidas por uma emenda nas costas, havia pontos a contar, marcas a retirar e um molde para ser seguido por centenas de pontos. Cada fileira levou dez minutos para ser completada.

Ela não podia se preocupar com o telefonema de Albany, não podia se preocupar com Hugh, Eaton ou Ellie Jo. Tinha que se concentrar no que estava fazendo. Era terapêutico. Já se sentia relaxada quando Lizzie acordou para mamar de novo.

Enquanto a estava amamentando, Ali apareceu à porta. Trazia suas duas bonecas: Creme, com o cachecol vermelho enrolado uma vez no pescoço, e Cacau, com o cachecol verde-escuro dando tantas voltas que o rosto da boneca estava quase totalmente oculto. Quando Dana abaixou o cachecol, Ali voltou a colocá-lo.

— Você não quer descobrir o nariz dela para que ela possa respirar? — perguntou Dana.

— Ela não precisa respirar. Ela gosta de ficar coberta.

— Por quê?

— Assim — explicou Ali — ela pode ver o que está acontecendo sem que as pessoas a vejam. — Abraçando ambas as bonecas, ela olhou para cima. — Nós vamos à loja?

Elas iam. Ali foi tagarelando o caminho todo, sobre qualquer coisa que atraísse sua atenção, e embora Dana quisesse discutir o assunto da escola, não sabia por onde começar. Ali saltou do carro no instante em que elas pararam e entrou correndo na loja.

Dana a seguiu, com Lizzie nos braços. Uma vez lá dentro, conversou com Tara a respeito de um pedido que o vendedor tinha cobrado errado, verificou com Olivia a quantas andavam as matrículas para as aulas de outono e perguntou a Saundra sobre o estado de ânimo de Ellie Jo. Ouvindo que sua avó ainda estava deprimida, deixou Lizzie e Ali sob os cuidados atentos de Saundra e foi até sua casa.

Ellie Jo não estava na cozinha.

— Vó? — chamou Dana, procurando em toda a parte térrea da casa. — Vó? — gritou mais alto, e subiu as escadas.

Ellie Jo não estava em seu quarto nem no banheiro, mas Dana ouviu Veronica.

Temendo uma repetição da cena de duas semanas antes, apressou-se pelo corredor até o quarto de sua mãe. Ellie Jo não estava lá, mas a porta do closet estava aberta e a escada do sótão abaixada, como haviam estado naquele dia. Veronica miou do sótão.

— Vó? — chamou Dana, e subiu rapidamente.

Não viu Ellie Jo a princípio. Só quando Veronica miou novamente foi que Dana as localizou. Estavam sentadas num canto baixo, junto ao telhado. O pé engessado de Ellie Jo estava estendido à sua frente. Havia um pedaço retirado do isolante térmico cor-de-rosa a seu lado direito. Espalhado pelo chão abaixo, havia um conjunto de papéis.

— O que você está *fazendo* aqui, vó? — exclamou Dana, pois o calor sufocante só podia fazer mal à velha senhora. Ela foi se aproximando com esforço. — O que é tudo isto?

Como Ellie Jo não respondeu, Dana começou a juntar a papelada. Havia vários formulários públicos, um recorte de jornal e um bilhete escrito a mão.

Com um olhar rápido e interrogativo a Ellie Jo, Dana analisou o recorte. Estava datado do dia seguinte à morte de seu avô e descrevia um acidente estranho num quarto de motel, envolvendo uma queda e a descoberta do corpo doze horas mais tarde. Ela leu rapidamente o resto. Quatro palavras na última linha saltaram a seus olhos: *Esposa há muito separada.*

— O que é isto? — perguntou Dana, olhando para Ellie Jo.

Os olhos de Ellie Jo estavam aflitos e havia algo errado com sua boca. Estava torta, levemente aberta, mas sem se mover.

— Vó?

Suas mãos tampouco tinham se mexido.

— *Vó* — ofegou Dana e, perdendo totalmente a racionalidade, apoiou-se num joelho e tocou o rosto da avó. Estava morno, e a pulsação em seu pescoço era forte. Mas Ellie Jo não conseguia falar.

Apavorada, Dana apalpou o bolso em busca de seu celular e percebeu que o deixara em sua bolsa, na loja.

— Fique aqui, vó — ela sussurrou rapidamente. — Tenho que ir buscar ajuda.

Desceu a escada com sacrifício, apanhou o telefone sem fio do quarto e subiu correndo novamente. Primeiro, ligou para a loja. Depois, ligou para Hugh.

Quando ouviu a voz dele, tudo voltou: a proximidade que haviam compartilhado, a estabilidade que ele lhe oferecia. Aquilo era uma emergência. Ela precisava dele, agora.

— Sim? — disse ele, num tom estranhamente contido.

Dana esforçou-se para não entrar em pânico. — Onde você está?

— Na estrada.

— A que distância da loja de lãs?

— Quinze minutos. — Ele devia ter percebido seu pânico, porque sua voz se tornou mais preocupada: — O que aconteceu?

— É a Ellie Jo — disse Dana. Ela estava agachada na frente da avó, levantando sua mão flácida e pressionando-a ao próprio pescoço. — Estão chamando uma ambulância, mas pode ser que eu precise da sua ajuda com Lizzie.

— Foi o pé de novo?

— Não.

— Coração?

— Acho que não.
— Derrame?
— Talvez — disse ela. — Você pode vir direto para cá?

Hugh chegou à casa de Ellie Jo precisamente quando a colocavam na ambulância. Dana correu até o carro dele.

— Eles acham que é um derrame, mas não sabem ao certo — gritou ela, parecendo aterrorizada. — Preciso acompanhá-la, Hugh. Lizzie está lá na loja e não faço ideia de quanto tempo ficarei fora. Não posso levá-la comigo. Temos aquelas mamadeiras pequenas com leite em pó já preparado. Você só precisa abrir e encaixar o bico.

— Posso fazer isso — disse Hugh. Era verdade que ainda não tinha alimentado Lizzie, pelo fato de Dana estar amamentando, mas havia lido todos os livros.

— Com licença? — chamou o paramédico.

Dana se afastou de Hugh. — Tudo que você vai precisar está no armário à direita da geladeira.

— Quanto tempo eu aqueço o leite?

— Só até que você consiga sentir na sua pele — gritou ela, subindo na ambulância.

— Você me avisa sobre o que estiver acontecendo?

Ela fez que sim com a cabeça. Quando a porta da ambulância se fechou, Tara se apartou das mulheres que estavam observando, ansiosamente, e veio para perto dele.

— Graças a Deus que você está aqui — disse ela. — Isso não é nada bom. Quer que eu cuide da bebê para você ir para o hospital?

Hugh confiava em Tara, mas queria cuidar de Lizzie pessoalmente. — Ainda não — disse ele —, mas vamos precisar de uma bomba para tirar o leite.

— Pode deixar que eu pego. Se eu a levar até o hospital, posso mostrar a Dana como usá-la e, depois, trago o leite de volta para você.

— Seria de muita ajuda — disse ele, e viu Lizzie adormecida no ombro de uma mulher que olhava com grande preocupação para a ambulância que se afastava. Ele já a tinha visto na loja antes e fora apresentado para ela no hospital, duas semanas atrás. — É... Saundra?

— Saundra Belisle — Tara refrescou sua memória. — Ela é o máximo.

Saundra encontrou-o dentro da loja. Não era muito mais baixa do que Hugh e se vestia com estilo, uma calça social branca e uma blusa marrom-chocolate. Tinha cabelo grisalho curto, pele marrom-clara e seus olhos estavam cheios de dor. — Os paramédicos disseram alguma coisa?

— Não que eu tenha ouvido.

Saundra parecia confusa. — Ela não tem estado normal ultimamente. Relembrando agora, me pergunto se sua primeira queda não foi o resultado de um miniderrame, um AIT. Pode ser que ela tenha tido vários, mas tem sido inflexível quanto a consultar um médico. Nós deveríamos ter insistido. — Erguendo a bebê de seu ombro com mãos incrivelmente gentis, Saundra a acalentou por um instante final, antes de entregá-la a Hugh. Lizzie continuou dormindo em júbilo.

— Você é um homem de sorte — disse a mulher.

Observando Lizzie, Hugh foi atingido por uma onda de emoção mais forte do que qualquer coisa que houvesse sentido antes. Ela era *sua* filha. — Obrigado por tê-la segurado.

— O prazer é todo meu.

Algo na voz de Saundra fez Hugh olhar para ela com mais atenção. Ele podia ver seu prazer e sentiu-se confortado por aquilo.

— Se eu puder ajudar em alguma coisa — disse ela —, moro a cinco minutos daqui. Tara tem meu telefone. Por favor, me ligue.

— Obrigado — disse Hugh e observou enquanto ela voltava para a loja. Foi então que viu Ali Johnson. Ela estava sentada numa cadeira grande à mesa, segurando suas bonecas e espreitando-o com olhos expressivos. — Ali — ele se aproximou —, como foi que você veio até aqui?

— Dana — disse Ali com a voz temerosa. — O que aconteceu com a vó Ellie?

— Não sei direito. — Ele se ajoelhou.

—Ela vai morrer?

—Espero, de verdade, que não. Preciso da sua ajuda, Ali. Elas foram para o hospital e aqui estou eu, sozinho com Lizzie e sem saber direito o que fazer. Seria uma grande ajuda para mim se você fosse no banco de trás e ficasse de olho nela enquanto eu dirijo. Acha que pode fazer isso?

Ali assentiu com a cabeça.

Hugh sorriu. — Esta é a minha garota. — Levantou-se. — Você tem uma sacola para pôr suas coisas?

Pouco tempo depois, estacionaram em casa. Na garagem ao lado, David estava saindo de seu carro.

Ali desceu num instante e correu até ele. — Papai, papai, uma coisa *terrível* aconteceu com a vó Ellie. Tiveram que carregá-la para fora de casa numa *maca*. Não é isso que eles fazem com as pessoas *mortas*?

— Ela está bem — gritou Hugh e tirou Lizzie da cadeirinha. Quando se endireitou novamente David estava ali.

— O que houve?

— Ela teve um derrame, acho. A ambulância assustou Ali. Ela já entrou?

— Sim.

— Quer ouvir uma coisa incrível? — perguntou Hugh e desabafou aquilo que havia descoberto. — Meu avô era negro mestiço.

O rosto de David ficou perplexo.

Hugh explodiu: — Pois é. É exatamente assim que estou me sentindo. Acabei de descobrir. É a primeira vez que digo isso em voz alta.

David franziu a testa. — Diga novamente.

— Meu avô era negro mestiço.

— Qual avô? — perguntou David, como se fosse uma brincadeira. *Seria o magnata dos negócios ou o embaixador da Islândia?*, Hugh podia ouvi-lo pensar.

— Um advogado por quem a mãe do meu pai aparentemente se apaixonou, num verão em Vineyard.

David levou mais um minuto para perceber que Hugh estava falando sério. Então, de repente, empalideceu. — Seu bastardo!

— Não eu. O meu pai.

— Depois do que você fez Dana passar? Então, vocês são mentirosos, todos vocês, fazendo-se passar por brancos? Aproveitando-se de todas as vantagens que podiam, durante toda a vida. Desfilando como entes superiores, enquanto ocultavam o fato de serem mestiços.

Dessa vez, Hugh não discutiu. Sabia o que viria, sabia que precisava deixar David desabafar tudo aquilo se queria ter uma chance de ser novamente seu amigo.

— O que você quer dizer com acabou de descobrir? — perguntou David.

Hugh contou a ele sobre os testes de célula falciforme e seu subsequente confronto com Eaton.

— E ele realmente não sabia? — perguntou David. — Você acredita nisso?

Hugh pensou por um minuto. — Sim, acredito. Eu vi sua cara. Posso culpá-lo por não ter investigado isso antes, mas sua surpresa não foi fingida. — Ele não mencionou o horror de Eaton ao pensar em seu livro. Não era uma imagem muito lisonjeira.

David escrutinou o rosto de Hugh por mais um minuto, parecendo esperar que ele risse e desmentisse tudo. Mas não havia nada que desmentir. Aquilo era real.

O olhar de David perdeu a raiva. Ele passou a mão por sua cabeça raspada. — Chega a ser engraçado, sabe? Seu pai deve estar em estado de choque. Falando de choque, contei a Susan sobre as bonecas de Ali. Ela surtou no início, mas, assim que conseguiu se acalmar, voltou a ser ela mesma. Disse que eu estava imaginando coisas, que só estou tentando irritá-la e que mimei tanto Ali que ela não quer mais ir embora. — Ele olhou de relance para Lizzie. — Quer que eu cuide da bebê enquanto você vai até o hospital?

— Vou esperar até que Dana telefone. — Ele sustentou o olhar de David. — Mas obrigado. Agradeço muito sua oferta.

— Sobre a outra coisa — disse David, agora mais baixo —, não é o fim do mundo.

— Não, mas com certeza muda minha *visão* do mundo.

— Isso pode ser algo bom.

— Talvez. Ainda não cheguei a esse ponto. Só recebi a notícia há algumas horas.

— Fico contente por você ter me contado.

— Eu também.

David olhou novamente para Lizzie. — Você sabe o que fazer quando ela chorar?

— Nunca a alimentei antes, mas vamos conseguir. Se ela estiver com bastante fome, vai se alimentar, certo?

Essa era a teoria. Na prática, a coisa era mais difícil. Ele não conseguiu encontrar o aquecedor de mamadeira e, quando Lizzie começou a chorar, teve que partir para o Plano B, que envolvia aquecer a mamadeira com o leite pronto numa panela de água no fogão. Infelizmente, os livros não haviam advertido sobre esquentar demais o leite. Ele pôs a mamadeira na geladeira por um minuto, depois, quando o choro de Lizzie se intensificou, no congelador. No fim, pegou outra mamadeira, aqueceu-a brevemente e acoplou um bico.

Aparentemente, Lizzie não gostava daquele bico. Ela continuou procurando pelo bico verdadeiro e ficando cada vez mais desesperada ao não encontrá-lo. Finalmente, ela tentou a mamadeira, engasgou no mesmo instante e começou a chorar de novo.

Ele examinou a embalagem que havia descartado e viu que os bicos eram de fluxo médio, para bebês maiores. Vasculhando no armário, encontrou uma embalagem de fluxo mínimo, brigou para tirar um da caixa e o enroscou na mamadeira. Como Lizzie continuava se debatendo contra ele, respirou fundo para se acalmar e tentou dizer palavras tranquilizadoras. Aquilo ajudou.

Então, o telefone tocou. Sentindo falta de ter uma terceira mão, tentou segurar Lizzie e a mamadeira com a mesma mão para poder atender ao telefone, mas ela recomeçou a chorar. Ele a recostou com segurança entre algumas almofadas no sofá e segurou a mamadeira em sua boca, mas, mesmo com o braço esticado, não conseguia apanhar o telefone. Quando percebeu que só havia mais um toque antes de ir para a caixa de mensagens, tirou a mamadeira da boca da bebê e avançou até o telefone. Ficou feliz de tê-lo feito. Era Dana.

— Oi — disse ele —, espere um segundo. — Ele pegou Lizzie, acalmou-a com a mamadeira, e então encaixou o telefone entre a cabeça e o ombro. — Como ela está?

— Eles dizem que ela está estável. Por que Lizzie estava chorando?

— Tirei a mamadeira de sua boca para alcançar o telefone. O que quer dizer "estável"?

— Ela está respirando sozinha e o coração está bem. O problema é do lado direito de seu corpo. Estão fazendo alguns exames para descobrir a causa.

— O que eu posso fazer para ajudar?

— Fique aí com Lizzie. Tara está vindo para cá com uma bomba de tirar leite. Ela vai te levar meu leite.

— Lizzie parece estar aceitando bem o leite em pó.

— Mas eu estou a ponto de explodir. E, de qualquer forma, preciso aprender a fazer isso. A vó vai demorar um pouco para voltar para casa, se é que vai voltar.

— Ela vai voltar, Dee. Nem pense na alternativa.

De forma hesitante, Dana disse: — Se descobrirem a causa do problema, será preciso tratar com cirurgia ou remédios. Eles ainda não sabem se ela vai recuperar totalmente a mobilidade.

— Se eles não sabem, significa que pode ser que sim.

— Ela nunca mais será a mesma, Hugh.

Essas palavras o tocaram. — Estou começando a crer que é disto que se trata a vida: uma cadeia cronológica feita com elos de mudança. Cada elo novo coloca o todo numa direção diferente.

— Mas eu quero voltar atrás.

— As cadeias não têm flexibilidade para fazer retornos.

— Ela é minha avó. É tudo que eu tenho do passado. Ela tem sido minha *mãe*. É um papel bastante especial.

— Sim — disse ele, subitamente pensando em Eaton. Eaton tinha sido muito próximo da mãe. Hugh se lembrava de quando a mulher tinha morrido. Eaton havia ficado de luto por meses.

— É melhor eu desligar. Te ligo quando souber mais.

— Por favor. — Ele fez uma pausa. — Eu te amo.

— Conversaremos mais tarde — ela disse baixinho e encerrou o telefonema.

Hugh terminou de alimentar Lizzie, mas, quando ela finalmente arrotou, ele estava concentrado no que Dana dissera. As mães representavam realmente um papel especial. Estavam presentes quando não havia mais ninguém, parecendo ligadas por um contrato tácito à criança que haviam nutrido desde o nascimento.

Hugh tinha mãe. Se ela se sentia ligada a ele por um contrato assim, ele precisava saber. Pegou o telefone.

Vinte e Três

Hugh calculou que duas horas haviam se passado desde que fora embora de Old Burgess Way. O almoço já teria terminado. Larry Silverman já teria partido. Eaton estaria em sua biblioteca, taciturno, e Dorothy, como sempre, atenderia ao telefone.

O "alô" que ela disse não continha nada de sua animação habitual.

— Sou eu — disse ele.

Houve uma segunda pausa, então ela disse com indignação: — O que foi que você disse a seu pai, Hugh?

— Ele não te contou?

— Nem uma palavra. Ele gritou daqui mesmo que havia uma emergência e foi se trancar na biblioteca. Quando bati na porta para dizer-lhe que Larry Silverman estava de saída, ele respondeu que estava ao telefone. Foi constrangedor, Hugh. Muito grosseiro. Ele me responde toda vez que o chamo, mas não quer sair de lá. O que você disse a ele?

Hugh não podia contar. Não cabia a ele. Eaton teria de encontrar a maneira — teria de encontrar a *coragem* — para fazer isso. Ele já deveria ter contado a Dorothy anos atrás. Era demais para a cabeça de Hugh que o homem houvesse deixado sua mulher passar por duas gestações sem alertá-la sobre os rumores. Se o advogado de Martha's Vineyard era metade negro, significava que Eaton era um quarto mestiço.

Isso fazia com que Hugh fosse um oitavo negro. Era algo surreal. Mas ele não contaria *nada* disso a sua mãe. Seu pai teria de fazê-lo.

— Estou com uma emergência aqui, mãe. A avó de Dana teve um derrame. — Dorothy ofegou. — Elas estão no hospital neste minuto, tentando descobrir o que o provocou. Preciso acompanhar Dana, mas não sei quanto tempo vai demorar. Poderia levar a bebê comigo, mas hospitais não são lugares muito bons para crianças pequenas. Preciso que alguém fique aqui com ela. Você poderia fazer isso?

— Hã...

— Eu sei que você já veio aqui.

— Mas o seu pai não sabe — disse Dorothy, parecendo temerosa.

— O que vou dizer a ele?

— Que eu preciso de você — sugeriu ele. — Que a minha bebê precisa de você. Sei que estou te colocando numa posição difícil, mas não tem mais ninguém em quem eu confie. — Eles não haviam contratado uma enfermeira e ainda não tinham nenhuma babá. Ele podia telefonar para uma agência e contratar uma estranha. Ou chamar David ou Tara. Mas Dorothy era sua mãe, e Lizzie era sua carne e seu sangue. — Preciso ficar ao lado de Dana. As últimas semanas têm sido difíceis. Não a tenho apoiado tanto quanto deveria. Devo isso a ela.

— Deve a ela? É uma obrigação?

— Deixe-me reformular: tenho me comportado mal e preciso compensar.

— Como assim, mal? — perguntou Dorothy.

— Com a questão racial, mãe. Não posso falar sobre isso agora; e quanto ao papai, nós dois tivemos um desentendimento. Você terá que perguntar os detalhes a ele.

— Ele não vai me contar. Ele está furioso e você está me colocando numa situação difícil. Não sei o que fazer.

— Conte a ele sobre Ellie Jo — disse Hugh. — Diga a ele que Dana está sozinha. Ele vai entender.

— Não acho.

— Confie em mim. Ele vai entender.

* * *

Dorothy contemplou a porta da biblioteca. Feita em mogno sólido, tinha oito painéis em relevo, cada um com uma leve variação no grão da madeira. Ela passou os dedos sobre a textura de um deles, então bateu. — Eaton? Abra a porta, por favor.

A voz dele soou abafada: — Agora não, Dorothy.

— Há uma situação que preciso discutir com você.

— Não pode ser nada urgente.

— Mas é — disse ela, e abriu a mão sobre o painel de madeira. — A avó de Dana teve um derrame. Dana está com ela no hospital. Hugh quer acompanhá-la lá, mas não quer levar a bebê com ele. Pediu se eu posso ficar com ela enquanto ele estiver fora.

Do outro lado da porta de oito painéis só veio o silêncio.

— Eaton? — chamou ela, sacudindo a maçaneta. — Por favor, abra esta porta. Por favor, me diga o que aconteceu. — Ele não disse nada. — *Eaton*.

— Vá para a casa de Hugh — gritou ele.

— Eu disse que ele estava me colocando numa posição insustentável porque você não quer que eu vá até lá, mas concordo que ele deva ficar com a esposa.

— Vá para a casa de Hugh — gritou Eaton, mais insistente desta vez.

— Dana deve estar louca de preocupação, porque sua avó tem sido tudo para ela, então eu posso entender por que Hugh quer estar a seu lado. Se eles soubessem que algo assim poderia acontecer, tenho certeza de que teriam feito outros planos. Deve ter sido duro para Hugh me ligar e pedir este favor, com tudo o que tem acontecido ultimamente entre nós. Mas essas coisas te pegam de surpresa, e eu sou da família, e como eles têm um recém-nascido em casa...

— Dorothy! Vá!

— Mas você é o *meu* marido — disse Dorothy, apoiando-se em outro painel de madeira —, e está transtornado. Eu deveria ficar com *você*.

Houve um momento de silêncio. A porta se abriu tão rapidamente que ela pulou para trás com a surpresa.

— Dorothy. — Ele ralhou com ela. — Eu te disse para ir.

Dorothy não se sentiu reconfortada pela aparência de Eaton. Seu cabelo estava despenteado; seu rosto, pálido; os olhos, cansados.

— Deus do céu, você está com uma aparência horrível!

Ele suspirou e correu os dedos pelos cabelos, um gesto que Hugh fazia com frequência. A semelhança entre os dois sempre fora notável.

— Tenho muitas coisas na cabeça, Dot.

— Que coisas?

— Acho que a publicação deste livro deveria ser adiada.

Ela ficou estarrecida. — Mas o livro já está sendo impresso. A turnê está marcada. Temos várias pessoas convidadas para uma festa de lançamento no Sycamore Room do University Club, dentro de uma semana a contar da terça-feira.

— Alguns dos fatos no livro podem estar errados.

Dorothy deixou escapar uma exalação curta. — Está bem. Isso é normal. Você está com nervosismo de última hora, como sempre às vésperas da publicação de um livro, mas também sei que você não comete erros no que diz respeito aos fatos. Você é um *maníaco* dos fatos. Entre você e Mark, tudo é checado e reconfirmado.

Ele pareceu ainda mais fatigado. — Vá ajudar o Hugh. Ele precisa fazer isso por Dana.

— Foi o que ele disse — observou Dorothy, mas a concordância de Eaton a confundiu ainda mais. — Tem alguma coisa acontecendo com você.

— Eu já te disse. Estou preocupado com o livro.

— Você nunca se importou com Dana antes.

— Dorothy.

Ela achou que aquele fosse um momento tão bom quanto qualquer outro. — Eu fui visitá-la, sabe? Na terça passada. — Esperou que Eaton explodisse. Como isso não aconteceu, ela disse: — Eu vi a bebê. Ela é uma criança muito doce.

— Por favor, Dot. Vá logo.

— Vou levar uma muda de roupa — advertiu ela. — Pode ser que eu só volte amanhã.
Ele a encarou por um longo tempo, com intensidade.
— Está bem — disse ela. — Já estou indo.

Eaton deixou a porta aberta e voltou à enorme escrivaninha de carvalho, herdada de uma sucessão de parentes com os quais, pelo jeito, nem estava aparentado. Não se sentou, apenas ficou de pé diante dela, com a cabeça abaixada, ouvindo a movimentação de Dorothy. Só quando escutou o clique da porta de trás se fechando e o ronco abafado de seu carro foi que soltou a respiração.

Levantando os olhos, percorreu com eles estante após estante de livros. Os mesmos volumes que o haviam confortado no passado agora provocavam pontadas em sua consciência. Os livros que havia escrito pessoalmente eram os mais ofensivos.

Hugh estava certo. O que dera em sua cabeça para escrever *A Linhagem de um Homem*? Arrogância? Egocentrismo? Convencimento?

Desanimado, ele saiu da biblioteca. A sala de estar também estava impregnada de história, todos os móveis tendo chegado à América logo após os primeiros Clarke. Os estofamentos tinham sido refeitos e a madeira, restaurada, conforme as peças foram passando de uma geração à seguinte, mas cada móvel ainda apresentava a assinatura pessoal de seu fabricante.

Retratos de família forravam as paredes, cada um assinado pelo artista que o havia pintado, todos conhecidos em seu tempo e alguns ainda famosos. Parentes diversos, retratados em imagens pequenas e penduradas em grupo sobre um baú entalhado, uma mesinha dobrável. Os bisavós de Eaton por parte de mãe flanqueavam o hall. À esquerda da escrivaninha, interpretações artísticas de seus avós paternos. Os próprios pais de Eaton, em retratos ainda maiores, ocupavam lugar de honra acima do sofá.

Eaton havia idolatrado o pai; fora respeitoso e cordato até os limites do possível, desesperado em agradar ao homem. Seu pai se chamara Bradley, assim como seu primogênito, que se parecia com ele tanto em capacidade quanto em aparência física. Ambos os Bradley eram homens de visão e líderes natos, que contavam com seus empregados para obter a execução diária de seus planos. Inversamente, Eaton era filho de sua mãe, com a mesma atenção aos detalhes e a mesma inclinação criativa.

Eaton se lembrava de sua mãe fazendo as coisas que as mulheres de sua classe social faziam na época: ocupar-se com costuras, bordados e jardinagem, e nenhum dos dois era necessariamente prático. Tampouco necessariamente criativo, ele percebia agora.

— Que inferno — xingou ele, diante do retrato a óleo de sua mãe.
— Você realmente achou que eu jamais fosse descobrir? Nunca te ocorreu que eu tivesse o *direito* de saber? Teria sido *tão* difícil assim me contar? Você teve dez anos, depois que o papai morreu, para fazê-lo.
— Ele fez uma pausa. — E quanto a Thomas Belisle? Você esteve com ele depois da morte do papai? Ele soube a meu respeito, ou você mentiu para ele também?

Ele se voltou para o pai. — E *você*, que a deixava lá sozinha, verão após verão, você nunca imaginou... mas, não, você não teria imaginado. Estava acostumado a que todos obedecessem ao presidente do conselho. Se não pôde sequer cogitar que eu me tornaria um escritor, com toda a certeza do mundo não cogitaria que sua mulher tivesse outro homem. *Ela dormiu com outro homem!*, gritou.

— Mas talvez você soubesse. Talvez soubesse e se recusasse a admitir, se recusasse tanto que nem sequer sussurraria aquilo, com medo de que prejudicasse seu status social. Ou talvez soubesse e não se importasse. Talvez fosse como em seus negócios: outra pessoa cuidando dos detalhes que você não tinha tempo nem inclinação para tratar. Foi isso que ele fez, mãe? Ele sabia e não se importava? Ele também não se importava comigo?

Eaton respirou brevemente e disse a ambos: — Havia todos aqueles rumores, mas vocês não disseram nem uma palavra sequer! Eu sempre soube que vocês eram frios, mas o que fizeram foi egoísta e... e *impensado*. Vocês não pensaram que eu iria ter filhos algum dia? Não pensaram que *eles* tinham o direito de saber? Que tipo de gente vocês eram, para esconder uma coisa tão básica e *significativa* de alguém a quem chamavam de filho?

Mas eles não mais o chamavam de filho. Tinham ido para o túmulo acreditando que seu segredo estava seguro.

No fim, Eaton sabia disso. Culpar seus pais era inútil, porque ele mesmo não estava isento de culpa. Ele conhecia os rumores. Hugh tinha razão. Ele poderia ter investigado a verdade. Não o fizera porque não queria saber. Era simples e vergonhoso assim. Ele levava a vida de um brâmane de Boston. Tornar-se afro-americano significava abalar as bases da situação.

Mas agora ele sabia. E Hugh sabia.

Dorothy tinha de ser a primeira a saber. Não conseguia nem sequer pensar numa forma de contar a Brad ou a Robert, muito menos a seu editor. Mas não podia se deitar ao lado de Dorothy novamente até que ela soubesse. Perpetuar uma mentira, agora que ele a conhecia como tal, seria agravar o erro que seus pais haviam cometido.

Saindo da sala de estar, pegou suas chaves de cima da mesa de pau-rosa no hall e, no processo, vislumbrou a si mesmo no espelho ornamentado. Dorothy tinha razão. Sua aparência era péssima. Ainda assim, nem sequer se deu ao trabalho de pentear o cabelo; não queria se demorar para não correr o risco de perder a coragem. Passou pela cozinha a caminho da garagem, deu partida no carro, tomou a Old Burgess Way e dirigiu-se para o norte.

Não foi uma viagem fácil. Mais de uma vez, pensou em voltar atrás. O que Dorothy não sabia não podia magoá-la, dizia seu raciocínio. O que Dorothy não sabia ninguém *mais* tinha que saber — e não se tratava de ter medo de que ela contasse a alguém. Ela sempre sabia o que dizer e o que calar.

Porém, uma vez que contasse a ela, ela estaria envolvida em quaisquer mentiras subsequentes. Ele não tinha certeza se aquilo era justo.

Por outro lado, talvez fosse impossível manter a mentira, graças ao nascimento de Elizabeth Ames Clarke.

Robert não ficaria contente. Ele brincava sobre ser filho ilegítimo de seu tio Bradley. Aos olhos dele, a verdade seria ainda pior. Robert era um oitavo afro-americano. Seus quatro filhos eram um dezesseis avos, cada.

Robert precisava saber. Mas, primeiro, Dorothy.

Eaton seguiu dirigindo. Hesitou novamente ao sair da estrada e, outra vez, logo antes de ver a casa de Hugh. Mas seu pé continuou acelerando. Quando finalmente parou na entrada da casa, atrás do carro de Dorothy, soube que não havia mais volta.

Foi até a porta da frente e bateu de leve. O rosto dela surgiu rapidamente na janela lateral, confuso até que o viu e, depois, espantado. Ela abriu a porta.

— Eaton! — exclamou num meio sussurro que indicava que a bebê estava dormindo.

Ele assentiu. Quando ficou aparente que uma explicação se fazia necessária, ele apenas disse: — Pensei que deveria vir.

— O Hugh já saiu.

— Tudo bem. Ótimo, na verdade. — Ele não sabia por onde começar.

— Qual é o problema?

— Por que deve haver um problema? — perguntou ele baixinho.

— Você não vem a esta casa desde que a bebê nasceu — disse ela. — E você não parece nada bem.

Ele suspirou. — Posso entrar?

Ela deu um passo atrás, ralhando baixinho: — É *lógico*. Esta casa é tão sua quanto minha; ainda que não nos pertença, fomos nós que demos a Hugh o dinheiro que ele usou para comprá-la.

— Dorothy. — Ele passou por ela e entrou no hall. — Ele recebe os mesmos dividendos que nós. E ganha bem. Comprou esta casa sozinho.

— Provavelmente, Eaton, mas só estou preocupada com o que teria feito você dirigir até aqui. É alguma coisa com a sua saúde, alguma coisa que você não me contou?

— Minha saúde está bem. — Ele caminhou até a sala de estar, sabendo que ela o seguiria. Abriu a boca, então a fechou novamente e olhou ao redor. A sala de estar de Hugh era uma versão mais nova, mais jovem, da sua. Identificou várias peças que tinham sido passadas pela família, mas que estavam dispostas de forma inteligente, com toques mais modernos. Ele olhou para os retratos. Não tinha certeza se ao menos sabia de quem era cada um. Sentia que eles estavam ali mais pelo valor artístico do que por alguma conexão sentimental específica.

O que, provavelmente, era bom, percebeu. Hugh podia não estar aparentado com nenhum daqueles antepassados.

— Eaton?

Ele se virou para olhar para Dorothy. — Hugh já deu alguma notícia?

— Ainda não. É provável que ele tenha acabado de chegar ao hospital.

Não tinha certeza de como abordar o assunto.

Dorothy o observava, esperando.

— Fico feliz que Hugh esteja com Dana — disse ele. — Pode haver decisões a serem tomadas. Um marido deve estar com sua esposa em momentos como este.

— Você tem alguma decisão a tomar com relação ao livro? — perguntou Dorothy de forma direta.

Ela era uma mulher inteligente. Merecia a verdade.

— Definitivamente — respondeu ele.

— Que tipo de decisão?

— Se devo voltar atrás e corrigir as coisas que estão erradas.

— Mas você não pode fazer isso, não nesta edição. O problema é tão grave assim que não pode esperar até que seja lançada a versão de bolso? — O telefone tocou. Franzindo o cenho com frustração, ela levantou o dedo para dizer que voltaria logo e saiu correndo da sala.

Chamando-se de covarde e, nisso, descobrindo-se mais filho de sua mãe do que jamais havia pensado, Eaton a seguiu, mas só até o hall. Viu que o moisés na sala de tevê estava vazio. Em silêncio, subiu as escadas e foi até o quarto da bebê. Hugh e Dana o haviam mostrado, na última vez em que ele e Dorothy os visitaram. Típico dos filhos, eles estavam orgulhosos e queriam aprovação.

Particularmente, Eaton achava o campo pintado um tanto enjoativo. Paredes claras, com um ou dois quadros de cores vivas, eram mais de seu estilo.

Mas, também, paredes claras com um ou dois quadros era como Dorothy tinha decorado os quartos de seus filhos, e Eaton era uma criatura de hábitos.

Ele se perguntou se Hugh teria razão, se ele havia deliberadamente escrito *A Linhagem de um Homem* para tornar realidade aquilo que mais temia não ser. Perguntou-se se haveria passado a vida toda escondendo-se sob o manto protetor da ancestralidade para que não tivesse que considerar a verdade.

Aproximou-se do berço. Elizabeth Ames Clarke estava adormecida, de costas. Usava um macacãozinho cor-de-rosa, como aqueles que as filhinhas de Robert haviam usado, mas a semelhança terminava por aí. Seus braços estavam nus e as pernas eram de um marrom-claro suave. Porém, o que mais atraiu sua atenção foi o rosto. Rodeado pelos cachos frágeis dos quais ele se lembrava do dia em que nascera, seu rostinho era de um tom de bronze suave, com as bochechas macias e imaculadas, um queixinho minúsculo e um nariz que parecia um botão. Seus cílios eram longos e escuros, as pálpebras, de um dourado lustroso.

Ela era linda.

A imagem ficou embaçada. Ele não sabia se era por medo do que sua neta enfrentaria, medo de contar a Dorothy, medo de contar a Robert, medo de contar aos amigos, medo de perder o respeito de seu público.

Mas, olhando para aquela criança através das lágrimas, ele não viu diferença entre sua pele e a dele. Viu apenas sua inocência.

Vinte e Quatro

Dana ficou agradecida por Hugh estar com ela. Não se questionou por não haver chamado Gillian ou Tara. Simplesmente precisava de Hugh ali. Era equilibrado. Ele ouviu a explicação do médico sobre o que haviam descoberto e o que poderiam fazer a respeito. Preencheu os formulários para Dana, quando ela se confundiu, e fez as perguntas que ela não pôde fazer. Quando tiveram de tomar decisões, reduziu as opções a duas, explicou ambas, ouviu a opinião dela e, então, apoiou sua decisão.

Ellie Jo tinha uma artéria entupida. Sua melhor chance de recuperação era fazendo uma cirurgia, a qual acarretava seus próprios riscos. As alternativas, embora menos arriscadas, levantavam questões sérias com relação à sua qualidade de vida.

Era uma responsabilidade terrível ter de fazer uma escolha que podia matar alguém a quem amava. Dana detestava isso.

Ela segurou a mão de Ellie Jo antes que eles a levassem embora, disse que a amava, que ficaria tudo bem, e que não se preocupasse porque cuidaria de tudo na loja. Beijou o rosto da avó, demorando-se um pouco. O aroma de maçãs fora diluído por um cheiro medicinal, mas ela ainda apreciou o toque familiar da pele macia de Ellie Jo. Quando a maca finalmente se moveu e Hugh a puxou para trás, Dana levou a mão de encontro à boca.

Ellie Jo não era jovem. Dana sabia que ela não iria viver para sempre, mas estava apavorada com a ideia de perdê-la tão rápido.

* * *

Como a lanchonete do hospital havia fechado, Hugh levou o café comprado de uma máquina até a sala em que Dana estava. Era uma sala pequena, decorada em tons de cinza e lilás, que, supostamente, eram tranquilizadores. Ele não podia afirmar que estivesse funcionando. Continuava nervoso.

Ellie Jo já estava em cirurgia havia duas horas. Poderiam se passar mais duas antes que o cirurgião saísse, e mais tempo ainda até que soubessem se a paralisia seria permanente, e isso supondo que ela sobrevivesse à operação. Havia a possibilidade de que não sobrevivesse. O médico tinha sido muito franco a respeito.

Hugh colocou o café sobre uma mesa à esquerda de Dana e se acomodou a seu lado no sofá. — Você está bem?

Ela lhe dirigiu um olhar preocupado e assentiu. Depois de um minuto, perguntou: — E você?

— Já estive melhor.

Ela se virou para pegar o café e o sorveu com cuidado. Então, acalentou o copo com ambas as mãos e se reclinou. Finalmente, olhou para ele. — Eu não sabia aonde você tinha ido, hoje à tarde. Você estava no escritório?

Hugh não havia sequer pensado no escritório. Não havia pensado em Stan Hutchinson, em Crystal Kostas, nem em seu filho. Desde aquela manhã, não havia pensado em mais nada além de onde tinha vindo e quem realmente era.

— Eu precisava conversar com meu pai — disse ele.

Ela absorveu isso. Outra ruga apareceu em sua testa. Finalmente, ela perguntou: — E conversou?

Ele não tinha certeza se aquele era o momento nem o lugar certo. Mas estavam sozinhos na sala e aquela discussão poderia evitar que ela se preocupasse com a avó. Em todo caso, ele precisava falar. E tinha uma plateia cativa. A chance de ela se levantar e ir embora, caso ele dissesse algo de que ela não gostasse, era pequena.

Portanto, contou a ela sobre o advogado de Martha's Vineyard, os rumores com os quais Eaton havia convivido, a discussão que acabavam de ter... e, apesar de Hugh ter pensado que sua raiva havia diminuído, sentiu-a reviver com a narração. Inclinando-se à frente, com os cotovelos apoiados nos joelhos, as mãos se apertando cada vez mais, ele se sentiu amargurado. — Ele alega não ter mentido conscientemente, mas será que não podia ter investigado? Construiu sua carreira descobrindo dados íntimos das pessoas para seus livros. Ele sabe muito bem como desenterrar detalhes sórdidos.

— Ele não queria desenterrar esses detalhes sórdidos em particular.

— Exatamente. E estaria tudo bem se ninguém mais fosse afetado. Mas, mesmo antes de Lizzie nascer, havia você. Ele tratou você e sua família como gente inferior.

Ela não discutiu isso.

Hugh olhava fixamente para a parede em frente. Havia um quadro ali, alguma coisa nos tons do oceano, vagamente moderna e fluida. Ele conhecia o oceano. Olhava para ele pela janela de sua casa. O verdadeiro acalmava. A pintura, não.

— Mas quem sou eu para criticar? — perguntou ele. — Eu agi igualmente mal. Pedi um teste de paternidade. — Ele voltou a olhar para ela. — Então, o.k., eu não sabia sobre o cara de Martha's Vineyard e engoli completamente a história da minha família. Foi arrogância, Dana, e estou envergonhado por isso. Mas eu sabia que você não tinha me traído. — Ele observou seu copo de café e disse, com irritação: — Nem era sobre isso que eu queria conversar.

— E sobre o que é? — perguntou Dana.

— Sobre mim. O que eu sou.

Como ela continuou calada, ele olhou para ela e viu que tinha a testa franzida. Ocorreu-lhe que franzir a testa não combinava com sardas. Estas eram claras, contra sua pele ainda mais clara, mas ele sabia que elas estavam ali. Faziam parte da personalidade à qual ele se sentira atraído desde o início.

— Você se sente diferente? — perguntou ela, por fim.

Ele queria se sentir diferente. Achava que *devia* se sentir diferente. Mas não se sentia. — Não. Isso quer dizer que me sinto à vontade em fingir?

— Fingir?

— É o que tenho feito.

— Fingir tem uma conotação negativa. Implica que você sabia a verdade e, deliberadamente, aparentou ser uma pessoa diferente. Mas onde está o dolo? É isso que você pergunta ao júri quando defende um caso. Então, você sabia que era negro e, intencionalmente, ocultou o fato?

— Não. Mas eu deveria me sentir diferente — raciocinou ele. — Talvez esteja apenas entorpecido.

— Talvez não seja grande coisa.

— Na minha família, é — advertiu ele. — Meu tio é capaz de acusar meu pai de ter escondido deliberadamente a verdade para preservar sua participação nos negócios da família. Ele vai alegar que, tecnicamente, Eaton não é um Clarke.

— Mas ele é. A mãe dele é Clarke pelo casamento. E ela também é mãe do seu tio Brad.

Uma porta se abriu no hall. Em um instante, Dana estava de pé, tensa. Quando uma mulher em uniforme hospitalar saiu e caminhou na direção oposta, ela soltou um murmúrio desconsolado.

Hugh estava em pé a seu lado. — Ela não parece afobada — disse ele. — Isso é bom.

Dana ficou um minuto com a cabeça abaixada. Respirando fundo, ela se virou e sentou. — Gostaria de ter trazido meu tricô — murmurou ela. — Como posso ficar sem ele, num momento assim?

— Eu teria trazido alguma coisa, se você houvesse pedido.

— Nem pensei. Minha cabeça está completamente desligada.

Reunindo-se a ela no sofá, Hugh disse: — A Ellie Jo ficará bem.

Dana lançou-lhe um olhar preocupado. — E quanto ao Robert?

Hugh tinha de admirá-la. Desconfiava que Robert fosse a última coisa em sua mente. — Robert não ficará contente. Ele seria capaz de deserdar o papai, se achasse que isso iria mantê-lo nas boas graças de Brad.

— Isso não vai mudar quem Robert é.

— Ou quem eu sou. — Hugh se inclinou novamente adiante. — Você se importa?

Dana franziu a testa, olhando para o chão. — Com Robert? Não. Não sei bem se poderei sentir por ele o carinho que sentia antes. Não posso confiar de que lado ele está.

— Estamos escolhendo lados?

Ela encarou seu olhar. — Sim.

— Qual é o seu lado?

— O de Lizzie.

— Eu também estou desse lado?

Ela pegou seu café e tomou um gole demorado. Quando terminou, devolveu o copo à mesa e limpou o lábio superior com o dedo. Então, olhou para ele. — Não sei. Está?

— Dado que a constituição genética de Lizzie vem de mim, não é óbvio?

— Não. Cor da pele é algo físico. Não é uma emoção.

— Estou do lado de Lizzie. Você está do meu?

— Você é meu marido.

— Um marido também é uma coisa. — Ele reformulou o pensamento. — Algum tempo atrás, você perguntou como eu me sentia sendo casado com uma mulher afrodescendente. Agora, eu é que te pergunto: como você se sente, casada com um homem afrodescendente?

Ela nem sequer piscou. — Do mesmo jeito que me sentia ontem, sendo casada com você. Não me importa quem foi seu avô. Nunca me *importei* com quem foi seu avô.

— Mas lá no consultório da pediatra, quando recebemos os resultados dos exames de célula falciforme e você percebeu qual era o significado daquilo, não se sentiu nem um pouquinho satisfeita pelo esnobe aqui ter recebido o castigo que merecia?

Ela ficou em silêncio por um bom tempo, analisando o carpete. Quando olhou para ele, sua expressão era gentil: — Eu me senti aliviada. Isso te torna mais humano. Faz com que eu me sinta menos inferior.
— Inferior? — Isso o surpreendeu. — Você realmente se sentia assim?
— Sim.
— Mas isso era coisa da sua cabeça — disse ele. — Mas você não ficou aliviada de ter provas de que era branca?
— Não obtive provas de ser branca — disse ela, num tom de reprovação. — Simplesmente descobriram que eu não sou portadora do traço falciforme. Posso ter todo tipo de traços enterrados na minha árvore genealógica. Não faço a menor *ideia* de quem era meu avô Earl.
Hugh tentou uma última vez, meio de provocação: — Mas você não teve *nenhuma* sensação de justiça?
— Não. Sinto muito, Hugh. Não sou muito dada à vingança.
— Você é uma santa.
Ela sorriu, mas com tristeza. — Se eu fosse uma santa, teria entendido por que você precisava fazer aquele teste de DNA. Se eu fosse uma santa, teria atendido ao telefone quando Jack Kettyle ligou, hoje de manhã. — Ela ergueu a mão. — Não pergunte. Eu não atendi. Não sou nenhuma santa. — Sua voz se suavizou. — Posso entender o que você está sentindo, porque já passei por isso. Mas o maior prazer que retiro desta virada é saber que o seu amor por Lizzie estará garantido.
— Sempre amei Lizzie.
Ela encolheu os joelhos. — E quanto a mim?
— Eu amo você — disse ele. — Preciso que você me ame.
Ela apoiou a cabeça nos joelhos. Após um minuto, inclinou-a para o lado para olhar para ele. — Por quê? Porque você está se sentindo perdido, sem raízes e precisa de algo a que se apegar? Porque você sabe que cor é uma coisa que não me incomoda, mas não pode dizer o mesmo com relação aos seus amigos?
— Meus amigos ficarão bem.
— Então, não tem problema algum. Quando contará a eles?
Ela o pegara. Ele não podia responder.

Apiedando-se, ela se aproximou dele pela primeira vez em dezessete dias e apertou seu braço. — É o que David vem dizendo: as pessoas lidam bem com as minorias até que uma se mude para a casa ao lado. Sabemos que seus pais não vão se aborrecer. No seu trabalho também ficará tudo bem. O problema pode ser com algumas das pessoas que você conheceu durante toda a sua vida. Como os Cunningham. A propósito, também estou fora da Mostra de Decoração.

— Desde quando? — perguntou Hugh.

— Desde o começo da semana.

— Por que você não me contou?

— Para quê? — Ela se abrandou. — Talvez seja coincidência, sabe, os dois trabalhos.

Um trabalho, talvez, admitiu Hugh. Não dois. Dana era exatamente o tipo de decoradora que a seção de North Shore gostava de promover. Além disso, não dava para falar em coincidência quando, todos os anos, eram os Cunningham que financiavam a Mostra.

Ele ficou furioso. — Vou dar um telefonema.

Dana retirou sua mão. — Não vai, não.

— Mas você queria esses trabalhos.

Ela se empertigou. — Mudei de ideia. Tenho um bebê recém-nascido e uma avó que não vai poder cuidar da loja de lãs. Essa loja é o mais próximo de um negócio familiar que poderei ter.

— Não é o trabalho em si — argumentou Hugh. — É o princípio.

— Ele observou as próprias mãos. Demorou um pouco, até que disse: — O que eu posso fazer?

— Nada. Não quero esses trabalhos.

— Eu não quero esses *amigos* — reagiu ele. — Se eles me rejeitam porque meu avô era mestiço, é uma escolha deles. — Ele inspirou rapidamente. — Mas o que eu faço com relação ao resto? Quanto à parte de *ser* negro. Supõe-se que eu deva mudar? Agir de forma diferente?

— Não — ralhou ela, mas com um sorriso que tocou em seu âmago. — Você ainda é você. Você é o resultado de quarenta anos de determinada criação. Não pode mudar isso. O que muda é o que fará com isso.

— Como o quê?
— Não sei.
— Preciso de ajuda, Dee.
Ela parecia quase estar achando graça. — Se eu não sabia o que fazer quando era comigo, como posso te dizer o que fazer, agora que é com você?
No final do corredor, uma porta se abriu. O cirurgião de Ellie Jo veio na direção deles.

Ellie Jo iria sobreviver. Os médicos ainda não sabiam se ela recuperaria o controle total de seu lado direito, mas haviam removido o entupimento que causara o derrame e estavam confiantes que a medicação minimizaria os riscos de ela sofrer outro.
Dana sentiu-se aliviada. Queria ver sua avó, mas lhe disseram que ela estaria na sala de recuperação até a manhã do dia seguinte e que, mesmo então, estaria provavelmente grogue demais para notar a presença de Dana.
Não fazia sentido ficar lá. Já passava da uma da manhã. Com sorte, Dana podia chegar em casa a tempo de amamentar Lizzie. Seus seios estavam inchados, e além do alívio físico, ela queria o conforto emocional que a bebê lhe dava.
Quando se aproximaram de casa, ficaram espantados ao ver o carro de Eaton na garagem, atrás do de Dorothy.
A primeira reação de Dana foi um pensamento confortante. *É assim que deve ser*. Então, lembrou-se dos acontecimentos dos últimos dias e não soube o que pensar.
Hugh não se mexera. Havia desligado o carro, mas continuou sentado, com as duas mãos no volante. — Estou cansado demais para isto — disse ele.
— Ele provavelmente está dormindo, com a sua mãe.
— Jesus Cristo, espero que sim — ele resmungou e abriu a porta.
Eaton estava dormindo, mas não com Dorothy. Estava elegantemente acomodado no sofá da sala de tevê, com os braços e os tornoze-

los cruzados, e os sapatos lado a lado no chão. A televisão estava ligada, em volume baixo.

Hugh a desligou, então foi apagar as luzes. — Vou deixá-lo aqui — sussurrou.

— Não podemos — sussurrou Dana de volta. — Ele não vai dormir bem aqui.

Hugh dirigiu-lhe um olhar. — O que me importa?

Eaton estremeceu e abriu os olhos. Visivelmente espantado em ver onde estava, ele olhou para Hugh e se sentou. — Devo ter caído no sono.

— Suba para dormir com a mamãe — disse Hugh.

Eaton olhou para Dana. — Como está a sua avó?

Dana não sabia se ele estava apenas sendo educado. Seu rosto dizia que se importava. Continha um toque daquela vulnerabilidade que já tinha visto antes, em Hugh.

Em Hugh, fora tranquilizador. Em Eaton, era estranhamente desconcertante.

Não sabendo como entender aquilo, Dana escutou o ruído calmante do mar. *Seja gentil*, sua mãe sussurrou nas ondas. Portanto, ela disse: — A cirurgia foi bem. Saberemos mais amanhã. — Ela se virou para Hugh e acrescentou: — Vou subir para amamentar Lizzie.

Hugh sentiu inveja dela por ter uma desculpa. Exausto demais para inventar uma para si, ele disse a Eaton: — Vou para a cama. Apague as luzes. — E foi saindo da sala.

— Espere, Hugh. Quero conversar.

— Está tarde, pai.

— Por favor.

Hugh se deteve na porta por um instante. Então se virou, foi até a poltrona e se sentou. Ele não disse nada. Não era ele quem queria conversar.

— Eu vi a bebê — disse Eaton. — Ela é linda.

— A cor dela não mudou. Isso não ajuda a situação.
— Hugh. — A voz de seu pai estava fraca. — Eu não *sabia*. Deveria saber. Mas não sabia.
— Foi isso que você veio dizer?
— Na verdade. — Eaton se levantou do sofá e foi até a porta-balcão. No instante em que a abriu, o som do oceano ficou mais alto.
— Na verdade, eu vim aqui para contar a sua mãe.
Hugh olhou para cima. — O que ela disse?
— Nada. Eu não contei.
— Por que não?
Eaton ficou quieto. Fechou a porta-balcão. Com o oceano novamente silenciado, seu próprio silêncio ficava óbvio. Finalmente, disse:
— Não sei.
— Não vai se tornar mais fácil.
— Talvez eu fique mais à vontade com o assunto.
— Quanto mais você esperar, pior vai ser com a mamãe. Você pode dizer que não sabia antes, mas agora sabe. Tem que contar a ela.
Eaton não respondeu.
— Do que você tem medo?
Ainda assim, Eaton não disse nada.
— Ela não vai te odiar porque seu pai era mestiço. Ela tem a mente mais aberta do que você.
— Ela vai achar que eu sabia e menti. Vai perguntar por que não investiguei os rumores. Vai dizer a mesma coisa que você disse sobre a pesquisa que eu faço quando escrevo. Ficará brava e magoada. — Ele voltou ao sofá e ficou ali, encarando as almofadas. — Que confusão. Não sei o que fazer.
Hugh sentiu a própria raiva diminuir. Eaton parecia derrotado. Lembrou-se do que Dana dissera com relação a *fazer* alguma coisa.
— Conte para ela. Depois, investigue sobre ele.
— Será que eu quero mesmo saber sobre ele?
— Sim, quer — disse Hugh. — Ele é seu pai biológico. Você acha que Dana queria procurar pelo pai dela? Nós a obrigamos a fazer isso. Que tipo de hipócrita nós somos, se não fizermos a mesma coisa?

— Nós?

Hugh hesitou. Tentou manter algum nível de raiva, mas não conseguiu. Eaton ainda era seu pai. — Sim. Eu vou ajudar. Qual é o nome dele?

— Thomas. Thomas Belisle. Ele passava os verões em Oak Bluffs. Ele era praticamente uma lenda por lá... um mulato bonitão que atraiu mais de uma mulher branca para sua cama.

— Eaton?

Os olhos de Hugh se desviaram para a porta. Sua mãe estava ali, vestindo um roupão branco simples. Com o cabelo escovado para trás e os olhos repletos de dúvidas, ela aparentava cada ano de sua idade.

Ela franziu a testa para Eaton, então se voltou para Hugh, mas o que é que *ele* poderia dizer? Ele era apenas o filho. Eaton era o marido. Era tarefa *dele* explicar.

Ela não deu tempo a nenhum dos dois. Apertando os lábios, ela se virou e desapareceu escadaria acima.

Eaton, que se havia paralisado, de repente voltou à vida. Gritou o nome dela e começou a segui-la, mas Hugh segurou seu braço. — Ela vai falar com Dana. Deixe-as conversarem.

Lizzie mamava, satisfeita, quando Dorothy apareceu à porta. Ela ficou ali parada por um segundo, então entrou e se encostou à parede.

Entre sua exaustão e Lizzie mamando, Dana tinha quase caído no sono, mas rapidamente ficou alerta. — O que aconteceu?

— Acabei de ouvir uma coisa estranha — sussurrou Dorothy. — Você sabe de alguma coisa sobre o pai de Eaton ser afro-americano?

Dana estava tentando decidir o que dizer quando Dorothy acrescentou: — Então é verdade. E a esposa é a última a saber.

— Não é a última, Dorothy. Longe disso. Eu soube por Hugh, mas ele só ficou sabendo disso hoje.

— E Eaton?

— Só soube hoje. — Ela explicou sobre o teste da célula falciforme da bebê e os testes subsequentes que ela e Hugh haviam feito. — Ele não te disse nada hoje à noite?

— Não. E não entendo por quê.

Dana não podia ler a mente de Eaton. Mas se lembrava do sentimento de descrença que havia experimentado no consultório da médica, ao descobrir que Hugh era o portador. Era a última coisa que havia esperado. Se ela tinha ficado espantada pela notícia, mal podia imaginar o que Dorothy estava sentindo, depois de mais de quarenta anos de casamento.

— Acho que precisamos tentar entender o que ele está sentindo — disse Dana. — Ele não esperava por isso. Não poderia sequer ter sonhado.

— Como você pode defendê-lo, depois de ele ter te tratado tão mal?

Dana estava cansada demais para sentir raiva. Sorrindo gentilmente, ela disse: — Quando você esteve aqui na terça-feira, falou de como é criada em certos círculos e aprende a se comportar de certas maneiras. Você não pensa no seu comportamento, porque todos os demais no círculo agem da mesma forma. Eaton não chamaria isso de arrogância. Ele diria que é um estilo de vida.

— Eles foram arrogantes. Eaton *e* Hugh!

— Eles *não sabiam*, Dorothy. Eaton ouvira rumores, mas isso é tudo.

— E ele não achou necessário me contar, na época? Eu tive os filhos dele. Não deveria ter me contado?

— Rumores — relembrou-a Dana, mas Dorothy já não queria ouvir mais nada.

— Ele se orgulha de sua inteligência. Será que pensou que eu fosse burra demais para entender... ou indiscreta demais para ficar de boca fechada?

— Não — respondeu Eaton da porta. Na luz suave do quarto da bebê, ele parecia destroçado. — Não te contei porque não podia contar a mim mesmo. Contar a você teria tornado tudo real. Eu não acreditava que fosse.

— Não se tratava — argumentou Dorothy — de uma possibilidade sem consequências.

— Mas era uma hipótese profundamente emocional para mim. Aceitar a possibilidade do rumor seria aceitar o fato de que minha mãe teve um caso. Essa parte era igualmente difícil.

— Bem, isso eu posso entender — observou Dorothy com um cinismo que não lhe era peculiar. — Você não tem nada de bom a dizer sobre as pessoas que traem. Tolerante, uma ova. Você é extremamente crítico.

— Sim — assumiu Eaton. — Às vezes.

— *Às vezes?* — repetiu Dorothy.

Hugh apareceu. — Às vezes, mãe. Ele é humano, como o resto de nós. Quanto você ouviu lá embaixo?

— O suficiente. Seu detetive será capaz de localizar Thomas Belisle?

— Ele está morto — disse Eaton. — A irmã dele talvez ainda esteja viva.

Dana estava friccionando as costas de Lizzie. — Thomas Belisle?

— O homem que começou isso tudo — disse Hugh. — Por que será que este nome me é familiar?

Dana, de repente, se lembrou de uns olhos escuros que olhavam fascinados para Lizzie, e de uma expressão incrivelmente terna. Nesse instante, compreendeu o amor com que certas mãos haviam embalado sua bebê.

Espantada, ela sussurrou: — Eu a conheço — e olhou para os demais.

Vinte e Cinco

Por mais maravilhosa que fosse a ideia de Saundra Belisle ser parente de Lizzie, Dana tinha de esperar para agir. Primeiro, vinha Ellie Jo. Dana foi até o hospital no sábado de manhã e soube que a avó fora transferida da sala de recuperação para a UTI. Era o procedimento padrão, não havia motivos para se preocupar, a despeito da enorme quantidade de máquinas ali. Mas era difícil não entrar em pânico ao ver a própria Ellie Jo. Sua cabeça estava envolta em bandagens. Em contraste com os lençóis, ela parecia acinzentada e frágil.

Tomando sua mão, ainda mole, Dana a beijou. — Vó?

Ellie Jo abriu os olhos. Quando viu Dana, deu um sorriso. Foi meio torto, mas meio sorriso era melhor do que nada, pensou Dana.

— Eu não morri — murmurou Ellie Jo. — Isso é bom.

— É *extraordinário* — disse Dana, aliviada por sua avó estar falando. — Como você se sente?

— Fraca. Não consigo me mexer muito.

— Mas vai conseguir. Você precisa descansar e só pensar em coisas maravilhosas.

— Meu cabelo sumiu — disse Ellie Jo.

— Só a parte de trás — justificou Dana —, e só embaixo. Estamos entrando na temporada dos chapéus e você está na área certa. Me diga que tipo de chapéu você quer e tricotaremos uma dúzia até o final desta semana.

— Um pensamento maravilhoso — murmurou Ellie Jo, e fechou os olhos.

Dana queria perguntar o que ela estivera lendo no sótão quando sofrera o derrame. Mas sabia que não devia perturbá-la. Então, ficou ali sentada por mais alguns minutos, depois beijou Ellie Jo e saiu de mansinho.

De volta a seu carro, ela foi até a casa do pomar. Queria ler aqueles papéis no sótão. Enquanto dirigia, telefonou para Hugh para ver como Lizzie estava, mas ele estava se despedindo de seus pais e não podia falar muito. Quando seu telefone tocou, logo depois, ela supôs que fosse ele, retornando sua ligação.

— Dana? — perguntou uma voz hesitante.

O coração dela falhou. Ela devia ter olhado o identificador de chamadas. Agora era tarde demais. — Sim?

— É Jack Kettyle.

Como se ela não soubesse. Como se não houvesse reconhecido sua voz, mesmo depois do encontro breve que eles tinham tido. A simples hesitação em sua voz já o teria entregado.

— Como você conseguiu este número? — perguntou ela. O telefone de sua casa era uma coisa. Ela dissera a ele que morava na mesma cidade em que fora criada. Ele sabia que cidade era, e sabia seu nome de casada. Tudo que precisava fazer era consultar a lista telefônica. Mas seu celular não estava registrado.

— Sua sogra me passou — explicou ele. — Fico feliz que você tenha contado a ela sobre mim.

Dana não ficou. Apesar de não poder culpar Dorothy — pobre Dorothy, que provavelmente achou que estivesse fazendo a coisa certa, já que Jack Kettyle não apenas era o pai biológico de Dana, mas também um padre —, Dana não precisava desse telefonema naquele momento. Não podia lidar com as emoções envolvidas... não podia nem sequer *pensar* nelas. — Na verdade, para mim agora não é um bom momento para conversar — disse ela. — Minha avó está doente.

— Sinto muito — disse ele, preocupado. — É muito sério?

— Sim. A situação é precária. Não posso falar agora.

Família

— Outra hora, então?
— Sim. Está bem. Adeus.
— Espere — disse ele, justo antes que ela afastasse o telefone do ouvido. — Eu contei à minha família. Eles gostariam de te conhecer.
Os olhos de Dana se encheram de lágrimas. — Hã, agora não. Não posso lidar com isso. Tenho que desligar. — Ela encerrou o telefonema, não se importando se desligava na cara dele... e, imediatamente, se sentiu mal por isso. O que era mesmo que tinha dito a Hugh na noite anterior? Que o que importava era a intenção? Se Joseph Kettyle não sabia que ela existia, poderia ser culpado por tê-la ignorado durante trinta e quatro anos?
A única pessoa a quem podia culpar por aquilo era sua mãe, mas como Dana poderia fazer isso? Elizabeth morrera jovem demais. Dana não queria culpá-la de nada.
Então, concentrou-se em Earl. Deteve o carro em frente à casa de Ellie Jo e, ignorando a malharia, entrou. Veronica veio miando de onde quer que houvesse estado esperando.
Dana se abaixou. Puxou a gata rajada para seu colo e a abraçou, que foi o máximo que Veronica pôde suportar. Pulando de seu colo novamente, ela olhou esperançosamente para Dana.
— A Ellie Jo está bem — disse Dana, acariciando a pelagem sedosa entre as orelhas da gata. — Ela ficará no hospital um pouquinho, mas está indo bem. — Alguém teria de passar por ali para cuidar da comida, da água e da caixa de areia de Veronica. Acrescentando essas coisas à sua lista, Dana as providenciou e, em seguida, subiu até o quarto de sua mãe.
A portinhola do sótão estava aberta, a escadinha ainda abaixada. Os papéis, no sótão, estavam no mesmo lugar onde tinham sido deixados, sobre as tábuas de madeira, ao lado de um pedaço solto de isolante térmico.
Sentando-se no chão, Dana pegou os formulários públicos. O primeiro era do médico-legista público de Illinois, declarando a causa da morte de Earl como sendo traumatismo craniano seguindo a uma queda. O segundo era uma cópia do relatório policial, declarando que

a vítima estava sozinha no momento da queda e que esta tinha sido considerada acidental. O terceiro era a certidão de casamento de Ellie Jo. A data era a que Dana conhecia como a de aniversário de casamento de seus avós, datada de um ano completo antes do nascimento de Elizabeth.

Não vendo nada de surpreendente ali, Dana pegou o recorte de jornal. *Vendedor de Massachusetts Encontrado Morto em Quarto de Hotel*, dizia a manchete. Os parágrafos iniciais davam detalhes da descoberta do corpo de seu avô, detalhes que Dana já conhecia. Então, vinha a frase que ela havia vislumbrado no dia anterior. Estava na última linha da notícia:

A esposa há muito separada da vítima, Miranda Joseph, é moradora local.

Dana leu a frase de novo, depois, mais uma vez. Nunca tinha ouvido falar de alguém chamado Miranda Joseph, muito menos de um primeiro casamento de Earl. Não tinha ideia do que aquilo significava.

Aparentemente, tampouco a prima de Ellie Jo, Emma. Um bilhete dela, escrito a mão, estava logo abaixo do recorte de jornal. Datava de vários meses após a morte de Earl. "Eleanor, uma amiga me enviou este recorte. Você SABIA que Earl havia sido casado antes? Como ele pôde se casar com VOCÊ, se já tinha uma esposa? Você sabe no que isso transforma EARL?"

Dana pôs a carta de lado e, apoiando-se em seus joelhos, ali no calor do sótão escuro, chorou pela dor que sua avó devia ter sentido. Já era ruim o suficiente para Ellie Jo perder Earl, conclui Dana. Mas o medo da descoberta devia ter tornado tudo ainda pior. Todos aqueles anos. E agora. De repente, Dana pôde entender por que Ellie Jo tinha sido contra procurar pelo pai de Dana. Uma investigação poderia levar a outra, e Ellie Jo considerava a bigamia um pecado mortal.

Dana se perguntou se o derrame não teria sido provocado pelo medo de ser descoberta. Não podia ter sido fácil para Ellie Jo: reverenciar Earl por um lado, enquanto tentava abafar o outro, que lhe dizia coisas terríveis.

E quanto a Earl? O bom e santo Earl? Assim como todo mundo, Dana o havia idolatrado. Como era um marido gentil e amável, devia ter deixado os detalhes do divórcio a cargo da primeira mulher. Mas como não havia comprovado que tudo realmente fora feito? Na opinião de Dana, ele iria provavelmente querer ter a certidão de divórcio nas mãos, antes de se casar novamente. *Supostamente* ele não iria arriscar morrer deixando questões sem resposta para a mulher que alegava ser a luz de sua vida.

Dana sentiu-se miseravelmente triste. Quando sentiu Veronica se esfregando em seu corpo, passou um braço em volta da gata e enterrou o rosto em seus pelos. Parecendo perceber sua tristeza, Veronica permitiu que ela fizesse aquilo.

Finalmente, Dana enxugou o rosto e se endireitou. Juntou os papéis, enfiou-os novamente na parede onde Ellie Jo os mantivera escondidos e, cuidadosamente, recolocou o isolante cor-de-rosa. Ninguém os encontraria ali, a não ser que alguém lhes dissesse onde procurar, e Dana não iria dizer. Aparentemente, Ellie Jo planejara levar o segredo de Earl para o túmulo. Dana faria o mesmo.

Se era certo? Dana não sabia. Se poderia argumentar que ela não tinha certeza de que Earl cometera bigamia, assim como Eaton não estava certo do caso extraconjugal de sua própria mãe. A diferença, raciocinou ela, era que o segredo de Eaton afetava diretamente outras pessoas, enquanto que o de Earl — e de Ellie Jo —, não.

Hugh estava parado na extremidade do pátio, olhando o mar sobre as últimas rosas-rugosas da temporada. Atrás dele, Lizzie dormia em seu carrinho. Estava exausta, depois de uma intensa crise de choro que o fizera estender a mão para o telefone, mais de uma vez, para chamar sua mãe de volta.

Mas Lizzie não era responsabilidade de Dorothy. Era Hugh quem deveria aprender o que fazer.

Curtindo a brisa em seu rosto, ele pensou a respeito daquilo... e, depois, sobre sua herança genética. Sentia que isso deveria afetar o seu trabalho, mas por mais que repassasse sua lista de casos, não via nenhuma razão para mudar de rumo. Ele adoraria acrescentar uma acusação de discriminação ao processo de rescisão ilegal que havia movido em nome de seu cliente afro-americano — tinha desejado fazer isso mesmo antes de saber sobre Thomas Belisle —, mas, simplesmente, não era legalmente aconselhável. Será que deveria ir contra sua opinião profissional só porque descobrira algo novo a respeito de si mesmo?

Tampouco se via fazendo seus clientes sentarem e contando-lhes que tinha acabado de descobrir que era afro-americano. Não só era condescendente, como irrelevante.

Dana dissera que algo deveria mudar. Mas o quê?

Um murmúrio veio do mar numa rajada de vento, mas antes que ele pudesse discernir as palavras, elas voltaram a se recolher com as ondas.

Dana foi para casa buscar Lizzie, mas não ficou muito tempo. Precisava do consolo da loja. Estava tentando ficar brava com Earl por ter estragado uma fase crucial de sua vida, mas Earl estava morto. Portanto, transferiu sua raiva para Ellie Jo, por ter sofrido em silêncio durante todos aqueles anos.

No instante em que pôs o pé na malharia, sua pulsação ficou mais equilibrada. Havia clientes sentadas à mesa comprida, trabalhando em amostras de pontos ou resolvendo problemas de tricô. Outras folheavam cadernos repletos de receitas, procurando alguma de que gostassem. Outras, ainda, apalpavam os fios mais novos: uma coleção de lãs para o inverno, de alpaca, *mohair* e iaque. Algumas lãs eram de cores clássicas, outras eram pintadas a mão e multicoloridas.

Corinne James estava admirando estas últimas. Ela vestia uma calça azul-marinho e uma blusa de seda de alcinhas. Seu cabelo estava preso num rabo de cavalo cuidadosamente posicionado. Uma echarpe Hermès pendia da alça de sua bolsa Ferragamo.

Ela estava analisando um novelo tingido à mão que combinava com suas roupas. Fazia lembrar um tecido de flanela xadrez em tons de azul, verde e preto.

— Este é bonito — disse Dana ao passar por ela.

Corinne ergueu os olhos. — Talvez para um cachecol para Oliver? Ou um suéter?

Dana se deteve. — Um suéter. — Ela não pôde resistir. Um suéter exigiria várias centenas de dólares daquela lã. Mas será que uma echarpe Hermès não merecia companhia à altura? — Um suéter. Com certeza.

Corinne apontou com a cabeça para Lizzie, que dormia. — Ela é muito bonita. — Seu olhar se levantou. — Como vai a Ellie Jo?

— Bem, eu acho.

Corinne assentiu. Ela apanhou a amostra que Ellie Jo havia feito apenas alguns dias atrás. — Este aqui é tranquilizador. Tradicional.

— Eu mesma comprei alguns novelos — disse Dana. Ela estava pensando em fazer uma sacola.

— Deste aqui? Sério?

— É tão lindo. Não pude resistir.

Corinne examinou o novelo novamente. Ela o sopesou na palma da mão, testou sua densidade com um apertão, analisou-o sob a luz do sol e fora dela. *Compre logo*, Dana quase disse, então pensou no cheque sem fundos. Ela precisava perguntar sobre aquilo, mas algo em Corinne a desencorajou. Seria uma certa *fragilidade*?

Dana jamais havia considerado Corinne uma pessoa frágil. Estranha, talvez. Mas frágil?

Não gostava particularmente de Corinne. Mas Ellie Jo gostava. Então, ela perguntou: — Está tudo bem com você?

Corinne pareceu surpresa. — Claro. Por que você pergunta?

— Você parece cansada. — Não era realmente cansada. Ela parecia tensa. — Você não tem aparecido muito por aqui.

— Ah, tivemos alguns problemas com a noite de gala do museu. As pessoas que deveriam estar trabalhando na redação do programa têm dado uma desculpa após outra para não comparecer às reuniões, e o prazo é na semana que vem. Tive que dedicar um tempo extra a isso.

— Vai dar tudo certo.

— Tenho certeza que sim. — Ela devolveu a lã à prateleira. — Isto vai ter que esperar. Estou confusa demais para ter certeza desta cor. Além disso, não vou ter tempo de tricotar nada por enquanto. Por favor, mande lembranças minhas a Ellie Jo. Se houver algo que eu possa fazer, é só me avisar.

— Pode deixar. — Dana observou-a partir. Estava tentando identificar o que era que a preocupava com relação a Corinne quando Saundra Belisle se aproximou... e Dana percebeu que estava falando com a tia-bisavó de Lizzie. Isso fazia de Saundra não só uma amiga de confiança, mas, no momento, a única parente que Dana tinha ali na loja.

Dana não hesitou em entregar-lhe a criança. Tampouco hesitou em dar um abraço apertado em Saundra. Que pareceu entender. — Sua avó ficará bem, Dana Jo — disse ela, baixinho. — Ainda não é hora de ela partir. Eu sinto isso com muita força. Ela estará sentada novamente naquele banco num piscar de olhos.

Dana se afastou para olhar seu rosto. — Ela vai poder proceder normalmente?

— Talvez não tão facilmente quanto antes, mas vai chegar perto.

— Preciso fazer alguma modificação na casa?

— Ainda não. Vamos esperar até sabermos mais.

Saundra não era nenhuma vidente. Mas Dana se aferrou às suas palavras. Cuidou das coisas na loja, sempre de olho no berço. Um pouco mais tarde, amamentou Lizzie e, então, se sentou ao lado de Saundra para trabalhar no xale faroense. Havia terminado a parte mais trabalhosa, vinte centímetros de um padrão intricado que circundava a bainha ampla, mas ainda havia diminuições a fazer a cada duas voltas, marcadores a mover e um padrão difícil a seguir para manter as terminações laterais e a emenda das costas.

Saundra tocou com os dedos a bainha do xale. — Você faz um trabalho muito bonito. Esta lã é perfeita.

— É parte alpaca, parte seda.
— Alpaca para dar calor, seda para dar resistência e brilho... contém o melhor de ambas. Existem muitas vantagens nas mesclas, sabe?

Dana sorriu e continuou tricotando. Haveria alguma analogia naquele comentário? Será que Saundra tivera essa intenção? É *claro* que sim.

Um silêncio cômodo pairava entre elas. Sempre fora assim com Saundra — essa afinidade instantânea. Dana queria lhe perguntar sobre o avô de Hugh. Mas não o fez. Valorizava demais a serenidade daquele momento para arriscá-la.

Mais tarde naquele dia, a sineta da porta soou. Nos segundos que se seguiram, a loja foi tomada por um breve silêncio. Curiosa, Dana ergueu os olhos. Hugh havia entrado, com Eaton logo atrás de si.

Saundra tinha se levantado. Dana percebeu que ela não estava olhando para Hugh, mas para seu pai. Contornando Hugh, Eaton foi em direção ao canto onde elas estavam e a atividade na loja foi retomada. A caixa registradora imprimiu um recibo de cartão de crédito; a bobinadora girou; as agulhas começaram a bater novamente.

Quando Eaton chegou perto delas, estendeu a mão para Saundra.
— Sou Eaton Clarke — disse ele.

A formalidade era levemente absurda. Mas Eaton era Eaton. E o que mais ele poderia fazer?, Dana se perguntou.

O olhar de Saundra era claro. — Saundra Belisle — respondeu ela.
— Thomas é seu irmão?
— Era.
— Você sabia que Thomas teve um relacionamento com a minha mãe?
— Sabia.
— Como?

Saundra sorriu. — Respostas monossilábicas não serão suficientes. Sente-se aqui comigo, por favor. — Ela voltou para o sofá que estava dividindo com Dana.

Dana não se movera. Não teria escolhido aquele momento para Eaton vir. Queria Saundra só para si por mais algum tempo; queria mais tempo para reunir coragem antes de encarar Ellie Jo novamente.

Mas podia apenas imaginar o que Eaton estava sentindo. Ele se sentou ereto, cruzando uma perna sobre a outra e endireitando o vinco da calça, num gesto que ela já o vira fazer dezenas de vezes.

— Como você soube do relacionamento entre eles? — perguntou ele.

Saundra falava baixinho, mantendo o tom de confidencialidade de Eaton: — Meu irmão era quase vinte anos mais velho do que eu. Eu o idolatrava. Costumava segui-lo por toda parte. Eu tinha cinco anos quando ele começou a se encontrar com a sua mãe.

Eaton não demonstrou qualquer emoção. — Você alguma vez os viu juntos?

— Não na cama. Mas logo depois. E uma vez no quintal de casa. Eu era jovem demais para entender o que significava quando as pessoas tiravam a roupa. Quando fiquei mais velha e entendi, perguntei a Thomas sobre aquilo. Ele admitiu estar tendo um caso. Estava orgulhoso disso. Thomas era incorrigível mesmo.

— Ele sabia que eu era seu filho?

— Não. Pelo que ele dizia, sua mãe passou aquele verão extremamente ansiosa para saber se seu bebê teria feições afro-americanas. Pelo que ele disse, houve um suspiro coletivo de alívio quando você nasceu parecido com sua mãe. Não, Thomas nunca soube que você era filho dele.

— Mas você, sim.

Ela sorriu. — Não até que sua neta chegasse. Eu sempre desconfiei, então fiquei atenta a tudo que dizia respeito a você. Você era um bom homem. Eu gostava de pensar que você fosse filho dele. Daí, você teve seus meninos, e Hugh se parecia com você. Quando ele se tornou advogado, eu me perguntei se ele teria herdado alguns dos interesses de Thomas. Então, fiquei atenta a ele também.

— Você nos seguiu? — perguntou Eaton.

Saundra soltou uma risada. — Nada assim tão extravagante. Fiquei atenta a notícias sobre vocês nos jornais. Quando Hugh participava de algum julgamento notório, eu lia a respeito. Você escreve livros. Eu lia as críticas e ouvia suas entrevistas. E assisto televisão. Hugh esteve no noticiário no ano passado, quando representou aquele sujeito que disparou na agência de correios. E depois houve aquele artigo na revista *Boston* sobre equipes de pais e filhos. Havia fotos de vocês dois. Ganhei na loteria com aquele artigo.

Dana sorriu com essa observação.

Nenhum dos homens sorriu, mas Hugh perguntou: — Você se mudou para cá por nossa causa?

— Não inteiramente. Eu estava morando em Martha's Vineyard... ah, não durante todo aquele tempo. Vivi em Boston enquanto trabalhava como enfermeira. Me aposentei há doze anos e voltei à ilha, mas o lugar havia perdido seu charme. Os invernos eram muito rigorosos. Eu me sentia isolada. Quanto mais velha fui ficando, mais queria estar perto dos amigos e dos médicos em quem confiava. Então, verifiquei várias comunidades de aposentados e comecei a ler os jornais locais para descobrir sobre cada uma delas. Eu costumava acompanhar as transações imobiliárias. — Seu rosto se alegrou. — E, um dia, lá estava você, Hugh, citado como comprador de um imóvel, e eu disse a mim mesma: "Esta cidade é para mim." Portanto, comprei minha casa.

— E a malharia? — perguntou Hugh. — Há quanto tempo você frequenta a loja?

Dana respondeu a isso. Olhando para Saundra com uma mistura de divertimento e admiração, ela disse: — Desde logo depois do meu casamento. Eu me lembro. Havia tanta coisa acontecendo na minha vida, mas você entrou aqui tranquilamente e comprou lã.

Os olhos escuros de Saundra cintilaram. — Eu sempre fui tricoteira. De jeito nenhum seria capaz de resistir a este lugar.

— Você sabia que eu estava me casando com Hugh?

— Na verdade — disse ela, parecendo espantada por um instante —, não. Isso foi uma coincidência. Eu estava sempre ouvindo conversas sobre o casamento que se aproximava, mas levou algum tempo até que alguém, de fato, mencionasse o nome de Hugh. — Ela arqueou uma sobrancelha. — Aparentemente, perdi a notícia do noivado. Eu vi a do casamento, no entanto. Foi uma matéria linda no *Times*. — Ela olhou de Hugh para Eaton.

— Uma megaloteria — interpretou Dana. Uma dúzia de fotos havia saído no jornal.

— Sim, senhora.

Eaton descruzou as pernas. — Vou demorar algum tempo para me acostumar a isso.

— A mim?

Ele fez um gesto vago. — A você. A mim. Lizzie. *Isto*.

— Você só soube agora?

— Ontem.

Ela meditou sobre isso. — Eu tive várias semanas. Isso me dá certa vantagem.

— Você não disse nada a ninguém — disse Eaton.

Dana tentava decidir se ele estava perguntando ou advertindo Saundra, quando ela disse: — Não preciso dizer nada a ninguém. O prazer que obtenho é só meu. Já li todos os seus livros. Sinto orgulho de ser sua tia.

Eaton apertou os lábios. Dana sempre pensara que aquela fosse uma característica dos Clarke, mas ocorreu-lhe que a mãe de Eaton tinha a mesma boca. Ela se perguntou quais de suas características tinham vindo de Thomas Belisle. Se ela fosse Eaton, pediria uma foto. Ela iria querer saber tudo a respeito de Thomas, suas comidas e hobbies favoritos e também seus interesses. Ela iria querer saber a respeito dos outros filhos que Thomas tinha tido.

Não havia perguntado nada daquilo a Jack Kettyle. Mas a curiosidade estava lá.

Dana se voltou para Eaton, precisamente quando ele perguntou:

— Do que é que você precisa?

Saundra ficou muito rígida. O calor desapareceu de seus olhos.

— Você está tentando comprar meu silêncio? — indagou. — Não há necessidade disso. Não compartilho informações pessoais com os outros. Dana, eu te contei alguma coisa a esse respeito antes? — Dana mal havia negado com a cabeça quando Saundra acrescentou: — Nem mesmo sua avó sabe. — Ela encarou Eaton. — Meu irmão tinha uma reputação a zelar. Não posso calar esses rumores, mas mantenho um relacionamento com os filhos dele e seus filhos, e, agora, com os filhos destes *últimos*. Eles o solicitaram e acolheram, assim como eu fiz. Não tenho outra família, sr. Clarke. — Ela ergueu os olhos para ele. — Você pergunta do que eu preciso? De sua parte, absolutamente nada.

Eaton franziu o cenho com raiva. — Minhas desculpas. Não quis ofender.

— Talvez não — disse Saundra —, mas eu não sou nenhum caso de caridade. Não peço nada que não seja capaz de pagar sozinha, e sou capaz de pagar por muita coisa, obrigada.

A expressão no rosto de Eaton era uma que Dana nunca tinha visto antes. Poderia jurar que ele se sentia humilhado.

— Me desculpe — disse ele. — Estou tentando entender isto tudo e está claro que falei a coisa errada. Você é minha tia de sangue. Se eu tivesse outra tia, o que não tenho, teria feito a ela a mesma pergunta. Não tem nada a ver com o fato de Thomas ser afro-americano.

Saundra deu o braço a torcer. — Bem, então talvez eu tenha exagerado na minha reação — disse bondosamente. — Na vida que eu tenho levado, as coisas geralmente têm a ver com a raça. Imagino que eu também esteja tentando entender isto tudo.

Vinte e Seis

Hugh não ficou nada contente quando a campainha da porta tocou, às oito da manhã do domingo. Qualquer pessoa com um pouco de cérebro deveria saber que o sono era uma coisa preciosa quando se tem um bebê recém-nascido. Mais do que isso, Dana estava dormindo a seu lado pela primeira vez em semanas. É verdade, ela podia ter rolado enquanto dormia, sem intenção consciente, mas era o mais perto que ela havia chegado dele desde a noite anterior ao nascimento de Lizzie.

Agora, ela deu um pulo, assustada. — A campainha. Se fosse alguma coisa com a vó, eles iriam telefonar, não?

— Imagino que sim — resmungou Hugh, libertando-se dos lençóis. Ele vestiu uma calça jeans, desceu a escada a galope e abriu a porta, pronto para gritar com quem quer que estivesse ali fora.

Robert gritou primeiro. Ele também parecia ter caído da cama.

— Que *diabos* você fez?

— Eu?

— Sabe o que o pai está dizendo agora? Está dizendo que *nós* somos negros... que ele é negro, você é negro, eu sou negro. O que foi que você disse a ele?

— *Eu?*

— Foi o seu bebê que começou isso tudo, e sua mulher dormindo com sei lá quem... e eu não acredito nesses testes de DNA, existe uma margem de erro gigantesca. O pai apareceu na minha casa uma hora atrás, dizendo que tinha ficado acordado a metade da noite, tentando decidir sobre o melhor momento para me contar, e que acabou concluindo que era agora. Qual é o problema com você, Hugh? Brad está surtado porque você está ameaçando levar Hutch ao tribunal... por causa da paternidade de um *menino*? Tenha dó. Casos amorosos acontecem. Filhos ilegítimos acontecem. Só vira problema quando você tem um irmão como o meu, que quer que todo mundo seja tão infeliz quanto ele.

Dana apareceu ao lado de Hugh e passou um braço pela sua cintura. — Robert — disse ela, cumprimentando-o.

— Dana, será que podemos ter alguns minutos? Isto é entre Hugh e mim.

Dana nem sequer se moveu.

— Eu não sou infeliz — disse Hugh. — Quanto a isso que o papai te disse? É a verdade.

— Tenha *dó* — gritou Robert. — Essa é a coisa mais *absurda* que eu já ouvi. Você conhece a história da nossa família.

— Casos amorosos acontecem. Você acabou de dizer.

— Você, sinceramente, acha que a mãe do papai teve um caso? Aquela dama de gelo? Se ela fez sexo com alguém além do marido, foi estupro.

— Foi um relacionamento duradouro. Nós temos provas.

— Ah, sei. A irmã. O papai a mencionou. E você não acha que ela está querendo alguma coisa? Você não acha que ela leva vantagem em dizer que é parente de Eaton Clarke? Bem, não vou engolir essa. Não vou dizer aos meus filhos que eles são negros. Não vou dizer às pessoas com quem eu trabalho e certamente não vou dizer ao Brad.

— O papai dirá.

— O papai já está na lista negra de Brad no momento, então não vai fazer a menor diferença. Brad sabe o que está acontecendo. Ele não é nenhum tolo, e eu também não sou.

— Você é preconceituoso, Robert?

— Não mais do que você.

— Eu sou — confessou Hugh, e sentiu-se instantaneamente envergonhado. Mas não podia retirar as palavras. — Eu sou — repetiu, baixinho. — Não fiquei feliz quando Lizzie nasceu.

— Mas agora você está — zombou Robert —, porque é o superprogressista que vai bater no peito e dizer: "Aí, cara, sou um de vocês, com muito orgulho." E eles vão rir de você, Hugh. Bem, eu é que não vou ser alvo das risadas deles — observou. — É isso que você quer ser? Tudo bem. Eu, não. — Ele se virou e se afastou pela calçada, como um tufão.

— DNA é DNA — bradou Hugh às suas costas. — Como você vai lutar contra isso?

Robert se virou. — Vou dizer a quem perguntar que o papai está senil e que você está tentando encobrir a sua mulher. — Ele olhou feio para Dana. — Seu pai é um padre? Não me importaria se ele fosse o *papa*. Todos vocês estão procurando encrenca. — Ele levantou ambas as mãos e se afastou.

Hugh ficou olhando até a reluzente BMW preta desaparecer na curva da estrada. — Ele simplesmente ignorou a parte do DNA — murmurou. Como Dana não respondeu, ele olhou para ela. Ela havia retirado o braço de sua cintura e enfiado as mãos nos bolsos do roupão.

— Você falou sério? — perguntou ela.

— Sobre ser preconceituoso? Sim.

— Uma pessoa preconceituosa é aquela que é intolerante com relação às demais. Você não é assim.

— Preconceituosa é a pessoa que vê as demais como inferiores a ela e, portanto, menos desejáveis.

— Você *não* é assim.

— Você acha? Não sei, não, Dee. Não consigo chegar a uma conclusão sobre isso. Eu diria que é arrogância.

— Eu diria que é a vida real. Você já estava fazendo tudo direito, no que diz respeito a diferenças raciais.

— Até que aconteceu comigo.

— O que se supõe que você *faça*?

Ele ficou olhando fixamente para a estrada. — Robert acha que deveríamos esconder a ligação de Thomas com a nossa família. Ele acha que isso vai transtornar sua vida. Diz que estamos procurando encrenca. — Ele olhou para a esposa. — É isso que estamos fazendo?

Enquanto Dana dirigia para o hospital, refletia sobre o preço que os segredos cobram daqueles que os guardam. Estava convencida de que o derrame de Ellie Jo resultara da tensão de manter em segredo o primeiro casamento de Earl.

Entrando no quarto de sua avó, sussurrou seu nome. Ellie Jo não respondeu. Ela agora estava num quarto particular, com apenas um monitor que emitia bipes suaves.

Puxando uma cadeira, Dana sentou-se ao lado da cama com os braços apoiados na grade. Embora houvesse adiado aquela visita na esperança de se acalmar, ainda estava furiosa.

— Você devia ter me *contado* — sussurrou ela. — Você devia ter me incluído no segredo sobre o vô Earl. Eu o teria amado mesmo assim. Você realmente achou que não?

Ellie Jo suspirou. Dana não sabia se era só uma coincidência.

— E você não pensou que guardar isso para si poderia te deixar doente de preocupação? — perguntou Dana. — Você escondeu isso, a pressão foi aumentando e você sofreu um derrame. Isso foi injusto, vó. A existência de uma esposa separada foi apenas uma falha burocrática. O vô Earl supôs que tudo havia sido resolvido. Quando ele se casou com você, agiu de boa-fé.

Os lábios de Ellie Jo se abriram. — Será? — Suspirou ela.

Dana se endireitou na cadeira. — Você está acordada. Como está se sentindo?

A velha senhora não abriu os olhos, mas um sorriso mínimo enrugou o canto esquerdo de sua boca. — Tonta.

— Ótimo — disse Dana com irritação. — É exatamente assim que *deveria* estar se sentindo. — Ela não estava falando sobre as drogas. — Você errou em não me contar. Fez uma tempestade num copo d'água.

— Fiz?
— O vô Earl não teve a intenção de ficar casado com duas mulheres ao mesmo tempo. Foi um erro inocente.
— Você tem certeza?
— Você não?
— Não. Mas me diga que você tem. Eu me sentiria muito melhor.
— Ah, vó. — Dana sentia-se desanimada. — Você passou todos estes anos tentando se convencer disso? — Só o que ela podia ouvir eram os comentários de Ellie Jo. Earl era maravilhoso. Earl era carinhoso. Earl era tão bom quanto o dia era longo. A cidade inteira acreditava naquilo.

Ellie Jo abriu os olhos. — Pode ser que me mandem para uma clínica de reabilitação. — Suas palavras eram lentas, arrastadas. — Você vai cuidar da Veronica?

Respirando fundo, Dana controlou sua raiva. — É claro. E vou cuidar da loja também

— Quanto à Veronica... — As palavras agora se arrastavam. — Não a leve a nenhum lugar. Ela gosta da própria casa.

— Vou passar por lá todos os dias.

— Converse com ela. — Ellie Jo fechou os olhos. — Mas não... conte a ela... sobre Earl.

A raiva de Dana voltou. Não importava que agora estivessem falando sobre uma gata, ela já estava farta de mentiras. — A Veronica provavelmente sabe. Ela estava lá no sótão com você, quando você escondeu aqueles papéis.

— Ela não sabe... ler. Cuide dela, Dana Jo. E escute... a sua mãe.

A menção de Elizabeth não ajudou em nada. — Minha mãe? — repetiu Dana. — Minha mãe, que mentiu sobre o homem que era meu pai? Minha mãe, que o manteve afastado de mim todos estes anos? Minha mãe não é nenhum anjo.

— Nenhum de nós é — disse Ellie Jo, e soltou um suspiro.

— Descanse, vó — disse Dana, um tanto seca, e se levantou. — Voltarei amanhã.

— Não fique brava...

* * *

Mas Dana estava. Estava brava até mesmo com Elizabeth. E isso a perturbava. Colocava-a em conflito com *todo mundo*, o que era algo bastante solitário. Sentindo o peso disso durante o trajeto para casa, ela deu um telefonema para o padre Jack. Ele era um padre. Os padres ouviam as pessoas. Ofereciam consolo e conselhos.

— Alô? — disse ele.

— A missa já terminou?

Houve uma pausa demorada, então, com hesitação: — Dana?

— Sim. Não sei quando os padres estão desocupados.

— Agora é um bom momento.

— Bem, que bom, então — disse ela. — Acho.

— Obrigado por retornar meu telefonema.

— Eu recebi uma boa educação.

Mais uma vez, ele demorou para responder. — Você parece irritada. É comigo?

— Com você, com a minha mãe. Com a minha avó. Com meu marido. Com meu sogro. — Ela parou para respirar. — Devo continuar?

— Depende. Sobrou alguém?

Dana deu um meio sorriso. — Eu poderia estar brava com a minha sogra por ser uma tonta com o marido, às vezes, só que ela ficou do meu lado desta vez.

— Você está falando sobre a questão da cor da bebê?

— Principalmente. — Não podia se aprofundar mais do que isso. — E meu marido. Ele está melhorando.

— Ele parecia estar bastante bem quando veio aqui.

— Como eu disse, ele está melhorando. Estou começando a sentir que o problema sou eu. Não apenas com ele, mas com todo mundo.

— Esta raiva é justificada?

Ela meditou sobre isso por um momento. — Bem, eu acho que sim. Coisas acontecem, coisas que você não espera e não entende. Então, ou você as recusa, ou mente sobre elas, ou tenta responsabilizar outra pessoa. — Ela foi ficando mais queixosa. — Por que as pessoas fazem isso, hein?

— Porque elas são imperfeitas.

— Mas não sabem que magoa?

— Quando pensam de forma racional, sabem.

— Bem, cada uma das pessoas que eu citei fez alguma coisa que eu considero realmente egoísta.

— Fizeram algo que não levava em conta os seus sentimentos?

— Sim. É... isso mesmo. — Ela inalou rapidamente. — Só que agora estou começando a achar que sou eu a egoísta. Eu sou? É pedir muito que as pessoas mais próximas me levem em consideração ao tomar decisões importantes?

— Não. Você tem o direito de esperar isso.

— E quando não acontece, o que eu devo fazer?

— Converse com elas. Explique como está se sentindo. Com sorte, elas agirão de forma diferente no futuro, pelo menos no que te diz respeito.

A voz dele era tranquilizadora. — Eles te ensinaram essas coisas no seminário? — perguntou ela, e achou ter ouvido uma risadinha.

— Não. Foi a vida que me ensinou. — Sua voz ficou mais séria. — Dana, estou longe de ser perfeito. O bom Deus sabe os erros que cometi. Você é um dos principais... oh, não um erro na concepção, mas no que eu fiz depois. Eu deveria ter procurado a sua mãe. Deveria ter garantido que ela estivesse bem. Sinto muito por não ter feito isso. Estava cego por minhas próprias necessidades. Eu te peço desculpas por isso.

Dana continuou em silêncio. Não sabia o que fazer com o pedido de desculpa. Sentia-se tão perdida como quando sua mãe havia morrido.

— A vida é cheia de "deverias" — prosseguiu o padre Jack. — Só que se relacionam com o passado. Portanto, podemos nos apegar a eles... nos apegar ao passado... ou podemos seguir em frente. Eu quero seguir em frente.

— Você aprendeu a fazer isso. É por causa da sua fé?

— É basicamente por bom-senso. E nem sempre consigo. Por exemplo, não sei lidar com o fato de que tenho uma filha.

Os olhos de Dana se encheram de lágrimas. Ela continuou dirigindo sem falar.

— Eu gostaria de te conhecer — disse ele.

— Não posso pensar nisso agora.

— Mas você me ligou.

Ela havia ligado. Era um fato interessante. Ela raciocinou: — Você é um padre e eu preciso de ajuda. Não estou me comportando bem. Isso não me deixa orgulhosa.

— Reconhecer o problema é o primeiro passo. Você já fez isso.

— O que vem depois?

— Perdoar a si mesma. É o que eu disse antes, Dana. Nenhum de nós é perfeito.

— E depois?

— Tentar superar. Quando você estiver com alguém que te enfurece, obrigue-se a encontrar três coisas boas naquela pessoa.

Uma carreta enorme ultrapassou Dana pela direita. JESUS ME GUIA estava pintado no para-choque em letras garrafais. — É o Evangelho que diz isso?

Houve uma pausa, então, baixinho, ele disse: — Não. Sou eu. Sempre disse isso aos meus filhos. Parecia ajudar.

Vinte e Sete

Hugh estava em seu escritório na segunda-feira, redigindo as razões de um recurso de apelação e sentindo-se novamente em terreno conhecido, quando recebeu um telefonema desesperado de Crystal. Sua voz estava tão histérica quanto naquele primeiro dia, no jardim do hospital.

— Veio um cara aqui e começou a fazer perguntas sobre mim e sobre Jay. Quando perguntei quem ele era, respondeu que estava fazendo uma investigação de rotina, então perguntei novamente quem ele era e ele não quis responder. Quando eu disse que não iria conversar com ele, ele disse que eu iria me arrepender se não o fizesse. Então, pedi uma identificação, e ele só apontou o dedo para mim, como se estivesse me advertindo, e foi embora descendo as escadas. Ele sabia meu nome, e o nome de Jay, e sabia onde eu trabalhava. Foi o senador que o mandou, eu sei.

Hugh se afastou de seu computador. — Ele está tentando te intimidar.

— Sim, bem, e conseguiu. Quer dizer, era um cara enorme que poderia ter arrombado a minha porta sem suar uma gota. Então, o que eu devo fazer agora? Me mudar? Não tenho dinheiro para colocar um alarme e, de qualquer maneira, não iria ajudar muito, se ele decidisse atear fogo na casa. *Isso, sim*, poria fim ao meu processo contra o senador.

— Ele não vai atear fogo na sua casa, Crystal.

— Como você sabe?
— Porque isso não é intimidação, é assassinato.
— E Hutchinson não seria capaz disso? Como você pode ter tanta certeza? Talvez eu deva simplesmente abandonar o processo.
— Se você fizer isso, como vai conseguir levar Jay para St. Louis?
— Como ela não respondeu, ele disse: — Tenho que te perguntar uma coisa, Crystal. Para desencargo de consciência. Existe outra pessoa, além do senador, que poderia querer te assustar?
— Não.
— E quanto a sua mãe?
— Minha mãe?
— Você não se dá muito bem com ela.
— Ei, não se dar bem não quer dizer que somos inimigas. Ela veio aqui nos dois dias do fim de semana e trouxe comida. Ela não tem dinheiro para me dar e não pode me ajudar a cuidar de Jay porque ela mesma trabalha em turnos de doze horas. Mas ela é legal. Além disso, eu conheço as pessoas com quem ela anda, e o cara não era nenhuma delas.
— Ele não disse como se chamava?
— Já te disse que não. E se ele voltar? O que eu faço?
— Fique calma e mantenha a porta trancada. Se ele aparecer aí novamente, chame a polícia. Enquanto isso, vou telefonar para o advogado do senador.

Ele levou cinco minutos para se conectar com Dan Drummond — cinco minutos da secretária de Drummond "procurando por ele", embora Hugh suspeitasse que o cara estivesse bem ali, o tempo todo. Quando ele finalmente atendeu, foi cordial: — Ei, Hugh. Você está adiantado. Pensei que tivesse dito até quarta-feira.
— É o senador quem tem até quarta-feira, Dan, mas surgiu outro problema. Minha cliente está sendo assediada.
— O que isso quer dizer?
— Ela recebeu a visita de um cara de aspecto ameaçador que sabe mais do que deveria. Diga ao Hutch para detê-lo.
— O que o Hutch tem a ver com isso?

Hugh suspirou: — Ah, vamos lá, Dan. Vamos parar de fazer joguinhos.

— Não são joguinhos. O que o Hutch tem a ver com um cara visitando sua cliente?

— Talvez nada. Eu já esperava que ele fosse contratar um detetive para conversar com as pessoas que ela conhece, mas um bom detetive particular jamais confrontaria diretamente a mulher. Ela é uma parte representada por advogado. Isso faz com que seja uma violação de ética. Se acontecer novamente, vou convocar uma entrevista coletiva à imprensa explicando meu caso. Pode ser que Hutch não tenha nada a ver com o cara que foi bater à porta da minha cliente, mas a mídia não vai pensar assim. Eles adoram esse tipo de coisa. Diga a ele para deter o cara, a não ser que queira ir a público. E, nesse ínterim, aproveite para relembrá-lo de que eu preciso de um compromisso até quarta-feira... seja um reconhecimento de paternidade ou a concordância em fazer um teste de DNA.

— Quarta-feira é um pouco apertado — murmurou Drummond, como se estivesse consultando sua agenda para marcar um almoço. — O senador tem um projeto de lei pendente...

— Eu sei sobre o projeto de lei — interrompeu Hugh. — Se refere à intervenção educacional precoce nas áreas menos privilegiadas. Ele está obtendo uma enorme publicidade, como copatrocinador. Eu detestaria ver sua imagem maculada só porque ele se recusa a cuidar de seus próprios dependentes.

— O senador tem um projeto de lei pendente — repetiu Drummond, como se Hugh não tivesse dito nada — e será difícil, porque o plano custa dinheiro. Existem aqueles no Congresso que não querem gastar com os pobres. Hutch não é um deles. Ele está dando tudo de si para angariar votos. Eu diria que isso tem prioridade sobre uma acusação falsa por parte de uma mulher que ele não conhece.

— Quarta-feira ou irei a público.

Minutos depois de desligar o telefone, Hugh percorreu o corredor até o escritório de seu sócio. Julian Kohn sabia tudo a respeito do caso Kostas. Hugh o mantivera a par da situação. Agora, contara-lhe os últimos acontecimentos. — Você acha que estou errado? — perguntou. — Ela jura que não existe mais nenhum motivo pelo qual alguém a ameaçaria, e depois da investigação que Lakey fez, eu concordo. A mulher não joga, não usa drogas. Paga o aluguel em dia. Faz malabarismos com três cartões de crédito, mas sempre paga o valor mínimo e, fora isso, seu relatório de crédito é bom. Todo mundo no trabalho gosta dela.

Julian deixou os óculos de lado, reclinou-se em sua cadeira e cruzou os pés sobre a mesa. — Você não está errado. Eu também confiaria nela. E, sim, iria supor que o senador contratou alguém. Ele já não fez isso antes, com um assistente que saiu de sua equipe e foi trabalhar para um adversário?

— Algo do estilo — disse Hugh, perambulando pela sala. Tudo ali era novo, lindamente colocado por Dana, que havia decorado a maioria dos escritórios da firma. No entanto, aquele escritório era diferente do de Hugh. O pai de Julian tinha sido açougueiro, e sua mãe dona de casa. Não houvera dinheiro para comprar livros com capa de couro e apoios de livros em bronze, muito menos para pagar seus estudos. Quando Julian terminou a faculdade de Direito, tinha acumulado uma dívida de quase cem mil dólares em empréstimos. Ele já havia ganhado muito dinheiro desde então, mas jamais esquecera suas raízes. A simplicidade da decoração do escritório refletia isso.

Hugh também nunca esquecera suas raízes. Infelizmente, elas eram falsas. — Quer ouvir uma coisa bizarra? — disse ele, e contou a Julian sobre seu avô.

Lá pelo meio da história, Julian deixou os pés caírem ao chão.

— Isso é inacreditável — disse ele quando Hugh terminou. — E seu pai viveu com isso?

— Ele se convenceu de que não era verdade.

— Era a mãe dele, Hugh. A mãe dele. Do jeito que a sua família é, posso entender por que ele não queria que os rumores fossem verdadeiros. O silêncio dele pode não ter sido uma questão de preconceito, mas sim de lealdade familiar.

— Você é uma pessoa muito indulgente.

— Nem sempre. Tive uma tia-avó que cresceu no Leste Europeu. Ela e o marido negaram ser judeus para escapar do Holocausto. Mesmo depois de imigrarem para Nova York, continuaram negando. Seus filhos também negaram. Meus primos ainda negam. Posso entender a culpa que eles sentem. Os judeus da cidade deles foram capturados e assassinados.

— Eles mentiram para salvar a própria vida. Não sei se eu os condenaria — disse Hugh.

— Eu não os condeno, não por mentir. Mas por não valorizar a vida. Eles se queixam o tempo todo. Ouvindo-os falar se tem a impressão de que sempre os estão roubando algo... um emprego, uma casa, o campeonato de golfe... e tudo porque outra pessoa tem um pouco mais de dinheiro ou de status. Eles sempre saem perdendo. Nunca são bons o bastante. É culpa. A culpa corrói a confiança. Mas seu pai... bem, ele viveu com a dúvida e ainda assim fez algo com sua vida. — Ele sorriu. — Afro-americano? Que legal.

Seus olhos brilharam. Girando na cadeira, ele abriu uma porta no aparador atrás de sua mesa e pegou a máquina fotográfica. — Você precisa ver isto. — Ele começou a avançar as fotos. — Espere um pouco. Estou quase lá. — Mais alguns segundos se passaram. — Aqui. — Ele virou a câmera para que Hugh visse.

Hugh se levantou para ver melhor. A foto era uma das que Julian havia tirado duas semanas antes. Hugh se lembrava daquele momento. Tinha se sentido um hipócrita, sorrindo para a câmera como o novo papai feliz, embora ele e Dana mal estivessem se falando.

Mas não estavam sorrindo naquela foto. Hugh voltou para a foto com os sorrisos.

— Eu não gostei desta — disse Julian. — A que eu te mostrei é mais verdadeira.

Hugh olhou-a novamente. A pose era a mesma: Dana segurando Lizzie, Hugh a seu lado, com um braço em volta de ambas. Mas os sorrisos haviam sumido e, em vez de olhar para a câmera, ambos olhavam para Lizzie.

Sim, era mais verdadeira, e era linda.
— Me manda esta por e-mail? — pediu.

No dia seguinte, o projeto de lei de Hutchinson foi manchete nos jornais: *Lei Hutchinson-Loy Vai para Votação com Apoio Surpresa*. O artigo narrava detalhadamente a deserção de um importante membro da oposição do que se supunha ser o voto da linha partidária. Essa deserção prometia mudar a votação em favor da aprovação do projeto.

Dana, que estava lendo o artigo junto com Hugh, virou para a continuação, numa página interna do jornal.

— Escute só estas frases de impacto — disse ele, por cima de seu ombro. — "O auge do compromisso vitalício do senador Hutchinson para com os pobres." "Nenhum senador lutou mais pelos destituídos do que Stan Hutchinson." "Perpetuando o legado de compaixão do senador veterano de Connecticut." — Hugh abafou uma risada. — Se esta lei for aprovada, é porque este é um ano eleitoral, e os senadores que querem a reeleição estão ficando com medo.

— Mas é uma lei boa, não é? — perguntou Dana.

— Com certeza. Não posso criticar Hutchinson quanto a isso. Não posso criticá-lo por muita coisa que ele tenha feito em seus vinte anos no Senado. Eu o critico por deixar sua moralidade no Capitólio. O que ele faz no Senado é muito diferente do que faz em sua vida privada. Ele, por acaso, já deu para a caridade um centavo a mais do que acha que seus eleitores esperam? Já deixou de levar para a cama uma mulher que fosse atraente e receptiva? Já deixou de usar táticas violentas ao achar que alguém poderia se colocar em seu caminho?

Dana não respondeu. Ela estava lendo uma notinha logo abaixo da dobra da página. *Marchand Local Acusado de Fraude*. Era apenas um parágrafo, não dava muitas informações, mas o nome do marchand a deixou chocada.

Ela apontou para ele, surpresa. — Você sabe quem é este?

Hugh leu rapidamente. — Oliver James?

— A mulher dele está sempre na loja de lãs, ou costumava estar. — Dana estava aturdida. — Ultimamente, ela mal tem aparecido por lá. Ela devia saber que isso iria acontecer. O que você acha que ele fez?

— Fraude artística normalmente envolve a venda de obras falsas como sendo originais. — Hugh baixou os olhos para Dana. — Eu conheço a mulher dele?

— O nome dela é Corinne. Você se lembraria dela se a houvesse conhecido. Isso é *inacreditável* — disse Dana, porém não sentiu qualquer vontade de tripudiar. Lembrou-se de ter achado que Corinne parecia frágil. — O marido dela, acusado? Ela deve estar acabada.

— Você vai telefonar para ela?

— Nem sequer tenho seu telefone. Eles moram lá em Greendale.

— Só tem mansões imensas por lá — observou Hugh.

— Ahã. — Mansões imensas, jardins imensos, carros imensos, o que provava que uma imensidão de dinheiro nem sempre comprava a paz de espírito. Dana estava tentando imaginar como Corinne estaria se sentindo quando alguém bateu à porta. Era Susan Johnson, a ex-mulher de David.

Susan parecia mais rígida do que realmente era. Seu cabelo era comprido e liso e estava vestida de negro: calça de ioga, camiseta regata, blusa curta com capuz, sandálias de sola de corda. Lá na casa de David, ela teria deixado uma bolsa preta grande cheia de artigos de primeira necessidade. Em contraste, seu sorriso era jovial e luminoso. Ela era, definitivamente, mãe de Ali.

— Susan — disse Dana, abrindo a porta de tela. — Eu não sabia que você estava na cidade.

— Bem, David estava dizendo que Ali não queria voltar para Nova York e a situação não estava melhorando. John e eu concluímos que era melhor vir até aqui para acalmar os ânimos. Quer dizer, ela deveria voltar esta semana.

— Ela ainda está se recusando a ir?

— Não desde que desvendamos o problema.

Hugh havia se juntado a elas. — A escola?

— Exatamente. Quer dizer, é uma escola maravilhosa, absolutamente a melhor, que foi o motivo pelo qual eu fiquei tão feliz quando John conseguiu dar um jeito e matriculá-la. Então, David ligou e nós decidimos fazer uma pesquisa estatística sobre o lugar. E, obviamente, eles não têm tantas minorias quanto eu gostaria. Ali deve ter sentido isso quando visitamos a escola na primavera; tipo, ela se sentiu deslocada. Alguém tem de romper a barreira da cor, mas talvez minha filha não esteja preparada para isso. A escola que ela tem frequentado é boa também e ela adora lá. — Susan sorriu. — Portanto, vai voltar para lá e está *superanimada* em ver seus amigos.

— Fico feliz — disse Dana.

— Eu também. Eu deveria ter percebido que poderia haver problemas. Simplesmente não passou pela minha cabeça — disse ela. — De qualquer maneira, queria agradecer a vocês dois. Vocês foram ótimos com Ali.

— Ela foi ótima conosco também — disse Hugh.

Susan começou a se afastar, com os olhos agora fixos em Dana.

— Preciso do nome de uma loja de lãs em Nova York. Ela já me avisou disso.

— Eu te conseguirei uma. — Dana acenou. Quando Susan voltou correndo na direção da casa de David, ela se virou para Hugh. — *Isso é um tanto assustador.*

— O fato de Susan não prever o problema? Sim, bastante assustador. Ela é inteligente e é uma pessoa consciente, assim como nós nos orgulhamos de ser, mas quem garante que não iríamos cometer um erro parecido?

— Imagino que sempre existam formas de evitá-los: informando-se de antemão, analisando todos os fatos antes de fazer um julgamento.

— Você fala como um advogado — observou Hugh, mas ele não estava sorrindo. — Fico acabado só de pensar em Lizzie olhando as coisas de fora, mas isso está fadado a acontecer. Alguns círculos sociais ainda são muito fechados.

— Todas as crianças experimentam isso, Hugh. Faz parte do processo de crescimento.

— Mas a questão da raça faz com que seja diferente. E envolve a *minha filha*.

— Não podemos protegê-la o tempo todo. Ela terá de aprender que o preconceito existe.

— Talvez as coisas sejam diferentes, quando ela crescer.

Se era uma pergunta, Dana não sabia a resposta. Ela sabia que compartilhava o medo de Hugh. Passando os braços em volta da cintura dele, pressionou o rosto a seu pescoço.

Hugh certamente amava Lizzie. Isso era uma coisa boa.

Eaton estava sentado diante de uma tela em branco quando Dorothy apareceu à porta da biblioteca.

— Vou sair — anunciou ela.

— Aonde? — perguntou ele, tentando fazer com que sua curiosidade soasse casual. Ultimamente ela andava com o pavio meio curto.

— Não sei. Vou decidir quando chegar lá.

Deixe pra lá, disse ele a si mesmo. Mas não podia. — Isso não faz sentido, sabe?

Ela retraiu o queixo. — E precisa fazer?

— Sempre fez. Você é uma mulher organizada.

— Isso era quando eu preenchia meu dia fazendo coisas para o meu marido. Não preciso ser organizada quando faço as coisas para mim mesma.

— E é o que você está fazendo agora, depois de ter descoberto que seu marido tem pés de barro.

— Se isso é uma referência à raça, eu a rejeito terminantemente. Estou fazendo coisas por mim porque estou cansada de te colocar em primeiro lugar. Você não merece... e se você acha que *isso* é uma referência à cor, está redondamente enganado.

— Dorothy — disse ele com um pouco de ressentimento. Ela havia se transformado numa mulher independente num momento em que ele precisava de sua velha e conhecida esposa.

— O quê?

Ele não sabia por onde começar. — Meu livro vai sair em uma semana. E você sabia que meu irmão telefonou hoje?

Isso a levou a fazer uma pausa visível. — Não.

— Ele me disse para ficar de boca fechada sobre o que eu descobri.

— Por que será que isso não me surpreende?

— Você acha que eu devo?

Ela abriu a boca para dar uma resposta rápida, então a fechou novamente. — Você está pedindo a minha opinião?

— Sim.

Ela pensou por um minuto. — Você poderia, por favor, repetir a pergunta?

Ele sabia o suficiente para não rir, embora houvesse chegado perto. Sua mulher estava tão imersa na rebelião que sua concentração fora afetada. Era comovente. — Perguntei o que você acha que eu deveria fazer sobre o que descobri a respeito do meu pai.

Ela meditou sobre isso. — Você deve fazer o que sua consciência mandar.

— Isso não me diz nada.

Os olhos dela lampejaram. — Bem, é que eu não sou muito inteligente. Se fosse, você poderia ter pedido minha opinião sobre outras coisas, nos últimos quarenta anos, começando com a possibilidade de me preocupar com o fato de que os rumores que você tinha ouvido ao longo da vida fossem verdadeiros. Sinceramente, Eaton, você é insuportável. Sabe qual é seu problema?

Eaton podia pensar em vários, mas disse: — Não.

— Você não sabe a diferença entre docilidade e estupidez. Posso ter sido dócil ao longo dos anos, porque é isso que se espera das mulheres casadas da minha idade... bem, não *todas* as mulheres, só as do *nosso* círculo social, o que é algo que está começando a me irritar *profundamente*. Mas eu tenho sido dócil. Isso não quer dizer que eu não tenha opiniões, e não quer dizer que eu seja estúpida.

— Só pedi a sua opinião, e você não pôde dar — observou ele.

— Não pude? — perguntou ela, erguendo uma sobrancelha. — Claro que poderia, se eu quisesse.

Ele suspirou, frustrado. — Então, por favor. O que eu devo fazer a respeito do meu passado não tão ilustre?

Os olhos dela se arregalaram. — Pare de pensar nele como sendo não tão ilustre.

— Dot.

— Estou falando sério, Eaton. Por que isso é uma tragédia? Não é uma oportunidade para você aprender sobre si mesmo? Ninguém virá aqui chamá-lo de impostor e tirar seu dinheiro.

— Não estou preocupado com meu dinheiro.

Ela sorriu. — Ótimo. Já é um progresso.

Ele queria... *precisava*... falar sobre o outro ponto. — Mas você não acha que é um tanto chocante que meu pai não seja quem eu pensei que fosse?

— É claro. Mas justifica todo esse ressentimento? Eu acho que não — disse ela. — Você quer a verdade, Eaton? Você é interessante porque escreve sobre pessoas interessantes. Aceite quem você é, aprenda um pouco sobre seu passado, talvez isso altere um pouco seu futuro, e você poderá de fato se tornar uma pessoa interessante por mérito próprio.

Com isso, ela partiu.

Vinte e Oito

A lei Hutchinson-Loy foi aprovada por uma margem de três votos. Isso deixou Hugh contente. Se Hutch estivesse se sentindo vitorioso, poderia ser mais generoso com relação a Crystal Kostas e seu filho.

Ou, ao menos, essa era sua teoria.

Dan Drummond furou-a completamente na quarta-feira de manhã, telefonando logo que Hugh chegou ao trabalho. — O senador vai se defender da alegação — disse o advogado. — Ele não se lembra desta mulher e não acredita que o filho seja dele.

Hugh ficou decepcionado. Havia acalentado a esperança de fazer um acordo sigiloso. — Ele nega que esteve no Mac's Bar and Grille na noite em questão?

— Não.

— Ele vai negar ter tido relações com as mulheres que nos deram declarações juramentadas?

— Não. Mas ele irá apresentar os nomes das outras mulheres que fizeram reivindicações que, posteriormente, foram consideradas de má-fé, como esta também é.

Hugh ignorou isso. — Ele irá "apresentar"? Você está falando de uma audiência. As audiências são públicas.

— Devido ao status do senador — aconselhou Drummond —, acho que podemos conseguir uma exceção.

— Você faz isso — disse Hugh, girando para abrir um arquivo atrás de si —, e eu convoco uma entrevista coletiva.

— Nós conseguiremos uma ordem de proibição de publicidade.

— Darei uma entrevista coletiva para denunciar a ordem de proibição — contra-atacou Hugh. Ele não queria que fosse assim. Mas podia fazer jogo duro, pelo bem do garoto.

Ele pegou a pasta que continha a petição inicial. — Estou pronto para ir, Dan. Estarei na Vara de Família de Lowell hoje às duas da tarde a fim de ajuizar um pedido de urgência para um julgamento de paternidade e pensão imediata, baseada nas necessidades médicas de uma criança de quatro anos de idade. Como sou um cara legal, vou requerer uma decisão rápida para que o teste possa ser feito ajustando-se à agenda do senador enquanto ele estiver na cidade, na sexta-feira.

— Você não vai conseguir a decisão — afirmou Drummond.

— Por que não?

— Porque está lidando com um senador dos Estados Unidos.

Quando o telefonema terminou, Hugh sentiu-se inquieto. Dan Drummond era famoso por sua arrogância, mas houvera uma presunção naquela troca de palavras que não tinha caído bem para Hugh. Indicava que Drummond sabia de alguma coisa que Hugh não sabia. Alguém na Vara de Família devia estar mexendo os pauzinhos pelo senador.

Ele estava considerando se deveria ligar para seu contato lá quando a pessoa em questão ligou para ele.

— Sean Manley está ao telefone — disse sua secretária.

Sean Manley era funcionário do juizado. Hugh o conhecera anos antes, ao representar seu pai contra uma acusação de homicídio praticado por motorista de veículo automotor. Atendendo ao telefone, disse: — Isso é transmissão de pensamento, Sean. Eu estava prestes a te ligar.

— Eu te devo isso, Hugh. Você ajudou o meu pai. Estão dizendo que você vai mover uma ação contra um certo senador. Acho que você deveria saber que o Quidlark se apropriou do caso.

Família   323

O Excelentíssimo Juiz Quidlark era antiquado e misógino. Por acaso, era também um amigo de longa data de J. Stan Hutchinson — que, na verdade, fora a força por trás da nomeação de Quidlark para a magistratura, sabe-se lá quantos anos antes.

Hugh sentiu seu desconfiômetro disparar. — Obrigado, Sean. Agradeço muito. — Encerrando o telefonema, ligou para o juiz presidente da Vara de Sucessão. A função primordial desse cara era administrativa. Entre outras coisas, ele fazia a distribuição dos processos. Hugh tinha estudado com o filho dele na faculdade de Direito.

— Hugh Clarke — disse o juiz com entusiasmo —, faz muito tempo que não conversamos.

— Culpa minha — respondeu Hugh. — Como vai a Mary?

— Ela está bem. E a sua mulher?

— Excelente. Acabamos de ter um bebê.

— Bom, essa é uma ótima notícia. Mas não foi por isso que você ligou.

— Não. Detesto jogar isso em cima de você, mas recebi um aviso sobre uma eventual manipulação. — Ele descreveu seu caso, enfatizando a natureza urgente da situação. Não revelou sua fonte e o juiz também não perguntou. Porém, ele fez várias perguntas relacionadas às evidências de Hugh, então prometeu que faria uma sindicância imediata.

— Irei protocolar uma liminar às duas da tarde — disse Hugh. — Só o que peço é uma audiência justa.

— Pode contar com isso.

Quando Dana chegou ao hospital, Ellie Jo estava toda animada. Seu cabelo grisalho e grosso estava escovado e cuidadosamente arrumado para trás de forma que, ao ficar recostada no travesseiro, era difícil ver a parte raspada. Seus olhos brilhavam. — Nada de centro de reabilitação — anunciou ela. Sua dicção não era totalmente clara, mas estava melhorando rapidamente, com certeza o bastante para exprimir sentimento, o qual, neste caso, era o alívio. — O que eu perdi está voltando.

Posso usar uma agulha para fazer crochê — disse ela, indicando com a mão um trabalho em roxo sobre a mesinha de cabeceira. — Em seguida, serão duas agulhas para tricotar. E, depois, poderei caminhar. Mais alguns dias e eles me mandarão para casa.

— Que notícia *excelente*, vó — disse Dana, percebendo que não conseguia ficar brava com Ellie Jo por muito tempo.

— Vou precisar de fisioterapia — continuou a velha senhora. — Pode ser que eu tenha de dormir no andar térreo. Mas vou poder carregar a pequena Lizzie.

Dana sorriu. — Vai, sim.

— E ficar na loja. Sinto saudade de lá, Dana. — Ela pegou a mão de Dana. — Obrigada.

— Não precisa agradecer. Você sabe o que eu sinto pela loja. Estou adorando te substituir.

— O suficiente para fazer isso para sempre?

Dana ficou imóvel. Ela conhecia aquele olhar. Algo estava cozinhando na velha e ardilosa mente de Ellie Jo.

— Falei com meu advogado — disse sua avó. — Ele vai preparar a papelada. Se você quiser, a loja é sua.

— Mas ela *é* sua.

O sorriso de Ellie Jo estava torto. — Teria sido da sua mãe, se ela tivesse vivido. Você a quer?

— É claro que quero — disse Dana, animada. Ela era decoradora por formação, mas o tricô estava em seu sangue.

Ellie Jo ficou séria, de repente. — Eu não vou viver para sempre. Este derrame pode ser apenas o começo.

— Vó...

— É verdade. Precisamos ser honestas. Você não acha? — Seus olhos responderam à pergunta. — Me sinto melhor, desde que conversamos sobre Earl.

Dana assentiu.

— Você o odeia?

Dana negou com a cabeça.

— Ou a mim?

— Por fazer o que você achava certo? — Agora Dana conseguia ver isso.

— Ele foi um bom homem e amava você.

— E você, vó. Ele amava você.

Hugh partiu de Boston ao meio-dia, mas só depois de ter uma longa conversa com Crystal. Ela não gostava da ideia de ele ir a público. Ela argumentou — corretamente — que ele havia prometido um acordo sigiloso. Estava morrendo de medo que a mídia a transformasse num espetáculo.

Ele a encorajou a sopesar os benefícios contra os riscos. Os benefícios eram óbvios: os melhores cuidados médicos para Jay. Os riscos? Perder o apoio financeiro para Jay já seria ruim o bastante, mas Hutchinson, na ofensiva, poderia ser ainda pior. Ele poderia atacar o caráter de Crystal na imprensa, chamando-a de imoral, oportunista e interesseira. Poderia retratá-la como golpista e a si mesmo como vítima, e seria capaz de fazer isso com paixão e eloquência.

No fim, a escolha era de Crystal. — Não posso te obrigar — disse Hugh. — Só posso te aconselhar. Meu conselho é que seguir adiante com isso agora é a coisa certa a fazer.

Finalmente, ela concordou. Mas não estava contente. Isso aumentou o interesse pessoal de Hugh.

Ele queria aquela vitória por Crystal e seu filho, mas também a queria por si mesmo. Sempre considerara sua capacidade profissional como algo líquido e certo. Afinal, os Clarke tinham o toque de Midas. Saber que era um Clarke apenas em parte corroía sua autoconfiança.

Ele agora precisava de uma vitória. Significava que não podia sequer piscar quando seu blefe fosse mencionado.

Quando Dana deixou Ellie Jo, tomou a direção da loja. Ao sair da estrada, porém, virou na direção oposta e atravessou a cidade para fazer uma visita a Corinne. Desconfiava que estivesse indo por sua avó. Afinal, era Ellie Jo quem gostava de Corinne, não Dana.

A propriedade de Corinne era rodeada por cercados de madeira charmosos, contornando cada lado da calçada de tijolos que dava acesso à casa. Dana comparou o número marcado na caixa de correio com o que havia copiado do arquivo da loja. Duzentos e vinte e nove. Aquele era, definitivamente, o endereço certo.

Virando o carro, Dana subiu pela entrada da casa. Os jardins eram opulentos e bem cuidados, a grama cortada rente, canteiros vibrantes nos tons rosa e amarelo das flores outonais de áster.

A casa em si era imensa, em estilo Tudor com acabamento de estuque e teto em declive, janelas altas de caixilhos, várias cumeeiras laterais e paredes em estilo enxaimel. Detendo-se em frente à porta em arco, ela desceu do carro e tocou a campainha. Ouviu claramente o soar do carrilhão.

Como ninguém atendeu, ela espiou lá dentro. Assoalhos de madeira encerada que brilhavam, uma mesa semicircular lindamente entalhada sob uma obra de arte no nicho da escadaria circular. O sol penetrava pela balaustrada superior.

Nenhum sinal de vida. Ela tocou a campainha novamente.

— Tente chamar lá na edícula — gritou o caseiro, apontando atrás da casa.

Dana se dirigiu para a parte de trás. Atrás da garagem havia uma miniatura da casa principal: o mesmo estuque, as mesmas cumeeiras, as mesmas janelas altas de caixilhos. Ali, as persianas estavam fechadas.

Ela procurou uma campainha, mas não encontrou. Então, bateu de leve.

Ninguém atendeu.

Bateu novamente e estava prestes a ir embora quando escutou passos. Uma das persianas foi levantada e Corinne espiou lá fora. Pelo menos, Dana achava que fosse Corinne, já que a abertura não passava de uma fresta.

Quem quer que fosse, não se moveu por alguns minutos. Finalmente, a porta se abriu.

Era indubitavelmente Corinne, mas não a mulher elegante que Dana havia conhecido. Esta não estava usando maquiagem nem brincos de brilhantes. Seus olhos estavam fundos e o cabelo castanho-avermelhado estava preso para trás num rabo de cavalo malfeito. Ela vestia uma calça jeans amassada e camiseta, e parecia não dormir há algum tempo. Encostava-se pesadamente à porta, com a mão na maçaneta interna.

— Você não devia ter vindo — ela disse, baixinho.

— Eu estava preocupada — respondeu Dana.

— Foi isso que Lydia Forsythe disse quando veio aqui ontem de manhã, mas ela não estava preocupada. Queria bisbilhotar. Queria saber se eu realmente vivia neste endereço, já que nunca convidei as mulheres para virem aqui; porém o que ela queria *mesmo* era me dizer que seria melhor que eu renunciasse ao comitê antes que alguém me sugerisse fazê-lo. E me garantiu que elas seriam capazes de cuidar sozinhas do baile de gala. — Sua voz foi sumindo. — Mas é claro que eu já sabia disso. Eu era sua novata simbólica. Fazia o trabalho pesado. Nunca fui aceita como uma delas.

— Eu também não — observou Dana, esperando fazer com que Corinne se sentisse melhor. — Eu vi o artigo no jornal. Queria ver se você estava bem.

— Não estou — disse Corinne com tristeza.

— O que *aconteceu*? — Lá na loja, Dana havia cogitado se Corinne era boa demais para ser verdade, mas vê-la assim agora era algo perturbador. — Você parecia sempre tão *confiante*.

Corinne esfregou os olhos. Quando baixou as mãos, ficou óbvio que ela estivera chorando. — A forma como você me via era como eu queria ser.

— Não era verdade? — perguntou Dana, de fato decepcionada. Corinne havia acrescentado um toque de classe à loja. — *Nada* daquilo?

— Ah, algumas coisas eram — disse Corinne. — Eu moro neste endereço, mas na casa de hóspedes, e nós a alugamos, não somos proprietários. Eu dirijo um Mercedes, embora seja uma questão de semântica, já que o carro acaba de ser retomado. Estou casada com Oliver James, apesar de ele passar tanto tempo fora que, às vezes, chego a duvidar. E isso só tende a piorar. — Com Oliver na prisão, ela queria dizer.

— O crime do qual ele está sendo acusado é tão grave assim?

Corinne hesitou. — Não sei. Estou preocupada com a possibilidade de que existam outros.

— O que você quer dizer?

— Me preocupa que ele esteja envolvido em outras coisas. Nunca existiu tanto dinheiro quanto eu esperava; então, não acho que sejam drogas. Mas havia tantos telefonemas e saídas repentinas. A polícia está me fazendo um monte de perguntas, como se eu soubesse de alguma coisa, como se ele tivesse me contado. Mas ele não contava nada. Nós conversamos antes de ele ser levado preso, e eu perguntei o que estava acontecendo. Ele disse que era melhor que eu não soubesse. Ou seja, será que ele estava me protegendo? Será que me manter na ignorância me deixa mais segura?

Dana tentou pensar no que Hugh diria. — Por lei, a esposa não pode testemunhar contra o marido.

— Mas ela pode ser acusada como cúmplice.

— Mas você não é cúmplice.

— Não no que diz respeito ao que ele fez. Mas não sou inocente — disse ela, com autocrítica. — Eu queria a vida que ele oferecia. Queria o suficiente para não fazer perguntas. Não perguntei onde ele arranjou as joias ou os carros. Não perguntei por que ainda estávamos alugando a casa de hóspedes, em vez de comprar a casa principal, como ele disse que faríamos. Não perguntei como iríamos pagar as contas e, quando meu cartão de crédito foi recusado, ele simplesmente pôs a culpa na companhia, cortou o cartão no meio e me deu outro. E eu o *usei*.

Dana estava perplexa. — Mas como você fez... tipo, para entrar no comitê do museu?

— Oliver garantiu uma obra de arte que o museu queria. Talvez fosse roubada, não sei. Ele abriu mão de sua comissão para o museu, o que eles adoraram, e então me colocaram no comitê. É assim que a coisa funciona. Tudo tem a ver com dinheiro. Para nós... para mim, fazia parte da imagem.

— Você a representou bem.

— As pessoas veem o que elas querem ver. Eu já fui atriz. Portanto, pude representar bem. Só que a preocupação foi aumentando. Nós construímos o famoso castelo de cartas. Uma delas cai, e o resto cai junto.

— Eu sinto muito, Corinne.

— Eu também. Tenho que sair daqui até o meio-dia de amanhã. Não sei aonde ir. Se decidirem me acusar como cúmplice, não sei o que vou fazer.

— Você vai ligar para o Hugh — decidiu Dana — e, quanto a aonde ir, tente a casa da minha avó. Ela iria adorar que você ficasse lá até resolver as coisas.

Corinne olhava para ela de forma estranha. — Por que você está oferecendo isso? Você não gosta de mim.

Dana se sentiu pequena. — Eu disse isso?

— Não. Mas eu senti. Você sabia que eu era uma fraude.

— Eu tinha inveja. Estava me sentindo desestruturada e você era tão estável. E, quanto a ficar na casa de Ellie Jo... — Ela estava a ponto de dizer que Corinne seria de grande ajuda, quando esta a interrompeu.

— Não posso, Dana. Você é um doce por oferecer, mas não posso.

— Por que não?

Ela sorriu tristemente. — Não posso encarar aquelas pessoas. Seria humilhante demais.

— São boas pessoas. Vão entender.

Mas Corinne balançou a cabeça com convicção e objetividade.

— Obrigada. Sua oferta é muito gentil. Mas não posso.

Dana ficou mortificada. Nada do que havia passado no último mês — nem mesmo o teste de DNA — chegava aos pés dos problemas de Corinne. A autopiedade que havia sentido pareceu insignificante, e a raiva, puro rancor. Dana tinha muito em comparação a Corinne.

Enquanto dirigia de volta para a loja de lãs, lembrou-se de sua avó, que sempre dizia: *As coisas acontecem por uma razão. Aquele garoto te fez um favor ao não te convidar para sair, porque olha só o garoto que te convidou.* Ou: *Aquela faculdade te recusou porque esta aqui é muito melhor para as suas habilidades.* Ou mesmo: *Você não seria uma mulher tão independente nem tão forte se sua mãe não houvesse morrido.*

Dana havia perdido o trabalho dos Cunningham e, logo depois, perdera seu lugar na Mostra de Decoração, o que significava que, depois de terminar alguns de seus últimos projetos, não tinha nenhum outro compromisso. Estando livre, não podia pensar em nada que quisesse fazer mais do que administrar *A Malharia*.

Ela não mudaria muita coisa, mas sempre havia novas linhas a comprar, novas receitas, conceitos e livros. Ela podia ampliar o estoque de botões decorativos para cardigãs e de fitas específicas para cachecóis. Visitaria exposições duas vezes por ano e suas sessões de compras com Tara produziriam novos figurinos. Dana poderia até mesmo incluir uma linha de modelos baseados em coisas, como o xale faroense que sua mãe havia feito.

Era um panorama animador, uma herança da família Joseph que, um dia, passaria à sua própria filha.

Mais tarde, na frente da loja, encontrou um canto ensolarado e acomodou Lizzie em seu colo. — Isto é muito bom, minha doçura.

E era mesmo. Dana estava encontrando a si mesma. Estava obtendo respostas para perguntas que a haviam atormentado por anos. Sentia-se mais no controle de sua vida. Continuaria conversando com o padre Jack, e embora ainda não soubesse se o queria em sua vida, sabia quem ele era. E seus conselhos não eram nada ruins.

Lizzie emitiu um arrulho baixinho. Estava claramente gostando do ar livre. Sorrindo para a filha, Dana pensou em Hugh, que estava a caminho de Lowell — com relutância, se é que interpretara sua mensagem corretamente. Mas ele estava fazendo aquilo que acreditava ser certo.

Portanto, ali estava outra coisa boa de Hugh. Uma vez que ele tomava uma decisão, comprometia-se totalmente com ela. Agora que ele havia aceitado Lizzie, sempre iria cuidar da filha.

Uma brisa chacoalhou as copas das árvores, distribuindo uma onda de fragrância. O pomar estava repleto de maçãs maduras, de quase todas as variedades, prontas para serem colhidas. Num peitoril da janela com tela, Veronica dormia na sombra.

Dana sorriu quando a caminhonete prateada de Tara veio da estrada. Ela se levantou para cumprimentá-la.

Tara abaixou o vidro da janela. — Você me ligou?

Dana assentiu. Ainda não era nada oficial, mas se ia ser dona da loja, queria Tara na folha de pagamentos. Isso significava que Tara poderia deixar o emprego de contadora que ela detestava, e embora Dana não soubesse se poderia igualar o pagamento, Tara já estava passando tanto tempo na loja que lucraria o suficiente para se aproximar do valor. Dana queria contar-lhe tudo isso, mas era cedo demais para dar a notícia.

Então, ela sorriu. — Só queria que você viesse — disse ela, e deu um passo atrás para que Tara descesse do carro.

No instante em que Hugh virou a esquina e pôde avistar o tribunal, viu os repórteres. Não ficou surpreso. Imaginara que a imprensa acabaria sabendo sobre o possível processo. Os mesmos rumores que haviam motivado o telefonema de Sean Manley teriam se espalhado pelo tribunal. O nome do senador podia não estar sendo mencionado, mas muita gente o adivinharia.

Hugh encontrou uma vaga na rua abaixo e estacionou, mas não saiu do carro. Era apenas uma e cinquenta da tarde. Tinha dito a Drummond que iria protocolar a ação às duas em ponto.

Uma e cinquenta e um. Hugh tamborilou com um dedo no volante. Uma e cinquenta e quatro. Vários outros repórteres chegaram. Uma e cinquenta e sete. O vendedor de cachorro-quente empurrou seu carrinho mais para perto.

À uma e cinquenta e oito, Hugh pegou sua maleta e desceu do carro. Pôs uma moeda no parquímetro e seguiu adiante.

— Hugh! — ouviu alguém chamar.

Ted Heath era um advogado local com quem Hugh já havia trabalhado. Hugh lhe estendeu a mão, mas não deixou de caminhar.

— Como vão as coisas?

Ted apertou sua mão e seguiu seu passo. — Não posso reclamar. O que te traz para estes lados?

— Mil coisas.

— Ahá. Confidencial. Deve ser algo importante, com estes abutres circulando por aqui. — Ele avistou seu cliente, deu uma palmada no ombro de Hugh e correu à frente.

Hugh continuou andando. Evitou vários repórteres, mas dois o flanquearam quando ele chegou aos degraus de pedra.

— Qual é o caso, Hugh?

— Você pode confirmar que há um senador dos Estados Unidos envolvido?

— Quem é seu cliente?

— Qual é a queixa?

Hugh levantou a mão espalmada e continuou andando. Tateou o telefone em seu bolso, mas estava em silêncio. O tempo estava se esgotando. Uma vez que entrasse no tribunal, não haveria mais volta.

Estava quase no último degrau quando ouviu passos subindo rapidamente atrás dele. Alguém agarrou seu braço. Sua mão já estava na porta quando se virou para olhar.

Não reconheceu o jovem suado, mas sua expressão preocupada o identificava claramente como um advogado júnior.

Recuperando o fôlego, o advogado ofegou: — Eles me mandaram te avisar. Vamos resolver de forma privada.

— Quem são "eles"? — perguntou Hugh; no entanto, afastou-se da porta.

— O senador — disse o advogado, seguindo-o quando Hugh saiu da passagem do trânsito. — Eu trabalho para Dan Drummond. Acabo de receber um telefonema dele.

Hugh não precisou perguntar por que o advogado júnior estava em Lowell. Ele estava lá para permitir que Drummond esperasse até o último minuto antes de ceder, na esperança de que Hugh vacilasse primeiro.

Agora no comando, Hugh disse: — Tem de ser feito até sexta-feira.

— O senador sugere às quatro da tarde, no escritório dele. Se a notícia for divulgada, o trato será desfeito.

— Isso vale para ambas as partes — advertiu Hugh. — Se ele romper o acordo, convocarei a imprensa imediatamente, e quero tudo por escrito.

— O sr. Drummond está enviando uma carta ao seu escritório, por mensageiro.

— Está vendo aquele Starbucks? — perguntou Hugh com uma inclinação do queixo. — Estarei ali esperando até meu escritório me telefonar avisando que a carta foi recebida. Ou a recebemos até as três horas, ou eu entro com a ação.

— Avisarei o sr. Drummond — disse o advogado, e desceu a escadaria aos pulos. Hugh o seguiu, e foi instantaneamente rodeado pelos repórteres.

— Houve um adiamento?

— É verdade que um senador está envolvido?

Hugh ergueu a mão. — Não há nenhum processo. Desculpe, pessoal. — Abrindo caminho entre o grupo, ele atravessou a rua. Parou perto de seu carro. Com os olhos fixos na multidão que se dispersava relutantemente, ele telefonou para seu escritório e os instruiu a ligar para ele assim que a carta chegasse. Depois, entrou no Starbucks, pediu um Mocha Frappuccino — *venti* — e, finalmente, soltou um suspiro de alívio.

Esperaria pelo telefonema, embora fosse só uma formalidade. A carta iria chegar. Dan Drummond era um FDP irritante, mas sua palavra tinha valor.

Vinte e Nove

Eaton havia decidido revisitar seu passado. Na quarta-feira, dirigiu até Vermont para visitar algumas cidades em que estivera quando menino. Na quinta-feira, dirigiu até Nova Jersey e andou pelo campus de sua escola secundária. Mas sabia que estava procrastinando. A questão das falhas evidentes em *A Linhagem de um Homem* era algo com que tinha de lidar.

Na sexta-feira, quatro dias antes da publicação, ele passou a manhã em seu escritório relendo as partes do livro que envolviam seus pais e a ele mesmo. Os erros estavam naquelas páginas. Se optasse por alterar o texto para uma edição futura do livro, teria que fazer algumas pesquisas. O que levaria tempo. Mas podia ser feito.

A questão mais urgente, neste momento, era como promover a presente edição.

Ele não tinha dúvidas de que Thomas Belisle era seu pai. A filha de Hugh fornecia a peça que faltava no quebra-cabeça, e o teste de célula falciforme de Hugh a confirmava. Se Eaton queria ser testado pessoalmente? Não. Ele sabia qual seria o resultado.

A questão era quando revelar e para quem. Uma vez que admitisse a verdade, não haveria como retroceder.

Quando seu agente publicitário telefonou naquela manhã, logo cedo, para discutir acréscimos de última hora à turnê, ele ficou ainda mais agitado. Quando Dorothy apareceu no meio da manhã, com um pão doce e café, ele não conseguiu ingerir nada. Por volta do meio-dia, estava novamente em seu carro. Passou pelo clube de campo, pelos restaurantes do porto que ele e Dorothy frequentavam e pelas marinas que salpicavam a orla.

Sem se dar conta de onde estava indo, dirigiu-se para o norte. Pouco depois, flagrou-se no escritório de Hugh.

Hugh estava apenas um pouco mais tranquilo do que seu pai, e isso só porque estava preocupado com o trabalho. Mas estava pronto para fazer uma pausa quando um movimento na porta atraiu sua atenção.

— Acabo de passar direto pela sua recepcionista — explicou Eaton, apontando com o polegar para o saguão às suas costas. — Ela deve ter pensado que você estava me esperando. — Hesitante, ele entrou. — Não quero atrapalhar. Termine o que você estiver fazendo. — Ele pegou uma cadeira.

Hugh acrescentou uma última frase ao memorando que estava redigindo e se virou para o pai. Após um silêncio, constrangido, disse:

— Como a mamãe está?

Eaton resmungou: — Liberada.

Hugh riu. — Ela ainda está brava?

— Não. Mas parece estar retendo seu julgamento. Esperando algo mais da minha parte.

— Você teve alguma notícia do Robert?

Eaton balançou a cabeça. — E você?

— Não. Ele se recusa a acreditar. Você perdeu peso, pai.

Eaton deu de ombros. — Parece que não consigo comer e me reajustar a todas essas mudanças ao mesmo tempo.

— Não é nada fácil reverter a forma de pensar de toda uma vida. — Hugh relanceou um olhar a seu relógio. Era uma e meia. — Ainda não almocei. Você comeu alguma coisa? — É claro que Eaton não havia comido. Hugh se levantou. — Vamos sair. Estou morrendo de fome.

Eles foram ao University Club, que já estaria se esvaziando àquela hora. Ali, poderiam conversar em privado. Era uma caminhada curta desde o escritório de Hugh, e o Elm Room servia a salada de caranguejo favorita de Eaton.

Quando já estavam sentados, alguns conhecidos pararam para cumprimentá-los, mas quando seus pratos chegaram já tinham o salão revestido de madeira só para eles.

Comeram em silêncio. Hugh mordeu seu club sandwich, lembrando-se de todas as vezes em que havia comido esse mesmo sanduíche com Eaton. O University Club, assim como todos os clubes de campo, fazia parte de seu passado. Sempre achara natural ter direito a participar dessas sociedades. Agora se arrependia disso.

Mal tendo comido a metade de sua salada, Eaton pousou o garfo.

— Então, será que estaríamos aqui hoje se eu soubesse a verdade, ao crescer?

Hugh terminou de mastigar. — Você poderia ter conhecido a verdade sobre a sua paternidade e, ainda assim, ter crescido na mesma casa.

— Ou não — considerou Eaton. — E se meu pai... Bradley... houvesse se divorciado da minha mãe?

— A família dela também tinha nome.

— Mas nenhum dinheiro. Eu não teria tido uma infância tão privilegiada. Fico pensando no que tenho agora e que poderia ter sido negado a mim se, digamos... — Ele não terminou.

— Se, digamos, sua pele fosse escura?

— Sim.

— Você foi bem na escola. Você entrou na faculdade por mérito próprio. A mesma coisa na pós-graduação. Você conquistou seu lugar nessas escolas.

— Será? — Eaton perguntou baixinho. — Havia outros tão qualificados quanto eu e que não foram admitidos. Será que minha admissão foi baseada no mérito? Ou foi no dinheiro, ou no sobrenome? A mesma coisa com relação aos livros que escrevi. Será que o primeiro vendeu bem porque eu vinha de uma família ilustre? Aquele primeiro livro estava longe de ser brilhante, mas me deu o empurrão inicial.

— Era bom — disse Hugh.

— Bom, mas não brilhante. Existem muitos livros bons que nunca chegam a ser impressos. Meus editores poderiam ter desistido de mim.

— Mas você era *bom* — argumentou Hugh.

Eaton balançou a cabeça. — A imagem de quem eu era reforçava o mérito do livro. Mais objetivamente — prosseguiu ele —, nós estaríamos aqui agora? Quantos afro-americanos frequentam o Elm Room? Não tantos quanto os que se formam na universidade, isso eu garanto.

— Eles não se sentem à vontade aqui. É um baluarte dos brancos.

— É um baluarte do *privilégio* — emendou Eaton, com desdém. — Me sinto culpado por isso. Sinto que deveria ter me pronunciado contra o exclusivismo aqui. Sempre me considerei um reformista.

— Eu também, mas aqui estou — disse Hugh. Se ser hipócrita sobre seu liberalismo era um crime, ele era tão culpado quanto seu pai. — Passo meus dias representando clientes que são das minorias, depois vou para casa, numa comunidade onde não existem muitas minorias. David Johnson é a exceção.

— Significa que você deve se mudar?

— Significa que temos de abrir mão de nossa titularidade do clube?

— O que *é* que significa? — perguntou Eaton.

— Eu sei lá? — respondeu Hugh.

Uma porta se abriu nos fundos da sala e um grupo privado começou a se dispersar. Hugh reconheceu vários dos homens. Eram membros proeminentes da comunidade empresarial.

Vários pararam à sua mesa, alguns se demoraram à porta da sala de jantar privativa. No centro do grupo, um dos últimos a aparecer, estava Stan Hutchinson.

Eaton se enrijeceu quando o avistou. — Vamos ter problemas por isso?

Hugh deu de ombros e continuou comendo.

Hutchinson estava quase atravessando a sala quando os viu. Indicando para o resto do grupo que eles fossem na frente, ele se aproximou.

Hugh e Eaton se levantaram. Hutchinson apertou a mão deles e gesticulou para o bar. — Chivas, puro — pediu ele.

— Foi uma semana interessante, esta — disse ele quando se sentaram. — Seu garoto foi um bom adversário, Eaton. Ele te contou a respeito?

— Certamente que sim — respondeu Eaton, absolutamente calmo. — Ele é bom no que faz.

O senador deu uma risadinha e disse, no mesmo tom amistoso:

— Terei de me lembrar disso na próxima vez que alguma mulher me atacar com uma acusação potencialmente prejudicial. Você me conhece — disse de forma arrastada —, sou um cara decente. Passei os últimos trinta anos lutando pelos pobres. Promovi o aumento do salário mínimo, propus incentivos educacionais e patrocinei programas de formação profissional. Diabos, sabe o que estávamos discutindo ali na sala dos fundos, agorinha mesmo? — Ele olhou para cima quando o barman trouxe seu uísque e tomou um bom gole. Então, pousou o copo e sorriu. — Essa reunião foi para discutir formas de fazer com que os líderes desta comunidade se envolvam na contratação de adolescentes e aumentem as bolsas universitárias. — Ele bateu no peito. — É isso que eu defendo.

— Ninguém está negando isso, Hutch — disse Eaton.

— O seu garoto está — argumentou Hutch, ainda falando num tom bem-humorado. — Eu defendo a decência, a honestidade e o respeito.

— E os valores familiares — complementou Hugh. — Não foi essa a sua mensagem no *Encontro com a Imprensa*, há alguns domingos?

— Todos nós sabemos qual é a verdade aqui — prosseguiu o senador. — Temos uma garota com um problema real. Então, ela decide vir atrás de mim porque não tem nada a perder, nadinha mesmo. E eu vou dar corda, Hugh, porque você jogou bem suas cartas. Tenho que dar o braço a torcer. Você sabia que eu não iria querer nem sequer a publicidade da acusação. — Ele tomou outro gole e pousou o copo. — Foi por causa do livro, Eaton? Porque eu não quis te dar uma porra de uma entrevista? Ou foi você, Hugh, porque eu não te ofereci o emprego de assessor jurídico no meu comitê?

— Que emprego?

— O que eu dei para o seu colega de faculdade? — disse ele, parecendo legitimamente confuso. — O que foi, hein? Vocês me conhecem, conhecem minha família. Por que resolveram *me* pegar para Cristo?

Hugh não ia engolir essa cena. Stan Hutchinson era um político experiente. Ele podia representar bem o papel de vítima aturdida, mas Hugh sabia que ele devia estar furioso.

— Eu aceitei o caso antes de sequer saber que você estava envolvido — disse Hugh.

— O.k. — cedeu o senador —, mas depois você poderia ter se eximido. Podia ter alegado conflito de interesses.

— Não há nenhum conflito de interesses. Minha firma não está representando mais ninguém com quem você esteja envolvido. Aceitei esse caso porque acredito na mulher e ela precisa de ajuda. E você está certo: todos nós sabemos o que você defende. Deduzi que você, dentre todas as pessoas, gostaria de garantir que uma criança que você gerou tivesse o melhor cuidado possível.

O senador emitiu um resmungo de desaprovação. — Você *sabe* quantas mulheres tentam jogar suas reivindicações para cima de mim?

— Ele é um bom menino, Hutch — disse Hugh. — É bonitinho e inteligente. Tem coordenação o suficiente para ser um bom atleta, supondo-se que receba o tratamento médico necessário.

— Ele não é meu filho.

— É para isso que serve o teste.

— Jesus, Hugh, você sabe a confusão que isso pode causar? Se a notícia se espalhar...

— Não vai se espalhar, a não ser que você mesmo conte a alguém. Tudo será mantido em sigilo, do teste ao acordo. Sua família jamais saberá. Você deve ter investimentos dos quais sua família não sabe.

O senador lhe dirigiu um olhar furioso. — Você é um cínico filho da puta. E se alguém fizesse isso com você? E se a situação fosse inversa? O que você faria? *Arriscaria sua família, seu emprego, sua imagem?*

Hugh não hesitou. Se acreditava em algo, era naquilo: — Se fosse para fazer a coisa certa, arriscaria, sim. Você lutou durante toda a sua vida por tudo que essa criança representa. Dar-lhe as costas agora, quando existe uma solução simples, seria o auge da hipocrisia. E então, você acredita naquilo que diz no Congresso ou nas entrevistas para o Larry King... ou é tudo balela? Será que sua voz pública diz uma coisa, e a voz privada, outra? Se você é um homem de honra, agora vai ter de mostrar.

Hutchinson o encarou por um longo tempo. Hugh estava se preparando para outro ataque quando o homem emitiu um ruído desdenhoso, empurrou a cadeira para trás e saiu da sala a passos largos.

Hugh ficou olhando às suas costas.

— Isso mesmo — disse Eaton, com os olhos escuros e sábios. — Você disse tudo.

Sim, percebeu Hugh. Dissera mesmo. E eles não estavam se referindo a Hutchinson.

Trinta

Dana continuava pensando em Corinne. Tentou telefonar para ela na quinta-feira, mas não obteve resposta, e quando tentou novamente, na sexta, uma gravação disse que a linha havia sido desligada. Ela teria ido de carro até Greendale, caso achasse que Corinne estaria lá. Mas deduzia que ela houvesse ido embora. Com sua vida real exposta, a humilhação também era real. Ela provavelmente estaria procurando um lugar onde ninguém a conhecesse. Dana duvidava que fosse vê-la novamente.

Se as coisas aconteciam por um motivo, como Ellie Jo dissera, Corinne havia tido um propósito na vida de Dana. Dana, agora, era mais sensível ao preço da mentira.

Isso a tornou ainda mais complacente com Ellie Jo, que, logo após sua volta para casa no sábado de manhã, perguntou sobre os papéis no sótão.

— Escondidos novamente — disse Dana com renovada paciência.

— O recorte de jornal e o bilhete de Emma... você poderia queimá-los para mim?

— Queimá-los? Tem certeza?

— Absoluta. Você sabe o que eles dizem. Eu sei o que eles dizem. Agora, vamos queimá-los.

Dana ateou fogo nos papéis na churrasqueira da varanda de trás e, com isso, fechou uma porta para o passado.

Outra porta logo se abriu. Ela estava trocando Lizzie, de volta em sua casa, quando a campainha tocou. Hugh atendeu a porta e, embora Dana tivesse tentado, não pôde ouvir mais do que um ou outro murmúrio. Então, ouviu passos de duas pessoas nas escadas. Reconheceu o caminhar de Hugh, mas não fazia ideia de quem ele estava trazendo para vê-la. Havia terminado de abotoar o macacãozinho de Lizzie e se virado para a porta quando ofegou, chocada.

Apesar de uma ligeira diferença de idade, a mulher poderia ser sua irmã gêmea. Tinha o mesmo cabelo louro e nariz arrebitado, a mesma constituição esguia, as mesmas sardas. E tinha a mesma expressão de assombro nos olhos que Dana.

Por um curto intervalo de tempo, nenhuma das mulheres falou. Então, a estranha disse: — Sou Jennifer Kettyle. Meu pai não tinha certeza se você iria gostar de uma visita, mas minhas aulas começarão na segunda-feira, então eu simplesmente tomei um avião e me arrisquei.

— Ele disse que você estava em São Francisco.

— Estarei, amanhã. — Ela sorriu. — Hoje eu estou aqui. — Seu sorriso se alargou. — Esta é a sua bebê? Ela é *linda*!

Não, apenas alguns dias antes, Dana não teria gostado dessa visita. Ela teria ficado tão furiosa com tudo o que havia perdido ao crescer sozinha que teria doído ainda mais. Agora, ali estava sua meia-irmã, a filha do homem cuja identidade a mãe de Dana havia escondido, e Dana, de verdade, a queria em sua vida.

As coisas acontecem por uma razão. Dana tinha muito a agradecer. E, ainda assim, queria mais.

O plano era que Dorothy e Eaton voassem para Nova York na tarde de segunda-feira, a fim de jantar com o editor de Eaton. Eaton seria entrevistado num dos programas matinais na terça-feira. Eles voariam de volta para casa a tempo para a festa de lançamento do livro no clube e, então, começaria a turnê.

Dorothy fez sua mala e depois ajudou Eaton com a dele. Independência era uma coisa muito boa e tal, mas ela estava casada com ele há mais de quarenta anos e continuava a cuidar dele. Ele sempre ficava tenso às vésperas da publicação de um livro, mas desta vez havia um motivo. Ela tentou fazê-lo falar a respeito, mas ele se recusou.

Eles estavam no avião, esperando para decolar, quando, finalmente, ele pegou a mão dela, entrelaçando seus dedos.

— Como você se sentiria — disse ele em voz baixa, enquanto o avião taxiava até a posição — se eu simplesmente fosse adiante e não dissesse nada sobre o que descobri?

Não dissesse *nada*? Não era isso que ela estava esperando. — Você tem de fazer o que acha certo.

— Mas como você se sentiria?

Dorothy precisava pensar um pouco — não sobre sua resposta, mas sobre a sabedoria de dizê-la ou não. Se Eaton estava decidido, a verdade poderia não ajudar em nada. Por outro lado, se aquilo era um teste e ele realmente queria sua opinião... — Eu ficaria decepcionada. Você tem uma oportunidade.

— Uma oportunidade?

— De transformar uma descoberta assustadora em algo positivo.

— Esta "descoberta assustadora" poderia desacreditar todos os livros que já escrevi na vida.

— Porque você não sabia a verdade? Ah, que besteira, Eaton — censurou ela, embora de forma gentil. — Simplesmente apareça e diga o que você descobriu.

— Em rede nacional de televisão?

— Por que não? As pessoas te respeitam. Você poderia se tornar um modelo de inspiração.

O avião começou a rodar pela pista. — Poderia também afastar nosso segundo filho de forma permanente, para não mencionar meu irmão, a família deles e um monte de pessoas a quem nós chamamos de amigos todos estes anos.

— É verdade — admitiu Dorothy.

— Isso te incomodaria?

— Só pelo Robert. Ele é meu filho. Eu teria a esperança de que ele se recuperasse.

O avião ganhou velocidade.

— Talvez ele precise de mais tempo — disse Eaton. — Talvez eu deva dar-lhe isso.

Mas Dorothy não tinha tanta certeza assim. Robert estivera sob a influência do tio por tempo demais. Não seria nada ruim para ele abrir os olhos e ver um mundo mais amplo. — Talvez ele precise de um pontapé você sabe onde — disse ela, e repetiu: — Você tem uma oportunidade, Eaton.

Ele olhou para ela com carinho, mas ela viu algo ali além de mera indulgência. Optou por pensar que fosse respeito.

Ele sorriu, beijou a mão dela e a pressionou contra seu coração enquanto o nariz do avião levantava e as rodas deixavam o chão.

A segunda-feira foi um dia incrível na loja. Após um fim de semana frio, tricoteiras que haviam se mantido dormentes até então, por conta do calorzinho de fim de verão, de repente se despertaram para o outono que se aproximava. Abrindo a porta numa torrente contínua, elas vieram à procura de lãs para fazer cachecóis, suéteres e mantas. No meio disso tudo, Ellie Jo insistiu que a ajudassem a vir de sua casa para anunciar o novo status de Dana como dona da loja.

Lá pelo meio-dia, enquanto Dana amamentava Lizzie e se dava conta de que iria precisar de ajuda, Saundra chegou com sua sobrinha-neta. Toni Belisle era filha de um dos filhos de Thomas. Uma jovem de rosto viçoso que estava tirando um semestre de folga da faculdade para ganhar dinheiro e pagar um ano de estudo no exterior. Ela adorava crianças e era tão boa com Lizzie quanto Saundra, ou quase. Dana a contratou antes que a tarde chegasse ao fim.

Agora Lizzie tinha uma babá, o que permitia a Dana relaxar um pouco. E a bebê havia dormido seis horas seguidas no domingo à noite, então ela estava com as energias renovadas.

Dirigindo de volta para casa, Dana percebeu que sua vida *era* boa. Sabia que Hugh a amava. Se ele tinha dado um único passo em falso, ela não podia se ressentir dele para sempre. Havia muito mais do que três coisas boas que podia dizer sobre ele, se fosse seguir o conselho do padre Jack.

Se uma parte da excitação inicial de seu relacionamento havia desaparecido, bem, não era comum que todos os pais recentes perdessem um pouco dessa intimidade, diante das infindáveis tarefas ditadas pela paternidade?

Hugh chegara cedo em casa. Parando seu carro atrás do dele, ela mal tinha aberto a porta de trás para pegar Lizzie quando ele saiu da casa e foi correndo, descalço, na direção do carro. Usava uma calça jeans e sua velha camiseta azul-marinho. Ela não a tinha visto desde a manhã em que Lizzie nascera.

— Pensei que você nunca fosse chegar — disse ele, parecendo agitado.

— Você preparou o jantar? — perguntou ela. Aquilo era sempre um regalo. Hugh era um homem de receitas, quanto mais ingredientes, melhor, desde que lhe dissessem exatamente quanto usar, e em que momento.

Ele desafivelou Lizzie. — Fiz, mas não é por isso. — Ele se virou para Lizzie. — Oi, meu amorzinho. Como foi o *seu* dia? — Ele puxou o diminuto suéter da bebê, uma criação de Tara, mais para perto de seu corpo e a levantou.

— O dia dela foi ótimo — disse Dana, caminhando ao lado dele com a sacola de fraldas. — A vó anunciou que eu estava tomando posse da loja, encontrei uma babá para Lizzie, consegui que Tara aceitasse trabalhar em período integral e encomendei um *mohair maravilhoso* de uma malharia nova. — Sua voz se suavizou. — E telefonei para avisar o padre Jack que Jennifer veio.

Segurando Lizzie com um braço, Hugh segurou a porta aberta para Dana com o outro. Ela mal havia cruzado a soleira quando sentiu que perdia o fôlego. O hall de entrada estava cheio de balões, um buquê interminável em tons de amarelo, rosa, verde, azul, branco, pêssego e lilás. Alguns estavam juntos no chão, outros subiam pelos corrimãos a cada lado do hall, e outros, ainda, aderiam ao teto alto como o de uma catedral.

Dana ficou extasiada. — Como você colocou tudo isso aqui dentro? — Pétalas de tulipa eram uma coisa, fáceis de transportar e espalhar. Balões eram algo totalmente diferente.

Hugh parecia orgulhoso de si mesmo. — Havia três furgões de entrega lá fora e precisamos fazer a maior força para passar alguns dos balões maiores pela porta, mas ficou bem bonito, você não acha?

— Eu acho, *sim* — declarou Dana. — O que estamos celebrando?

— Estamos recomeçando. É como se Lizzie tivesse acabado de nascer. Mas aqui está o melhor de tudo. — Com a mão às costas de Dana, ele a guiou através do labirinto de balões até a escadaria. Havia uma caixa a dois degraus do chão. Talvez com vinte e cinco centímetros de comprimento, vinte de largura e quinze de altura, embrulhada em papel laminado fúcsia e decorada com uma fita de cetim branca.

Dana sorriu. — O que é isto?

— Abra.

Ela ergueu a caixa. Um puxão e a fita se soltou. Deslizando o dedo sob um pedaço de fita adesiva, ela removeu o papel de embrulho. Reconhecendo a caixa, lançou a Hugh um olhar curioso. — Papelaria?

— *Abra*.

Ela ergueu a tampa. Ali, em duas pilhas alinhadas, havia elegantes comunicados de nascimento na cor branca. Cada um trazia uma foto na frente e, abaixo, com letras em relevo e em negrito, dizia: *Hugh e Dana Clarke têm o orgulho de comunicar o nascimento de sua filha, Elizabeth Ames Clarke*. A data de nascimento de Lizzie estava na borda inferior do cartão.

— O que você acha? — perguntou Hugh.

Dana não pôde responder a princípio. Sua garganta estava apertada. A foto era deles três, linda em todos os aspectos: a expressão devotada dos pais, os traços perfeitos da bebê. O macacãozinho curto cor-de-rosa de Lizzie até mesmo combinava com a tinta rosa da caligrafia.

— Quem tirou esta foto? — sussurrou ela.

— Julian. O que você acha?
Havia lágrimas nos olhos dela quando os voltou para Hugh.
— Estou deslumbrada.
— Melhor que os balões?
— Omeudeus!
— Foi feito às pressas. Tive de pagar o dobro, mas valeu cada centavo. Há outra caixa igual a esta... com mais uma centena. Acha que dá para usá-los?
— Omeudeus!
— Isso quer dizer sim ou não?
Dana estava tão feliz que pensou que seu coração fosse explodir.
— Dana?
— *Sim.*
Era aquilo que sempre quisera — um sinal, um gesto, uma declaração. Ela passou um braço pelo pescoço de Hugh e o abraçou, e continuou apertando mesmo quando a bebê se rebelou contra a pressão. Ela ouviu o chorinho da filha, sentiu a pulsação de Hugh e escutou as ondas batendo na praia atrás da casa. "Ele está orgulhoso o bastante para anunciar ao mundo todo", ela imaginou sua mãe dizendo.

Mas, logicamente, esse pensamento era todo seu.

Agradecimentos

Antes de escrever *Família*, eu sabia muito pouco sobre a genética das raças e, apesar de ler amplamente sobre o tema em preparação para este livro, ainda assim precisei de ajuda. Por sua assistência, agradeço ao dr. Theodore Kessis e Vivian Weinblatt, assim como a Bea Leopold, da National Society of Genetic Counselors. Agradeço especialmente a Jill Fonda Allen, que não apenas colaborou com sua experiência como geneticista, mas também com sua imaginação.

Meus agradecimentos a Martha Raddatz e Shameem Rassam pelas informações sobre a vida e a linguagem iraquianas; a Helen Dempsey por ajudar a dar forma a Jack Jones Kettyle; e a David, amigo do meu marido, por me ajudar a idealizar Jay.

Minha assistente, Lucy Davis, foi indispensável, como sempre. Eu agradeço a ela por me mostrar do que se trata realmente uma história de família.

Estou particularmente agradecida a Phyllis Grann por ter se importado o suficiente a ponto de me oferecer uma oportunidade única na vida, e a Amy Berkower por torná-la possível.

E, finalmente, agradeço a minha família por seu apoio constante.